ullstein

ANNA BRÜGGEMANN, 1981 geboren, wuchs in Südafrika, Stuttgart und Regensburg auf. 1996 stand sie erstmals vor der Kamera, seit 2004 schreibt sie Drehbücher. 2014 gewann sie zusammen mit ihrem Bruder den silbernen Bären, ihr literarisches Debüt *Trennungsroman* wurde 2021 mit dem Debütpreis der lit.cologne ausgezeichnet. Zuletzt ist ihr neuer Roman *Wenn die Kampfhunde nachts spazieren gehen. Roman über Mütter und Töchter* im Ullstein Verlag erschienen.

Anna Brüggemann

# Trennungsroman

Ullstein

Besuchen Sie uns im Internet:
www.ullstein.de

**Wir verpflichten uns zu Nachhaltigkeit**

- Papiere aus nachhaltiger Waldwirtschaft und anderen kontrollierten Quellen
- ullstein.de/nachhaltigkeit

Ungekürzte Ausgabe im Ullstein Taschenbuch
1. Auflage Oktober 2024

Umschlaggestaltung: zero-media.net, München, nach einer Vorlage von Cornelia Niere, München
Titelabbildung: © Sheila Hicks, couresy of Sikkema Jenkins & Co., New York
Satz: LVD GmbH, Berlin
Gesetzt aus der Sabon
Druck und Bindearbeiten: ScandBook, Litauen
ISBN 978-3-548-06647-9

# Noch 31 Tage

Thomas steht am Flughafen und wartet. Er hat sich weder die Haare gekämmt noch ein frisches T-Shirt angezogen.

Er ist aus dem Haus gehetzt, hat ein Taxi gerufen, am Flughafen dem Fahrer unglaubliche 15 Euro in dic Hand gedrückt, ist zum Gate geeilt und jetzt steht er da, die Hände in den Hosentaschen, die anderen Wartenden fast alle überragend. So verharrt er schon seit mindestens zwanzig Minuten und beobachtet die Ankommenden. Eva ist nicht dabei. Es ist immer das Gleiche. Man hetzt sich ab, um dann zu warten.

Thomas weiß, wie wichtig es Eva ist, von ihm abgeholt zu werden. Und weil er nicht im Entferntesten weiß, was ihm selber gerade wichtig ist, fügt er sich ihrem Wunsch. Sie werden sich ab heute, nach fast zwei Jahren Fernbeziehung, zwar sowieso wieder jeden Tag sehen. Aber ja, es ist schön, vom Flughafen abgeholt zu werden.

Thomas geht noch einmal die letzten Stunden durch. Vielleicht bekommt er ja noch ein wenig Ordnung in seine Gedanken, bevor er Eva wiedersieht.

Vor sechs Stunden war er noch auf seiner Station, eine

letzte Runde drehen, bevor er den Bericht für die Nacht schreiben, die Übergabe machen und nach Hause gehen konnte.

Frau Brake auf Zimmer vier schlief unruhig, der Drainagebeutel war voll, offensichtlich hatte sie nachgeblutet. Kopfschüttelnd wechselte Thomas den Beutel und ging zu Schwester Brigitte, die eingenickt war.

»Der Beutel von Frau Brake war voll.«

»Ja, und?«

»Es wäre Ihre Aufgabe gewesen, den zu wechseln.«

»Ich hatte auch noch andere Aufgaben.«

»Wenn die Patientin nachblutet, müssen wir das wissen.«

»Weiß ich, Dr. Wiedhoff, ich bin ja nicht erst seit gestern hier.«

»Wenn Sie hier Patientin wären, würden Sie auch gerne gut behandelt werden.«

»Ich tu, was ich kann.«

Thomas machte weiter seine Runde. Sein Nacken versteifte sich, und seine Schritte wurden staksig. Er hasste solche Auseinandersetzungen, er hasste sie. Er öffnete die Tür zu Zimmer Nummer neun, Herr Bertram lag hier, alleine.

»Dr. Wiedhoff, guten Morgen.« Herr Bertram war schon wach. Er richtete sich nicht im Bett auf, aber seine hellen Augen begrüßten Thomas.

»Guten Morgen und gute Nacht, mein Dienst ist gleich zu Ende, ich geh jetzt schlafen.«

Thomas mag Herrn Bertram. Auch wenn er jetzt am Flughafen an ihn denkt, muss er kurz lächeln. Herr Bertram ist fein, er ist freundlich, er ist höflich, und obwohl sie immer nur wenige Worte miteinander wechseln, ist da auf beiden Seiten ein gewährendes Verständnis füreinander. Herr Bertram hat sich nicht dumpf seiner Krankheit ergeben, er starrt nie trübe vor sich hin und wundert sich, wie das alles passieren konnte, dieser Körper, dieses Leben. Er ist einfach da. Todkrank, heiter.

»Und, was hat die Nacht gebracht?«, fragte Herr Bertram.

»Nicht viel, zum Glück.« Thomas schwieg kurz. »Aber heute kommt meine Freundin nach Hause, deshalb ist ein besonderer Tag.«

»Ihre Freundin, wie schön. Wo war sie denn?«

»Sie war zwei Jahre in Paris. Wir haben uns natürlich oft gesehen, alle zwei Wochen. Aber jetzt kommt sie wieder, endgültig.«

»Per Zug oder mit dem Flugzeug muss man in Ihrer Generation ja fragen.« Herr Bertram schloss kurz die Augen, hörte aber weiter zu.

»Sie wollte mit dem Nachtzug kommen, aber die Bahn in Frankreich streikt. Jetzt kommt sie mit dem Flugzeug. Meine Freundin wollte das nicht unbedingt. Sie ist sehr korrekt, also, sehr pflichtbewusst.«

»Wie heißt sie denn?«

»Eva.«

»Wissen Sie, es ist seltsam. Mein einer Sohn wohnt in Tokyo, der ist da Architekt und hat zwei Kinder. Der andere wohnt noch immer in Steglitz und arbeitet in einer Computerfirma. Wir wissen gar nicht so genau, was er macht. Er kommt alle zwei Wochen bei uns vorbei. Er ist immer alleine. Ich weiß nicht, was wir bei ihm falsch gemacht haben.«

»Vielleicht gar nichts, vielleicht ist er einfach so.«

»Ich glaube, meine Frau war lange Jahre enttäuscht

von mir«, redete Herr Bertram schon weiter. »Vielleicht hat das auf den Jungen abgefärbt. Sie hatte sich mehr von der Ehe mit mir erhofft. Blumen, Romantik, endlich dieses Gefühl, dass alles gut ist. War es aber nicht. Es war einfach alles normal. Aber wissen Sie, wenn die Dinge normal laufen, dann ist das Luxus. Mehr kann man nicht verlangen vom Leben. Ich wollte nie mehr als eine ruhige Normalität. Und deswegen habe ich selten alles gegeben. Nicht im Beruf, nicht in der Liebe. – Ich war übrigens auch Arzt.«

»Ich weiß, das steht in Ihrer Akte.«

»HNO. Da sieht man vielleicht Sachen. Aber das tun Sie hier ja auch. Medizin ist manchmal ganz schön scheußlich.«

»Haben Sie denn irgendwo Schmerzen, Herr Bertram? Kann ich noch etwas für Sie tun, bevor ich Feierabend mache?«

Herr Bertram richtete seinen Blick auf Thomas. Seine Augen lächelten.

»Hab ich ein bisschen viel geredet?«

Thomas schüttelte den Kopf, von ihm aus konnte Herr Bertram noch viel mehr reden, er hörte ihm gerne zu.

»Verraten Sie mir nur noch eine Sache: Kaufen Sie Ihrer Freundin heute Blumen, wenn sie wiederkommt?« Thomas verzog das Gesicht und lächelte. So etwas machte er nicht, nie. Blumen, Liebesbriefe, das wirkte auf ihn immer wie eine schale, überfrachtete Behauptung.

»Weiß ich noch nicht. Ich glaube eher nicht.«

»Machen Sie mal. Und dann erzählen Sie mir, ob sie sich gefreut hat.«

»Tschüss, Herr Bertram, bis morgen früh, da bin ich wieder da.«

»Tschüss, Dr. Wiedhoff, auf Wiedersehen.«

Herr Bertram schaute Thomas hinterher, bis dieser leise die Tür schloss. Wirklich ein freundlicher Mann. Ein rücksichtsvoller Mann. Kein auf Konkurrenz erpichter Mann wie Dr. Peiffer, Thomas' Chefarzt, der ihm gerade entgegenkam.

»Na, Kollege, alles frisch?«

»Ja.«

»Na dann, schlafen Se mal gut und schnell!« Ein etwas zu lautes Lachen, ein Kopfnicken.

Thomas fuhr mit dem Fahrrad nach Hause, sprang unter die Dusche, die letzte Dusche, bevor Eva wiederkam. Das letzte Mal Schlafen, bevor sie wieder da war. Wecker stellen nicht vergessen.

»Wenn ich mir eine Sache wünschen würde«, hatte Eva beim letzten Telefonat gesagt, »dann, dass du mich abholst. Das ist vielleicht etwas *old school* und abgeschmackt, aber irgendwie auch wirklich romantisch.«

Bei dem Wort »Romantik« verkrampft sich Thomas regelmäßig. Für das Ausleben von Gefühlen gibt es keine klaren Handlungsanweisungen, also kann man schnell versagen. Thomas schaut wieder in die Menschenmenge. Eva ist immer noch nicht da. Er studiert die Anzeigetafel. Der Flug aus Paris ist gelandet. Er streckt sich ein wenig und beobachtet die Menschen aufmerksamer. Mann, ist er müde.

Als er vor gerade mal fünf Stunden erschöpft ins Bett gefallen war und die Decke bis über die Ohren gezogen hatte, erwartete er, sofort einzuschlafen. Aber sein Gehirn spielte ihm immer wieder Bilder zu, wie er mit Bus und Bahn zum Flughafen fuhr. Rolltreppe rauf, Rolltreppe runter, rein in den Flughafenbus, und so weiter. In Dauerschleife machte er die Reise nach Schönefeld und zurück. In Dauerschleife stellte Eva ihren großen Reiserucksack im Flur ab und wollte wissen, wie es ihm ging. SIE WOLLTE WISSEN, WIE ES IHM GEHT. Das will sie immer wissen. Dabei weiß er es nicht, er weiß es einfach nicht.

Thomas fühlt nicht mehr viel, seit Wochen schon, seit Monaten. Er funktioniert zwar, aber ohne Freude. Auch ohne bodenlose Traurigkeit. Er ist da. Er macht seine Arbeit. Er ruft abends seine Freundin an. Innerlich neutral. Soll er das Eva sagen? Das hat er schon oft genug gesagt. Sie hat ihn jedes Mal besorgt angeschaut, ihm die Hand auf den Rücken gelegt und gesagt: »Das wird schon, wenn ich wieder da bin. Mach dir keine Sorgen.« Jetzt kommt sie also wieder, und jetzt wird alles gut.

Nach vier Stunden wurde Thomas mit einem Ruck wieder wach. Es war elf Uhr. Der Wecker hatte nicht geklingelt. Er hatte ihn gestellt, aber nicht aktiviert. Evas Flieger landete um 11.30 Uhr. Das war nicht zu schaffen.

Thomas rannte ins Bad und warf sich kaltes Wasser ins Gesicht. Deo, T-Shirt, Unterhose, Hose, Socken, Schuhe. Handy, Schlüssel, Portemonnaie, Taxi-App. »Ihr Taxi kommt in drei Minuten.«

Thomas stand auf der Straße, das Taxi kam nicht. Er rief beim Taxi-Service an. »Oh, der Fahrer hat wohl einen anderen Fahrgast aufgenommen. Wir schicken Ihnen ein anderes Fahrzeug. Das kommt in acht Minuten.«

Thomas stand auf dem Gehweg, spielte unruhig mit

seinem Telefon und wollte am liebsten die Zeit anschieben. Endlich kam das Taxi, sanft, leise, ein Elektroauto. Thomas stieg ein. »Nach Schönefeld bitte«, er schaute aus dem Fenster, es war nicht viel los, es sollte klappen. Er würde vielleicht zehn Minuten zu spät sein, mehr nicht. Und so lange brauchte man sowieso mit dem Gepäck und so weiter.

Ich hätte auch mit dem Bus fahren können, denkt Thomas und ärgert sich. Er ärgert sich, dass er überhaupt zum Flughafen gefahren ist. Er hätte genauso gut zu Hause alles schön machen können für Evas Ankunft. Jetzt werden sie sich gemeinsam durch die Stadt wälzen, wo ist da der Mehrwert?

Da sieht er Eva.

Sie hat ihren großen Rucksack geschultert, ihre mittellangen mittelblonden Haare hängen ihr auf die Schulter, sie steht da, mit gelassenem, geradem Rücken, und sucht ihn. Thomas geht auf sie zu.

Die Schönheit ihrer hellblauen Augen, die von einem dunklen Kranz umgeben sind, ihre dunklen Wimpern und den entschieden geschwungenen Mund – all das sieht man erst, wenn man sie wirklich mag. Eva ist ein Mensch, an dem man erst einmal vorbeigeht. Aber wenn man genauer hinguckt, lässt sie einen nicht mehr los.

Und jetzt steht sie dort, und ihr Blick wandert suchend zwischen den Reisenden hin und her.

Als sie Thomas entdeckt, sein feines, etwas abgehetztes Gesicht, das sich aufhellt, als er Eva sieht, lacht sie und winkt.

Sie umarmen sich, und kurz drückt Eva ihr Gesicht in seine Achselhöhle. Thomas ist groß. Groß, sehr schmal. Braune, wellige Haare, verschwimmende, blaugrüne Augen. Sein Mund ist fein, an den Mundwinkeln lustig nach oben geschwungen. Seine Nase ist weder gerade noch gebogen, sondern beides. Gerade mit einem kleinen Höcker.

Eva hingegen ist athletisch. Starke Schultern, schöne Oberweite, sportliche Beine. Sie neigt ihren Kopf zart in Richtung Thomas. Sie lächeln sich an.

Mitten ins Lächeln hinein sagt Eva plötzlich: »Ich hätte mich wirklich gefreut, wenn du pünktlich gewesen wärst.«

»Ich war pünktlich, ich warte hier schon seit Stunden!«

»Komisch, ich auch. Dann haben wir uns wohl übersehen. Wo warst du denn?«

»Da drüben.«

»Aber da habe ich dich nicht gesehen.«

»Ich war aber da.«

»Du kannst ruhig sagen, wenn du zu spät warst, ist nicht schlimm.«

»Aber ich *war* nicht zu spät.«

Sie gehen durch den Flughafen und tun so, als hätte der kleine Disput nicht stattgefunden. In einem Feinkostladen gibt es Rosen aus Schokolade, die in rote Folie gewickelt sind. In der Mitte steckt eine Praline.

»Blumen?«, fragt Thomas und deutet mit leichtem Grinsen auf die Rosen.

Eva lacht. »Ich mag doch gar keine Schokolade.«

Thomas zuckt mit den Schultern und legt den Arm um sie. »Schön, dass du endlich wieder da bist.«

»Find ich auch.«

Eva erhascht im Vorbeigehen einen Blick in den Spiegel. Sie sieht müde aus, ihre Haut ist vom Flug leicht gerötet. Hätte sie doch Make-up tragen sollen? Oder wenigstens getönte Tagescreme? Sie schiebt den Gedanken beiseite. Thomas kennt sie jetzt lange genug, er weiß, dass sie hübsch sein kann. Außerdem trägt er auch kein Make-up.

Sie sieht mit einem Grinsen zu Thomas, um ihm den kleinen Witz zu erzählen, aber der ist schon ein paar Schritte voraus und bahnt sich mit leicht hochgezogenen Schultern den Weg.

Geht er neben ihr her, oder rennt er vor ihr weg? Eva holt ihn ein und greift nach seiner Hand. Wahrscheinlich findet er die Umgebung stressig, das kennt sie schon von ihm, vor allem in letzter Zeit.

»Doof, dass der Nachtzug ausgebucht war, ich wäre viel lieber mit dem Zug gekommen.«

»Hm, verstehe ich.«

Sie steigen in den Bus, und Eva denkt an die Wohnung. Ob da irgendetwas besonders ist, anders als sonst, weil sie endlich wieder da ist?

»Soll ich eigentlich den Rucksack mal nehmen?«, fragt Thomas.

Eva schüttelt den Kopf. So etwas machen sie nicht, haben sie noch nie gemacht. Der Bus fährt mit einem Ruck los, Eva klammert sich an eine Stange und schaut hinaus.

Berlin, da ist es wieder. Nicht nur für zwischendurch, jetzt ist sie hier wirklich wieder zu Hause. »Es ist vielleicht albern, aber ich bin aufgeregt«, wendet sie sich Thomas zu. »Ich habe so lange auf diesen Tag gewartet. Vor zwei Jahren habe ich mich gefragt, wie ich wohl sein würde, wenn ich zurückkomme. Wie du sein würdest, wie wir sein würden, und jetzt ist es plötzlich so weit. Ich stelle mir allerdings mein Zukunfts-Ich immer wesentlich reifer und gelassener vor, als es dann tatsächlich ist.« Sie lacht kurz, und Thomas stimmt ein.

»Geht mir auch so.«

»Aber trotzdem ist heute ein Feiertag. Von dem niemand eine Ahnung hat außer uns beiden« Thomas lächelt, aber sein Blick sagt eher, »ich freue mich auch für dich«, als dass Eva bei ihm genuine Freude spüren könnte. Sie versucht trotzdem, sich ihre Festtagsstimmung nicht nehmen zu lassen und lächelt tapfer aus dem Fenster.

Als Eva und Thomas in die Wohnung kommen, spürt Eva gleich, alles ist wie immer. Die Wohnung schläft leicht unaufgeräumt vor sich hin.

Trotzdem atmet Eva erleichtert auf. Diese große, schöne Wohnung mit den breiten, matten Dielen. Ihren Schwedendielen, wie Eva sie nennt, weil sie mit Anfang zwanzig der Überzeugung war, alle Fußböden in Schweden sähen so aus. Diese Wohnung, die Thomas und sie zusammen geprägt haben. Zusammenwohnen, das können sie gut und das hat ihnen gefehlt die letzten zwei Jahre.

Eva stellt ihren Rucksack ab. Aber sie fragt nicht »Wie geht es dir?«, so wie Thomas es sich ausgemalt hatte. Sie fragt: »Was machen wir jetzt?« Darunter liegt der leise Vorwurf von »Wir haben einen ganzen Tag für uns, aber ich kann nicht bestimmen, wie dieser Tag verläuft, denn ich war nicht da, sondern ganz woanders. Ich habe eine Reise hinter mir und bräuchte jetzt jemanden, der einen Plan hat, oder zumindest was zu essen. Der Jemand müsstest du sein.«

»Ich koche uns was!«, ruft Thomas aus der Küche. »Risotto mit getrockneten Tomaten?«

»Okay, gerne.«

Eine Minute später kommt er aus der Küche.

»Ich muss noch mal schnell einkaufen.«

Thomas verschwindet, und Eva lässt sich leer auf das Bett fallen. Dieses Bett, das sie vor sechs Jahren für sich und Thomas gekauft hat. Damals kam ihnen so ein großes Doppelbett schrecklich seriös vor. Überhaupt zusammenzuziehen und dann auch noch in eine derartig große Wohnung, das war unerhört erwachsen.

Was ist eigentlich mit ihm los, fragt sich Eva. Sie klingt dabei nicht vorwurfsvoll und auch nicht besorgt, sondern ehrlich interessiert. Der war schon immer so, denkt sie. Irgendwann ist er wieder normal. Manchmal muss er einfach ausschwingen. Oder sich an die neue Situation anpassen.

Ihr Blick fällt auf einen Streifen Passfotos, den sie irgendwann mal neben das Bett gepinnt hat. Thomas und sie, beide mit dicken Mützen, und beide einigermaßen angetrunken in die Kamera grinsend. Der Streifen fällt immer wieder herunter, weil die Stecknadel nicht hält. Eva hängt ihn wieder auf.

Die Wohnungstür geht, Thomas ist wieder da. Er schleppt zwei Stoffbeutel voll mit Einkäufen in die Küche. Anscheinend war wirklich überhaupt nichts mehr zu essen im Haus.

»Kannst du dich noch daran erinnern, wie wir diese Fotos gemacht haben?«, ruft Eva ihm zu.

»Ja, klar, da waren wir ganz frisch zusammen! Da trägst du die Mütze von Ludwig, die er bei mir vergessen hatte. Und du hattest gerade das erste Mal bei mir übernachtet.«

»Wir hatten auch gerade das erste Mal miteinander geschlafen«, ruft Eva aus dem Schlafzimmer. Und nach einer Pause: »Kannst du dich eigentlich an unser erstes Mal erinnern?«

»Ja, klar.«

»Ja, klar und sonst nichts?«

Eva kommt aus dem Schlafzimmer und lehnt sich an die Küchentür. Da steht sie, die Arme verschränkt, in einem weißen T-Shirt und einer hellblauen Stoffhose. Thomas fröstelt, es ist ja erst Ende Mai, aber Eva ist nie kalt. Ihre Haut ist immer hell gebräunt und sonnenwarm. Unter dem T-Shirt zeichnen sich ihre Brüste ab. Thomas hat noch nie gesagt, dass er sie schön findet. Dabei wäre das bestimmt mal angebracht. Sie sind sehr schön. Sie *sprechen* nur nicht zu ihm.

Er stellt sich zu Eva, nah, liebevoll.

»Also, wie war das denn. Wir hatten uns abends getroffen, mit ›deinen Freunden‹, das war einigermaßen aufregend für mich. Also mit Desi und Inga und Faris, die beiden waren da schon zusammen, aber niemand wusste es. Wir sind als Letztes gegangen, und zum Abschied habe ich dir einfach einen Kuss auf den Mund gedrückt und hatte Angst, du schaust mich entgeistert an und sagst, ›Ich dachte, wir sind nur gute Freunde‹.« – »Das weiß ich doch, das weiß ich doch alles! Und zwei Tage später sind wir dann alleine auf dieses Konzert in dem kleinen Kellerlokal und danach in den Wedding zu dir. Aber ich meine konkret den Sex! Kannst du dich daran nicht erinnern?«

Eva fragt sich, warum ihr der Sex plötzlich so wichtig ist. Vielleicht, weil sie in Paris zwar oft an Thomas gedacht hat, aber nicht an Thomas beim Sex. Eher stellte sie sich lange Spaziergänge mit ihm vor. Spaziergänge machen Thomas Spaß. Sex irgendwie nicht mehr so. Das war früher anders.

Thomas schweigt kurz. In Sekundenschnelle denkt er an die allererste Nacht mit Eva. Nach dem Konzert war klar, heute musste etwas passieren, heute oder gar nicht.

Er wusste nicht einmal sicher, ob er mit Eva ins Bett wollte, aber er wollte mit ihr zusammen sein und ihre intelligente, lebenspraktische Art in seinem Leben haben. Also fragte er sie, ob sie mit ihm nach Hause wollte, und sie fuhren auf ihren Fahrrädern zu ihm. Im Wedding wohnte er damals noch, in einer heruntergekommenen Wohnung mit Dusche in der Küche, zusammen mit einem Kommilitonen, der diese Dusche nie benutzte und eigentlich auch nie studierte.

Thomas lächelt Eva an. Er weiß noch, wie es war. Aber er glaubt nicht, dass sie das hören möchte.

Eva lag unten und küsste ihn. Wieder hielt sie den Kuss länger als er, so wie zwei Tage vorher auch schon, sie hatte wohl größere Beharrungskräfte, und Thomas, der gerne flüchtig und spielerisch knutschte, ließ sich darauf ein. Ein paar Beharrungskräfte taten ihm ganz gut.

Hoffentlich findet sie mich nicht zu dünn, dachte er. Aber dann merkte er, dass Eva immer einen Teil der Bettdecke über sich zog, anscheinend hatte sie umgekehrt Angst, ihm könne etwas an ihr nicht gefallen.

Er sah in ihre Augen, hellblau mit einem dunklen Kranz um die Pupille, schöne, kluge Augen.

»Du bist aber schön«, flüsterte er und merkte, wie Eva sich entspannte. Er versuchte, ihr T-Shirt auszuziehen, aber er war vorsichtig, er wollte nicht männlich-dominant wirken. Eva half ihm, überkreuzte ihre Arme und zog mit einem Schwung das T-Shirt aus. Darunter trug sie einen schwarzen praktischen BH, aber das war Thomas egal. Männer, die auf Dessous übergroßen Wert legten, waren ihm sowieso suspekt. Und dann war da eben ihr Busen.

Viele Männer hätten ihn um eine Nacht mit einem solchen Busen beneidet, aber er mochte nun mal lieber kleine, handgroße Brüste. Natürlich hätte er vorher wissen können, dass Evas Busen groß war, aber ihm war alles andere an ihr wichtiger gewesen. Er versuchte, sich seine Verunsicherung nicht anmerken zu lassen. Das Verletzungspotenzial in so einer ersten Nacht ist groß, und Thomas wollte Eva auf keinen Fall verletzen.

Eva küsste ihn, und er streichelte versuchsweise über ihre Brüste. Überrascht sah sie ihn an. »Du bist aber vorsichtig«, sagte sie.

Thomas lächelte sie vielsagend an. Ich könnte ganz anders abgehen, sollte sein Blick sagen. Aber ich respektiere dich eben.

Sein Blick wanderte weiter zu Evas Bauch, der breit und flach war und sehr schön, und er sah ihre sportlichen Beine. Vor allem aber sah er nach wie vor ihre Augen. Und diese Augen schauten ihn an mit einer Mischung aus nüchterner Distanz und Mitgefühl. An diesem Abend und alle weiteren Tage und Abende in den nächsten sieben Jahren.

»Also«, sagt Thomas schließlich. »Die puren Fakten: Du warst unten, ich oben, wir haben ein Kondom benutzt, du bist, glaube ich, nicht gekommen, aber ich habe dich danach noch ›manuell befriedigt‹, und ich konnte nicht fassen, was für schöne Augen du hast.«

»Und du warst sehr vorsichtig, fast schüchtern, das fand ich sehr besonders.«

»Ja, dazu komme ich jetzt. Neben den ›puren Fakten‹ hat es sich angefühlt wie nach Hause kommen.«

Eva lächelt ihn glücklich an. »Magst du eigentlich meinen Busen?«

»Ja!«

»Du sagst nie was über ihn.«

»Echt nicht? Vielleicht, weil mir das übergriffig vorkäme. Also: Dein Busen ist sehr schön.«

Ein paar Stunden später liegt Eva frisch geduscht im Bett und wartet auf Thomas. Sie schreibt eine Nachricht an ihre beste Freundin Desi.

»Bin wieder da«. Zu mehr ist sie nicht mehr in der Lage, der Tag war lang, die Knochen sind schwer, sie ist müde.

Was für ein seltsamer Abend das war. Ein Abend der unangenehmen Mitte. Ihr Hochgefühl, ihre Freude haben nicht genug Raum bekommen. Alles war etwas zu normal. Eva fühlt sich ein bisschen wie eine Stehlampe, die nach längerer Reparatur wieder an ihrem angestammten Platz ist. Es war doof ohne die Lampe, etwas leer und etwas dunkel, aber jetzt, wo sie wieder da ist, kann man endlich wieder zum Alltag übergehen.

Wo bleibt Thomas eigentlich? Und warum bleibt er immer so lange im Bad?

Eva kann sich erinnern, dass es in ihrer Kindheit eine der Sachen war, die man nicht machte, stundenlang im Bad verschwinden. Als WG-Kind sowieso, aber auch als Frau. Man machte sich nicht für die Männer schön, sondern für sich. Das betont ihre Mutter bis heute mit einem gewissen Stolz auf sich und Verachtung für die anderen. Was sie nicht davon abhält, immer genauestens ihre Wirkung zu kontrollieren.

»Thomas, alles ok?«

»Jaaa, bin gleich da!«

Thomas steht vorm Spiegel und redet leise mit sich selbst. Seine Gedanken wandern zu Herrn Bertram. Thomas macht sich Sorgen um ihn. Und um Eva. Und um sich selber. Ein tintenblaues, waberndes Gefühl der Sorge liegt auf seinem Körper. Er reißt sich los, macht die Badezimmertüre auf und versucht, mit einem Sprung auf das Bett und zu Eva seine Sorgen zu vertreiben. Eva sieht ihn überrascht an. Sie hat sich ein Taschenbuch geschnappt und liest halb interessiert darin herum.

»Schön, dass du in meinem Bett liegst.« Thomas gibt Eva einen Kuss.

»Genau genommen ist das mein Bett. Das habe ich damals bezahlt.«

»Schön, dass du in *deinem* Bett liegst«, sagt Thomas und lacht kurz. Eva lacht mit.

»Was hast du denn so lange im Bad gemacht?«

»Na, was macht man im Bad?« Thomas schaut peinlich berührt. Eva verdreht die Augen.

»Ich musste an einen Patienten denken, den ich mag.«

»Wie alt?«

»Fünfundachtzig.«

»Oh.«

»Ich würde mich gerne mal mit ihm länger unterhalten. Ich glaube, wenn wir gleich alt wären, könnten wir befreundet sein. Ist albern, ich weiß.«

»Was würdest du ihn denn fragen wollen?«

»Wieso fragen, ich meinte unterhalten.«

»Ich dachte ... du suchst doch immer unbewusst so eine Mentoren-Figur. So jemanden wie dein Vater, nur weniger bestimmend.«

»Tu ich das?« Thomas windet sich. Eva meint mal wieder, ihn besser zu kennen als er sich selbst. »Ich mag meinen Vater eigentlich ganz gern.«

»Ich auch, aber man hat doch immer Fragen an die eigenen Eltern, die bei näherer Betrachtung eher an die ältere Generation im Allgemeinen gehen als an die Eltern direkt. An jemanden, der einfach schon länger gelebt hat, aber nicht familiär mit einem verstrickt ist. Also ich habe das.«

»Na ja, also wenn Herr Bertram allwissend wäre, würde ich ihn fragen, ob ich im richtigen Beruf bin.«

»Sonst nichts?«

Thomas schüttelt den Kopf.

Was könnte man nicht alles fragen.

»Haben Sie es je bereut, Kinder bekommen und Ihre Frau geheiratet zu haben? Sind Sie froh, in der Stadt geblieben zu sein, oder wären Sie doch lieber in die Provinz gezogen? Soll man ein Haus kaufen? Bauen? Oder doch lieber mieten? Und könnte ich mal mit meiner Freundin vorbeikommen, und Sie sagen mir, ob sie die Richtige für mich ist? Ich zweifle manchmal an ihr – und uns. Dabei ist sie das, was andere eine ›tolle Frau‹ nennen. Das Beste, was jemandem wie mir passieren kann. Ich zweifle übrigens erst in letzter Zeit an uns. Also seit ... Ich weiß es nicht. Mein Zeitgefühl ist mir ein bisschen abhandengekommen, Ihnen auch?« Er wird nichts von alldem fragen. Er traut sich viel zu wenig, und das Leben bleibt dadurch immer gleich. »Was würdest du denn einen weisen alten Herren fragen oder eine weise alte Dame?«

»Wie du mich gerade anschaust, ich glaube, das ist der Grund, warum ich mit dir zusammen bin.«

»Wie … wie schaue ich denn?«

»Mit Wärme und Interesse. Das macht dich wirklich attraktiv.«

»Oh, danke schön.« Thomas bekommt ein bisschen Lust auf Sex.

Ihre Augen verhaken sich ineinander. Aber Eva gibt nicht ganz nach. Etwas Stoisches ist in ihrem Blick, etwas, das Thomas in letzter Zeit öfter gesehen hat und das er gar nicht so gerne mag.

»Ich muss gar keinen alten Herren fragen, ich frage dich direkt«, setzt Eva an.

Da küsst Thomas sie. Sie erwidert den Kuss, und schon knutschen die beiden. Es ist nicht ganz so wie in seiner Vorstellung, irgendwie etwas nüchterner, aber Thomas genießt es trotzdem.

»Also, ich bin ja jetzt wieder da …« Eva hält inne und nimmt Thomas' Penis in die Hände. Sie knutschen wieder. »Und wir hatten ja mal überlegt, ob ich dann die Pille absetze.«

»O ja, stimmt.«

Eva blickt ihn an.

»Das hatten wir gesagt«, sagt Thomas noch einmal und weiß nicht so recht weiter. Er streichelt über Evas Po, ihre Beine und ihre Scham. »Vielleicht besprechen wir das morgen?«, fragt er.

»Klar«, nickt Eva. »Du musst auch nicht sofort was dazu sagen. Aber das ist die Frage, die ich dir im Moment stellen würde. Beziehungsweise stelle.«

Das Thema ›Pille‹ wollte Eva eigentlich noch gar nicht ansprechen. Nicht am ersten Abend, nicht, wenn Thomas so wenig greifbar ist. Sie ärgert sich.

Thomas küsst Evas Nacken, sein Zeigefinger fährt langsam ihre Schamlippen entlang, dann dringt er mit den Fingern in sie ein. Gleichzeitig lenkt ihn ein Gedanke ab, der sich nicht mehr verscheuchen lässt. Hat Eva die Pille schon abgesetzt, ohne es ihm zu sagen? Möchte sie nur noch sein Ok?

Eva zieht ihn auf sich und legt ihre Arme um ihn, um seinen knochigen Rücken. Thomas tastet ihren Körper entlang und fühlt sich nicht mehr wohl. Er küsst Eva wieder in der Hoffnung, dass etwas passiert. Emotional und konkret, bei seiner Erektion, die etwas instabil geworden ist. Soll er lieber aufhören? Ist das nicht furchtbar verletzend für sie beide? Da fährt Eva mit ihren Fingern, diesen athletischen, stets gut durchbluteten Fingern, in seine Haare und dreht seinen Kopf zu ihr.

»Wir müssen das hier nicht weitermachen, wenn du nicht willst.« Sie sieht ihn an. Stoisch. Enttäuscht.

»Entschuldige«, sagt Thomas.

Er legt sich bäuchlings auf sein Kissen, Eva auf das Kissen neben ihm. Sie schauen sich stumm in die Augen.

»Kannst du mich in den Arm nehmen?«, fragt Thomas.

»Okay«, sagt Eva zögerlich.

»Entschuldige, ich habe zurzeit keine klare Struktur. Alles in mir ist durcheinander.«

Ruhig blickt Eva in das dunkle Zimmer. Thomas ist zum Heulen zumute. Nach einer Weile nimmt Eva ihren Arm wieder weg.

»Ich hab die Pille übrigens noch nicht abgesetzt, falls du dich das fragst.«

Thomas tastet nach ihrer Hand. »Komm, wir schlafen«, sagt er. »Morgen ist ein neuer Tag.«

## Noch 30 Tage

Als um 06.30 Uhr der Wecker klingelt, schaltet Thomas ihn schnell aus, um Eva nicht zu wecken. Er steht leise auf, duscht lange und deckt eilig in der Küche den Frühstückstisch. Er stellt alles, was Eva schmecken könnte, um ihren Teller herum, er hat gestern beim Einkaufen an sie gedacht. Orangenmarmelade, ihr Lieblingsmüsli, Tomaten, Mozzarella und Avocadocreme. Für die Croissants, die man erst noch aufbacken muss, hat er nicht mehr genug Zeit, aber er legt einen Zettel auf Evas Teller: *Im Kühlschrank sind Croissants. Bis später:) Thomas*

Als er fertig angezogen durch den Flur tigert und mal wieder sein Portemonnaie sucht, kommt Eva verschlafen aus dem Zimmer. Sie bleibt perplex stehen.

»Ich dachte, du machst heute frei?«

Thomas erstarrt mitten in der Bewegung. »Hatten wir das besprochen? O nein, wirklich?«

»Ich dachte, das wäre klar.«

Eva schluckt einmal kurz. Thomas sieht sie entschuldigend an. »Ich kann jetzt nicht einfach freimachen.«

»Ja, dann war das wohl ein Missverständnis. Ist egal, dann sehen wir uns heute Abend.«

Ratlos steht Thomas an dem einen Ende des Flures und Eva am anderen. Zögernd legt er seine Hand auf die Türklinke. »Ich hab Frühstück für dich gemacht.«

»Wenn du krank wärest, könntest du auch nicht zur Arbeit.«

Thomas atmet hilflos aus. »Das kann ich nicht bringen. Es ist gerade die Hölle los, wir sind unterbesetzt, Rose ist noch im Urlaub. Dann muss es Matti wieder ausbaden. Außerdem kann ich doch so schlecht lügen, glaubt mir keiner, dass ich krank bin. Dr. Peiffer hat sowieso was gegen mich.«

»Okay«, sagt Eva und wirft ihm einen stillen Kuss zu, passiv, aber freundlich. Dann dreht sie sich um und verschwindet im Bad.

Thomas läuft die Treppen hinunter, er muss sich jetzt wirklich beeilen. Sein schlechtes Gewissen beeilt sich allerdings auch, sitzt ihm im Nacken und krallt sich dort fest.

Eva versucht gar nicht erst, sich ihre schlechte Laune schönzureden.

Sie steht eine Weile einfach nur da, hält mit einer Hand gedankenverloren den Saum ihres T-Shirts fest, wühlt mit der anderen Hand in ihren Haaren und kann sich nicht aufraffen zu duschen. Sie betrachtet ihre blaue, ausgebeulte Pyjamahose mit den rosa Streifen und ihr altes weißes T-Shirt. Wäre der gestrige Abend anders verlaufen, wenn sie andere Sachen – oder weniger – angehabt hätte?

Eva schüttelt verärgert den Kopf. »Thomas soll sich erst mal selbst schönere Boxershorts besorgen«, murmelt sie.

Der Abend wäre nicht anders verlaufen, da hätte sie tragen können, was sie wollte. Und das verunsichert sie, ärgert sie auf eine tiefe, hilflose Weise. Eva bleibt noch eine Weile so stehen, erst als ihr kalt wird, klettert sie in die Dusche. Während das warme Wasser auf sie einprasselt, versucht sie, an nichts zu denken, und denkt doch an alles.

Erst als sie schließlich ein frisches T-Shirt und eine bequeme Leinenhose anhat, als sie den von Thomas gedeckten Tisch sieht, als sie daran denkt, wie sehr der Kurator des Museums, an dem sie in Paris geforscht hat, ihre Arbeit gelobt hat, dass Paris jetzt trotzdem weit weg, Berlin aber nah ist, bessert sich ihre Laune ein bisschen.

Thomas eilt die Gänge entlang, schnell zu dem kleinen Zimmer, in dem sich alle umziehen. Er fühlt sich den Anforderungen in der Klinik heute gewachsener als sonst. Sie sind klar, sie sind überschaubar, zumindest im Gegensatz zu dem, was Eva ihm entgegenbringt. Denn sie begegnet ihm nie mit weniger als ihrer ganzen Liebe.

Bevor er sein Handy auf stumm schaltet und in die Tasche seiner weißen Arbeitsjeans stopft, schickt er Eva noch eine Nachricht.

Eva räumt ihren Kulturbeutel aus. Sie hat Kondome besorgt. Falls Thomas sagt: »Klar, setz die Pille ab«, und dann doch noch mal ins Zögern kommt. Falls sie je über dieses Thema sprechen werden. Konkret. Danach wischt sie die Kacheln trocken, das hat sie sich irgendwann so angewöhnt, dann bekommen sie keine Kalkflecken.

Eigentlich ist alles nicht so schlimm, denkt Eva und wischt vor sich hin. Thomas fühlt sich nicht wohl in der Klinik. Aber er wird ein guter Arzt. Besser als sein Vater. Menschlicher. Er wird bestimmt kein Professor oder Chefarzt, aber er wird ein guter Arzt. Das wird er mit der Zeit merken. Im Moment spürt er nur, dass er anders ist als die Leute, die im Krankenhaus Karriere machen. Das verunsichert ihn. Wie soll man Lust auf Sex haben, wenn man von Grund auf verunsichert ist? Wie soll man über Kinder nachdenken, wenn man nicht weiß, ob man im richtigen Beruf ist? Und wie soll man sich überhaupt attraktiv finden, wenn man sich beruflich wie ein Versager fühlt?

Da brummt Evas Handy, das auf der Waschmaschine liegt. Eine Nachricht von Thomas. Sie wischt sich eilig die Hände an der Hose ab und schnappt sich das Telefon. »Entschuldige den Abgang heute und die Nacht gestern. Fühle mich zurzeit wie ferngesteuert. Freue mich auf heute Abend. Schön, dass Du jetzt bei uns in der Wohnung bist. Denke zu Dir hin, und da ist es warm. P. S.: Ich würde jetzt gerne mit Dir schlafen.«

Eva lächelt, das Handy rutscht ihr aus der Hand und knallt auf die Kacheln.

Noch während Thomas die Nachricht schreibt, kommt sein Freund und Kollege Matti herein, mal wieder spät dran.

»Na, was geht?« Matti begrüßt ihn mit einer kurzen Umarmung und haut ihm auf den Rücken. »Lange Nacht gehabt?«, fragt er mit einem Blick auf Thomas' Augenringe.

»Eva ist wieder da.«

»Ui, und so schlimm?«, lacht Matti. »Was hältste eigentlich von der Nephrozirrhose auf Zimmer acht?«

Matti wechselt gerne übergangslos zwischen privaten und beruflichen Themen hin und her, weil alles eins ist. Weil alles ihm Spaß macht.

»Hab ich … ehrlich gesagt noch nicht drüber nachgedacht.«

»Ist schon komisch, dass die andere Niere die Funktion nicht vollkommen übernimmt«, sagt Matti und stopft sich noch schnell ein paar Sonnenblumenkerne in den Mund. »Isabella und ich haben uns übrigens gestern Abend auch gestritten.«

»Wir haben uns gar nicht gestritten.«

»Ach, ich dachte, am ersten Tag ist das doch normal.« Alles an Matti ist in Bewegung, in Eile, und trotzdem ist er komplett präsent. »Bei uns fliegen ja gerne mal die Fetzen, kein Wunder, wir geben uns ja nur noch die Klinke in die Hand. Aber es läuft im Bett noch. Und das ...«, er grinst ironisch, »ist nicht selbstverständlich nach dem ersten Kind. Raoul, ey. Schläft immer noch nicht durch. Dabei ist er jetzt zwei! Zwei! Wie lange dauert das denn noch? Bis der durchschläft, habe ich schon wieder senile Bettflucht.«

Ein durchdringendes Piepsen beendet das Gespräch. Der Alarm im Zimmer und die kleinen Pager, die Thomas und Matti bei sich tragen, schlagen an.

»O Scheiße, Zimmer neun.« Matti blickt von seinem Gerät auf, schnappt sich den Notfallkoffer und eilt los.

Thomas läuft ihm hinterher.

Schwester Hatice, jung, gewissenhaft, ordentlich, kommt ihnen entgegen.

»REA bei Herrn Bertram!«

»Warum bist du nicht beim Patienten?«, ruft Matti ihr im Vorbeihasten zu.

»Da ist schon Sieglinde.«

»Ach, ist doch Schwachsinn! Die famuliert doch nur, die kann doch so was nicht! Holst du den AED? Und das Rea-Team?«

»Bin schon dabei!« Hatice rennt zum Defibrillator

und dem Telefon, beide sind weiter unten im Flur an der Wand angebracht.

Thomas würde gerne stehen bleiben und sich gegen den Strom der Ereignisse stemmen. Er möchte Herrn Bertram nicht wiederbeleben, ihn in einem unwürdigen Zustand zurück ins Leben holen. Aber er möchte noch viel weniger dabei sein, wenn er stirbt. Er würde sich gerne umdrehen und davonlaufen. Am besten, er wäre überhaupt nicht da.

Als Thomas in das Zimmer kommt, fällt sein Blick als Erstes auf Sieglinde, die mit kräftigen, schnellen Bewegungen und durchgestreckten Armen immer wieder Herrn Bertrams Brustkorb eindrückt, und dann auf Herrn Bertram, der mit weit offenem Mund und schlaffem Körper daliegt. Sieglindes Gesicht ist gerötet, die braunen Haare fest nach hinten gezurrt.

»Hat es am Anfang geknackst, als du mit der Massage begonnen hast?«, fragt Matti.

Sieglinde nickt und pustet sich eine Strähne aus der Stirn.

»Kannst du noch?«, fragt Matti weiter.

»Geht so«, antwortet sie hektisch.

»Übernimm du«, sagt Matti zu Thomas und schiebt Sieglinde zur Seite. »Sieglinde, leg mal einen Zugang, ich kümmere mich um die Beatmung.«

Thomas beginnt eilig, in regelmäßigen Abständen und mit voller Kraft, seine Handballen in den Brustkorb zu drücken. Matti hat den Beatmungsbeutel aus dem Notfallkoffer genommen und ihn Herrn Bertram über Mund und Nase gestülpt.

»Wo ist das Brett?«, fragt Thomas.

Da kommt Hatice schon mit Defibrillator und Brett

ins Zimmer geeilt. Die beiden Frauen und Matti schieben das Brett unter Herrn Bertram, während Thomas weiterpumpt.

Herrn Bertrams Haut schimmert schon bläulich, auch die Adern zeichnen sich blau auf seinem Körper ab. Er hat einen schmalen Brustkorb, als hätte er sich sein Leben lang nicht getraut, sich zur vollen Größe und Breite aufzurichten. Auf dem Bauch sind zwei große Leberflecke. Thomas wagt nicht, in sein Gesicht zu schauen. Er ahnt, was er dort sehen wird. Die eingefallenen Züge eines Sterbenden.

Auf dem Tisch neben dem Krankenbett liegt Herrn Bertrams Gebiss, das Sieglinde ihm schon vorsorglich aus dem Mund genommen hat. Matti hat das Bett ein wenig vorgeschoben, steht hinter Herrn Bertrams Kopfende und beginnt mit der schwierigen Aufgabe des Intubierens. Thomas ist froh, dass Matti das übernimmt. Matti lässt sich den Intubationsschlauch geben, und nach ein paar gespannten Augenblicken setzt er den Beatmungsbeutel an. Sieglinde und Hatice kleben die Elektroden des Defibrillators auf. Der diagnostiziert Kammerflimmern.

Thomas pumpt weiter. Dreißig kräftige Stöße, schnell und ohne Pause, gleichzeitig Luftzufuhr durch den Beatmungsbeutel. Zwischendurch spritzt Hatice durch den Zugang an der Vene Adrenalin.

Da kommt das Rea-Team herein, eine gelassene Anästhesistin Mitte fünfzig und ein Pfleger, etwas älter als Thomas und Matti. Der Pfleger übernimmt die Herzdruckmassage, die Anästhesistin Mattis Position. Die Tür des Krankenzimmers öffnet sich wieder, und Frau Bertram, mit Blumen in den Händen, starrt erschrocken auf die sich darbietende Szene. Matti reagiert schnell, führt die erschütterte Ehefrau hinaus und macht Sieglinde ein Zeichen, sich um sie zu kümmern.

Thomas wirft einen Blick auf die Aufzeichnungen des Defibrillators, der nicht viel aufzeichnen kann, weil er keinen Herzschlag findet. Plötzlich kommt es ihm so vor, als läge er auf dem Bett, eine ältere Version seiner selbst, oder ist es eine jüngere? Selbst wenn diese Version überlebt, er wird wieder da landen, wo er jetzt schon ist. Man entkommt sich selber nicht.

»Thomas, Patientenverfügung gab es keine, oder?«, reißt Mattis Stimme ihn aus seinen Gedanken. Die Anästhesistin sieht ihn fragend an.

»Äh, nein. Wir hatten dem Patienten angeboten, auf ITS verlegt zu werden, er hat abgelehnt. 85 Jahre, Prostatakarzinom, palliativ.«

»Hab ich alles schon gesagt«, meint Matti.

»Na ja, viel machen wir hier nicht mehr«, sagt die Anästhesistin, während der Pfleger weiterpumpt. »Aber wir können noch mal Adrenalin geben.«

Thomas möchte eine Spritze aufziehen, aber Hatice ist schon dabei.

Was für ein Leben retten wir hier eigentlich, fragt sich Thomas. Will Herr Bertram überhaupt noch leben? Hat er sich nicht die letzten Tage leise aus dem Leben geschlafen, es wollte nur niemand wahrhaben?

»Also, wir kriegen hier seit insgesamt dreißig Minuten keinen Kreislauf etabliert, ich glaube, wir können aufhören«, meldet sich die Anästhesistin irgendwann wieder. Alle treten vom Bett zurück, und Matti schließt Herrn Bertram für immer die Augen.

Thomas kann seinen Blick nicht von dem Gesicht des

alten Herren nehmen. Ohne Gebiss sieht er viel älter aus. Älter und ein wenig schockiert. Nicht, als sei er in Frieden eingeschlafen, sondern als habe ihn der Tod abrupt erwischt. Thomas sieht zum Fenster hinaus. Ein paar Ärzte gehen durch den Krankenhausgarten, die ersten grünen Blätter hängen an den Zweigen.

Die Welt geht ganz normal ihren Gang, nur für Herrn Bertram ist sie nicht mehr da. Nie wieder. Alles, worauf er hingelebt hat, jeden Tag, den er begrüßt hat, als kleiner Junge, als heranwachsender Mann, als langsam müde werdender Greis, alles, worauf er gehofft hat, was er gefürchtet hat, es gilt jetzt nicht mehr. Er ist nicht mehr da. Und mit ihm sind auch seine Sehnsüchte, seine Wünsche, sein ureigener Blick auf die Dinge verschwunden.

»Redest du mit seiner Frau? Ich habe gleich eine OP«, sagt Matti.

Thomas nickt. Er möchte ungern das Gespräch mit Frau Bertram führen, aber irgendjemand muss es ja machen.

Matti und Thomas kommen in den Flur, Frau Bertram wartet hilflos vor dem Schwesternzimmer. Man hat ihr einen Stuhl gebracht, neben ihr steht etwas ungelenk Sieglinde, die Wangen noch immer gerötet.

Frau Bertram blickt starr auf die Tür, hinter der ihr Mann liegt. Den Blumenstrauß hält sie gerade vor ihrer Brust, wie ein kleines Mädchen, das gleich seinem Vater zum Geburtstag gratulieren möchte. Sie sieht die ernsten Gesichter von Thomas und Matti, ihr Kopf sinkt herab, sie weint sofort.

Thomas geht vor der kleinen Dame in die Hocke. »Kommen Sie mit, Frau Bertram, wir haben ein Zimmer, in dem wir unsere Ruhe haben.« Thomas hat noch nicht die Tür zu dem kleinen Besprechungszimmer geschlossen, da fängt Frau Bertram schon an zu reden.

»Warum denn jetzt?«, sagt sie. Sie hat eine kleine, weiche Stimme, als habe sie Rosinen im Mund oder als sei sie selber eine zierliche Rosine, ganz anders als die klare, reduzierte Stimme ihres Mannes.

»Ich wollte ihm gestern schon Margeriten mitbringen, das sind seine Lieblingsblumen«, sagt Frau Bertram. »Jetzt kann er die gar nicht mehr sehen.« Sie lässt wieder den Kopf sinken, das Gesicht nass vor Tränen. »Warum hat er mir denn nicht gesagt, dass er sterben wird, er hat das doch bestimmt geahnt.«

Thomas weiß nicht, was er antworten soll. »Aber Frau Bertram, das weiß man doch nie. Man hofft doch immer, bis zum Schluss.«

»Nein, nein. Er war in einem schlechten Zustand. Hätte er mir mal gesagt, dass ich heute möglichst früh zu ihm kommen soll, hätte er das mal gesagt.« Sie ringt um Fassung. »Dann hätte er die Blumen noch ...«

Thomas würde gerne die Hände der kleinen Frau in seine nehmen, aber er traut sich nicht. »In einem derartigen ›Akutzustand‹, wie Ihr Mann war, mit einem in Mitleidenschaft gezogenen Herzen, da kann das Herz jederzeit versagen.« Thomas hofft, dass das tröstlich klingt.

»Warum ist er denn nicht auf die Intensivstation verlegt worden?« Frau Bertram schnäuzt sich. Sie sieht ihn durch ihre goldene Brille mit wässrigen Augen an wie ein verwirrter, aber doch kampfbereiter Vogel.

Thomas zögert. »Ihr Mann war noch voll entscheidungsfähig. Wir haben ihm angeboten, ihn zu verlegen. Aber er wollte nicht.«

Die alte Dame schüttelt immer wieder stumm den

Kopf. Thomas sitzt ihr gegenüber und wartet ab. Schließlich schaut sie Thomas an.

»Er hat immer etwas vor mir zurückgehalten. Wieso hätte das im Tod anders sein sollen als im Leben?« Sie trocknet mit einem Taschentuch ihr Gesicht. »Ich danke Ihnen. Jetzt habe ich noch eine Bitte. Könnte ich kurz telefonieren? Mein älterer Sohn wohnt in Steglitz, ich würde ihn gerne benachrichtigen.«

Thomas schiebt ihr freundlich das Telefon hin. Dann bringt er Frau Bertram zu ihrem Mann und lässt sie allein, damit sie sich verabschieden kann.

Wie so oft fragt er sich, ob es wohl schlimmer ist, sich von jemandem zu verabschieden, mit dem man noch viel erleben wollte, oder von jemandem, mit dem man schon viel erlebt hat. Und wie immer kommt er zu keiner Lösung. Wahrscheinlich, denkt Thomas, ist es am schlimmsten, wenn ein Partner stirbt, den man nie richtig geliebt, mit dem man aber viel erlebt hat. Dann bleibt da nur ein Loch. Sonst bleibt da wenigstens die Liebe.

Mit weichen Knien geht er schließlich in das kleine Umkleidezimmer mit seinem Spind zurück. Um sich schnell und halbgar abzulenken, schaut er auf sein Handy.

»Gehe gleich mittagessen mit meiner Mutter«, hat Eva geschrieben. »Denk an mich!«

Thomas lässt sich auf die Bank fallen. Er kann nicht mehr. Und schon gar nicht kann er Eva jetzt antworten.

Eva sitzt mit ihrer Mutter in einem Lokal am Schiffbauerdamm. Sie treffen sich immer hier, immer so, dass es für die Mutter günstig ist, die ein paar Hundert Meter weiter arbeitet.

Bevor Eva geboren wurde, Berlin war noch geteilt,

hatte die Mutter sich einen Namen als mutige ›schnoddrige Korrespondentin aus Westberlin‹ gemacht. Nach der Wende, in Evas früher Kindheit, war sie als Hörfunk-Korrespondentin im öffentlich-rechtlichen Fernsehen aufgestiegen. Die Mutter ist immer am Puls der Zeit, sie weiß immer Bescheid und ihrer Meinung nach ist niemand, wirklich niemand, so gebildet wie sie.

Beide Frauen sitzen auf weißen Plastikstühlen, jede einen Salat vor sich. Die Mutter fixiert Eva. Sie lächelt, und nichts an ihr bewegt sich dabei. Ihre kurzen grauen Haare schmiegen sich eng an den Kopf, die braun gebrannte Haut ist straff, stählerne Augen, stählernes Lächeln, auffällige Ohrringe.

Eva fühlt sich fehl am Platz und unwohl in ihrem Körper.

»Wie geht es dir?«, stellt die Mutter mehr fest, als dass sie fragt.

Eva lächelt sie gleichmütig, wechselwarm an. »Gut. Ich bin froh, wieder in Berlin zu sein.« Dann schweigt sie.

»Hätte ja nicht gedacht, dass wir uns so schnell sehen, hätte gedacht, du bist mit Thomas irgendwo, am Teufelssee oder wo ihr immer hinfahrt. Aber ich freue mich sehr! Willkommen zurück, mein Schatz!«

»Danke! Thomas und ich fahren immer an den Plötzensee. Aber Thomas hat heute Dienst.«

»Ah, stimmt, am Teufelssee sind dir immer zu viele Nackte.« Die Mutter lacht. »Ich finde das nicht so schlimm, aber dich hat das schon als Kind gestört.«

Eva zieht die Stirn in Falten. Gerade als Kind, denkt sie. Gerade als Kind will man keine fremden nackten Menschen um sich haben. Aber sie sagt nichts.

»Ich hatte heute Morgen den NRW-Gesundheitsminister im Studio, erst kam er viel zu spät, dann hat er sich über den Kaffee beschwert, schlechte Stimmung überall, aber den habe ich ganz gut eingefangen. Hatte mir nämlich einen Gesetzesentwurf durchgelesen, den er vor zwei Jahren gemacht hatte, als er noch einfacher Bundestagsabgeordneter war. Kam mir so, ich kann mich eigentlich immer auf meine Intuition verlassen. Na ja, und dann habe ich ihm gesagt, dass ich den interessant finde, nur die Sache mit den gekürzten Kassenbeiträgen …«

Evas Gedanken schweifen ab. Das heutige Treffen wird nicht anders verlaufen als sonst, was hatte sie sich eigentlich erhofft?

Die Mutter hat aufgehört zu reden, Eva nickt ihr bestätigend zu. Ein kurzes Schweigen entsteht.

»Du hast mir noch gar nicht erzählt, wie es dir geht?«, sagt die Mutter schließlich.

»Hab ich das nicht vorhin schon gesagt? Gut.«

Das Lächeln der Mutter erlischt nie. »Du genießt doch jetzt bestimmt die Zeit mit Thomas«, sagt sie, und klingt dabei dermaßen gönnerhaft, dass Eva schlecht wird.

»Ich weiß, dass du ihn nicht magst.«

»Doch, doch, ich mag Thomas. Aber er erscheint mir manchmal, nun ja, da haben wir ja schon oft darüber geredet, nicht als die Endstation für dich. Aber wir müssen das Thema jetzt auch nicht besprechen.«

»Nee, komm, heute nicht.«

Stille.

»Ist natürlich ein Zwiespalt, du bist jetzt dreißig geworden, da will man mit Kindern nicht mehr zu lange warten. Dabei habt ihr Frauen doch heutzutage alle Möglichkeiten, gerade jetzt mit Social Freezing.«

»Danke, Mama, ich hätte ganz gerne einfach ein Kind mit dem Mann, den ich liebe, egal, wann dir das passt.«

Die Mutter faltet ihre Serviette in immer kleinere Teile. »Man muss ja auch nicht unbedingt Kinder bekommen. Hast du jetzt die Pille schon abgesetzt?«

Eva stellt sich vor, wie sie die Situation eskalieren lässt. Wie sie aufspringt, wegrennt und nie wiederkommt. Aber Eskalationen sind ihr im Nachhinein immer peinlich. Sie fragt sich, was die Mutter mit ihrem Satz meint. ›Man muss ja auch nicht unbedingt Kinder bekommen.‹ Bereut sie, Eva bekommen zu haben? Oder traut sie Eva nicht zu, ein Kind großzuziehen? Wahrscheinlich beides. »Wo fährst du eigentlich im Sommer hin?«, fragt Eva.

»In die Bretagne. Oh, ich muss wieder los, ich muss noch den Kommentar zur Klimakonferenz vorbereiten. War schön, dich zu sehen, mein Schatz, schön, dass du wieder da bist, und grüß Thomas. Ach, und die Pille? Hast du sie jetzt abgesetzt?«

Eva schüttelt verneinend den Kopf und lächelt dabei, als habe sie die Situation bestens im Griff. Und dann wirft sie ihrer Mutter auch noch eine Kusshand zu, als sei das Treffen mit ihr überragend schön gewesen. Die Mutter geht den Bürgersteig entlang, neben sich die Spree, und Eva bleibt sitzen. Deprimiert, mit schlechtem Selbstwertgefühl und Wut ohne Adressaten. Sie schaut auf ihr Handy. Schon halb fünf. Thomas müsste bald Feierabend haben.

Als Thomas das Krankenhaus verlässt, dreht er sich noch mal um die eigene Achse und sagt leise: »Tschüss, Herr Bertram.«

Dann geht er zu den Fahrradständern, raus auf die laute Kreuzung. Er ruft Eva an.

»Hey.« Evas Stimme klingt gedrückt.

»Wo bist du?«

»In Mitte.«

»Ach, das liegt ja eh auf dem Weg, wollen wir uns im Monbijoupark treffen?«

»Au ja, gerne.«

Zwanzig Minuten später umarmen sich Eva und Thomas. An der Spree, gegenüber der Museumsinsel, inmitten von Berlinern und Touristen.

Thomas spürt Evas Körper, der ihm irgendwie zu groß ist, zu groß wird, dabei hat sie nicht zugenommen, Eva ist eigentlich immer gleich. Vielleicht ist er es, der sich verändert, vielleicht schrumpft er, wird weniger? Thomas spürt ihren Körper, den er etwas zu gut kennt, der aber schön warm ist, schön stabil. Ein Körper zum Anlehnen, zum Bleiben. Ihn überkommt eine fatale Welle der Dankbarkeit für diese beständige, geduldige Frau an seiner Seite.

Die Geschehnisse des Tages durchschütteln ihn noch einmal bis auf die Knochen, dann wird er weich. Er sieht Eva an. Sie ist etwas blass, etwas zerknautscht, ihre Augen kommen gar nicht richtig aus dem Gesicht, klein und traurig sitzen sie an ihrem Platz und werden von nicht geweinten Tränen oder bleierner Müdigkeit zusammengedrückt. Sie setzen sich auf ein Fleckchen grünes Gras zwischen Bierdeckeln und Zigarettenstummeln.

»Herr Bertram ist heute gestorben«, sagt Thomas ohne Umschweife. »Wir haben noch versucht, ihn wiederzubeleben, aber es war zu spät.«

»Ach, Thomas«, sagt Eva liebevoll, kummervoll, und nimmt ihn in den Arm.

Dass er Herrn Bertram vielleicht noch lebend gesehen

oder seinen Herzstillstand früher bemerkt hätte, wenn er morgens nicht mit Eva diskutiert hätte, dieser Gedanke kommt Thomas gerade erst, aber er schiebt ihn schnell beiseite.

»Hatte er Familie?«, fragt Eva.

»Ja, eine Frau und zwei erwachsene Söhne. Die Frau kam ausgerechnet dazu, als wir versucht haben, ihn zu reanimieren.«

»O nein, die Arme.«

Sie sitzen eine Weile schweigend da, lehnen aneinander und schauen auf die Museumsinsel. Schön hier.

»Jetzt musst du dir die Antwort selber geben«, sagt Eva irgendwann. »Auf deine Frage nach dem richtigen Beruf.«

»Ja, habe ich auch schon gedacht. Als wäre das ein Wink des Schicksals. ›Kümmere dich selber um dich, sei erwachsen.‹ Ist natürlich einigermaßen vermessen, im Tod eines Fremden was fürs eigene Schicksal erkennen zu wollen.«

»Ich glaube aber, das kannst du, also dir die Antwort selber geben.« Eva gibt Thomas einen kurzen Kuss auf die Wange.

Sie strahlt Zuversicht für zwei aus, und Thomas beschleicht dieselbe Angst wie damals vor dem Abitur: Hoffentlich werde ich niemanden enttäuschen, denkt er. Sein Blick fällt auf Evas zartrosa Rucksack, der mit genau dem gleichen Minimalismus gepackt ist, mit dem er seinen auch packen würde. Trotzdem – oder gerade deswegen – macht ihn dieser Rucksack wahnsinnig. Da ist so wenig Unordnung, so wenig Überraschendes.

»Wie war es eigentlich mit deiner Mutter?«, fragt er.

Eva zieht die Schultern ein klein wenig hoch.

»Wie immer.«

»Das heißt, sie hat von sich geredet und du hast zugehört?«

»So ungefähr.« Eva blickt auf die Spree. Da hängt noch etwas Ungesagtes im Raum. »Sie hat mal wieder angedeutet, dass sie uns als Paar suboptimal findet.«

Das kennt Thomas schon. Die ersten Jahre ihrer Beziehung war Evas Mutter überschäumend herzlich, hat sich mit ihm verbündet und eine Art Kumpanei aufgemacht, die er wiederum etwas befremdlich fand. Aber vor ungefähr zwei Jahren hat sich das geändert. Jetzt gehört er dazu, zu all den Sachen, die ihrer Meinung nach an Eva verbesserungswürdig wären.

»Diese Blicke. Sie sagt nichts, aber ich spüre das! Ich *könnte* mehr Sport machen. Ich *könnte* längst mit meiner Doktorarbeit fertig sein. Und ich *könnte* auch mal meine Beziehung beenden. Das würde mir mit Sicherheit ›ganz neuen Schwung‹ geben.«

Thomas würde Eva gerne alle Sorgen nehmen, wie sie sich an ihn lehnt und über ihre eigene Situation ironische Scherze macht, aber alle Sorgen? Auf einmal? Dazu hat er gerade tatsächlich nicht genug Energie.

»Komm, egal«, sagt er. »Hauptsache, *wir* finden uns optimal.«

Eva nickt.

»Sonst noch was?«

Eva schüttelt den Kopf. Sie verschweigt, dass die Mutter nach der Pille gefragt hat. Beharrlich stumm blickt sie vor sich hin. Sie ist nicht herauszulösen aus dieser Art von Schweigen, das versucht Thomas schon lange nicht mehr, also wechselt er das Thema.

»Übrigens, meine Eltern haben noch mal nachgehakt wegen dem Dänemarkurlaub Anfang August. Ich war schon kurz davor zu sagen ›Klar, wie immer‹, aber dann dachte ich, dass wir dieses Jahr vielleicht mal nur eine Woche mit meinen Eltern wegfahren, und nicht zwei. Dann hätten wir eine Woche mehr Zeit für uns. Ich würde ja am liebsten Ende des Jahres mal wieder eine richtig lange Reise machen. Oder nächstes Jahr im Winter.«

»Okay. Ja.« Eva lächelt und nickt.

»Also, wir müssen auch nicht. Es wird schwer genug, meinen Eltern beizubringen, dass wir nur eine Woche dabei sind. Das lohnt sich nur, wenn wir beide das auch wirklich wollen.«

»Nein, du weißt doch, wie gerne ich mit dir wegfahre! Ich war nur eben gerade zwei Jahre weg. Bei mir geht's im Moment mehr ums Ankommen als ums Aufbrechen. Aber das ist im Winter bestimmt schon wieder anders. Und sowieso«, Eva hält kurz inne. »Ich glaube, es ist gar nicht schlecht, wenn du nicht so lange mit deinem Vater aufeinanderhockst.«

Thomas durchzuckt es. Da ist es wieder, Evas gut gemeintes Besserwissertum.

»Hey, ich weiß, wie dominant der sein kann. Das ist mir klar, und da grenze ich mich ab.«

»Hm.«

Eva zupft Grashalme aus der trockenen Erde. Thomas blickt zu ihr. Er fühlt sich ungefragt therapiert und seinen Vater ungerecht behandelt. Er darf so über ihn reden, andere nicht. Sein Brustkorb zieht sich zusammen.

## Noch 28 Tage

Eva und Desi sitzen in der Küche. Es ist später Nachmittag. Der Tag war bis jetzt unspektakulär bis leer. Aber jetzt ist Desi da. Sie hat einen Espresso vor sich und durchkämmt mit der Hand ihre vor Monaten blondierten, komplett unordentlichen Haare.

»Ich dachte, ich mache es genau richtig, indem ich es eben nicht mache, wie meine Mutter. Indem ich den Mann, mit dem ich mal Kinder kriegen will, schon richtig gut kenne.«

»Hast du noch mehr Zucker?«, unterbricht Desi kurz. Eva schiebt den Zucker zu ihr rüber, redet dann aber sofort weiter.

»Und jetzt habe ich das Gefühl, wir kennen uns *zu* lange. Vielleicht sollte man sofort Kinder bekommen, wenn man sich kennenlernt, sofort.«

»Wie deine Mutter? Das ist doch auch nicht gut gegangen. Wie war's eigentlich mit ihr?«

»Furchtbar. Ich glaube, sie lauert nur darauf, dass es mal nicht rundläuft. Man darf ja als Tochter nicht glücklicher werden als die eigene Mutter, das ist ein ungeschriebenes Gesetz.«

»Meine Mutter möchte mich schon gerne glücklich sehen.«

»Ja, deine Mutter ist eine Ausnahme.«

Eva denkt an Desis Mutter, die genau so ist wie sie, gut gelaunt, zufrieden mit sich, viel Busen, viel Po, alles schwingend, auch die Stimme. Nur die Gedanken nicht, die sind immer messerscharf und klar, zumindest bei Desi, bei der Mutter ist sich Eva nicht so sicher.

»Wirst du denn mit Thomas glücklich?«, fragt Desi,

legt das Kinn auf ihre Fäuste und schaut Eva mit ihren grünen Augen schräg von unten an.

»Bis jetzt schon.«

»Also, du hast Augenringe, die sogar ich überschminken würde.«

»Was heißt schon glücklich? Das ist ein weites Feld.«

»Och, Eva, komm.«

»Aber stimmt doch, was ist schon Glück? Mit jemandem jeden Tag leidenschaftlichen Sex haben, aber in anderen Bereichen nicht wirklich gut harmonieren? Oder umgekehrt? – Für eine Näherin in Bangladesch wären eine Krankenversicherung, fairer Lohn und die Gewissheit, dass ihre Kinder zur Schule gehen können, das pure Glück. Ich habe ein riesiges, stabiles Dach über dem Kopf, schon während meiner Doktorarbeit einen Job am Museum ergattert und habe einen lieben, tollen Freund, der mir alles gönnt. Außerdem konnte ich es mir leisten, bis zu meinem Dreißigsten zu verhüten, kann mir also aussuchen, wann und mit wem ich Kinder bekomme. Ich esse fantastisches Essen …«

»Ihr habt also zurzeit keinen Sex«, unterbricht da Desi.

»Doch, schon. Manchmal. Also, seitdem ich wieder da bin einmal. Aber ich bin ja auch erst vor ein paar Tagen zurückgekommen. Aber bei dem einen Mal hatten wir eigentlich nicht so richtig … Also Thomas ist nicht hart geworden, und dann sind wir beide eingeschlafen.«

»Und sonst so?«

Eva verstreut mit einem Teelöffel etwas Zucker auf der Tischplatte und ordnet ihn zu winzigen Häufchen und Mustern.

»Ich glaube, er möchte nicht, dass ich die Pille absetze. Dabei hatten wir das so besprochen. Es war immer klar, wenn ich wiederkomme, machen wir das. Aber als ich ihn jetzt konkret gefragt habe, hat er sich herausgewunden. Er schweigt.«

»Als ihr das besprochen habt, war das ja auch noch weit weg. Vielleicht hat Thomas gehofft, in den zwei Jahren verändert sich etwas in ihm, und dann ist er sich sicher.«

»Sicher in Bezug auf was? Mich?«

»Joa, oder insgesamt. Mit Kindern. Ist ja ein großer Schritt.«

Die Wohnungstür öffnet sich, und Thomas kommt nach Hause.

Schade, Besuch, denkt Thomas, während er die Tür aufschließt, dann geht er mit einem Lächeln in die Küche.

Eva, die mit dem Rücken zur Tür sitzt, dreht sich ihm zu. Thomas beugt sich zu ihr, streckt den Kopf ein wenig vor, spitzt die Lippen und gibt ihr einen Kuss. Das wirkt etwas unbeholfen, aber sich unter Beobachtung zu küssen, ist immer seltsam. Dann begrüßt Thomas Desi mit Ghettofaust.

»Wollt ihr auch irgendwas?«, fragt er und tigert zum Kühlschrank. Eva und Desi schütteln den Kopf und deuten auf ihre Kaffeetassen. Thomas wendet sich vom leeren Kühlschrank ab. »Wollen wir uns was zum Essen bestellen?«

»Ich geh gleich noch ins Kino«, meint Desi.

»Für mich gerne«, nickt Eva.

Thomas verzieht sich ins Wohnzimmer auf das große graublaue Sofa und tippt in seinem Handy auf einer Lieferdienst-App herum. Auf halbem Weg zwischen Misosuppe und Wan Tans legt er das Telefon mit einem Seufzer aus der Hand. Er wäre jetzt wirklich gerne alleine in dieser Wohnung. Und zwar ganz alleine.

Er spürt Eva. Sie wartet. Und wo er auch hingeht, ins Schlafzimmer, ins Badezimmer, in den Flur, in allen Ecken hängen ihre Fragen.

Thomas bestellt zwei Suppen, zwei Hauptgerichte mit Reis, Curry, Gemüse, dann überfällt ihn dumpfe Müdigkeit und lässt ihn nicht mehr los. Das Handy auf der Brust, schließt er die Augen und döst weg.

So findet ihn Eva, als Desi gegangen ist. Sie setzt sich kurz zu ihm und betrachtet ihn. Wie besorgt Thomas aussieht, auch im Schlaf. Seine schmalen, schön geschwungenen Lippen sind nach innen gezogen, die Hände unter sein Gesicht geklemmt. Nur die braunen Locken liegen entspannt da, wo sie hingefallen sind. Wie sehr sie ihn doch liebt. Wie gerne sie ihm helfen würde.

Schläft er wirklich? Ja, er schläft. Und er wird erst aufwachen, wenn der Lieferbote klingelt.

Dann werden sie essen und anschließend ins Bett gehen. Vielleicht noch auf einem der tausend Streaming-Anbieter etwas schauen. Oder in ihren Handys herumwühlen. Sie werden wieder nicht über das reden, was Eva so sehr beschäftigt, das Kinderthema, die Zukunft. Und Eva wird das stillschweigend akzeptieren.

Eva ärgert sich über sich selber, und der Ärger hört nicht auf. Sie schiebt keine wichtigen Gespräche tagelang vor sich her, so ist sie eigentlich nicht. Die Dinge werden besprochen. Am besten noch vorm Schlafengehen, dann nimmt man sie nicht mit in die Nacht. Jetzt ist es anders. Jetzt hat sie Angst. Hilflose, ratlose Angst.

Bis jetzt haben Thomas und sie für alles einen Kompromiss gefunden, oder es war gar kein Kompromiss nötig, weil sie sowieso einer Meinung waren. Aber in diesem Fall gibt es keinen Kompromiss. Sie kann ja nicht zur Hälfte die Pille absetzen. Oder nur ein halbes Kind bekommen. Wobei, das kann man schon. Man kann von Anfang an eine Babysitterin haben und dem Partner signalisieren, ›Du wirst mit dem Kind nichts zu tun haben, keine Sorge‹. Aber beides möchte sie nicht. Sie möchte kein halbes Kind und auch nicht mit einem halben Partner.

Sie wartet darauf, dass es an der Tür klingelt und Thomas endlich aufwacht.

Eva schaut in das schattige Wohnzimmer.

Scheiße, denkt sie. Ich werde gerade so, wie ich nie sein wollte. Scheiße.

## Noch 27 Tage

Durch die weißen Gardinen scheint die Sonne. Thomas bewegt sich im Schlaf, dreht sich zu Eva und öffnet schließlich die Augen. Die Stille eines leeren Samstags lastet auf ihm. Er greift verschlafen nach Evas Hand.

»Gut geschlafen?«, murmelt er. Eva ist schon wach.

»Ja, und du?«

»Heute haben wir endlich beide frei.«

»Ja. Was machen wir denn?«

»Weiß nicht. Einfach mal nichts.«

»Ich wollte joggen gehen, kommst du mit?«

Thomas hat überhaupt keine Lust. Wirklich gar nicht. Eva schaut ihn aufmunternd an. Das tut dir gut, sagt ihr Blick.

Also rafft Thomas sich auf, und eine Viertelstunde später läuft er neben Eva am Landwehrkanal entlang. Überall sind schon Leute unterwegs, es ist herrliches Wetter. Thomas wünscht sich, er hätte Heuschnupfen, dann hätte er eine Ausrede gehabt, zu Hause zu bleiben. Aber er hat keinen.

Eva läuft routiniert neben ihm her. Normalerweise joggt sie schneller, aber sie passt sich Thomas an. Ihre Sportlichkeit kommt im Laufen zur Geltung, die breiten Schultern, die trainierten Beine, überhaupt die ganze Kraft, die sie in Beinen und Po hat.

Thomas kommt sich daneben vor wie ein kleiner Junge, ein Zwölfjähriger, der versucht, seine beginnende Pubertät mit hilflosen Sportübungen erträglicher zu gestalten.

Er stellt sich vor, wie Eva und er auf andere wirken müssen. Ein joggendes Pärchen, sie gesund und entspannt, er zu dünn und außer Puste. Aber vor allem: ein joggendes Pärchen. War das nicht der Anfang vom Ende?

Früher, als er noch alleine war, Single und neu in Berlin, neu im Medizinstudium, da hatte er joggende Paare beneidet. Denn was war die Alternative? Alleine zu joggen, und das machte ihm damals Angst. Da war man nackt, angreifbar. Wenn man Seite an Seite lief, dann war das doch das Sinnbild einer Partnerschaft schlechthin.

Jetzt, acht Jahre später, sieht Thomas zwei Leute in unterschiedlichem Tempo, die versuchen, sich irgendwie aneinander anzupassen. Er verzieht das Gesicht.

»Macht's keinen Spaß?«, fragt Eva.

»Doch. Ich war nur lange nicht.«

»Macht nichts, wenn du wieder regelmäßig gehst, dann klappt es von ganz alleine. Wichtig ist nur, dass du dich am Anfang nicht überanstrengst. Komm, wir laufen nach Hause.«

Als er den Flur betritt, zieht es Thomas sofort wieder aufs Bett, das geradezu magisch nach ihm ruft.

Aber als Eva aus der Dusche kommt und Thomas sieht, der zwar immerhin *auf* und nicht *im* Bett liegt, dennoch denkbar passiv wirkt, ist es mit ihrer Geduld vorbei. »Wollen wir nicht frühstücken?«, fragt sie.

»Doch, auf jeden Fall.«

»Das ist seit Jahren der erste Samstag, an dem keiner von uns beiden schon wieder an die Abreise denken muss. Und du legst dich aufs Bett. Warum?«

Thomas streckt eine Hand aus. »Komm, leg dich zu mir.«

Eva setzt sich auf die Bettkante. Sie ruckelt unruhig herum, wühlt hilflos in ihren Gedanken. »Aber ich bin so wach.«

»Verstehe ich.«

Da steht Eva abrupt auf, nimmt ihre Tasche und verlässt die Wohnung. Schweigend, ohne Gruß. Nur die Tür knallt sie nicht. Das macht sie nie.

Thomas wird wach, als Eva wieder nach Hause kommt. Sie muss länger weg gewesen sein.

Sie stellt eine schwere Tasche voll mit Büchern neben sein Bett und nimmt sich zwei heraus.

»Der Rest ist für dich.«

Thomas setzt sich auf und gibt ihr einen Kuss.

»Hallo!«

»Hallo. Ich hol mir nur kurz ein Glas Wasser.«

Thomas kramt in der Büchertasche. *Burnout für Anfänger*, *Ist das noch Burn-Out oder nennt man es schon*

*Depression?*, *Gehirnchemie – was unsere Hormone alles leisten.* »Äh, Eva?«

Eva kommt mit dem Wasserglas und einer Schale Weintrauben wieder ins Zimmer.

»Glaubst du, ich bin depressiv? Also klinisch?«

»Ich weiß es nicht.« Eva zuckt die Schultern. »Ich weiß gar nichts mehr. Teilweise kommst du mir tatsächlich depressiv vor. Auf der anderen Seite könnte es auch einfach Burn-out sein. Oder Quarterlife-Crisis. Ich will hier ja auch nichts pathologisieren. Kannst ja mal reinschauen, ich fand's ganz interessant.«

Sie setzt sich zu Thomas aufs Bett, nimmt sich den Bildband über progressive französische Künstlerinnen der Zwanzigerjahre, den sie sich gekauft hat, und bietet ihm mit einem kurzen Lächeln Weintrauben an. Kein großes Theater wegen heute früh. Keine Vorwürfe. Nichts.

»Oder sollen wir lieber was gucken?«, fragt sie. »Es gibt gerade diese Doku über Soldaten in Afgha…«

Da gibt ihr Thomas einen Kuss. Die Gemengelage aus Trauer und Scham – Trauer über seine Liebe, die er nicht mehr findet, über die verpassten Gespräche mit Herrn Bertram, über das Leben, das vorbeigeht, und Scham, weil er sich als Berufs- und Beziehungsversager fühlt – all das führt zu dem Wunsch, sinnlos zu vögeln.

Er zieht Eva zu sich, gleitet mit der Hand in ihre Hose. Eva behält ihr Buch in den Händen, sie ist noch nicht ganz überzeugt. Dann zieht sie ihre Hose aus, kniet sich aufs Bett, gegenüber von Thomas, und küsst ihn. Thomas legt seine Hände auf ihren Po und schiebt sich an ihr vorbei, sodass er hinter ihr ist.

Für Thomas ist es einfacher, wenn sie sich nicht sehen, das hat Eva schon mehrfach beobachtet. Dann wird er nicht von ihr erforscht, muss sich nicht offenbaren, dann kann er einfach nur vögeln.

Und auch sie mag das ganz gerne, einfach mal Sex. Allerdings verlässt sie nie die Angst, auf Knien und von hinten auszusehen wie ein unförmiges Tier, eine Kuh oder ein zu großer Hund. Am liebsten ist sie oben. Da kommt sie am leichtesten, aber das funktioniert mit Thomas nicht so gut. Er fühlt sich dabei nicht wohl, hat immer die irrationale Angst, sein Penis würde brechen, und außerdem, so hat zumindest Eva das Gefühl, vermeidet er den Blick auf ihre Brüste.

Thomas kommt. Er beugt sich keuchend über sie und nähert sich mit den Fingern wieder ihrer Scham.

»Soll ich noch?«, fragt er Eva, aber sie schüttelt den Kopf. Sie hat gerade gar nicht so viel Lust. Sie legt sich auf die Seite, Thomas rückt an sie und legt den Arm um sie. So liegen sie beieinander, nah, still.

»Denkst du wieder an die Pille und ob und wann du sie absetzen sollst?«, fragt Thomas plötzlich und räuspert sich dabei.

»Ja«, sagt Eva und wartet gespannt, ob Thomas weiterredet.

Thomas setzt an, um ›Ich bin dafür, setz sie ab‹ zu sagen, aber er kriegt es nicht hin. Jetzt ein Kind, wo er beruflich weder aus noch ein weiß? Jetzt ein Kind, wo er Eva nicht mehr richtig begehrt?

»Eva«, sagt er schließlich. »Ich glaube, wir machen das. Man sagt ja, für ein Kind ist nie der richtige Zeitpunkt, also ist immer der richtige Zeitpunkt. Und dann können wir auch jetzt eines bekommen.«

Eva dreht sich zu ihm. Sie ist blass, und ihre blauen Augen sind es auch. Sie sieht ihn an.

»Wirklich?«, fragt sie. »Damit hätte ich jetzt nicht gerechnet.« Sie schluckt. »Wirklich?«, fragt sie noch einmal.

»Ja«, sagt Thomas und gibt ihr vorsichtig einen Kuss.

Sein Herz klopft so stark gegen seine Brust, dass er glaubt, Eva kann es hören. Aber man kann nicht immer Angst haben. Er mag Eva. Sehr. Und was kann man mehr vom Leben verlangen, als ein Kind mit einer Frau, die man wirklich mag?

In dieser Nacht, nicht nah an Thomas gekuschelt, aber wissend um seine Präsenz, schläft Eva gut. Zumindest schläft sie schnell ein, starrt nicht stundenlang in das dunkle Zimmer und fragt sich auch nicht, welches Maß an Sorge denn nun angemessen sei.

Dafür ist Thomas wach. Ähnlich wie Eva an den anderen Abenden, wenn er es war, der schnell und erschöpft, aus einer Übersprungshandlung heraus, eingeschlafen war, liegt er mit offenen Augen da. Eva bewegt sich und murmelt irgendetwas. Er sieht zu ihr. Sie träumt anscheinend. Thomas legt sich neben sie und wartet. Aber sie wird nicht wach. Irgendwann überkommt auch ihn der Schlaf und senkt sich auf seine geräderten Knochen.

## Noch 26 Tage

Eva sitzt am Küchentisch, einen Kaffee und die Zeitung vor sich. Sie gehört zu den wenigen Menschen, die noch

Zeitung lesen, und zwar regelmäßig. Jeden Donnerstag holt sie sich eine dicke Wochenzeitung vom Kiosk und liest sie im Lauf einer Woche durch.

Sie hat in der ganzen Wohnung die Fenster aufgemacht. Man hört entfernt Kinder spielen und das Rauschen eines Flugzeuges, weit oben auf seinem Weg in die Ferne. Es droht, ein prächtiger Frühsommertag zu werden, und Thomas ist mal wieder im Bad.

Eigentlich misstraut Eva dem Sonntag als solchem. Ein Tag, der immer wieder aufs Neue wie ein Versprechen klingt, kann nur in einer Enttäuschung enden. So ähnlich geht es ihr beim Waffeln essen, Picknicken und wenn sie in eine warme Badewanne steigt, die Vorstellung ist immer besser als das tatsächliche Erleben. Aber heute erlaubt sie sich eine kleine Entspannung. Sie wird die Pille absetzen. Thomas und sie sind da einer Meinung. Der Tag wird schön.

Desi schreibt, gut gelaunt.

»Na, heute und so? Wie geht und es? Sehe ich mich? Und du dich? Und wir uns?«

»Ich warte noch ab, was Thomas so vorhat. Es geht mittel-okay bis gut. Der Tag gestern war eher unter Niveau. Aber immerhin: Pillengespräch (!!!)«

Sie schickt die Nachricht ab, aber schreibt noch weiter.

»Habe mir vorgenommen, heute mal keine Pläne zu machen, mal sehen, worauf Thomas Lust hat.«

Desi antwortet sofort: »Und wenn Thomas gar nichts machen will? – Wäre zwar untypisch, aber soll ja schon vorgekommen sein, höhö.«

»Dann arbeite ich. Oder wir … trinken Kaffee?«

»Of course, Darling, ich bin gerne zweite Wahl.«

Und: »Können wir uns nicht einfach so treffen?« Und: »Kannst du nicht unabhängig von T. Pläne machen?«

»Würde ich gerne. Habe ich gerade nicht die Kraft.«

Eva weiß, wie sehr sie sich nach Thomas richtet. Und sie weiß, wie albern das ist. Peinlich. Ungesund. Sie erkennt das, sie kann das analysieren, aber sie kann es nicht ändern. Je weniger sie ihn greifen kann, desto mehr möchte sie ihn festhalten.

Thomas steht noch immer unter der heißen Dusche. »Ich gehe hier nie wieder raus, ich bleibe für immer in dieser Wärme, dieser schönen Wärme«, murmelt er.

Das Badezimmer ist, so hatten Eva und er beim Einzug lachend festgestellt, der hässlichste Raum in der ganzen Wohnung. Erbsengrün gekachelt von der Decke bis zum Boden, mit einem kleinen Fenster, das sich nur mit einer langen Stange öffnen lässt.

Thomas ist hier gerne. Innerhalb dieser Kacheln muss er sich zu nichts verhalten. Nicht zu den Designmöbeln im Schlafzimmer, nicht zu der Weite des Wohnzimmers, die mit Modernität, Sinn und ›Smartness‹ gefüllt werden will, nicht einmal zum Kühlschrank in der Küche, für den Bio-Produkte, am besten auf dem Wochenmarkt, gekauft werden müssen. Thomas sieht an sich herunter.

Eigentlich, denkt er, mag ich meinen Penis ganz gern.

Zum Rest seines Körpers hat er ein ambivalentes Verhältnis. Er ist sich nie sicher, ob seine Arme nicht zu dünn, er insgesamt zu dünn ist, stehen Frauen nicht auf Typen mit breiteren Schultern und etwas mehr Oberarmmuskeln? Aus Erfahrung weiß er zwar, dass es Frauen gibt, die auch Typen mit dünnen Armen – also ihn – mögen, aber die Gazellen und die Strandbabes, die Französinnen und die gut gelaunten Sommermädchen haben eben doch meistens einen Typen an ihrer Seite mit ›definierten Oberarmen‹.

»Meine Güte, in was für Kategorien denkst du denn?«, würde Eva jetzt entsetzt sagen. Aber hier im Bad ist er alleine, da kann er denken, was er will.

Wieder betrachtet er seinen Penis. Der ist wirklich gut. Der ist sogar besser als der seines Vaters, soweit er den von flüchtigen Blicken im Urlaub, bei Saunagängen und im Schwimmbad in Erinnerung hat. Sein Vater ist sonst in allem besser, er hat das breitere Kreuz, das männlichere Kinn, er strahlt Elan und Gelassenheit aus, und zwar gleichzeitig, und er hat mit dreißig Jahren schon eine Familie ernährt. Aber Thomas wird den Verdacht nicht los, dass sein eigener Penis ein zuverlässigerer Partner ist als der seines Vaters. Hat Eva eigentlich schon mal etwas über seinen Penis gesagt? O ja, das hat sie. Früher öfter als jetzt. Anscheinend haben sie beide heimlich eine Verschwiegenheitsklausel unterschrieben. Er sagt nichts über ihren Busen, aber sie dafür auch nichts mehr über seinen Penis. Eva. Sie sitzt bestimmt schon am Küchentisch und wartet auf ihn. Thomas spürt Zärtlichkeit in sich aufsteigen. Diese Woche hat er es ihnen schwer gemacht. Nicht mit Absicht. Aus panischer Verwirrtheit heraus. Das wird er heute wiedergutmachen. Er schwingt sich ein Handtuch um die Hüften und tänzelt in die Küche.

Evas besorgte Miene verfliegt, als sie Thomas den Flur entlangkommen sieht. Thomas drückt ihr einen Kuss auf die Schulter, seine nassen Haare tropfen auf die Zeitung.

»Oh, pass auf«, sagt Eva und zieht die Zeitung zur Seite. Thomas weicht zurück.

»Ich wollte dir nur einen guten Morgen wünschen«, sagt er etwas formell. Kurz halten beide inne. Irgendetwas ist verkrampft, sofort wieder verkrampft.

»Danke«, sagt Eva schließlich. »Kaffee?«

»Wollen wir auf einen Flohmarkt? Haben wir früher oft gemacht und in letzter Zeit gar nicht mehr«, fragt Thomas und schmiert sich Butter auf seinen Toast. Eva weiß nicht, was sie sagen soll. Sie freut sich unbändig, dass Thomas einen Plan hat, einen Plan für sie beide. Aber sie mag keine Flohmärkte.

»Okay«, sagt sie.

»Hast du heute Nacht eigentlich irgendwas geträumt?«, fragt Thomas. »Du hast im Schlaf irgendwie so unglücklich ausgesehen.«

Und plötzlich weiß Eva wieder, warum sie leise im Hinterkopf schlechte Laune hat. Da war ja dieser Traum.

»Ja«, sagt sie. Und noch mal mit Nachdruck »Ja«. Sie blickt zur Seite, zögert, bläst die Backen kurz auf und beginnt dann zu erzählen.

»Ich bin einen Berg hinaufgelaufen, keinen alpinen Berg, eher so einen britischen oder französischen Inselberg, grün und unspektakulär, du warst neben mir, aber ich konnte dich nicht sehen. Irgendjemand hatte mir vorher gesagt, auf dem Berg würde mein Kind auf mich warten, also mein Baby, das ich da in Empfang nehmen durfte, das war ganz normal, das machte man da so. Als ich fast auf dem Gipfel angekommen war, hatte ich plötzlich einen Tonkrug in der Hand. Irgendeine Frau, ich glaube, eine Mitarbeiterin aus dem Museum in Paris, sagte mir, das sei mein Kind, ob ich mich denn nicht freue. Ich wollte es dir zeigen, aber da war zu viel Nebel, außerdem war ich unsicher, das war doch kein Baby, sondern ein Krug. Aber bis jetzt war ich auch noch nicht Mutter gewesen, und alle Mütter sagen, es ist etwas Besonderes, das eigene Kind das erste Mal im Arm zu haben, vielleicht war das also jetzt dieses einmalige Erlebnis. Ich hab versucht, mich zu freuen, der Nebel wurde immer dichter, plötzlich hatte ich den Krug nicht mehr in den Händen, hab mich panisch umgeschaut, konnte aber vor lauter Nebel nichts erkennen, sondern hörte nur einen dumpfen Aufprall. Und als ich aufgewacht bin, hatte ich das quälende Gefühl, für immer etwas verloren zu haben. Und ehrlich gesagt habe ich das immer noch.«

Thomas sieht sie mitfühlend an. »Wenn wir erst mal ein Kind haben, träumst du so was bestimmt nicht mehr. Dann kommst du wahrscheinlich überhaupt nicht mehr zum Träumen.«

Thomas hat gesagt, ›Wenn wir erst mal ein Kind haben‹. Die Aussage von gestern Abend gilt also noch. Das reicht Eva. Und das reicht für gute Laune.

Sie geht ins Schlafzimmer und zieht sich endlich an. Sie freut sich plötzlich doch auf diesen Tag, und um das zu feiern, zieht sie sich ein leuchtend blaues Sommerkleid über.

Thomas taucht neben ihr auf, auch er ist sommerlich angezogen. Die ewig gleichen Jeans sind gegen dunkelblaue Bermudas, das ausgewaschene Shirt gegen ein anderes ausgewaschenes T-Shirt getauscht. Die beiden betrachten sich im Spiegel. Thomas lehnt sein Kinn auf ihren Kopf. »Ein schönes Paar sind wir.« Er sagt das, und es klingt gut.

Eva sieht ihn an. »Wir sind ein total ungleiches Paar.

Du bist ein Elf und ich eine Athletin. Aber vielleicht macht das ja gerade die Schönheit aus.«

Sie blicken beide in den Spiegel. »Ich freue mich schon darauf, wenn du als alter Mann im Sessel sitzt und Zeitung liest«, sagt Eva. »Die gleiche runde Hornbrille wie jetzt auf der Nase. Und ich komme nach Hause und berichte dir von meinen Erlebnissen in der Welt. Du nickst dann anerkennend, lächelst und freust dich, dass du da nicht überall hinmusst. Und ich freue mich darüber, dass du da bist.«

Sie küsst Thomas, der noch über das Gesagte nachdenkt. Wird er wirklich immer dieselbe Brille haben? Und mit dieser Brille im Sessel sitzen wollen? Eva lächelt ihn an, und dabei wünscht sie sich, der laute, hämmernde Gedanke, den sie mit Kraft immer wieder beiseiteschiebt, würde endlich verschwinden. Aber er kommt immer wieder, mit stoischer Beharrlichkeit: Meine Liebe legt ihn lahm.

»Es kann natürlich auch sein, dass wir beide ›bis ins hohe Alter aktiv sind‹«, sagt sie deswegen schnell. »Ich will dich nicht auf irgendetwas festlegen.«

»Tust du doch nicht.« Thomas greift nach ihrer Hand. »Es ist doch schön zu träumen.« Er schüttelt leicht den Kopf. *Es ist doch schön zu träumen.*

Auf der Straße kommt ihnen das ganze Kreuzberger Leben eines warmen Sonntags im Mai entgegen. Ein Kind saust auf einem gelben Laufrad vorbei, die müde Mutter, ein Baby in einer Trage um den Bauch, geht zügig hinterher. Ein Pärchen, jünger als Eva und Thomas, sie mit extrem kurzem T-Shirt, dicken Sneakers und Bauchtasche, er mit Hochwasserhosen und Nasenring, schlendern vorbei. Eva und Thomas schieben ihre Fahrräder neben sich her. Man könnte sich Kaffee holen. Man könnte an den Kanal. Oder auf den Flohmarkt. Oder weiter rein nach Kreuzberg. Oder in ein Museum. Man könnte, man müsste, man sollte. Ja, was sollte man denn? Thomas schüttelt sich.

In den Ratgebern, die Eva angeschleppt hat, steht, man soll sich auf das Hier und Jetzt konzentrieren. Das könnte man ja mal probieren.

Ok, ich gehe die Straße entlang, beginnt ein kleiner Monolog in seinem Kopf. Die Straße ist eigentlich ganz schön. Viele Bäume, alter Gehsteig, da hinten ist ein Kiosk. Stört mich irgendetwas? Eigentlich nicht. Wie fühle ich mich? Ich habe leichte Kopfschmerzen, aber davon abgesehen geht es mir ganz gut. Mit wem laufe ich hier entlang? Mit Eva. Eva kennt mich besser als alle anderen und mag mich trotzdem. Und kenne ich Eva besser als alle anderen? Es ist schwer, Eva ganz zu kennen. Zumindest für mich. Wenn wir hier jetzt noch einen Kinderwagen schieben würden, wäre das schlimm? Das gibt einem ja eine gewisse Gravität und Würde. Will ich das, Gravität und Würde?

Sie fahren weit, absurd weit, und zwar bis zum Mauerpark. Hier waren sie seit einem ganzen Jahr nicht mehr. Der Flohmarkt ist mehr Touristenattraktion als genuines Kiez-Ding, aber Thomas freut sich. Eigentlich passen Flohmärkte nicht zu ihm, wo er gerne alles, was er besitzt, auf das Nötigste reduziert, genau wie Eva. Aber er mag es, sich alte Sachen aufschwatzen zu lassen und dann für zwei Stunden mit dem Hochgefühl herumzulaufen, er habe einen besonders tollen Fang gemacht.

Eva steht neben ihm und betrachtet die anderen Sonntagsbummler. Da sind Mädchen, wahrscheinlich kaum jünger als sie, braun gebrannt, die Haare zum Dutt, geometrische, moderne Tätowierungen, einen Hauch von Urlaub und Laisser-faire verströmend. So ist Eva nicht. Aber sie ist auch nicht wie die jungen Frauen in Ballerinas oder strahlend weißen Sneakers mit zufriedenen Partnern, ebenfalls in weißen Sneakers, die ihre schnittigen Kinderwägen durch die Menge schieben, stolz darauf, viel Geld zu verdienen und gleichzeitig in einer so wilden Stadt wie Berlin zu wohnen.

Wie bin ich eigentlich, denkt Eva. Bin ich überhaupt irgendwie? Thomas hält ihr einen alten Brotkasten unter die Nase und schaut sie begeistert an.

»Ich weiß nicht«, meint Eva. »Brauchen wir den?«

Thomas zuckt die Achseln, stellt den Brotkasten wieder weg und beginnt, den Preis für ein verstaubtes Taschenmesser auszuhandeln.

Nervös steht Eva daneben. Thomas kommt ihr gerade vor wie ein Kind. Ein Kind, das sich treiben lässt, von einer Sensation zur nächsten. Thomas bezahlt für das Taschenmesser 15 Euro und verstaut es in seinem Rucksack.

»Bist du dir wirklich sicher mit der Pille?«

Die Frage trifft Thomas unvermittelt. Eva sieht ihn an, ihr vorhin noch fröhliches Gesicht wirkt dissonant. Thomas will jetzt nicht solche Fragen gestellt bekommen, er hatte sich gerade kurz mal von diesem Gedankenirrsinn befreit.

»Das haben wir doch besprochen? Ich fände es total schön, wenn hier auch noch ein Kind rumrennt. Kannst du mal aufhören zu zweifeln?«

Aber Eva lässt nicht locker.

»Wer nimmt denn dann Elternzeit? Du oder ich?«

»Das kann ich gerne machen.«

Die Idee gefällt Thomas sogar. Dann hat er ein Jahr lang Ruhe vor allen anderen Fragen des Lebens.

»Ich will aber auch was von dem Kind haben.«

Thomas wird unruhig, er will jetzt wirklich weiter bummeln.

»Jetzt schauen wir mal, ob das mit dem Schwangerwerden überhaupt so einfach klappt. Das ist ja auch nicht immer selbstverständlich.«

»Glaubst du, ich kann nicht schwanger werden?«

»Nein!« Thomas zieht sein Nein dramatisch in die Länge. Das geht hier alles gerade in eine ganz falsche Richtung. »Aber es gibt doch oft Probleme, ich meine, auch beim Mann. Ob man schwanger werden kann, weiß man halt erst, wenn man schwanger ist.«

»Also, ich habe das letzte Mal bei der Frauenärztin so einen Hormonspiegel machen lassen. Sieht alles super aus.«

»Ach, hast du schon?«

Eva presst die Lippen aufeinander. »Ja, habe ich.«

Verkrampft gehen die beiden weiter. Thomas freut sich überhaupt nicht, dass bei ihren Hormonen alles in Ordnung ist, denkt Eva. Da könnte er sich ruhig mal freuen, oder nicht?

Thomas hingegen weiß nicht, was ihm mehr Sorgen machen soll. Das Kinderkriegen oder die drohende medizinische Untersuchung. Oder Eva, die ihm mal wieder einen Schritt voraus ist. Was heißt einen? Zwölf, dreizehn, vierzehn Schritte, Jahrzehnte. In jedem Fall steht er jetzt unter Zugzwang. Seine Spermien müssen zeigen, was sie können, im Labor oder direkt bei Eva. Und dann wird er sich auch endlich mal aufs Kinderkriegen freuen, das kann doch nicht so schwer sein, verdammt noch mal.

Thomas holt Eva ein, die er zwischen den vielen Menschen kurz verloren hatte. »Also, ich finde es ehrlich super, wenn wir ein Kind kriegen. Für einen Mann ist das alles einfach viel abstrakter als für die Frau.« Er legt den Arm um sie und spielt mit ihren Haaren.

»Wem soll das Kind denn ähnlich sehen?«, fragt da Eva, und Thomas starrt sie einen Moment zu lange ratlos an.

Zu allem Überfluss entdeckt er da jemanden im Getümmel: Rose. Rose, die seit drei Wochen im Urlaub war. Thomas tätschelt Evas Arm. »Uns beiden soll das Kind ähnlich sehen. Oder eigentlich dir. Oder keinem.« Während er redet, hebt er schon den anderen Arm in die Luft, winkt und ruft nach Rose. Die dreht ihren Kopf, den Kopf mit dem hellbraunen Bubihaarschnitt auf dem schlanken Hals, und sieht sich suchend um.

Rose ist nicht im klassischen Sinne schön, umso attraktiver finden viele sie. Sie hat eine bemerkenswert große Nase, dunkelbraune Augen mit leichtem Silberblick, hohe Wangenknochen und einen schmalen, herzförmigen Mund.

Sie entdeckt Thomas, lacht, schwenkt ihren Arm ebenfalls durch die Luft und bahnt sich einen Weg durch das Gedränge. Sie umarmt Thomas zur Begrüßung, und er kann ihre hageren Arme und ihre Beckenknochen spüren, als sie ihn kurz gegen sich drückt. Schnell löst sie wieder die Umarmung und streckt Eva ihre Hand entgegen.

»Du musst Eva sein. Bist du zurück? Wie schön.«

Eigentlich hätte Thomas Rose gerne noch etwas länger festgehalten, aber so etwas macht man nicht, wenn man in einer Beziehung ist. Ja vielmehr, man *will* es nicht, *hat* es nicht zu wollen, und schon gar nicht, wenn die eigene Freundin neben einem steht.

Eva schaut Rose ratlos an und lächelt. »Ich kenne dich gar nicht.«

»Entschuldige. Ich habe vor einem Jahr auf der gleichen Station wie Thomas angefangen. Aber wir haben uns kaum kennengelernt, weil er in jeder freien Sekunde in Paris war. Kein Feierabendbier, keine Geburtstagspartys mit ihm. Aber jetzt«, sie dreht sich zu Thomas, »hast du keine Ausrede mehr! Ihr beide nicht!«

Eva hat natürlich längst, wie jeder Mensch, der sich nicht mehr sicher geliebt fühlt, die feinen Antennen der Eifersucht ausgefahren. Die kleinen Schweißperlen auf Roses Oberlippe, und Thomas, der sie sanft, ergeben anschaut, das ist ihr nicht entgangen.

»Bist du denn gerne an der Klinik?«, bemüht sie sich trotzdem, etwas Konversation zu machen.

»Ja, ja, total.« Rose nickt eifrig. »Dr. Peiffer ist zwar wirklich eigen, hat Thomas bestimmt erzählt, aber ...«, sie blickt mit einem ironischen Augenaufschlag zu Thomas, »... das übrige Team ist natürlich traumhaft. Allerdings ist es keine Uniklinik, und auf lange Sicht möchte ich schon forschen, also mal schauen, wo es mich noch hintreibt.«

»Wie war es denn im Urlaub?«, fragt da Thomas. »Warst du da nicht mit deinem Freund?«

»Zur Hälfte«, antwortet Rose kryptisch. »Wir sind zur Hälfte zusammen gefahren.«

Eva würde sich gerne mit dem Gedanken »Die hat eh einen Freund« beruhigen. Klappt aber nicht. Ein Freund war ja auch nicht unbedingt ein Hindernis.

Wir sind acht Jahre zusammen, denkt Eva. Es ist normal, wenn man da mal jemand anderen attraktiv findet. Es ist *normal*. Ich werde es nicht ansprechen, auf keinen Fall werde ich es ansprechen.

Rose umarmt Thomas. Schon wieder. »Sehen wir uns morgen in der Klinik?«

Thomas nickt, er löst sich fast mit einem Sprung aus der Umarmung und greift pflichtschuldig nach Evas Hand. Eva, die während der Umarmung lieber mal woanders hingesehen hat, lächelt Rose zum Abschied zu. Sie sieht ihr hinterher, wie sie wieder im Gewühl verschwindet, die Ellenbogen leicht zur Seite abgespreizt, in etwas zu schnellem Tempo und mit wippendem Gang.

Sie würde jetzt gerne etwas über Rose sagen. Einen beiläufigen, positiven Satz, so etwas wie: Ach, die ist ja nett. Oder: Lustig, dass wir die hier treffen.

»Wollen wir nach Hause?«, fragt sie stattdessen. Sie erwähnt Rose mit keinem Wort mehr, und Thomas ist ihr dafür dankbar.

## Noch 25 Tage

Thomas kommt von der Arbeit. Der Tag begann früh, viel zu früh, dafür hat er auch früh Feierabend. Er fährt noch kurz beim Asia-Laden vorbei, angenehmerweise an nichts denkend, nur in der Routine, gleichmäßig in die Pedale tretend, und landet schließlich in seiner Küche. Eva begrüßt ihn, sie hat bis eben noch im Schlafzimmer an ihrem kleinen Schreibtisch gesessen, und als Thomas sie umarmt, spürt er den Tag in der Wohnung, der sich weich um ihre Knochen gelegt hat.

»Und? War Rose da?«, würde Eva gerne fragen, schweigt aber und wässert mit Thomas zusammen das Reispapier, um Sommerrollen daraus zu formen.

Es klingelt.

»Jetzt schon?« Eva macht die Wohnungstür auf.

Da sind sie, Natalia und Frederik. Natalia, Evas Schulfreundin aus der dritten Klasse, die sie nie ganz losgeworden ist, aus Mitleid, aus Freundlichkeit, kommt immer überpünktlich. Sie hat die langen braunen Haare zu »einer Strähne nach hinten« gebunden, trägt einen beigen Trenchcoat, marineblaue Sandalen und durchsichtige Strumpfhosen, obwohl es warm ist. Aber das Wichtigste, was sie trägt, ist der Aufsatz eines Kinderwagens, und darin: ein winziges, kleines Baby.

Neben Natalia nickt Frederik Eva zu, groß, wuschelige hellblonde Haare, leicht verrutschte Jeans, sichere, freundliche, oberflächliche Ausstrahlung, gemischt mit einer Prise Arroganz. Man umarmt sich herzlich und sagt: »Hello, how are you?«, denn Frederik kommt aus Dänemark.

Eva beugt sich über die Trage.

»Ach Gottchen, wie kleeeeiiiiin«, flüstert sie und betrachtet den roten Kopf mit der Neugeborenen-Akne. »Wie alt, drei Wochen?«

»Vier«, flüstert Natalia milde und drückt Eva einen Strauß Pfingstrosen in die Hand.

»Wieso denn Blumen für uns? Du hast doch das Kind bekommen, du brauchst doch Blumen!«

»Die sind«, setzt Natalia mit Stolz in der Stimme an und drückt sich gegen Frederik, »aus unserem Garten. Wir haben jetzt nämlich eine Datsche.«

Sie gehen in die Küche, es gibt Bier und für Natalia

stilles Wasser, und das Gespräch verplaudert sich in Details über die Datsche, die Geburt, Milchstau und schlaflose Nächte. Eva hört geduldig zu. Als niemandem mehr etwas einfällt, geht man über zu Frederiks letztem ›Store-Opening‹ für irgendeine neue, tolle ›Brand‹.

Natalia umweht immer ein Hauch von alternativloser Gemütlichkeit, die einen nervös machen kann, die zumindest Thomas nervös macht, Frederik hingegen ist nie so ganz da, sondern immer zur Hälfte in seinem Handy. Niemand weiß, warum die beiden ein Paar sind, aber sie fühlen sich anscheinend miteinander wohl. Da meldet sich das Baby.

»Wie heißt es noch mal?«, fragt Thomas, als Natalia und Frederik beide im Flur verschwinden und den Säugling aus der Trage nehmen.

»Amone«, flüstert Eva.

Thomas runzelt die Brauen, Eva zuckt mit den Schultern, so heißt es nun mal.

Amone weint und hört nicht auf. Natalia trägt sie gestresst durch die Wohnung, rote Flecken auf den Wangen. »Darf ich sie vielleicht bei euch im Schlafzimmer stillen?« Eva hilft ihr, es sich auf dem Bett bequem zu machen, und schließt leise hinter sich die Tür.

Frederik und Thomas unterhalten sich weiter auf Englisch, Thomas gibt sich redlich Mühe.

»I've seen this film by Ruben Östlund last year.«

»Oh, but he's not Danish, he is Swedish.«

»But it's a great film.«

»Yeah, maybe.«

Eva ist froh, sich dem Topf mit der Miso-Suppe widmen zu können, ihr fällt auch nichts mehr ein, und alle sind erleichtert, als es wieder klingelt. Alle außer Natalia, die in der Schlafzimmertür erscheint, Amone auf dem Arm.

»Sie war gerade eingeschlafen.«

Frederik geht zu ihr und legt den Arm um sie. »But she seems to be happy.«

»No, let's go home. Maybe it was a stupid idea to join a dinner with such a small baby. Eva, komm doch bald mal vorbei?«

Eva starrt den beiden hinterher. Hier haben wir den Beweis, denkt sie, dass man mit Baby eben nicht alles so machen kann wie vorher. Und wir haben den Beweis, dass man sich nicht ändert. Natalia war früher schon penibel und leicht gestresst, das ist sie jetzt noch immer.

»Hellooooo!« Desi wedelt mit den Armen vor Evas Gesicht herum. »Hellooooo, deine Gäste sind da!«

Eva erwacht aus ihrer Starre, umarmt Desi und auch gleich Ludwig, den besten Freund von Thomas, der zeitgleich mit Desi zur Tür hereingestolpert kommt.

»Was war denn mit Natalia los?«, fragt Desi.

»Baby, Stress.«

»Wo die sich wohl kennengelernt haben?« Ludwigs gute Laune strahlt durch den ganzen Flur. Ludwig ist nicht im klassischen Sinne schön, aber er kriegt fast alle Frauen, die er gut findet. Und er findet viele Frauen gut. Er ist nicht groß, nicht klein und recht dünn, hat ein flaches Kinn, seine Nase ist eher lang und eher breit, die Haare sind dezent unordentlich, die blauen Augen ernst und fröhlich zugleich. Ludwig ist nicht immer empathisch, aber strahlt trotzdem eine Herzlichkeit aus, die einen immer wieder umhaut und die in vielen Frauen eine ähnliche Herzlichkeit hervorruft. Umso ratloser sind sie, wenn er sich einfach nicht mehr meldet. Eva ignoriert Ludwigs Michel-aus-Lönneberga-Charme routiniert. Sie kennt ihn schon viel zu lange und viel zu gut.

»In Natalias Agentur haben die sich kennengelernt. Oder?« Eva geht voraus in die Küche, wo sie sich alle an den Tisch quetschen. Eva und Thomas haben es bis heute nicht geschafft, sich einen großen Esstisch ins Wohnzimmer zu stellen.

»Oder bei irgendeiner Dating-App«, meint Desi.

»Frederik, meinst du?« Eva ist skeptisch.

»Klar, gerade Frederik!« Desi sieht Eva vielsagend an.

»Machst du so was eigentlich?«, fragt Ludwig sie und grinst.

»Manchmal. Und du auch. Hab dich da mal weitergewischt.«

Ludwig trinkt einen Schluck Bier, ertappt. Jetzt wissen alle, dass er seine Frauen nicht nur im Nachtleben und auf irgendwelchen Konferenzen kennenlernt.

»Dating hier, dating da«, summt Desi vor sich hin. Dann fällt ihr etwas ein. Sie stützt sich auf ihre Unterarme und guckt Eva geradeheraus an.

»Ich hab dir was mitgebracht«, sagt sie und legt mit Schwung einen Brief auf den Tisch. »Hast du mir vor zehn Jahren geschrieben, kurz vor der Reise in die Bretagne mit deiner Mutter, auf die du keine Lust hattest, erinnerst du dich?«

»Oh. Ja.«

»Da steht dein Zehn-Jahres-Plan drin. Weißte das nicht mehr?«

»Doch.« Eva nimmt den Brief an sich. Sie beginnt zu lesen. Sie hat in viel zu kurzer Zeit ein Glas Wein auf nüchternen Magen getrunken, und die Dinge passieren jetzt schneller, als man sie verstehen kann. Das ist ok, das braucht sie jetzt, nach dieser Woche, die sie ebenso wenig verstanden hat.

»Stimmt ja, ich wollte nach New York«, sie hebt stirnrunzelnd den Blick. »Warum habe ich das denn nicht gemacht?«

»Paris ist fast wie New York«, ruft Desi, die Wein und Bier übersprungen und direkt mit Gin Tonic angefangen hat. Thomas, der sich auf den Platz zwischen ihr und der Wand gequetscht hat, hält sich das Ohr.

»Öha, und ich wollte mein Studium mit Auszeichnung abschließen. Und ich wollte damals noch Journalistin werden.«

»Kultur-Anthropologin ist viel besser«, meint Desi. »Journalismus machen doch alle.«

»Hey!«, mischt sich Ludwig ein. »Aber nicht alle machen es gut.«

Ludwig ist Journalist. Er arbeitet viel, er ist gefragt, er verdient trotzdem chronisch zu wenig.

»Was nicht ist, kann ja noch werden«, sagt Thomas und tätschelt unter dem Tisch Evas Bein. Er sieht müde aus. »Also irgendwas mit Auszeichnung abschließen. Du bist doch fast fertig mit der Doktorarbeit.«

Eva hat stumm weitergelesen und legt den Brief weg.

»Nichts Interessantes mehr?«, fragt Ludwig.

»Nur noch so Sachen über die Liebe.«

Ludwig hebt eine Augenbraue. »Aber dann wird es doch jetzt erst *wirklich* interessant.«

»Nee, das ist mir zu intim.«

»Redest du über einen Freund, den du damals hattest?«

»Nee! Ich schreibe … ich will in den nächsten zehn Jahren die große Liebe erleben, mit allen Höhen und Tiefen. Und ich frage mich, warum ich sie denn auch mit allen Tiefen erleben wollte, was hat mich denn da geritten?«

»Das sind so romantische Gedanken, wenn man jung ist.« Desi schaut sie liebevoll an. »Da will man doch alles total intensiv, ganz oder gar nicht, Hauptsache, nicht die bequeme Mitte.« Sie zuckt nonchalant die Schultern. »Ehrlich gesagt ist es bei mir heute noch so.«

»Das ist dann aber nicht wirklich Liebe«, meint Eva. Sie klingt fast spröde.

»Natürlich ist es das«, protestiert Desi. »Mit dem Spanier, die ganz große Liebe! Und mit Marc Baumann in der neunten Klasse auch. Und mit dem Kollegen von der Supervision letzten Sommer. Immer ganz viel Liebe, gerade, weil es nur vier Wochen waren! Vier vollendete Wochen.«

»Ja, VIEL Liebe ist etwas anderes als ›die große Liebe‹.«

»Psychologen untereinander sollten nichts miteinander anfangen, wie kamt ihr denn auf die Idee?« Ludwig schüttelt gut gelaunt den Kopf, und Desi lacht ihn an. »Hat ja auch nicht gehalten.«

Eva stützt das Gesicht auf ihre Hand.

»Aber wenn man wirklich liebt … den anderen bis auf den Grund seiner Seele begriffen hat, dann bleibt das doch ein Leben lang. Man kann doch jemanden, der sich im Herz angesiedelt hat, nicht mehr rausschmeißen. Man kann es nicht, sogar, wenn man es möchte.« Eva macht eine Pause. Eigentlich redet sie nur so viel über ihre innerste Welt, ihre tiefsten Überzeugungen, weil sie betrunken ist, und unglücklich. Weil Thomas hinter einer Scheibe aus Plexiglas sitzt, furchtbar nett und furchtbar weit weg. »Wenn man jemanden wirklich liebt, dann ist das doch, als ob man nur zu einer kleinen Sommerwanderung aufgebrochen wäre, und dann entdeckt man noch ein Tal und noch eine Landschaft, irgendwann ist es vielleicht nicht mehr spektakulär, aber dann merkt man plötzlich, dass am Wegesrand kleine Blumen sind, die man noch nicht kannte, und so weiter. Liebe ist nicht langweilig. Ein Mensch ist doch so vielschichtig.« Sie betrachtet ihr Weinglas.

Thomas kratzt sich am Kinn. Ihm sind Allgemeinplätze über ›die Liebe‹ immer etwas unangenehm. Er merkt mit einem Seitenblick, dass es Ludwig ähnlich geht. Außerdem hat er im Moment wirklich nichts Konstruktives zu dem Thema beizutragen. Zum Glück klingelt es, und kurz darauf stehen Inga und Faris in der Küchentür, eine Schüssel mit Tofusalat in den Händen.

»Wir haben extra vegetarische Sommerrollen gemacht«, sagt Eva mit einem Blick auf den Salat, und Faris zuckt lächelnd mit den Schultern. »Man weiß ja nie.«

Faris, drahtige, dunkle kurze Haare, freundliches Gesicht, gekleidet in Unisex-Mode, weites weißes Sweatshirt, ausgewaschene schwarze Jeans, stellt mit freundlicher Lässigkeit die Schüssel auf den Tisch.

Inga, mönchisch kurz geschnittener, dunkler Pony, kleine braune Augen, weite, weiche blaue Hose, fragt leise nach einer Tasse Tee und stellt ihre Zeichenrolle in eine Ecke. Sie und Faris sind Grafiker.

»Über was habt ihr denn gerade geredet, ihr schweigt alle so betreten«, Faris schaut freundlich in die Runde.

»Eigentlich über Metaphern. Metaphern für die Liebe«, sagt Ludwig.

»Oh.« Inga nickt anerkennend und ernst von einer Person zur anderen. »Über die Liebe.«

»Jaaaa, wir reden aber auch über Dating-Apps«, greift Desi in das Gespräch ein. Bloß keine ernsten Gespräche, es ist immerhin Freitagabend.

»Ich glaube, Dating-Apps sind vor allem zum Vögeln«, meldet sich da Thomas. Er dreht seinen Kopf hin und her, sein Nacken tut ihm weh. Eva schenkt ihm einen kurzen, skeptischen Blick.

»Na ja, wer nutzt in dieser Runde hier so was, Ludwig und Desi. Und ihr wollt vögeln. Die Beziehungsleute hier haben sich analog kennengelernt.«

»Die *Beziehungsleute.*« Ludwig sieht Thomas versonnen an. »Ihr seid *Beziehungsleute?*«

»Gibt es so was eigentlich auch für Babysitter? Wo man nach Bild entscheidet und weiterwischt, wenn die einem nicht gefällt?«, fragt Eva, und Thomas wundert sich. Sie muss wirklich betrunken sein, etwas in ihren Augen moralisch derartig Verkommenes würde sie sonst nicht sagen.

Ludwig zückt sofort sein Telefon, um nachzusehen, was es da alles gibt.

»Es ist ja nicht nur entscheidend, wie lange das Kind fremdbetreut wird, sondern auch, wie die Qualität der Betreuung ist«, meldet sich da Inga zu Wort.

»Äh.« Desi starrt demonstrativ in die Luft.

Thomas wird es zu laut und zu stickig, Er hat genug Konversation für heute betrieben, hat lange genug so getan, als habe er sein Leben im Griff. Er steht auf, um eine zu rauchen.

Im Schlafzimmer steigt er über den Kleiderhaufen,

den er dort selber tagtäglich produziert, öffnet die Balkontür und tritt hinaus in die Nacht. Unten gehen Leute vorbei, jung, betrunken, gut gelaunt. Eigentlich wie er, nur fühlt sich Thomas ungefähr fünf Jahre zu alt und zehn Jahre zu traurig.

Jemand kommt durch das Schlafzimmer. Ist das Eva? Nein, Faris lehnt sich neben ihn an die Balkonbrüstung. Schweigend stehen sie eine Weile da. Faris redet nie viel und noch seltener stellt er Fragen, aus Rücksicht.

»Ist es komisch, wenn die Wohnung wieder zu zweit bewohnt wird?«, sagt er schließlich doch, und Thomas hat plötzlich das Gefühl, er habe ihn den ganzen Abend über beobachtet.

»Nein, ich bin froh, dass Eva wieder da ist«, antwortet er. »Alleine habe ich mich nicht wohlgefühlt. Ich schlafe nur im Moment so schlecht.«

Das stimmt nicht, aber wie soll er seinen momentanen Zustand beschreiben, ohne Eva Unrecht zu tun?

»Wollte Eva nicht die Pille absetzen, wenn sie wiederkommt?«, fragt Faris. »Sorry, mega-indiskret. Weiß ich von Inga.«

Thomas lacht. »Nicht indiskret, zumindest nicht von dir. Doch, haben wir vor.«

Faris versucht, einen Blick auf Thomas' Gesicht zu erhaschen. »Es ist noch nicht spruchreif, aber Inga ist schwanger«, sagt er schließlich.

Thomas dreht sich zu ihm um. Die Nachricht macht ihm furchtbare Angst und trotzdem strahlt er Faris an. »Ja, Wahnsinn. Ja, Glückwunsch. Hammer. Komm her!« Er umarmt Faris.

Wenn es zwei Leute gibt, die sich in all ihren Marotten so gut ergänzen wie Inga und Faris, dann muss man

Kinder bekommen. Ob das Kind wohl die Marotten erben wird?

»Ich darf es eigentlich noch nicht erzählen«, meint Faris. »Inga will die ersten drei Monate abwarten. Aber sie hat es ihrer Mutter schon erzählt, und na ja, irgendjemandem will ich es auch sagen.«

»Danke«, Thomas lächelt ihn an. »Ich bin mir der Ehre bewusst. Ist bei mir gut aufgehoben.« Er klopft leicht mit der Hand auf seine Brust, da, wo das Herz ist.

»Und als Nächstes dann hoffentlich Eva und du.« Faris schaut ihn offen und freundschaftlich an.

»Ja«, ein hilfloses Lachen bricht aus Thomas hervor. »Ja, hoffentlich.«

Erst Matti und Isabella, danach Natalia und Frederik, jetzt Faris und Inga, und dann natürlich Eva und er, wer sonst.

»Eva hat eben gesagt, die Liebe sei wie eine Wanderung, auf der es nie langweilig würde.«

Faris muss lachen. »Das hat sie gesagt? Passt gar nicht zu ihr, das ist ja fast schon Kitsch. Aber vielleicht hat sie recht, bei Inga und mir ist das schon so. Ich entdecke immer wieder etwas an ihr, das ich dann aber ehrlich gesagt auch gut von mir kenne. Aber bei anderen, bei Matti und Isabella zum Beispiel – wo sind die eigentlich?«

»Matti hat Nachtdienst.«

»Ach so, also bei denen habe ich das Gefühl, die haben mal groß angefangen, aber jetzt, wo sie Eltern sind, merken sie, dass sich manche Landschaften als langweilige Vorortsiedlungen entpuppt haben. Die sind aber Pragmatiker genug, um auch einer Vorortsiedlung ihren Reiz abzugewinnen.«

Thomas nickt. So ist Matti. Pragmatiker. Kann er das

nicht auch sein? Eva allerdings ist keine Pragmatikerin, sie ist Romantikerin, auch wenn sie das gut versteckt. Das ist bei ihm aber doch auch so, dann müssten sie doch perfekt zusammenpassen, was soll dann dieses Theater? »Gibt es eigentlich unterschiedliche Formen von Romantik?«, fragt er Faris.

»My goodness, natürlich. Wenn man da nicht zusammenpasst, ist es für die Langstrecke schwierig. Die Kurzstrecke entscheidet sich schon am Humor, die Langstrecke an der Romantik. Glaube ich. Kann auch falsch sein. Frag mich am Ende meines Lebens noch mal.« Faris lacht sein sanftes Lachen, das sich selber nicht so ernst nimmt.

Thomas denkt an Eva, die in der Küche gerade laut und überdreht redet. Er kennt sie zu gut, um nicht zu wissen, dass sie gerade innerlich orientierungslos vor sich hin rudert, und er wird traurig. Erschreckend, bodenlos traurig.

»Alles klar?« Faris sieht ihn von der Seite an.

»Ja«, Thomas schüttelt sich einmal kurz. »Ja. Komm, wir gehen wieder rein, ist kalt.«

## NOCH 24 TAGE

Eva ist froh, wieder bei der Arbeit zu sein.

Die ganze letzte Woche, die reserviert war für Thomas und die Wiedersehensfreude, hatte sich eher angefühlt wie Zwangsurlaub.

Jetzt ist sie wieder hier, in ihrer kleinen Dachkammer ganz oben im Verwaltungsgebäude des Deutschen Historischen Museums, in ihrem Reich. Wenn sich Eva aus dem Fenster lehnt, sieht sie die Probebühne des Gorki

Theaters, und wenn sie den Hals verrenkt, erhascht sie einen Blick auf die Museumsinsel. Was habe ich für ein Glück, denkt sie dann immer.

»Das ist keine Postdoc, sondern eine Praedoc-Stelle«, sagt Eva zuweilen ironisch, aber mit leisem Stolz. Eine Anstellung parallel zu ihrer Doktorarbeit zu ergattern, und dann auch noch an diesem großen, prestigeträchtigen Haus, das ist schon etwas.

Das Büro hat sie noch nicht lange, die Stelle auch nicht, von Paris aus hat sie sich darauf beworben, und es hat geklappt. Kein einziges Bild oder Plakat ziert die Wände, der Schreibtisch steht in der Mitte des Zimmers, nachdem Eva ihn schon unter dem Fenster, an der linken und an der rechten Wand platziert hatte. Sie hat Buch darüber geführt, wo sie am besten arbeiten konnte, aber sie war immer zu kurz da, um das wirklich herauszufinden. Jetzt steht der Tisch in der Mitte, wo Eva nie zur Probe saß.

Es klopft, und Inga steckt ihren Kopf zur Tür herein, ihre Zeichenrolle unter dem Arm.

»Hey, da bist du ja.« Eva umarmt die Freundin, die gut einen Kopf kleiner ist. »Komm, dann schauen wir mal.«

Eva hat Inga als Grafikerin für die nächste Ausstellung vorgeschlagen. Zwar hängen schon überall in der Stadt Plakate, aber die hat noch der Vorgänger von Evas Chefin zu verantworten, und die gefallen ihr nicht. Wenigstens bei der Eröffnung und in den Räumen des Museums soll es Flyer und Plakate mit einem zusätzlichen Motiv geben. Eva weiß, dass es für Inga ein Riesenschritt nach vorn wäre, diese entwerfen zu dürfen, und spürt ihre Nervosität.

Inga zieht einen Entwurf aus der Rolle und legt ihn auf ihren Schreibtisch, Eva beschwert alle vier Ecken. Auf dem Entwurf sind die Gesichter von Hitler und Mussolini nebeneinander montiert, daneben in spitzer, dunkler Schrift der Titel der Ausstellung »Wahn und Despotismus« und kleiner in Weiß »Die psychischen Defekte der Diktatoren«.

Eva runzelt die Stirn.

»Hm, ich weiß nicht. Ich finde diese rot-weiß-schwarze Farbgebung etwas schwierig, das erinnert zu sehr an Nazis, und ich bin mir auch nicht sicher, ob man mit den Gesichtern dieser Diktatoren werben sollte, da ist Missbrauch vorprogrammiert. Hast du noch was anderes?«

So unsicher Eva inzwischen im häuslichen Umfeld ist, bei der Arbeit ist sie souverän. Immer. Sie weiß, was sie kann, sie denkt nicht einmal darüber nach. Sie kann es einfach.

Inga zieht einen weiteren Entwurf aus der Rolle und legt ihn über den ersten, in einzelne Buchstaben zerfallende Wörter, die den Titel ergeben. Anthrazit auf Cremeweiß. Eva überlegt. Es ist nicht schlecht, aber.

»Hast du noch was auf deinem Computer?«

Inga rollt die beiden Entwürfe zusammen und zieht verlegen einen USB-Stick aus ihrem Rucksack. »Ehrlich gesagt schon. Etwas zu viel.«

Inga zieht sich einen Stuhl neben Eva, die sich schon begeistert durch einen Berg Entwürfe klickt. Sie kann sich vorstellen, wie Inga nächtelang darüber saß, tüftelnd, perfektionistisch.

»Wow. Wie viele Nächte hast du daran gesessen? Bist du deswegen so blass, oder wirst du krank?«

Keine Antwort.

Eva schaut kurz zu Inga, die lächelt sie verkniffen an.

»Also, ich wollte es eigentlich noch nicht sagen, aber ich leite aus deiner Frage ab, dass Thomas nicht dichtgehalten hat.«

»Äh ... wie? Äh ...«

»Na ja, mit der Schwangerschaft.«

Eva sieht Inga perplex an. »Du bist schwanger? Aber ... Moment. Ich darf es noch nicht wissen und Thomas schon? Darf ich mich jetzt trotzdem freuen?«

»Faris hat es gestern Thomas erzählt.«

Eva nickt, und dann nickt sie wieder und dann blickt sie einfach mit verlangsamten Bewegungen vor sich hin.

Inga ist schwanger, sie nicht. Thomas wusste das und hat es ihr nicht gesagt. Müsste er ihr das nicht gleich erzählen, wenn er sich auf das Kinderkriegen freuen würde?

»Ich glaube, ich kann jetzt hier erst mal nicht weitermachen«, sagt Eva. »Ich fühle mich von euch allen hintergangen.« Sie steht auf und geht ans Fenster.

»Nein, das hat sich so ergeben, das war keine Absicht! Ich habe es meiner Mutter erzählt, und Faris hat ja nicht das beste Verhältnis zu seinem Vater, und deswegen Thomas.«

Eva weiß, wie empfindlich sie ist. Wie sehr das nerven kann. Und wie wichtig es ist, auf gute Neuigkeiten adäquat zu reagieren. Vor allem auf eine Schwangerschaft. Sie geht zu Inga und umarmt sie. Etwas mechanisch zwar, aber immerhin, Umarmung ist Umarmung.

»Ich freue mich total für euch, herzlichen Glückwunsch.«

»Danke.« Inga lächelt fast entschuldigend. »Wollen wir nicht doch mit den Entwürfen weitermachen, deine

Chefin kommt doch gleich, fände ich ehrlich gesagt nicht so cool, wenn meine Arbeit umsonst gewesen wäre.«

»Natürlich, tut mir leid. War doof. Ich brauchte nur kurz einen Moment. Mir war gar nicht klar, dass ihr es so konkret probiert.«

»Doch. Ehrlich gesagt schon länger. Seit meinem 31. Geburtstag.«

»Schon zwei Jahre? Haste gar nicht erzählt.«

»Ja«, antwortet Inga schlicht.

Die beiden klicken sich weiter durch Ingas Entwürfe, ein unangenehmes Schweigen bewohnt das Zimmer. Zwischendurch nimmt Eva ihr Telefon und schreibt etwas abgewandt eine SMS an Thomas. »Ihr wusstet also alle, dass Inga schwanger ist.« Sie schickt die Nachricht ab und bereut es sofort. Es kommt keine Antwort.

Da klopft es endlich, und Evas Chefin, Frau Dr. Kilian, eine zierliche Frau Ende vierzig, stets agil und gut gelaunt, kommt ins Zimmer. Sie schenkt Eva und Inga ein professionelles Strahlen, und wie selbstverständlich räumt Eva ihren Bürostuhl. Frau Dr. Kilian setzt sich eine sehr moderne goldene Lesebrille auf und betrachtet konzentriert Ingas Entwürfe. Ein langes Schweigen entsteht. Schließlich dreht sich Frau Dr. Kilian mit dem Stuhl zu Inga und Eva um.

»Wir begeben uns ja mit der Ausstellung auf dünnes Eis«, sagt sie und nimmt einen Brillenbügel in den Mund. »Und ich finde, Frau Behrendsen«, sie lächelt Inga an, »dieses Eis haben Sie, im Gegensatz zu den bereits vorhandenen Plakaten, ganz gut umschifft, wenn man so sagen kann.« Sie lacht über ihr eigenes kleines Wortspiel.

Inga lächelt und nickt. Sie wirkt dabei weniger bescheiden, als man vermutet hätte. Das steht ihr.

»Frau Massman«, wendet sich die Chefin an Eva. »Sie kennen Frau Behrendsen ja schon länger und empfehlen sie mir ja auch schon länger, und ich würde sagen, wir versuchen es für dieses kleine Projekt. Allerdings ohne Garantie oder Verpflichtung, einen Entwurf zu verwenden – sollten unsere Vorstellungen nicht zusammenkommen. Was ich nicht glaube. Ich muss jetzt leider weiter, aber wir sollten uns die nächsten Tage unbedingt noch mal verständigen, die Details sind ja noch nicht geklärt, und der Teufel oder die Teufelin steckt ja bekanntlich im Detail.« Sie lacht wieder. »Ich rufe Sie einfach an.«

Eva wirft Inga einen kurzen, ermutigenden Blick zu. Das ist eine Zusage, auch wenn es erst mal nicht so klingt.

Da klopft es noch mal, und ein großes, von runden Locken umrahmtes Gesicht schaut zur Tür herein.

»Ach, Yves«, ruft Frau Dr. Kilian. »Sie kommen genau richtig!«

Yves ist ungefähr so alt wie Eva, vielleicht etwas älter. Alles an ihm ist groß, die breiten Schultern, die kräftigen Hände, der Kopf. Er lächelt entschuldigend, als wäre es ihm unangenehm, mehr Platz einzunehmen als der Rest der Welt. Ein blonder Bart wohnt in dem leicht verschwitzten Gesicht, das T-Shirt ist zu weit ausgeschnitten, was ihn irgendwie sexy, aber auch etwas vernachlässigt aussehen lässt.

Wie hat der es bloß geschafft, ein T-Shirt zu finden, das sogar ihm zu groß ist, denkt Eva, dann begrüßt sie Yves mit fragendem Blick. Wer ist das?

»Eva, ich möchte Ihnen unseren neuen Mitarbeiter vorstellen, quasi das männliche Pendant zu Ihrem Forschungsaufenthalt in Paris, natürlich mit einem anderen Thema. Yves, erklären Sie am besten selber!«

Yves kommt ganz ins Zimmer und schließt die Tür. Sofort wirkt die Dachkammer zu klein. Eva beobachtet ihn und registriert, wie sich bei ihm Schüchternheit mit einer unbändigen Neugier auf Frauen generell paart. Wenn man mit dem zusammen ist, hat der bestimmt ganz oft Lust auf Sex, denkt Eva, ohne mit Yves ins Bett zu wollen. Sie stellt das einfach fest.

Seine großen Hände zum Gestikulieren nutzend, beginnt Yves zu reden.

»Hallo, mein Name ist Yves, ich komme aus Strasbourg, deswegen ist mein Deutsch äh, sehr deutsch, Verzeihung dafür, leider kein bezaubernder Akzent, mein Forschungsthema sind deutsch-französische Beziehungen nach 1945, anhand von berühmten Frauen.«

»Ach ja«, sagt Eva. »Ich erforsche für meine Doktorarbeit den Zusammenhang zwischen männlichen und weiblichen Kuratoren und deren jeweiligen Ausstellungsthemen inklusive der Rezeption in der Öffentlichkeit.«

Yves nickt wissend mit dem Kopf.

»Ich habe über dein Forschungsthema gelesen, ich glaube, es wäre lohnend, wenn wir uns mal austauschen.« Yves' Augen sind auf Eva geheftet.

»Das ist übrigens meine Freundin Inga, wir arbeiten zusammen an einem Plakatentwurf«, lenkt sie schnell von sich ab.

»Wenn ihr euch lieber auf Französisch unterhaltet, überhaupt kein Problem«, entschuldigt sich Inga für etwas, das überhaupt nicht zur Debatte stand.

»Nun ja, Französisch, Deutsch, ich sehe, Sie verstehen sich.« Frau Dr. Kilian strahlt einmal in die Runde und steht auf, die Zeit drängt, sie muss weiter.

»Ach, Eva, ich wollte Yves eigentlich noch durchs Archiv führen, vielleicht können Sie das machen. Muss auch nicht sofort sein, irgendwann im Lauf der Woche. Also je früher, desto besser.« Weg ist sie.

Eva lächelt Yves professionell an. »Ich bin meistens Montag, Mittwoch und Donnerstag da.«

Yves geht zur Tür. Er lächelt, fast grinst er, frecher als erwartet. »Dann komme ich vorbei.« Mit einem kleinen Tanzschritt schließt er die Tür.

Als sich gerade wieder das unbequeme Schweigen zwischen Inga und Eva breitmachen will, reißt Eva ihre Arme in die Höhe.

»Herzlichen Glückwunsch, Doppelglückwunsch! Schwanger und Job klargemacht, juhu!«

»Das mit dem schwanger kann sich ja auch noch mal ändern«, meint Inga vorsichtig. »Ich spare mir lieber meine Freude auf. Der Typ eben steht übrigens auf dich.«

»Ich weiß.« Evas Stimme ist nüchtern. Sie hat ja Thomas. Treue ist etwas, das ihr schon immer innewohnt, worum sie sich nicht bemühen muss.

»Aber es ist doch trotzdem schön, wenn jemand einen attraktiv findet«, tastet sich Inga weiter vor.

»Ich freu mich ja.«

Mit einem knappen Lächeln beendet Eva das Gespräch. Sie kann jetzt nicht weiter über Beziehungen, über Anziehung, über Kinder, über all das reden, sie würde am liebsten heulen. Inga verabschiedet sich schnell, nicht ohne Eva einen letzten besorgten Blick zuzuwerfen.

Als sie endlich alleine ist, setzt Eva sich an ihren Schreibtisch und stützt das Gesicht in beide Hände.

Thomas. Die Pille. Die Doktorarbeit. Die Ausstellung. Inga.

Inga, die genau von dem Mann ein Kind bekommt,

der auch eines von ihr möchte. Die ruhig durch den Tag gehen kann, weil sie eigentlich alles, was in ihrem Leben wichtig ist, eingetütet hat. Eva fühlt sich auf verlorenem Posten. Den missgünstigen Gefühlen, den Selbstzweifeln und ihrer Zukunft gegenüber.

Als Thomas aus dem OP kommt, liest er Evas SMS.

»Ihr wusstet also alle, dass Inga schwanger ist.«

Er steckt das Handy wieder weg. Was soll er darauf antworten?

Er geht an Zimmer neun vorbei und schaut bewusst nicht zur Tür hinein. Da liegt längst ein anderer Patient, aber Thomas hat immer noch Herrn Bertram vor Augen, wie er ihm mit seinem Blick durch das Zimmer folgt, matt, verständnisvoll. Warum hat er sich nicht mehr mit ihm unterhalten? Und wo bleibt eigentlich seine professionelle Distanz?

Thomas geht in das Gemeinschaftszimmer, Teambesprechung.

Prof. Dr. Peiffer ist schon da, Rose und Matti fehlen. Allein mit Dr. Peiffer fühlt er sich sofort unwohl. Zum Glück kommt Matti angehetzt, hievt ihm gegenüber seine Messengerbag auf einen Stuhl und sich daneben.

»Sorry, die Babysitterin kam nicht«, sagt er und öffnet eine Flasche Mineralwasser, das Wasser sprudelt ihm entgegen.

»Und Frau Pota hält es wohl nicht für nötig ...«

Dr. Peiffer schaut kurz zwischen Thomas und Matti hin und her, die ratlose Gesichter machen.

»Na gut, wir fangen trotzdem an.«

Dr. Peiffer sammelt sich kurz, öffnet den Mund, als wolle er etwas sagen, macht eine Pause, die seine Macht demonstriert, und spricht. »Warum ist Herr Bertram nicht auf die Intensiv verlegt worden?« Dr. Peiffers Magenfalten ziehen sich zu einem geschäftsmäßigen Lächeln nach oben.

»Weil er nicht wollte.« Matti schaut auf seine Daumen.

Niemand versteht, warum Dr. Peiffer sich jedes Mal ärgert, wenn jemand auf seiner Station stirbt und nicht noch schnell verlegt wurde.

»Und man konnte ihn nicht überzeugen?«, hakt Dr. Peiffer nach.

Matti schüttelt den Kopf.

»*Sie* konnten ihn nicht überzeugen«, adressiert Dr. Peiffer Matti direkt. »Und Sie auch nicht«, wendet er sich Thomas zu.

Thomas möchte nicht in den Zweikampf mit Dr. Peiffer gehen, das kann er nicht, das interessiert ihn nicht. Mattis Naturell würde es eher entsprechen, hier zu argumentieren, aber Matti schweigt. Dr. Peiffer hat den Finger auf den Beförderungen, und Matti ist ehrgeizig. »Selbst wenn er verlegt worden wäre, dann hätte er vielleicht noch zehn Tage länger gelebt, allerdings wahrscheinlich nicht bei vollem Bewusstsein«, hört sich Thomas da zu seiner eigenen Überraschung sagen.

Er weiß sowieso nicht, ob er Arzt bleiben möchte, dann kann er auch mal etwas wagen.

»Herr Wiedhoff, sieh mal einer an.« Dr. Peiffer mustert Thomas.

Die Türe öffnet sich, und Rose kommt herein.

»Sind Sie nicht zu spät?«, fragt Dr. Peiffer.

Er möchte damit Roses Lächeln aus ihrem Gesicht wischen, kann aber ein gewisses Wohlwollen nicht verbergen. Er mag sie. Rein optisch. Rose lässt sich nicht beirren und bleibt bei ihrem Lächeln, das zwei niedliche, kleine Grübchen zum Vorschein bringt.

Mit diesem Lächeln hat sie wahrscheinlich schon als Kind alle um den Finger gewickelt, schießt es Thomas durch den Kopf.

»Ich bin doch montags immer beim Schwimmen mit den Palliativpatienten«, erklärt Rose schlicht. Soziales Engagement, und das von einer süßen, kleinen Frau, da kann Dr. Peiffer nichts dagegen haben. Rose kalkuliert, und sie kalkuliert geschickt.

Dr. Peiffer wendet sich wieder Thomas und Matti zu.

»Ich halte fest: Der Tod des Patienten Bertram wäre durch *Überzeugungsarbeit*«, er streift Thomas mit einem Blick, »und rechtzeitige Verlegung auf die ITS eventuell vermeidbar gewesen.«

Matti nickt mit knirschenden Zähnen, aber Thomas schaut zu Boden. Der Tod wäre nicht vermeidbar gewesen, auch nicht, wenn er alles etwas besser gemacht hätte. Oder an dem Tag überhaupt nicht erschienen wäre. Der Tod ist nicht vermeidbar.

Als die Besprechung endlich vorbei ist, schlurft Thomas in die Teeküche, um sich mit einer großen Tasse schlechten Kaffees den Rest zu geben. Rose steht am Wasserkocher.

Thomas schweigt. Er kennt sich gut genug, um zu wissen, wie er ist, wenn er aufgeregt ist. Seine Stimme wird brüchig, sein Lachen, das sonst leise, fast tonlos und eigentlich ziemlich cool ist, bricht viel zu laut aus ihm heraus, und sein Gehirn wird lahm. Also lieber nichts sagen, pseudoentspannt an der Arbeitsplatte lehnen und am Kaffee nippen.

»Hattet ihr noch ein schönes Wochenende?«, fragt Rose da.

Sie klingt leicht und frisch. Thomas nickt. Hoffentlich fragt sie nicht nach Eva.

»Nett ist deine Freundin. Ich hatte sie mir ganz anders vorgestellt.«

Thomas versucht, gelassen auszusehen. »Wie hast du sie dir denn vorgestellt, nicht nett?«

»Ich hatte sie mir intellektueller vorgestellt. Kulturanthropologin, Forschungsaufenthalt, Paris, das ist schon alles ziemlich elitär. Aber sie wirkt ja total bodenständig. Echt nett.«

Thomas runzelt die Brauen und fragt sich, ob ›bodenständig‹ etwas ist, was Eva gerne über sich hören würde, und ob es in Ordnung ist, derartig distanziert über sie zu reden. »Was ist eigentlich mit deinem Freund, äh, wie hieß er, Paul?«

»Mit Paul ist schon lange Schluss, ich war jetzt mit Simon zusammen.«

Rose erzählt das, als wäre sie eine Buchhalterin und würde über die letzte Abrechnung reden. »Wir haben uns auf der Südamerikareise getrennt.«

»Oh, das tut mir leid.«

»Macht nichts, wir haben uns nicht gutgetan.«

Thomas beneidet Rose. So einfach kann das sein? ›Wir haben uns nicht gutgetan‹, und fertig?

»Wir haben uns immer wieder betrogen, aus Angst, der andere würde fremdgehen. Und aus Langeweile. Wir sind ja noch jung, wer weiß, was in zehn Jahren ist. Carpe diem«, redet Rose weiter.

Thomas bleibt mit seinen Augen an Roses schön geschwungenem Mund hängen. Sie betrügt ihren Freund einerseits aus der Angst heraus, selber betrogen zu werden, andererseits aus dem Wissen heraus, dass jeder Tag der letzte sein kann? Das ist eine Mischung aus verletzlich und forsch, aus lebenslustig und destruktiv, die er bemerkenswert findet. Was heißt da bemerkenswert, er findet das erregend. Diese Mischung passt auch zu dem Mund, den er da sieht. Der ist auch verletzlich und forsch.

Rose bemerkt seinen Blick. »Ganz normaler Beziehungs-Fuck-up«, meint sie mit einem selbstironischen Lächeln und schenkt Thomas einen Blick aus ihren dunklen Augen. Dann ist ihr Tee fertig, und sie geht.

Thomas bleibt zurück und hat Lust, möglichst bald mit Rose in einer Bar zu sitzen und mehr von ihr zu erfahren. Dabei könnte er ihr beim Reden zuschauen. Bei dieser Vorstellung brechen seine Gedanken ab. Er stellt sich Eva vor, wie sie währenddessen zu Hause sitzt und auf ihn wartet. Und ihre stille Verletztheit tut ihm weh.

## Noch 21 Tage

Eva möchte heute nicht frühstücken.

Gestern sind Thomas und sie Hand in Hand eingeschlafen. Wie seit Tagen. Freundlich, zugewandt, harmonisch, ohne Sex. Sie haben sich mit der Normalität zufriedengegeben. Sie sehen sich morgens und abends, und abends kuscheln sie sich aufs Sofa und streamen einen Film auf einem ihrer Laptops.

Seit, ja, seit wie vielen Tagen ohne Sex? Seitdem sie beschlossen haben, die Pille abzusetzen. Wem das Kind ähnlich sehen soll, die Frage hat Thomas auch nie wirklich beantwortet. Überhaupt. Wann die Pille absetzen.

Wann, wie. Wann die Spermien checken lassen. Warum Thomas nichts von Ingas Schwangerschaft erzählt hat, konnte er auch gar nicht genau sagen. ›Erschien mir nicht so wichtig‹, hatte er gemurmelt.

Ein weiteres ›nettes Frühstück‹ möchte Eva gerade nicht erleben.

Keine körperlichen oder emotionalen Ekstasen, genau so wenig wie Katastrophen, das kann natürlich auch ein gutes Zeichen sein. Aber Eva kann das alles nicht fassen, kann nicht fassen, wie Thomas ihr und sich selber aus dem Weg geht.

Aber auch das merkt Thomas nicht, will es nicht merken. Er bewegt sich hinter seiner Deckung aus Freundlichkeit und ist froh, wenn diese nicht infrage gestellt wird.

Eva packt ihren Rucksack. Sie möchte heraus aus dem schweigenden Mittelfeld einer pausierenden Liebe. Als sie schon in der Wohnungstür steht, geht sie noch mal zurück ins Schlafzimmer, packt ihren Badeanzug und die Badehose von Thomas ein. Sie möchte Thomas überraschen. Ihn von der Klinik abholen und im Plötzensee schwimmen. Das haben sie früher oft gemacht, das war immer schön, das wird mal wieder Zeit.

Thomas streicht ihr zum Abschied über den Arm, er sitzt noch am Frühstückstisch, sie steht unschlüssig neben ihm. Da nimmt sie seinen Kopf zwischen ihre Hände und drückt ihm einen Kuss auf den Mund, in den Mund. Thomas grinst.

»Dann bis heute Abend«, sagt er mit leichtem Timbre in der Stimme, als ob er es kaum erwarten könnte, sich mit Eva auf den Dielen zu wälzen.

Eva bewegt sich betont ruhig durch den Tag. Zum Glück ist sie in ihrem Büro, und zum Glück gibt es viel zu tun. Trotzdem würde sie die Zeit gerne anschieben. Um ihrer Ungeduld keinen Raum zu geben, verlangsamt sie sich immer mehr.

Mitten im Redigieren eines kleinen Textes für den Internetauftritt des Museums schweifen aber ihre Gedanken ab. Zu Thomas' Händen, zu seinem Gesicht. Zu Thomas, der sie umarmt, ohne dass sie ihn spürt, ohne dass sie erahnen könnte, was er möchte.

Und immer wieder denkt sie an Inga. Wie es wohl ist, ein kleines Lebewesen in sich zu tragen? Wird man dann nicht ganz vorsichtig und heilig?

Schon vor 18 Uhr räumt Eva ihren Schreibtisch auf, öffnet noch mal ihr kleines Fenster und lässt den berauschend schönen Abend herein. Die Bäume sind fast unnatürlich grün, der Himmel wölbt sich in hellem Blau über der Stadt. Eva eilt den Gang entlang zu ihrem Fahrrad.

Da kommt ihr Yves entgegen. Er verlangsamt seine Schritte, offensichtlich stellt er sich auf ein längeres Gespräch ein. Eva lächelt ihm freundlich zu. »Na, auch Feierabend?«, fragt sie, ohne stehen zu bleiben.

Yves ist etwas aus dem Konzept, dreht sich im Gehen um und sagt: »Ich glaube schon?«

Eva bekommt ein schlechtes Gewissen. Yves ist neu in der Stadt, man könnte sich ein bisschen um ihn kümmern. »Vielleicht gehen wir nächste Woche mal mittagessen?«, fragt sie.

Yves zuckt mit den Schultern und lächelt. Na, geht doch!, scheint sein Gesicht zu sagen. Dabei wirkt er wie ein vergnügter Clown, der sich selbst nicht ganz ernst nimmt.

Als Eva auf ihrem Rennrad quer durch die Stadt saust, lacht sie kurz auf vor Freude. Sie liebt diese Zeit des Jahres, Ende Mai, Anfang Juni, wenn der Sommer wie ein Versprechen vor ihr liegt. Obwohl sie dem Etikett »schön« misstraut, glaubt sie dem Frühsommer. Der Frühsommer hat recht. Das Leben ist schön, und dieses Jahr wird das schönste von allen. Im Frühsommer freut sich Eva über alle, die draußen unterwegs sind, sie freut sich über die anderen Radfahrer, ja, sie freut sich sogar über den Verkehr, der sich durch die Stadt wälzt. Alle, die sich hier tummeln, sind am Leben und werkeln an irgendetwas herum. Am Bausparvertrag, an der Liebe, am Beruf, und das ist schön.

Thomas bringt den Klinik-Alltag ergeben hinter sich. Er streicht Gel auf Bäuche, um die Ultraschallsonde darüberfahren zu lassen, wertet CT-Bilder aus von Nieren, die zur Hälfte aus totem Gewebe bestehen, er entfernt in einer OP eine Harnleiterschiene und redet mit ängstlichen Patienten über die Notwendigkeit einer Operation.

Dann steht er am Bett einer alten, beleibten Frau in rosa Nachthemd, die ihn ächzend ansieht. »Sechs Stunden Operation? Auwei. Nein, das will ich nicht.«

»Es tut mir sehr leid, Frau Döring, aber dadurch retten wir gesundes Gewebe. Wenn Sie warten und nichts machen, geht immer mehr von Ihrer Niere kaputt. Dann ist es doch besser, wir im Krankenhaus kümmern uns darum.«

Rose kommt draußen auf dem Gang am Zimmer vorbei und schaut fragend. Auch gleich Feierabend? Sagt ihr Blick. Thomas nickt und gibt sich Mühe, nicht allzu gequält zu wirken. Es ist irgendwie unsexy, wenn die Arbeit einen zu sehr in die Knie zwingt. Rose taucht neben Frau Dörings Bett auf.

»Na, Frau Döring?«, fragt sie freundlich und resolut. »Sie machen doch meinem Kollegen nicht das Leben schwer und stellen sich bockig? Frau Döring!« Rose klingt, als schimpfe sie im Scherz mit einem kleinen Kind.

Frau Döring schnauft und lacht ertappt. »Ich weiß, meine Liebe, Sie haben mir ja schon alles erklärt.«

»Na, dann entführe ich den Kollegen mal in den wohlverdienten Feierabend, wir sind nämlich schon seit heute Morgen um sechs hier, Frau Döring.«

Rose redet wieder viel zu laut, aber Frau Döring mag das wohl. Sie hat sie »meine Liebe« genannt. Wie macht Rose das nur, denkt Thomas. Rose zieht ihn auf den Flur hinaus.

»Ich bin doch erst seit acht Uhr hier.«

»Ist doch egal, jetzt hast du Feierabend.«

Fünf Minuten später gehen sie durch die Krankenhausflure, und Thomas versucht, mit Rose Schritt zu halten.

Sie trägt eine etwas zu weite Jeans, das nennt man *›boyfriend style‹*, das weiß Thomas, oder war es *›mom jeans‹*? Wie auch immer, die Hose steht ihr und das weiße T-Shirt auch. Rose trägt wie immer ein kleines Kettchen, ein dünnes Dreieck an einer feinen goldenen Schnur. Auf ihrer braun gebrannten Haut und zwischen ihren Schlüsselbeinen sieht das wirklich sehr gut aus. »Hübsche Kette«, wagt sich Thomas aus der Deckung und findet, er geht damit eigentlich zu weit. Zumindest Eva gegenüber.

»Danke«, antwortet Rose knapp. Sie klingt, als gäbe es zu der Kette eine Geschichte, die sie jetzt aber nicht unbedingt erzählen möchte.

»Hat sie eine spezielle Bedeutung?«, fragt Thomas trotzdem.

Rose streift ihn kurz mit ihrem Blick, läuft aber in ungebremstem Tempo weiter. »Die habe ich mir selber gekauft. Um mich daran zu erinnern, dass im Leben nicht alles rundläuft. Und dass es immer mehr als zwei Lösungen gibt.«

Thomas würde gerne wissen, was in Roses Leben bis jetzt nicht rundgelaufen ist, aber er traut sich nicht zu fragen. »Das mit den mehreren Lösungen ist gut«, sagt er. Seine Worte kommen ihm banal vor.

Sie sind bei ihren Fahrrädern angekommen und bleiben unschlüssig stehen.

»Dachte ich mir, dass dir das gefällt«, sagt Rose.

»Warum?«

»Du unterscheidest immer in ›richtig‹ und ›falsch‹. Nichts dazwischen.« Dann streicht sie mit der Hand kurz über seinen Arm. »Ich glaube, du willst immer alles richtig machen. Also kann man auch viel falsch machen. Und dann ist die Idee einer dritten Lösung geradezu erleichternd.«

Roses Hand ist kühl, ihre Finger sind knochig. Thomas beginnt zu schwitzen.

»Seit wann hast du die Kette?«

»Seitdem ich mich entschlossen habe, Medizin zu studieren. Ich konnte mich lange nicht entscheiden, ob ich Tänzerin werde. Oder Juristin. Und dann wurde ich – dritte Lösung – Ärztin.« Sie beobachtet Thomas. »Man soll die Dinge nicht zu schwernehmen. Das ist auf eine Art auch aggressiv.«

Thomas schluckt.

»Schau mal, ist das nicht Eva?« Rose deutet auf eine

Gestalt ein paar Meter weiter. Doch, das ist Eva. Und sie schaut zu ihnen herüber.

Eva ist verschwitzt an der Klinik angekommen. Sie steigt von ihrem Fahrrad und schiebt es zu den Fahrradständern. Da entdeckt sie Thomas und Rose, ins Gespräch vertieft.

Eva weiß nicht, was sie machen soll. Sie muss da jetzt hingehen, natürlich muss sie das. Und dann werden sie alle die peinliche Situation ein paar Minuten aushalten.

Am liebsten würde Eva zwar das Fahrrad nehmen und wieder wegfahren, aber sie schafft es nicht. Schmerz und Eifersucht machen sie handlungsunfähig. Dabei war sie nie ein eifersüchtiger Mensch, nie! Bis jetzt. Bis jetzt wurden ihre Überzeugungen zu Freiheit und Freiwilligkeit auch nicht auf die Probe gestellt.

»Heeey.« Thomas winkt ihr zu und versucht, nicht allzu ertappt auszusehen. »Du holst mich einfach so ab?«, redet er weiter, aber es klingt wie ›Kontrollierst du mich?‹.

»Ich dachte … Plötzensee.« Eva bleibt vor den beiden stehen. Das Klinikgebäude leuchtet in der Abendsonne. Sie hat keine Lust, charmant zu sein. Sie hat aber auch keine Kraft, Thomas Vorwürfe zu machen. Ängstlich realisiert sie, wie unattraktiv sie sich im Vergleich zu Rose fühlt. Deren Haut leuchtet, ihr Haar hat diesen gewissen Schwung. Aber es ist noch etwas anderes. Wie Rose und Thomas da stehen, strahlen die beiden eine Attraktivität aus, die nicht zu übersehen ist. Eva stellt sich dazu und hat das Gefühl, diese Attraktivität aus dem Gleichgewicht zu bringen.

Thomas lächelt sie an, umarmt sie und rubbelt mit der Hand über ihren Rücken. Weil er aufgeregt ist, denkt Eva.

Rose betrachtet die beiden ungerührt. »Plötzensee, schön«, sagt sie. »Ich wollte noch zu einer ›Open Gallery Night‹ nach Neukölln. Viel Spaß am See.« Sie setzt ihren weißen Fahrradhelm auf.

Sie trägt einen Fahrradhelm, und sogar der steht ihr, denkt Eva. Thomas scheint dasselbe zu denken.

»Du fährst also durch die halbe Stadt, um mich abzuholen?«, fragt Thomas, als Rose weg ist. »Das ist ja toll.« Er lächelt Eva an und hofft, dass Eva mitspielt. Dass sie jetzt beide einfach wieder zum Alltag übergehen.

»Ich wollte seit heute früh mit dir schwimmen gehen«, sagt Eva schlicht. »Aber ich habe keine Lust mehr.«

In diesem einen Satz liegt so viel Vorwurf, so viel Schwere, dass Thomas sich unfähig fühlt, dagegen anzugehen.

Eva steht da, hält ihr Fahrrad mit einer Hand fest und schaut auf den Boden. Thomas beobachtet, wie sie nachdenkt, kummervoll, wütend, aber keiner ihrer Gedanken findet den Weg zu ihm.

»Mach dir keine Sorgen wegen Rose«, sagt Thomas da. »Die ist mit allen Männern so, das darf man nicht ernst nehmen.« Er ist sich nicht sicher, ob er das zu Eva oder sich selber sagt.

Eva erwacht aus ihrer Starre. »Willst du was von ihr?« Sie tut Thomas mit ihrer Frage einen Gefallen. Eine Frage ist einfach zu verneinen.

»Nee, ich bin doch mit dir zusammen.«

»Das ist ja kein Grund.«

»Ich will so oder so nichts von der!«

Eva denkt an den Satz ›Die könntest du mir auf den Bauch binden‹. Ein doofer Satz, man könnte ihn jetzt ironisch verpacken, aber sie kriegt das nicht hin. Die Vorstellung von Rose, in direktem Körperkontakt mit Thomas, geht direkt über in ein Bild der beiden, wie sie wild knutschend übereinanderliegen. Sie schaut hoch. Thomas hat sein Fahrrad aufgeschlossen.

»Komm, wir fahren an den See.« Thomas greift nach Evas Hand. »Das haben wir wirklich viel zu lange nicht gemacht.« Und Eva willigt ein. Jetzt wieder nach Hause zu fahren, wäre wirklich zu antiklimaktisch.

Am Seeufer schält sich Eva schnell aus ihren Kleidern und geht zügig ins Wasser. Als sie ins Wasser eintaucht, geht es ihr schlagartig besser. Sie dreht sich zu Thomas um, der noch am Ufer steht. »Anbaden! Wir baden an!« Aber Thomas steht da, noch in T-Shirt und Hose, und zögert. Er betrachtet wehmütig den braunen, von Bäumen umstandenen See. Er erinnert sich daran, wie er mit Eva jeden Sommer hier geschwommen ist. Er hat sich in ihrer Gegenwart so sicher gefühlt, so aufgehoben, er hat sie dafür bewundert, wie sie voller Elan ins Wasser rannte und ihre Lebensfreude war auf ihn übergesprungen.

Inzwischen hat ihre Freude etwas Angestrengtes, ihr Elan und ihre Leichtigkeit auch. Liegt es an ihm? Oder ist es das, was man ›Schmelz der Jugend‹ nennt, und was irgendwann einfach nicht mehr da ist? Ist das bei ihm genauso? Und übrig bleibt ein ganz normaler Erwachsener, sympathisch, rechtschaffen, aber irgendwie auch austauschbar.

Thomas dehnt sich, legt den Kopf in den Nacken und hört seine Gelenke knacken. Er ist verspannt, wie immer. Er muss aufhören, diese Dinge zu denken. Aber sein Gehirn arbeitet immer weiter, arbeitet sich wie besessen an diesem Thema ab. Die ganze Zeit wartet er darauf, dass seine Begeisterung, seine Wärme für Eva zurückkommen, aber sosehr er sich bemüht, es passiert nicht. Wie lange soll er noch warten?

Bis Weihnachten, schießt es ihm durch den Kopf. Ein halbes Jahr, das klingt angemessen. Das bin ich uns schuldig, und bis dahin weiß ich auch, was meiner Ängstlichkeit, meiner allgemeinen Unzufriedenheit geschuldet ist, und was mit Eva und mir zu tun hat.

Er zieht sich um und geht zum See. Ihm schaudert vor dem kalten Wasser. Schritt für Schritt tastet er sich hinein, zögerlich schwimmt er los, aber die Kälte will nicht aus dem Körper weichen. Thomas merkt, wie seine Muskeln sich noch mehr verhärten, er bekommt Gänsehaut, er hasst plötzlich das Wasser und diesen See.

Eva, schon in der Mitte angekommen, blickt sich suchend nach Thomas um. Da sieht sie zu ihrer Überraschung, wie er schon wieder Richtung Ufer schwimmt, sich anzieht, unruhig hin und her geht, sich schließlich hinsetzt und auf sie wartet.

Eva schwimmt zu ihm. Erst als ihre Knie beim Schwimmen auf den schlammigen Boden stoßen, erhebt sie sich aus dem Wasser, dann rettet sie sich schnell zu ihrem Handtuch, obwohl ihr nicht kalt ist. Sie möchte nicht von Thomas angeguckt werden. Nicht heute. Nicht im Vergleich zu Rose. Sie rubbelt sich die Haare trocken, dann setzt sie sich vorsichtig zu ihm aufs Handtuch. Thomas hat die Knie angezogen, die Hände darauf gestützt, abwesend schaut er in die Dämmerung.

Eva legt ihren Arm um ihn. Dabei fällt ihr auf, dass sie das in letzter Zeit relativ oft macht, sie nimmt ihn in den Arm wie ein Kind. Sie weiß gar nicht, ob sie das gerne macht, aber das ist nun mal gerade ihr Modus. Ihr Arm um seine Schultern.

Eva erinnert sich daran, wie Thomas und sie an genau dieser Stelle, vielleicht sogar auf den Tag genau vor sechs Jahren, Sex miteinander hatten. Beinahe Sex.

Sie war aus dem Wasser gekommen wie heute, nur hatte sie sich nicht voller Scham in ihr Handtuch gerollt, sondern war im Bikini auf Thomas zugerannt, der auf dem Boden saß und ihr entgegensah. Er hatte seine Hände um ihre Taille gelegt und sie geküsst, entschlossen waren seine Hände unter ihre Bikinihose gewandert. Eva war unglaublich erregt, hatte sich umgesehen und als sie keine anderen Leute sah, hatte sie Thomas in der kleinen Bucht auf den Boden gezogen. Er lag auf ihr, ihre Münder und Zungen ineinander verschlungen, seine Hand noch immer an ihrer Scham. Da hatten sie Stimmen gehört, und eine Sekunde später kam ein älteres Pärchen an den See. Thomas hatte seine Hand schnell aus Evas Bikinihose genommen und sich umständlich neben sie drapiert, ein Bein angewinkelt auf ihrem Bauch, um seine Erektion zu verdecken. Das Pärchen hatte so getan, als merke es nichts, war aber überraschend schnell im Wasser verschwunden. Eva und Thomas waren in die Büsche getigert und dort, mit Blick auf den See, hatte Thomas Eva befriedigt. Sie war mit lautem Stöhnen gekommen. Aufgeregt und zufrieden hatten die beiden sich auf den Weg nach Hause gemacht. Wie sehr hatten sie sich damals den Durchschnittlichkeiten des Lebens voraus gefühlt.

Die Erinnerung hinterlässt bei Eva ein schales Gefühl. Ungelenk sitzt sie neben Thomas, und die Umarmung kommt ihr plötzlich bekloppt vor. Als wolle sie Thomas davon abhalten, einfach in den Sand zu rutschen und dort liegen zu bleiben.

Eva drückt ihr Gesicht an seinen Rücken und, obwohl sie sich nicht sicher ist, wie das enden wird, beginnt sie mit der Hand in Thomas' Hose nach seinem Penis zu suchen. Der Penis ist kalt und bleibt auch nach längeren Bemühungen schlaff.

Thomas legt den Kopf in den Nacken, sodass seine Haare die von Eva berühren.

»Wollen wir nach Hause, mir ist total kalt.«

Eva zieht ihre Hand zurück. Sie möchte nicht so leicht aufgeben.

Wenn wir jetzt nach Hause fahren, geht es ihr durch den Kopf, hat die scheinbar friedliche Normalität, in der wir leben, die Belastungsprobe nicht bestanden.

Es muss doch mehr geben als ihren Alltag, der so hübsch wirkt wie eine kleine Biedermeier-Miniatur, mehr als den Sex, den sie nicht haben. Sie verstehen sich doch tief, sie verstehen sich bei Sachen, die sie sonst mit niemandem besprechen. Eva sucht fieberhaft nach einem dieser Themen, das nur sie, exklusiv als seine Freundin, mit Thomas besprechen kann.

»Was ist jetzt eigentlich mit dem Job, willst du wirklich so weitermachen?«, fragt sie, und der Abend zerplatzt.

»Müssen wir das jetzt, nach einem langen Arbeitstag, an einem kühlen Seeufer besprechen?« Thomas legt seinen Handrücken an ihren Hals. »Schau mal, mir ist wirklich kalt, wollen wir zu Hause weiterreden?«

Der Rückweg kommt Eva lang vor. Zäh dehnt sich die Strecke nach Kreuzberg vor ihr aus. Die Menschen in den Cafés, die anderen Radfahrer, das interessiert sie nicht mehr, und der Sommerhimmel ist auch nicht mehr blau. Der Abend war bei Weitem nicht so schön wie erhofft. Aber war sie daran nicht selber schuld? Hatte sie nicht einfach viel zu hohe Erwartungen? Hatte sie die Situation zwischen Rose und Thomas vielleicht überbewertet, war daraufhin viel zu stark verletzt und hatte so die gute Stimmung kaputt gemacht? Hatte sie Thomas zum Baden geschleppt, obwohl er nur schnell nach Hause wollte? Und statt nach dem Baden auf ihn einzugehen, hatte sie nicht versucht, eine Erotik und Nähe zu erzwingen, die überhaupt nicht zur Situation passten?

Thomas fährt hinter Eva her und könnte heulen. Ein weiterer Abend ist unwiederbringlich verloren, ein Abend, der schön geworden wäre, wenn er nicht mit Lust alles torpediert hätte, was Eva geplant hatte.

Dass sie ihn mit Rose entdeckt hatte, ist schon schlimm genug. Aber er hat sich komplett der Romantik ihres alten Ausflugsziels entzogen. Natürlich hat er gespürt, dass Eva an die vielen Male dachte, an denen sie in unbedingt gewollter Zweisamkeit und Verbundenheit dort geschwommen waren. Es wäre ein Leichtes gewesen, an diese Erinnerung anzuknüpfen. Aber er hat sich stur geweigert. Hat gefroren, ist in seinem seelischen Kokon geblieben, hat seinen Körper sich versteinern lassen. Zerknirscht und mit einem unbequemen Selbstbild fährt er weiter. Trotzdem weiß er, und das macht es nicht besser, dass er sich wieder genauso verhalten würde. Als folge sein Handeln einem unbewussten Strom, dem er sich nicht in den Weg stellen kann.

Als Thomas sein Fahrrad anschließt, ruft er leise nach Eva. Sie dreht ihm ihr betrübtes Gesicht zu, er drückt ihr einen Kuss auf den Mund. »Danke, dass du mich abgeholt hast«, sagt er in der Hoffnung, irgendetwas wiedergutzumachen. Sie lächelt kurz. Oben angekommen, gehen die beiden schnell ins Bett. Diesmal ist es Eva, die lange im Bad braucht.

Eva drückt ihr frisch gewaschenes Gesicht in ein Handtuch. Kurz fühlt sie sich geborgen.

Und dann macht sie etwas, was ihr nicht guttut und was diesem Abend endgültig den Drall nach unten gibt: Sie stellt sich auf den mit Frottee bezogenen Hocker, der im Badezimmer steht – den Thomas und sie beide spießig finden, aber praktisch –, und betrachtet sich im Spiegel. Sie kann sich zwar nur von den Rippen bis zu den Knien sehen, aber was sie sieht, gefällt ihr nicht.

Früher war ihr Bauch flach. Zwar kam er ihr schon immer zu groß vor, aber immerhin war er flach. Jetzt wölbt er sich leise nach vorne. Nicht weil sie schwanger ist, nicht weil sie zugenommen hat, sondern weil sie älter wird. Die Spannkraft lässt nach. Sie beäugt ihren flachen Po, den sie tolerieren kann, der aber auch schon mal straffer war, und kritisch untersucht sie die beginnende Zellulite an ihren Oberschenkeln.

Sie ärgert sich. Frauen sollten aufhören, die schönste und dünnste Prinzessin sein zu wollen. Davon ist sie überzeugt. Trotzdem kommt auch sie aus diesem Anforderungsgebäude nicht heraus. Eva schließt die Augen, sie ist erschöpft. Ihr Leben besteht aus einzelnen, großen Splittern, die kein harmonisches Bild mehr ergeben.

Evas Gedanken wandern zu ihren Eltern, zu ihrer stählernen Mutter, der Scheitern fremd ist, und zu ihrem kleinen, gutmütigen Vater, um den sie sich viel zu wenig kümmert. Sie wandern zu Thomas, der ihr inzwischen ähnlich kompliziert erscheint wie ihre Doktorarbeit, die nicht fertig wird, und sie wandern zu ihrem Körper, den sie nun mal hat.

Thomas klopft an die Tür. »Kommst du auch ins Bett?«

Eva ist froh, dass er sie ruft, sie kurz von ihren Gedanken befreit. Sie geht ins Bett zu Thomas, der seinen Arm fest um sie legt und sich an sie schmiegt. Er bohrt sein Gesicht in ihre Haare und saugt ihren Duft ein. Leise Zuversicht stellt sich bei Eva ein.

Wenn sie wüsste, Thomas hofft, das alte Gefühl der Ruhe käme wieder, wenn er nur oft genug an Eva schnuppert, sie wäre weniger zuversichtlich.

## NOCH 20 TAGE

Thomas wandert alleine durch die Wohnung. Eva ist, obwohl Samstag ist, ins Museum gegangen, in zwei Wochen eröffnet die große Ausstellung.

Thomas hat erwartet, er wäre froh um einige Zeit allein. Aber jetzt, an diesem bewölkten Samstagvormittag, an dem es nach Regen aussieht, aber nicht regnen wird, fühlt er sich verloren. Er setzt sich in die Küche, bleibt aber nicht lange, sie ist nicht aufgeräumt, und er ist heute zu müde zum Aufräumen. Er wandert weiter ins Wohnzimmer, das ihm seltsam unbewohnt vorkommt. Das Sofa wirkt wie neutrales Gelände, als habe seit Wochen niemand darauf gesessen, als hätten Evas und sein abendliches Fernsehen keine Spuren hinterlassen.

Thomas denkt daran, wie sie hier immer sitzen, in

distanzierter Nähe zueinander, die fehlende Anziehung durch leichtes Berühren der Fingerspitzen oder Knie überspielend.

Auch das Schlafzimmer lädt ihn heute nicht ein. Das Schlafzimmer ist vor allem Evas Zimmer. Auf ihrem schmalen Schreibtisch sind ordentliche Stapel von Dingen, die sie erledigen möchte, vor einem kleinen, schlichten Spiegel liegt ihr Schminkzeug, in Evas Fall vor allem ein orangener Lippenstift, der ihr sehr gut steht. Am linken Rand des Tisches steht ein gerahmtes Kinderfoto von ihr, eng umschlungen mit ihren Eltern am Tag der Einschulung.

Süß sieht Eva da aus, süß und schutzbedürftig, den einen Arm um den Vater gelegt, den anderen um die Taille der Mutter. Sogar auf diesem Bild sieht man Evas Nähe zu ihrem Vater und versteht, warum die Trennung der Eltern, als sie zehn Jahre alt war, für sie so schwer war. Aus ihrer Bezugsperson, dem Vater, wurde eine Wochenendbekanntschaft. »Ich war zu Hause und hatte Heimweh nach ihm«, hat sie Thomas einmal erzählt.

Thomas steht zwischen den Zimmern und blickt in die Wolken, dann ruft er Ludwig an. Er sollte nicht länger alleine sein, das ist nicht gut für ihn.

Zwanzig Minuten später sitzt er mit Ludwig in ihrem Stammcafé, englisches Frühstück und Kaffee vor sich. Ludwig wirkt etwas zerknittert. Er ist geübt darin, eine Runde bestens zu unterhalten und gut gelaunt durch die Nacht zu manövrieren, und gestern war es offensichtlich mal wieder so weit, eine riesige, nicht unbedingt seriöse deutsche Tageszeitung hat gefeiert.

»Klassentreffen.« Zufrieden rührt Ludwig in seinem

Espresso, in dem es eigentlich gar nichts zu rühren gibt, er trinkt ihn schwarz.

»Sind die nicht der Feind? Hast du nicht gesagt, für die willst du nie arbeiten?«

»Klar sind die der Feind, aber kenne deine Feinde.« Ludwig grinst. »Ich hab Valerie wiedergetroffen.«

»Wer war noch mal Valerie?«

Thomas hat Mühe, auf Ludwigs verkaterte gute Laune einzugehen.

»So 'ne junge Journalistin, also jung, so alt wie wir. Hatte ich im Januar mal zufällig getroffen.«

»Zufällig heißt auf Tinder?«

»Ja. Die war gestern da. Haben geknutscht, sie hat das mehr forciert als ich. Sie wollte auch noch mit mir nach Hause, aber ich dachte, boah, die Stimme, hatte sie die im Januar auch schon? Ich kann keine Frau mit nach Hause nehmen, die so eine Stimme hat.«

Ludwig wischt auf seinem Handy herum und zeigt Thomas das Instagram-Profil einer jungen Frau. Mit dunklem Wuschelkopf lächelt sie charmant in die Kamera. Das Foto hatte sie selber aufgenommen, danach bestimmt fünfmal gelöscht und zehn Filter darüber gepackt, bis sie das perfekte Bild hatte. Keine Augenringe, keine Speckfalten, ein süßes, aber bestimmtes Lächeln, der Blick verträumt, aber trotzdem entschieden. Wenn man durch das Profil geht, sind da eine Reihe Selfies, Selfie mit Katze, Selfie mit Kaffee, Selfie mit Rotwein, lustige verwackelte Fotos von Silvester und ab und zu Aufnahmen von irgendwelchen Büchern. Thomas weiß nicht so recht, was er sagen soll.

»Und, ist sie nett? Werdet ihr euch wiedersehen?«

»Ich glaube nicht. Die ist gerade voll auf der Überholspur, hat gerade ein Stipendium bekommen, eine Reportage, die sie geschrieben hat, hat im Netz ganz schön Furore gemacht. Jaja, die ist schon toll. Aber ihre Stimme löst einfach nichts in mir aus. Außer Stress.«

Thomas schweigt und blickt etwas verkniffen in seinen Kaffee.

»Was ist eigentlich mit Moni?« Moni war Ludwigs feste Freundin, zumindest für ein sagenhaftes halbes Jahr, letzten Sommer. Dann war sie gegangen, weil sie meinte, sie wolle auch mal mit anderen schlafen. Aber sie könnten gerne zusammenbleiben. Und das hatte Ludwig peinlicherweise nicht hinbekommen. Gerade er. Ludwig verzieht den Mund.

»Ich verstehe sie ja inzwischen. Hab sie damals schon verstanden. Aber vielleicht war ich verliebter, als ich dachte. Oder es war einfach nur ›male fragility‹. Unangenehm. Müssen wir jetzt darüber reden?«

»Eva hat damals gesagt, wenn Moni solche Sehnsucht nach anderen Männern hat, reicht die Liebe eben nicht aus. Aber war das wirklich so?«

Ludwig zuckt mit den Schultern. Über Moni zu reden macht ihm schlechte Laune.

»Was habt ihr denn gestern gemacht?«, lenkt er von sich ab. »Und sag mal, alles gut bei euch? Du wirkst etwas derangiert. ›Speaking of male fragility‹, hier haben wir sie.«

»Ich glaube, Eva möchte jetzt heiraten und Kinder kriegen.«

Ludwig legt seine Stirn in Falten und sieht noch zerknautschter aus.

»Heiraten?«, fragt er.

»Na ja, vielleicht nicht konkret, aber im übertragenen

Sinne, die nächste Stufe erklimmen, Entscheidungen fällen, Wohnung kaufen, Kind kriegen, Arbeitsvertrag einsacken, solche Sachen.«

»Glaubst du das, oder weißt du es? Also ich meine, redet man nicht über so etwas, unter Erwachsenen?«

»Ich weiß es.«

»Und?«

»Ich glaube, ich bin irgendwann die letzten Jahre kaputtgegangen. Ich fühle mich zurzeit zu gar nichts in der Lage, auch nicht dazu, ein Kind zu zeugen.«

Ludwig mustert ihn kurz, er scheint schon gar nicht mehr richtig zuzuhören.

»Schlaft ihr denn noch gerne miteinander?«, platziert er jedoch zielsicher seine nächste Frage.

Thomas zögert. Kann er sagen, was er denkt? Er kann. Er muss.

»Ich will auf keinen Fall einer von diesen Männern sein, die ihre Freundin entsorgen, weil es ›körperlich nicht mehr so knallt‹. Das Problem ist komplexer. Eva hat sich insgesamt verändert, ist pedantischer geworden, unfreier. Bürgerlicher. Außerdem: Gehören zum Scheitern einer Beziehung nicht immer zwei? Ach Scheiße, wer redet denn überhaupt schon von Scheitern? Eva ist einfach ernster geworden. Und ich glaube, sie hat auch nicht mehr so gerne Sex.«

Ludwig schaut ratlos.

»Ich glaube, wenn man jemanden nicht liebt, stören einen irgendwann Sachen, die man sonst mögen würde. Weil alle Charakterzüge dann eher wie so Accessoires sind, die man irgendwann gerne mal erneuern würde.«

»Aha«, sagt Thomas langsam.

»Eva ist nun mal ein ruhiger, besonnener Mensch«,

redet Ludwig weiter. »Sie versucht, ihre Unsicherheit mit einem durchgeplanten Leben zu kaschieren. Aber das weißt du doch. Das magst du doch auch an ihr, ist ja auch praktisch, musst du nichts planen. Und sie braucht Ordnung um sich herum, ja ok, und das in einer sehr eigenen Weise. All das *kann* man pedantisch, bürgerlich und auch langweilig nennen. Aber es ist ihr Charakter.«

Thomas atmet aus. Ludwig hat recht.

»Wenn du dich nicht mehr wohl bei ihr fühlst, dann verlass sie.«

Thomas schüttelt unwillig den Kopf.

»Warum muss man denn immer in diesen Kategorien denken? Man kann doch so etwas mal aushalten!«

»*Ich* denke nicht in solchen Kategorien. Aber *du* musst es aushalten. Dass du dir nicht mehr sicher bist. Klar kann man das aushalten. Und wie es aussieht, klappt das bestens.« Ludwig lacht.

»Eva verlassen.« Thomas spricht das aus wie etwas Verbotenes. »Das ist so ähnlich, wie die Erde zu verlassen und sich einen neuen Planeten zu suchen. Es gibt keine Alternative zu Eva, zumindest kenne ich keine. Wann interessiere ich mich schon mal für andere Frauen?« Rose ist eine Fata Morgana, das ist Thomas klar, das wertet er nicht mal als Interesse, sondern eher als Dummheit. »Außerdem fängt dann alles wieder von vorne an. Der erste Kuss, das erste Mal miteinander schlafen, sich anfangs voreinander Mühe geben, sich irgendwann weniger Mühe geben und schlussendlich in schlechten Unterhosen voreinander rumlatschen. Aufgeregt miteinander essen gehen, irgendwann stolz ›unser Stammlokal/Stammcafé/Stammkneipe‹ sagen und sich zum Schluss nach neuen Räumen sehnen. Hoffen, dass die neue Freundin am

Abend vorbeikommt, irgendwann nervös beschließen zusammenzuziehen, mit wohligem Schauer die neue Wohnung in Besitz nehmen und irgendwann alle Wohnungen von Freunden schöner finden. Die Faszination, die das neue Gesicht in einem auslöst, irgendwann die lieb gewordene Gewohnheit und dann: die Enttäuschung. Immerhin bin ich mit Eva schon so weit gekommen. Vielleicht kommt jetzt die Zeit danach, quasi eine aufgeklärte, säkularisierte Beziehung?«

Ludwig prostet ihm zu. »Auf die Säkularisation.« Nach einer Weile redet er weiter. »Ich mag Eva ja echt gerne. Wenn ich könnte, wäre ich gerne ein bisschen wie sie. So gut, so vernünftig, so kontrolliert. Gäbe es da nicht den Ehrgeiz, die Eitelkeit, die Frauen, den Alkohol.« Er zieht die Mundwinkel nach oben und lächelt. »Das ganze verdammte schöne Leben. Ein bisschen unheimlich ist Eva schon in all ihrer moralischen Überlegenheit. Aber das perpetuiert sich zu noch größerer Achtung vor ihr. Wie das für dich als ihr Freund ist, keine Ahnung. Fühlst du dich minderwertig und klein?«

Thomas lacht. »Schon. Aber nicht nur bei Eva.« Er kratzt sich am Hinterkopf. »Wahrscheinlich bin ich glücklich mit ihr, aber merke das nicht mehr. Wir hängen einfach gerade in einer unguten Dauerschleife fest. Oder ich, ich hänge in der Dauerschleife. Da kann Eva ja nichts dafür.«

»Du kannst ja mal so Bücher über Dankbarkeit lesen«, sagt Ludwig trocken. Dann wird er ernst. »Weißte, für Leute wie dich und mich gibt es nicht die ideale Partnerin, nicht das ideale Leben und auch nicht den idealen Job. Ich finde meine Herz-Schmerz-Kolumne, meine Lifestyle-Tipps, meine Plattenrezensionen auch komplett sinnlos. Und ich finde viele Frauen toll, aber irgendwas wird immer fehlen. Weil in mir was fehlt. Aber eine Sache ist schon so: Ich merke, wenn ich glücklich bin und wenn nicht. Zum Glück kann man sich nicht zwingen. So etwas wie ›Glücksdisziplin‹ gibt es nicht.«

Ludwig schweigt und beobachtet eine junge Frau, die sich an den Nebentisch setzt. »So, und jetzt muss ich mein Wochenende planen«, sagt er und setzt sich einfach zu der jungen Frau. Bei Ludwig klappt so etwas. Bei Thomas würde es in blanker Peinlichkeit enden.

Thomas kommt nach Hause, die Wohnung ist noch immer leer, der Himmel noch immer grau und er würde am liebsten sofort wieder in der Stadt verschwinden. Stattdessen setzt er sich auf das unbewohnte Sofa, das geduldig auf ihn gewartet hat. Er nimmt sein Telefon in die Hand, um Eva anzurufen. Er weiß schon jetzt, wie das Gespräch laufen wird.

»Hallo, schön, dass du anrufst.«

»Ja, ich wollte mal hören, was du so machst.«

»Ich schreibe gerade einen Text für den Katalog, bin gerade mittendrin.«

»Oh, dann störe ich?«

»Nein, du störst nicht, ich freue mich. Was machst du gerade?«

»Ich hänge so zu Hause rum.«

Leichte Enttäuschung auf Evas Seite. »Wolltest du nicht jemanden treffen?«

»Doch, ich war gerade mit Ludwig frühstücken.«

»Und, war's schön?«

»Schön wie immer. Ludwig halt. War verkatert.«

»Ich mach hier auch nicht mehr so lange. Ich freue mich schon auf zu Hause.«

»Ich freue mich auch.«

Thomas lässt das Telefon unschlüssig in seiner Hand wippen. Dann ruft er Rose an.

Noch während die Nummer gewählt wird, überkommt Thomas eine Hitzewelle. Er möchte schnell wieder auflegen, da klingelt es schon bei Rose. Was mache ich hier, schießt es Thomas durch den Kopf, dicht gefolgt von einem euphorischen »Ich mache es wirklich, ich rufe sie an!«. Und schon geht Rose ans Telefon.

Ihre Stimme klingt verschlafen. »Gibt es einen Notfall in der Klinik?«

»Nein. Ich wollte nur fragen … äh, ist das Open Gallery Dings heute auch noch?« Thomas kommt sich vor wie ein treuherziger Schuljunge. Ja, ich habe die Kreide geklaut und den Schwamm aus dem Fenster geworfen. Ja, liebe Rose, es ist Sonntag, und ich würde dich gerne sehen, weil ich sowieso die ganze Zeit an dich denke.

Rose wird langsam wach und begreift die Situation.

»Ach so. Du möchtest da hin. Mit mir? Das ist aber süß.«

Für einen Moment denkt Thomas, Rose wird ihm als Nächstes erklären, dass sie noch im Bett liegt, mit nicht viel mehr als einem relativ durchsichtigen T-Shirt bekleidet. Aber Rose sagt: »Das war sehr spät gestern. Heute bleibe ich zu Hause.« Ein kleines Gähnen. »Ich versuche gerade zu lesen, aber schlafe immer wieder ein. ›Auf der Suche nach der verlorenen Zeit‹ – haste dich daran mal versucht?«

Thomas räuspert sich. »Nein«, sagt er. »Noch nie.«

Über Proust kommen sie auf Paris zu sprechen, kurz steht Eva als Thema im Raum und wird von beiden umschifft. Sie lenken ab auf die Klassenfahrten gegen Ende der Schulzeit, auf Kiffen, Feiern und Trinken. »Bei mir war da nicht so viel mit Feiern«, sagt Rose. »Als ich 18 war, ist mein Vater gestorben, an Herzinfarkt. Morgens hat er mich noch mit dem Auto bei der Schule abgesetzt, nachmittags war er tot.«

»Ihr wart nicht schon immer in Deutschland?«, fragt Thomas, weil ›Oh, das tut mir leid‹ so abgeschmackt klingt.

»Nein, Jugoslawien. Mein Vater hat mich und meine Mama da 1990 rausgeholt. Er war schon Gastarbeiter in Deutschland. Er hat immer viel zu viel geraucht und gegessen. Super Typ. Kurz gelebt, aber richtig.«

Thomas hört zu. Es beeindruckt ihn, dass Rose ihm so etwas erzählt. »Da habe ich lange nicht darüber gesprochen«, sagt sie plötzlich. »Danke fürs Zuhören. Wir sehen uns morgen in der Klinik.« Die beiden verabschieden sich schnell, aber trotzdem, und das kann Thomas kaum glauben, mit Zärtlichkeit. Und zärtlich behält Thomas sein Telefon in den Händen.

Gut, dass ich angerufen habe, denkt er. Da kommt Eva zur Tür herein.

Thomas wirft das Handy reflexartig von sich.

»Was machst du denn da?«, fragt Eva und lacht.

»Äh, ist mir irgendwie aus der Hand gerutscht.«

Eva umfasst mit beiden Händen ihre Haare, die nass sind, und streicht sie nach hinten. »Scheißwetter. Na ja, aber wenigstens regnet es mal.« Sie atmet aus und verschwindet im Bad. Eine Viertelstunde später lässt sie sich in Jogginghose und Kapuzenpulli neben Thomas auf das Sofa fallen.

»Was machen wir denn jetzt?« Eva macht ihr niedliches Gesicht. Sie grinst und zieht die Nase kraus. Sie meinte das halb ironisch, und Thomas wäre lieber, sie würde das ernst meinen. Ernst gemeinte Niedlichkeit. Er wuschelt ihr durch die Haare. Sie küssen sich. Sie knutschen und sind beide davon überrascht.

Je stärker Thomas an Rose denken muss, desto leidenschaftlicher widmet er sich Eva. Knutschen, fummeln, Busen, Zungenkuss, Erektion, vögeln, vögeln, weiter vögeln, Augen zu, und ha! Gekommen. Er kuschelt sich an Evas Schulter.

Alles in Ordnung, sagt eine sehr erwachsene Stimme in seinem Kopf. Es ist alles in Ordnung. Nach acht Jahren denkt man mal an andere Frauen. Es gibt keinen Grund, Chaos zu veranstalten. Da tippt Eva ihm auf die Schulter. »Duhuu, ich bin noch nicht gekommen. Aber äh, ich würde gerne noch.« Pflichtschuldig setzt Thomas sich auf und bewegt seine Finger langsam kreisend um ihre Klitoris. Als sie erregter wird, dringt er mit dem Finger in sie ein. Eva spreizt die Beine und setzt sich auf. Sie lehnt sich vor, sieht Thomas direkt an und kneift die Augen zusammen. Sie kommt laut und hingebungsvoll. Thomas mag das. Es hat nur nicht viel mit ihm zu tun. Er beobachtet Eva wie ein Naturschauspiel, und auch das, beschließt er, ist nach acht Jahren vollkommen normal.

## NOCH 18 TAGE

Rose ist im Gespräch mit dem Oberarzt, als Thomas den Gang entlanggeht. Sie nickt ihm zu, er sagt betont fröhlich, und total verkrampft, »Hallooo«, und geht weiter.

Er weiß nicht, ob Rose ihm hinterherguckt, aber allein der Gedanke löst in ihm ein Gefühl der Dämlichkeit aus. Wie sieht er von hinten aus? Hat er ein breites Kreuz? Wie ist eigentlich sein Gang?

Etwas später, Thomas sitzt allein im Besprechungsraum, kommt Rose dazu. Sie begrüßen sich, indem sie ihre Ellbogen wie eine Ghettofaust kurz aneinanderstoßen lassen, dann setzt Rose sich zwei Stühle weiter und lächelt ihn an. Sie hat ihr Gespräch offensichtlich nicht vergessen. Thomas muss idiotischerweise an Roses Scham denken. Er blinzelt sie freundschaftlich an und klappt die Beine auf und zusammen, um keine Erektion zu bekommen. Dann widmet er sich seinen Unterlagen. In all diesem Chaos ärgert er sich über sich selber. Sollte er mit 30 Jahren seine Körperfunktionen nicht langsam mal im Griff haben?

Nach der Besprechung, in der Mittagspause, stehen Thomas und Rose mit einem schwarzen Kaffee in der Hand am Ausgang der Cafeteria.

»Na, wann telefonieren wir wieder?«, fragt Rose und sieht ihn amüsiert an.

Thomas kommt ins Schwimmen. »Weiß nicht. Kannst ja mal anrufen.«

Rose schenkt ihm einen spöttischen Blick aus ihren braunen Augen. »Ich geh mal eine rauchen.«

Bei Dienstschluss packt Thomas schnell seine Tasche und verschwindet, bevor er Rose noch einmal treffen kann. Er will nicht noch einen Schritt weiter gehen. Eva zuliebe und aus Selbstschutz. Schnell nach Hause, schnell zu Eva. Da ist es gemütlich, da ist es normal, da ist es unaufgeregt.

Eva kommt zeitgleich mit Thomas nach Hause. Sie war noch beim Markt, ein großer Mangold schaut aus ihrer Basttasche heraus. Er steht ihr gut.

Nach dem Essen, Thomas hat es sich gerade auf dem Sofa gemütlich gemacht, spaziert Eva, eine Schüssel mit Joghurt in der Hand, im Wohnzimmer auf und ab. Thomas wartet ab. Was kommt jetzt? Endlich bleibt sie stehen, den Löffel in der Luft.

»Ich hätte in zwei Wochen meinen Eisprung.« Sie macht eine Pause. »Ich will gar nicht, dass wir dann sofort miteinander schlafen, aber wenn wir ein Kind wollen würden, und wir haben ja mal gesagt, dass wir das wollen, sollten wir uns so langsam an den Gedanken gewöhnen, dass mein Eisprung jetzt für dich und mich eine Rolle spielt.«

Thomas legt sich ein Kissen über den Bauch und die Arme darum herum. »Was, äh … nimmst du nicht mehr die Pille?«

»Ich wollte sie eigentlich noch nicht absetzen, aber dann habe ich gelesen, der Zyklus muss sich erst mal wieder einpendeln, wenn man sie lange genommen hat, und deswegen habe ich sie vor ein paar Tagen abgesetzt.«

Betretenes Schweigen macht sich breit. Das passt so gar nicht zu Eva. Etwas völlig Unvernünftiges tun und Thomas nichts davon zu erzählen. Er zögert mit der Antwort, da stapft Eva schon abrupt aus dem Zimmer. »Ok, ich nehme sie wieder, ok!«

Thomas kommt gedanklich nicht hinterher. »Hatten wir nicht in der Zwischenzeit mal Sex?«, ruft er in den Flur. Es kommt keine Antwort.

Nach einer Weile kommt Eva wieder ins Wohnzimmer, diesmal die normale Eva, gefasst, besonnen, beruhigend. Sie setzt sich auf die Sofakante und legt eine Hand auf Thomas' Bein.

»Es tut mir leid, dass ich die Pille abgesetzt habe, ohne dir Bescheid zu sagen.« Sie macht eine Pause. »Wir hatten Sex, ja, aber ich war mir sicher, dass ich an dem Tag keinen Eisprung hatte.«

Thomas wird gegen seinen Willen wütend. »Wie kannst du dir denn da sicher sein?«

Eva lächelt schuldbewusst. »Ich habe da so ein Gerät ...«

»Du setzt die Pille ab. Du kaufst dir ein Gerät, das dir deine fruchtbaren Tage anzeigt. Du erzählst mir von alledem nichts. Bin ich dein Freund, mit dem du seit acht Jahren alles teilst, oder bin ich plötzlich nur noch deine Reproduktionsmaschine?«

»Moment.« Eva hebt den Kopf und sieht ihn forsch an. »Ich habe diese Sachen für mich getan, ohne konkret ein Kind zu planen. Es ist ja nun schließlich mein Körper. Jahrelang habe ich die Pille genommen, damit wir ohne Kondom miteinander schlafen konnten, das habe ich für uns getan, jetzt muss ich was für mich tun. Die Pille ist total ungesund.« Schweigen. Dann steht Eva auf.

»Du machst ein viel zu großes Theater. Wenn du wirklich ein Kind haben wolltest, würdest du das alles viel gelassener nehmen.« Sie zieht sich ihre Schuhe an.

»Wo gehst du hin?«

»Weiß nicht. Joggen oder zu Desi.«

Schweigen.

Die Wohnungstür fällt ins Schloss.

Thomas sitzt da und fühlt sich leer. Enttäuscht von Eva und von sich selbst, greift er nach seinem Handy, und anstatt irgendetwas Sinnvolles zu machen, klickt er sich durch Instagram. Er betrachtet noch einmal Valerie, die Journalistin, die Ludwig nett, aber nervig fand. »Wahrscheinlich ist die der Typ Frau, auf den ganz viele stehen, aber ich nicht«, murmelt er.

Dann fängt er doch mal an nachzudenken. Natürlich hat Eva recht, er hat gerade denkbar empfindlich reagiert und absolut unsouverän. Aber er findet diese Heimlichtuerei wirklich doof, vielleicht will er jetzt auch einfach aus Trotz kein Kind.

Ein Kind. Das ist so unglaublich final. Jemanden zu verlassen ist schon schlimm genug, eine ganze Familie zu verlassen fast unmöglich. Thomas denkt an Rose. Warum geht nicht beides, warum immer diese Exklusivität? Warum kann er nicht mit Eva ein Kind bekommen und in der Zeit, in der sie schwanger ist, möglichst oft mit Rose schlafen? Vielleicht auch noch in der ersten Zeit mit Baby, da hätte Eva bestimmt noch keine Lust auf Sex, es wäre also nicht mal richtiger Betrug.

Thomas stellt sich vor, wie er mit Rose schläft, dann denkt er daran, wie er mit Eva schläft. Dabei fällt ihm schon ein Ungleichgewicht auf. Dem Sex mit Rose kann er alles andichten, alles, was er möchte, den Sex mit Eva kennt er. Da steht seiner Fantasie die Realität im Weg. Trotzdem vergleicht er weiter, stellt sich vor, wie es wäre, mit Eva einen Kinderwagen durch die Gegend zu schieben, und dann mit Rose, und dann hört er abrupt auf.

In seinem Tagtraum geht er mit Rose über den Oranienplatz, die Sonne scheint, jetzt biegen sie ab Richtung Engelbecken, erstes Grün an den Zweigen. Mit Eva war er einfach nur ihre Straße entlanggegangen, Eva hat eine Packung Windeln an den Lenker gehängt, das Wetter ist nicht existent, und alles ist so unglaublich normal.

»Das ist ein Tagtraum«, sagt Thomas laut. »Das ist unfair.« Dann stellt er sich vor den Spiegel im Bad und durchforscht sein Gesicht. »Ich kann jetzt nicht mit Eva Schluss machen«, sagt er. »Das wäre das Dümmste, was ich mir die letzten Jahre geleistet habe.«

Zwei Stunden später sitzt Thomas mit Rose in einer Bar. Er mit Bier, sie mit Bier, sie außerdem mit einer Schale Erdnüsse, die sie hektisch in sich hineinstopft.

»Du hast also Montagabend nichts Besseres vor, als mit mir in einer Bar zu sitzen?« Rose kaut weiter, als ob sie die Antwort auf ihre Frage schon nicht mehr interessiert.

»Du anscheinend auch nicht«, sagt Thomas.

»Hör mal zu.« Rose sieht ihn direkt an. »Ich mag dich. Du magst mich. Ist nicht zu übersehen. Aber ich habe keine Ahnung, ob wir was miteinander anfangen sollten. Am Ende knutschen wir ein paar Mal oder schlafen miteinander, aber irgendetwas fehlt. Soll ja vorkommen.«

Sie denkt kurz nach, und Thomas hat jetzt schon das Gefühl, dass Rose etwas an ihm fehlt. Rose sieht ihn wieder an, sie redet jetzt leiser.

»Und ich knutsche nicht mit Männern, die in einer Beziehung sind. Wenn es mit Eva gerade langweilig ist und du mal was anderes probieren möchtest, aber schön im sicheren Hafen bleibst, dann musst du dir jemand anderen suchen. Ich komme nicht zwischen einen Typen und seine Freundin. Das hatte ich schon, und das endet immer scheiße. Und verlass Eva bloß nicht wegen mir.« Kurze Pause, kurzes Nachdenken. »Sorry, dass ich heute in der Klinik mit dir geflirtet habe. Das war Unsinn.« Sie isst noch ein paar Erdnüsse. »War das irgendwie verständlich?«

Thomas nickt. Dann nickt er noch mal. Dann sagt er, »Danke für deine Ehrlichkeit«, und trinkt einen Schluck. Und dann gehen sie nach Hause, Thomas in seine Pärchenwohnung und Rose in ihre kleine WG.

Eva ist noch nicht da, als Thomas nach Hause kommt. Er liegt lange wach und wartet auf sie. Er vermisst sie. Er fühlt sich wie ein Kind, das schlecht über die Eltern geredet hat und es ungeschehen machen möchte.

Als Eva schließlich leise die Tür aufschließt und sich weit weg von ihm an die Bettkante legt, tut es ihm weh. Er würde gerne ihre Nähe spüren und alles, was die letzten Tage an unguten Dingen passiert ist, durch diese Nähe ungeschehen machen.

## NOCH 17 TAGE

Eva ist am nächsten Morgen stumm. Sie murmelt ein »Guten Morgen«, duscht und sitzt schweigend mit Thomas am Frühstückstisch.

»Du musst übrigens nicht immer so früh mit mir aufstehen«, wagt Thomas einen Gesprächsbeginn.

»Ich weiß, dass ich das nicht muss. Soll ich mich ganz in Luft auflösen, ist es das, was ich *muss*?«

Sie steht auf und knallt die Tür zum Schlafzimmer. Eva knallt eine Tür, und das um 06.30 Uhr morgens. Das ist noch nie passiert. Thomas steht auf und geht zu ihr. Eva sitzt auf dem Bett und weint. Als Thomas sie versucht zu trösten, weint sie noch mehr.

»Ich will ja nicht überdramatisieren«, sagt sie irgendwann. »Aber mir geht's gerade nicht so gut.«

Thomas ist froh, das ist sein Stichwort.

»Von mir aus gibt es keinen Grund zum Drama. Ich finde nur, wir sollten solche Dinge gemeinsam besprechen.«

Eva wischt sich die Tränen aus dem Gesicht, atmet tief durch und sammelt sich. »Pass mal auf, ich habe nachgedacht. Seitdem ich aus Paris zurück bin, gibt es eigentlich – unterbewusst – nur ein Thema. Zumindest für mich. Und ich glaube, das hat dich sehr unter Druck gesetzt. Und mich wiederum setzt sehr unter Druck, dass alle, alle danach fragen. ›Wolltet ihr nicht die Pille absetzen?‹ Das ist bestimmt meistens nett gemeint, aber auch total übergriffig. Das ist ein derartig diffiziler Bereich, da ändert sich einfach alles ständig.«

Thomas nickt. »Geht mir auch so, also, dass alle fragen.«

Eva sieht Thomas an. Sie ist so klar, wie nur Eva klar sein kann. »Hör mal zu. Und ich sag das nur einmal, damit es nicht irgendwann abgeschmackt klingt.«

»Ich liebe dich. Aber das heißt nicht, dass du mich lieben musst. Und das heißt auch nicht, dass du ein Kind mit mir kriegen musst. Natürlich möchte ich Kinder, aber wie armselig wäre das, wenn wir unter Druck ein Kind kriegen würden? Das machen wir nicht. Hörst du mir zu? Das machen wir nicht.«

Thomas zögert. Sein Gesicht wirkt zart und zerbrechlich.

»Dann können wir zusammen warten, bis der Druck verschwindet?«

»Ja, das können wir.«

Thomas spürt, dass jetzt ein Moment wäre, Schluss zu machen. Er ahnt, dass er Schuld auf sich lädt, wenn er jetzt noch bei Eva bleibt.

Aber er ist in diesem Moment zu sehr fasziniert von Evas Intelligenz, ihrem Einfühlungsvermögen und ihrer Großzügigkeit. Er ist überrumpelt von der Liebe, mit der sie ihm einen Blankoscheck zum Gehen ausstellt. Und gerade deswegen geht er nicht. Eine Frau, die ihn derartig gut kennt, die gleichzeitig die Situation, in der beide stecken, so gut analysieren kann, die kann nicht falsch für ihn sein. Thomas bleibt, und wie immer schläft er am Ende des Tages neben Eva ein.

Es ist nicht spektakulär, ihr jetziges Leben, aber es ist vertraut. Und das ist gut.

Ich glaube, wir kriegen noch die Kurve, denkt Thomas, als er auf dem Rücken liegt und langsam wegdämmert. Es ist ein erlösendes Gefühl, die Kurve kriegen zu können. Es ist so viel richtiger, als das Falsche, das Böse zu tun und einfach zu gehen.

Thomas gehen im Halbschlaf die Worte seines Vaters durch den Kopf, die er bei jeder Trennung im Freundes- oder Bekanntenkreis bemüht hat.

»Man macht nicht Schluss. Man macht erst Schluss, wenn es wirklich nicht mehr anders geht. Wenn man Schluss macht, tötet man immer einen Teil des anderen.«

Thomas will Eva nicht töten, wirklich nicht.

## Noch 15 Tage

Warum seine Eltern jedes Mal, wenn sie in Berlin sind, zum Gendarmenmarkt wollen, hat Thomas noch nie verstanden.

»Herrlich, diese Bauten«, sagt sein Vater jedes Mal. »Der französische Dom stand nach den Bomben 1945 komplett in Flammen«, antwortet immer seine Mutter.

Thomas sieht zu Eva, und die Art, wie sie seine Eltern freundlich gewähren lässt, beruhigt ihn. Sie lächelt leise in sich hinein und schaut mit seiner Mutter artig in irgendwelche Schaufenster, die sie nicht im Geringsten interessieren.

»Und in der Klinik alles in Ordnung?« Der Vater schließt zu ihm auf, die Hände auf dem Rücken gekreuzt.

»Joa.« Thomas nickt. »Mit Prof. Dr. Peiffer habe ich manchmal Probleme. Finde ihn sehr patientenfern.«

Der Vater schaut skeptisch. »Ich würde da aber trotzdem bleiben. Er ist einer der Besten seines Fachs. Da lernst du was.«

»Ich bleib da ja auch«, antwortet Thomas im bockigen Ton eines Teenagers und stülpt seine Unterlippe leicht nach vorne.

»Wo bleibst du?« Eva greift nach seiner Hand, und Thomas riecht kurz an ihrem Haar.

»Ich bleibe, wo ich bin«, antwortet er.

Was seine Eltern überhaupt schon wieder in Berlin wollen, ist Thomas schleierhaft. Beim Abendessen in einem überteuerten Restaurant in der Fasanenstraße wird es ihm allerdings klar.

»Kaufen«, sagt sein Vater. »Wir wollen etwas kaufen. Ihr seid doch jetzt in einem Alter, in dem es euch guttun würde, etwas zu besitzen. Natürlich gehört die Wohnung dann uns, nicht euch, aber ihr hättet alle Freiheiten. Und vier Zimmer.«

Thomas und Eva sitzen verlegen da. Ein Geschenk, das man nicht ablehnen kann.

»Und ihr habt schon eine Wohnung gefunden?«, fragt Eva, die ihre Schwiegereltern inzwischen gut kennt. Die Eltern nicken. Eine wunder-wunder-, sie betonten noch einmal ›wunder‹, schöne Wohnung in Schmargendorf. Kaufvertrag so gut wie unterzeichnet.

Eva bleibt ruhig. Ohne einen Hauch von Aggression, extrem freundlich und verbindlich, beginnt sie zu sprechen. »Also, danke erst mal. Ein dickes, fettes Danke. Womit haben wir das verdient?« Alle lachen. »Wir brauchen bestimmt irgendwann eine größere Wohnung. Und herzlichen Glückwunsch, dass ihr schon eine gefunden habt. Vielleicht solltet ihr sie aber als reine Geldanlage sehen. All unsere Freunde wohnen in Kreuzberg, Mitte, Schöneberg, Neukölln oder Friedrichshain. Ich kann mir kaum vorstellen, dass wir nach Schmargendorf ziehen.«

»Aber wenn ihr Kinder habt, braucht ihr eure Freunde doch nicht mehr so sehr«, meint da Thomas' Mutter.

Eva lächelt weiterhin höchst diplomatisch. »Aber wir haben ja noch gar keine Kinder. Und selbst dann werden unsere Freunde wichtig für uns bleiben. Unsere Generation ist da anders als ihr.«

Thomas' Vater hat konzentriert zugehört. »Mitte«, sagt er dann. »Es gab auch eine sehr schöne Wohnung in Mitte.«

Eva schaut ihn schräg von unten an. Das macht sie ganz selten, und wirklich nur, wenn es sich taktisch nicht vermeiden lässt. »Ihr könnt uns doch nicht einfach eine Wohnung kaufen. Das ist mir unangenehm.«

Der Vater reagiert vergnügt. Er wird die Wohnung ja für sich kaufen, als Geldanlage. Das sei reiner Egoismus. Er zwinkert Eva zu.

Als Thomas und Eva nachts im Bett liegen, und Eva, die auf dem Rücken liegt, mit seinen Fingern spielt, fühlt Thomas sich schwer. Tonnen-, zentner-, betonschwer.

»Mitte ist ja eigentlich ganz gut gelegen, für uns beide«, sagt er. »Du kommst schnell ins Museum, und ich bin viel schneller in der Klinik als von Kreuzberg aus.«

»Bist du sicher, dass wir das wollen?«, fragt Eva. »Uns von deinen Eltern ein Nest bauen lassen?«

»Man muss sich die Realitäten anschauen«, meint Thomas. »Berlin wird immer teurer. Wir haben das Geld noch nicht. Ich glaube, man muss nehmen, was man kriegen kann.«

»Fällt mir als WG-Kind schwer, plötzlich zu den Gentrifizierern zu gehören.«

Aber Thomas ist schon eingeschlafen. Er kann nicht mehr. Auf nach Mitte.

## Noch 14 Tage

Sechs Uhr, der Wecker klingelt, und wie immer haut Thomas schnell darauf, damit Eva noch weiterschlafen kann. Er denkt an seine Zukunft. Wohnungsbesitzer in spe, Vater in spe, Oberarzt in spe.

»Wollen wir zusammen frühstücken, dann mache ich uns Kaffee«, murmelt Eva neben ihm.

»Später, ich frühstücke später.«

»Hä?«

»Ich will jetzt schnell in die Klinik. Ab heute werden andere Saiten aufgezogen.«

»Aha«, sagt Eva langsam. »Was denn für Saiten?«

»Erwachsene.«

Thomas gibt Eva einen Kuss, und zehn Minuten später verlässt er die Wohnung, geduscht, diszipliniert, entschlossen, erschöpft.

Eva bleibt perplex liegen, noch lange nachdem Thomas aus dem Haus ist.

»Aufstehen, Wechselduschen, der Tag ist jung!«, sagt sie schließlich die Worte auf, die ihre Mutter ihr jeden Morgen entgegengerufen hat. Und eine Stunde später sitzt sie in ihrem Büro und starrt da weiter vor sich hin. Sie tippt eine Nachricht an Thomas. »Ich habe deinen Abgang vorhin nicht verstanden, warum plötzlich so … euphorisch-militärisch organisiert?« Dann ruft sie Desi an.

»Naaaa?«, meldet diese sich. »Hast du nicht unfassbar viel zu tun?«

»Wollen wir uns heute Abend sehen?«

»Musst du nicht mit Thomas Händchen halten, während ihr Netflix glotzt?«

Eva lacht. Erstaunlich dreckig.

»Das schafft der heute ohne mich.«

Thomas lehnt zur selben Zeit an der Wand neben dem Raucherausgang. Rose lehnt neben ihm. Sie schweigen. »Seit wann rauchst du eigentlich?«, fragt Rose schließlich.

»Seit heute. Ich werde jetzt erwachsen.«

»Haha, du Spast. Das ist das Kindischste, was ich je gehört habe.«

»Man sagt nicht Spast.«

»Warum denn nicht?«

»Ich hab meinen Zivi in einer Wohngruppe gemacht, in der auch Menschen mit spastischer Behinderung gewohnt haben. Die finden das nicht so lustig.«

»›Menschen mit spastischer Behinderung‹.« Rose zieht die Augenbrauen hoch. »Spastiker darf man auch nicht sagen?«

Thomas schweigt und raucht.

»Gut, dass wir das mit uns geklärt haben«, sagt er schließlich. »Also, gut, dass du so ehrlich warst.«

»Hmm.« Rose wird schmallippig. Thomas weiß nicht genau, warum.

»Ich geh mal wieder rein, see you inside«, sagt sie und geht.

Als später eine Nachricht von Eva kommt, dass sie abends nicht zu Hause ist, ist Thomas kurz enttäuscht. Er mag ihre gemeinsamen Abende, an denen nichts passiert. Er denkt wieder an ›die Wohnung in Mitte‹. Vielleicht hat Eva recht. Vielleicht brauchen sie kein Nest, das seine Eltern ihm bauen. Sie haben ja doch längst ihr Zuhause.

Thomas fährt zu IKEA. Er kauft blaue Bettwäsche mit weißen, eingewebten Streifen. Das Blau ist grundgut und grundsolide. Gleichzeitig engt es einen nicht ein. Eva wird die Bettwäsche mögen. Rose fände sie langweilig. Rose hat bestimmt nur weiße Bettwäsche. Reinweiß. Da kann alles passieren.

In einem gewissen Hochgefühl radelt Thomas nach Hause. Er freut sich darauf, Eva die Bettwäsche zu zeigen. Aber Eva ist nicht da.

Plötzlich kommt das Gefühl der letzten Nacht wieder. Thomas fühlt sich schlapp und leer, als würde er krank werden. Die Beine sind aus Watte, besonders in den Kniekehlen. Sein Penis ist kalt und klein. Der Kopf viel zu groß und viel zu schwer. Thomas legt sich ins Bett und ist traurig. Die Wohnung ist zu groß, wenn er alleine ist. Er wartet auf Eva. Eva ist für ihn lebensnotwendig, wie ein gutes Gemüse. »Kind, iss dein Gemüse.«

Eva ist sein Brokkoli, sein Sellerie, seine lebensnotwendigen Ballaststoffe, sein Eiweiß, Eisen, Calcium. Und das weiß er zu schätzen, obwohl er im Moment mehr Lust auf alles andere hätte.

Eva sitzt Desi gegenüber. Sie knibbelt nervös an dem Etikett ihrer Bierflasche. Die Bar ist voller Studenten und Leuten Ende zwanzig, Menschen wie Desi und Eva. Desi lässt ihren Blick schweifen. Sie macht mindestens zwei interessante Männer aus, einen klassischen Schönling mit Bart, »bestimmt Kulturwissenschaftler, hält sich für total ›deep‹ und denkt, er ist ein Naturbursche und Äußerlichkeiten seien ihm nicht so wichtig, und dann kommt er mit irgendeinem Geschoss zusammen, die vor allem gut aussieht«.

»Jetzt denk doch nicht immer in solchen Stereotypen. Du bist Psychologin!« Eva hat das Etikett inzwischen fast ganz abgelöst.

Da kommt eine sportliche junge Frau mit langer blonder Mähne und entschieden geschminkten Augen zur Tür herein, geht auf den Kulturwissenschaftler zu und küsst ihn.

»Siehst du«, sagt Desi. »Ich kann auch nichts für meine Menschenkenntnis.« Dann zeigt sie auf einen langen, hageren jungen Mann, der gelassen in einer Ecke sitzt und etwas betreuungsbedürftig wirkt. »Den finde ich interessant.«

»Das ist doch der Typ, der alle Frauen abkriegt«, meint Eva. »Weil sich jede Frau einreden kann, sie steht auf ihn wegen seiner Tiefe und zurückhaltenden Art. Aber da kommt dann auch nicht viel.«

»Doch. Der ist gut im Bett. Wetten?«

»Ich glaube, Thomas würde mich gerne betrügen«, sagt sie plötzlich.

Desi schaut ihre Freundin forschend an.

»Der weiß doch gar nicht, wie das geht«, sagt sie schließlich und muss über ihren eigenen Witz lachen.

»Wir haben darüber geredet, dass wir das mit der Pille erst mal vertagen, und seitdem kommt er mir erleichtert vor.« Eva sagt weiter nichts, aber der Kummer liegt in ihren Augen.

»Eva!« Desi fährt auf. »Das ist ein verdammt wichtiges Thema. Und da geht es nicht nur darum, was Thomas will.

»Ich weiß, ich weiß.« Eva nickt. »Irgendwie sind wir aus dem Takt gekommen. Wir haben keinen gemeinsamen Rhythmus mehr, vor allem körperlich. Mal ist Thomas abwesend und fast schon depressiv, dann wieder aufgedreht. Entweder wir bewegen uns durch den Alltag, ohne uns auch nur zu berühren, und wenn ich seine Hand streife oder ihm über den Nacken streichle, verkrampft er sich sofort, oder er fasst mich die ganze Zeit an, fast übergriffig, ohne zu merken, dass ich gerade was ganz anderes mache, abspülen, lesen, telefonieren. Da ist gar keine natürliche Verbindung mehr zwischen uns, gar kein natürliches Miteinander-Schwingen.«

»War es mal anders?«, fragt Desi.

Eva denkt an die erste Zeit, als sie und Thomas waren wie Kinder, die sich an der Hand hielten. Wie sie in einer geschützten Lichtkugel lebten, in der alles hell und einfach war. Sie denkt an die Zeit in Paris, in der es schon hölzern wurde. Da hatten Thomas und sie sogar noch darüber gesprochen.

»Wir dachten, wenn ich wieder in Berlin bin, würde es anders werden, aber es wird immer schlimmer.«

»Hast du ihn mal darauf angesprochen?«

»Wir reden über alles. Irgendwie. Irgendwie auch nicht.« Eva schaut traurig vor sich hin.

»Ich glaube, der steht einfach nicht mehr auf mich. Der hat, als ich in Paris war, gemerkt, dass ich ihn einenge. Ich gebe ihm zwar eine Struktur, aber das engt ihn auch ein. Der wünscht sich was Leichteres, Flirrendes. Was, wo er sich noch nicht festlegen muss. Wenn er sich jetzt festlegt, dann kommt er sich vor wie sein Vater. Genauso schwer und unbeweglich.«

»Du meinst, er ›will noch mal ausbrechen, bevor er eine Familie gründet‹? O Gott, das ist so langweilig.«

Eva zuckt mit den Schultern.

»Dann lass ihn doch ausbrechen. Vielleicht braucht er das ja.«

»Aber was ist, wenn er dann nicht zu mir zurückkommt?«, fragt Eva und sieht dabei so jung und verletzlich aus, dass Desi wütend wird.

»Dann ist es besser, ihr findet das jetzt raus als in zehn Jahren, wenn ihr zwei Kinder habt und du Ende dreißig bist. Oder wenn die Kinder groß sind und du in der Menopause bist und überhaupt keine Chance mehr darauf hast, mit jemand anderem eine viel glücklichere Familie zu gründen. Und von jemandem wirklich geliebt und begehrt zu werden. Du willst doch auch nicht die nächsten zehn Jahre Angst haben, ob er wirklich auf dich steht.«

»Hast ja recht.« Eva reibt sich mit der Hand über das Gesicht und verwischt dabei aus Versehen ihre Wimperntusche. »Ich muss das ansprechen.«

Nach einer Pause fragt Desi: »Was magst du eigentlich noch an ihm? Du hast Angst, dass er nicht auf dich steht, er eiert beruflich rum, seine Verkrampfung überträgt sich auf dich, ich meine«, sie macht eine kleine Geste in den Raum, »es gibt ja auch noch andere.«

»Ich fühle mich bei ihm auf un-dominante, sanfte Art und Weise geborgen«, sagt Eva geradeheraus und still. »Und das ist selten.«

Thomas liegt wach im Bett und starrt ins Nichts.

Nach seinem komatösen Schlaf am frühen Abend ist er aufgewacht und hat sofort gespürt, Eva ist noch nicht da. Die Wohnung ist still, und die kalte Stille legt sich ihm auf die Brust.

Endlich hört er den Schlüssel in der Tür und Eva in die Wohnung taumeln. Sie versucht, leise zu sein, was ihr grandios misslingt.

»Mist«, hört er sie sagen, während sie über ein Paar Schuhe stolpert. Dann verschwindet sie im Bad und lässt stundenlang den Wasserhahn laufen.

»Eva, alles in Ordnung?«, fragt Thomas durch die geschlossene Badezimmertür.

»Heeey, du bist ja noch wach.« Eva schließt die Tür auf, und ihr nasser Kopf kommt zum Vorschein, die Haare kleben an der Stirn. »Ich hatte noch solchen Durst. Toll, dass du noch wach bist, ich wollte was mit dir besprechen.«

Thomas liegt wieder im Bett, ein Kissen im Rücken, Eva lehnt seitlich neben ihm, die Haare noch immer nass. Sie trägt ein weißes, figurbetontes T-Shirt und eine kurze Pyjamahose aus Baumwolle. Beides ist durchsichtig. Thomas probiert einen anzüglichen Blick, Eva ignoriert diesen routiniert.

»Warum gehst du eigentlich nie auf so was ein? So Blicke oder Anspielungen?«

Eva starrt Thomas an. »Lass mich doch. Ist doch schön, wenn mein T-Shirt durchsichtig ist, aber ist irgendwie auch logisch, ich schlafe ja nicht mit BH. Da muss man doch nicht jedes Mal irgendwie so tun, als wäre das jetzt – hoho – erotisch. Ich will jetzt was mit dir besprechen und keinen Sex.«

»Aber warum gehst du NIE auf so was ein?«

Eva schweigt. »Weil es mir gespielt vorkommt«, sagt sie schließlich. »Es fühlt sich nicht echt an. Als würdest du denken, du musst das jetzt tun.«

Immerhin gebe ich mir Mühe, denkt Thomas. »Wollen wir morgen weiterreden?«, fragt er. »Ich finde, jetzt ist es zu spät für Problemgespräche.«

Eva macht sofort das Licht auf ihrem Nachttisch aus. »Okay«, sagt sie. »Gute Nacht.«

Beide liegen im Bett und trauen sich nicht, sich zu bewegen. Keiner spricht. Schließlich gibt Thomas der eigenen Müdigkeit nach und merkt dankbar, wie sich seine Gedanken verselbstständigen. In dem Moment, als er fast eingeschlafen ist, reißt Evas Stimme ihn wieder hoch.

»Ich kann nicht schlafen, bevor wir das nicht geklärt haben.«

»Hmmmm.«

»Desi und ich haben uns vorhin überlegt, es wäre plausibel, dass du mich zwar echt magst, aber dir nicht vorstellen kannst, dass es das jetzt schon war. Also, für immer. Und deswegen wollte ich dir anbieten, dass du mal mit einer anderen …«

»Fremdgehst?«

»… was hast. Oder dass wir uns für eine Zeit trennen, damit du Zeit zum Nachdenken hast.«

Thomas schweigt. Das Bett ist warm und gemütlich. Das Gespräch ist ungemütlich.

»Aber das ist ja furchtbar. Was machst du denn in der Zeit, in der ich was mit anderen …?«

»Heißt das, ich habe recht?«, fragt Eva mit leichter Panik in der Stimme.

»Ja. Nein. Weiß nicht. Es ist total rührend, dass du dir solche Gedanken machst. Ich denke ja auch über so was nach. Aber, nein. Natürlich will ich gerne mal mit jemand anderem schlafen. Aber ich will dich auch nicht verlieren.«

»Aber es ist doch besser, du schläfst jetzt, in unserer Beziehung, mit einer anderen, als wir machen Schluss, damit du mit einer anderen schlafen kannst.«

»Willst du das denn nicht? Mal mit einem anderen Mann …?«

»Ich glaube nicht«, sagt Eva. »In der Theorie schon. Aber für mich ist gerade etwas anderes wichtiger. Mit anderen Männern will ich vielleicht was anfangen, wenn die Kindernummer hinter mir liegt.« Plötzlich fallen jegliche Souveränität und Forschheit von ihr ab. »Ich liebe dich. Ich will mit dir Sex haben. Aber nicht so, wie wir in letzter Zeit miteinander Sex haben, gehemmt und jeder Handlung bewusst, ich will spüren, dass du mich liebst, ach was, begehrst. Da hat man doch ein Recht drauf.«

Thomas bekommt Kopfschmerzen.

»Ich will mit anderen Frauen schlafen, aber in dem Moment, in dem du sagst, ›Schlaf doch mit anderen Frauen‹, will ich es auch schon wieder nicht. Kannst du dich mal in meinen Arm legen?«

Eva bleibt zögernd, wo sie ist.

»Ich glaube, das ist nur eine Phase, Eva. Eine ganz schlimme, ungute, unsympathische Phase. Danke, dass du mit mir da durchgehst.«

»Du kannst ja mal Johanniskrautkapseln nehmen.«

»Ja, vielleicht.«

## Noch 13 Tage

Eva hat sich heute besonders schick gemacht. Das nächtliche Gespräch hat sie befreit, das feiert sie mit Eleganz. Thomas hat genug Argumente geliefert, um bei ihm zu bleiben.

»Welche genau?«, möchte Desi per SMS wissen. Das kann Eva gar nicht wirklich sagen, aber sie habe wieder »ein gutes Gefühl«, antwortet sie, glaubt aber schon selber nicht mehr daran. »Immerhin waren wir ehrlich«, schickt sie noch hinterher. Dass diese Ehrlichkeit Sex mit anderen Frauen beinhaltet, verschweigt sie.

Mit angeknackstem Optimismus geht sie durch den Seiteneingang des Museums und freut sich, als ihr Yves entgegenkommt, stolpernd und gut gelaunt wie ein Hundewelpe, wie immer.

»Heute!«, ruft Yves. »Heute hast du keine Entschuldigung, heute gehen wir mittagessen!«

Eva nickt. Ja, gerne.

»Wohin?«, fragt Yves weiter.

»Ich weiß nicht, kannst du entscheiden.«

»Ich habe leider eine Entscheidungsschwäche.«

»Dann lassen wir das mit dem Essen.«

»Ok.«

Beide lachen.

Wenn es doch nur mit Thomas einmal wieder so einfach wäre, nur ein Mal. Aber bei ihm ist Eva einfach nicht mehr witzig. Sie haben gemeinsam ihren Humor eingefangen, in eine Konservendose gesperrt und den Dosenöffner verloren.

Thomas ignoriert heute Rose. Zumindest redet er mit ihr nur das Nötigste. Sie ist schließlich schuld an seiner Misere. Wenn es sie nicht gäbe, würde er gar nicht auf die Idee kommen, Eva betrügen zu wollen. Dabei will Rose ja gar nicht mit ihm ins Bett.

Ja, was will sie eigentlich? Wahrscheinlich wollte sie ihm nur den Kopf verdrehen, sich Selbstbestätigung bei ihm abholen. Thomas konzentriert sich auf die Arbeit.

»Frau Pota, Herr Wiedhoff, kommen Sie bitte?«

Dr. Peiffer steht, latent genervt, an der Tür zum Besprechungsraum.

»Was haben wir denn heute?«, beginnt er das Gespräch und wirft seine Mappe mit Patientenakten auf den Tisch.

»Wer kann mir was zu Frau Buhre sagen?«

»Wegen diabetischer Nephropathie wäre NTLP das Gegebene, allerdings bildet eine geplante Fußamputation eine relative Kontraindikation«, meint Rose.

»Tja, was macht man da?«, fragt Dr. Peiffer. »Fuß abnehmen oder Niere transplantieren? Hat da jemand außer mir eine Meinung zu? Zum Beispiel Sie, Herr Wiedhoff?«

»Nach Absprache mit der Nephrologie ist die Nekrose am Fuß geringfügig und deshalb in Kauf zu nehmen, die Niereninsuffizienz allerdings ist terminal. Der Allgemeinzustand der Patientin ist stark reduziert.«

»Es kann also sein, sie bleibt uns auf dem Tisch.« Dr. Peiffer presst Luft zwischen den Lippen hervor. »Was sagt die Anästhesie?«

»Noch nichts. Sie schauen sie heute an«, sagt Rose.

»Dann warten wir mal ab, vielleicht geben sie Frau Buhre nicht frei, dann haben wir erst mal ein Problem weniger.« Dr. Peiffer blättert weiter.

Rose schaut Thomas kurz an, ihr Blick ist nicht zu deuten.

»Schau nicht weg«, möchte Thomas sagen und sagt es nicht. Stattdessen starrt er auf den Tisch vor sich und wippt mit dem Stift in seiner Hand.

»Gehen wir zusammen in die Mensa?«, fragt er dafür Rose später, als sie auf den Flur gehen.

»Nein.« Rose schüttelt den Kopf. »Ich gehe später in den OP, ich muss mich konzentrieren.«

Also sitzen Thomas und Rose an demselben Tisch, aber drei Plätze auseinander und starren in ihre jeweiligen Telefone. Da setzt sich Dr. Peiffer plötzlich schwungvoll zwischen sie. Er isst ein paar Augenblicke schweigend. »Haben Sie eigentlich einen Freund?«, wendet er sich schließlich an Rose.

»Nicht nur einen, Dr. Peiffer«, lächelt Rose kokett.

»Das heißt, wir verabschieden Sie nicht so schnell in den Mutterschutz?«, fragt Dr. Peiffer weiter.

»Wollen Sie, dass ich gehe? Dann sagen Sie es mir direkt. Ansonsten können wir auch gerne zur Frauenbeauftragten gehen, der Kollege Wiedhoff ist Zeuge, dass Sie mich wegen meines Geschlechts anders behandeln.«

Dr. Peiffer starrt Rose an. »Habe ich Frau Pota gerade schlecht behandelt?«, fragt er Thomas.

Thomas schaut auf seinen Teller, aber er sieht sein Essen nur noch unscharf. »Mich haben Sie noch nie gefragt, ob und wann ich in Elternzeit gehe.« Thomas wird rot.

Alle essen schweigend weiter. Das Schweigen wird unangenehm.

»Wer möchte denn noch einen Kaffee?«, fragt Dr. Peiffer schließlich. Thomas kippt seinen Kaffee hinunter, und mit dem einsetzenden Herzjagen stellt sich Euphorie ein. Irgendetwas hat er gerade gewonnen. Einen Kampf mit einem Titanen oder Roses Herz, er weiß es noch nicht genau.

Dr. Peiffer erhebt sich. »Ich wünsche Ihnen beiden einen schönen, gelungenen Nachmittag«, sagt er und entfernt sich energisch.

»Ui, war das anstrengend«, sagt Thomas. »Mobbt er uns jetzt demnächst raus?«

Rose zuckt nur mit den Schultern und antwortet nicht. Sie beobachtet eine Kollegin, die ein Stück rosa Mensa-Torte isst, während sie Zeitung liest. »Manche Frauen sollten einfach keine Torte essen«, sagt sie. »Schau mal, die sieht dabei nicht wirklich attraktiv aus, sie kann das nicht. Außerdem – bei den Oberschenkeln Torte, muss das sein? Wobei, die Arme wären auch schöner, wenn sie insgesamt dünner wäre. Das Gesicht eigentlich auch.«

Rose ist die erste Frau, die Thomas kennt, die offen unsolidarisch mit anderen Geschlechtsgenossinnen ist. »Du bist aber gemein«, sagt er pflichtschuldig.

»Nein, überhaupt nicht. Was ist gemeiner, der Frau

jahrelang nicht zu sagen, dass sie zu viel Torte isst, aber dabei zuzusehen, wie sie keinen Mann abbekommt, an Diabetes erkrankt, frustriert vom Shoppen nach Hause kommt, oder ihr einmal sagen: ›Hör zu, Zucker ist ungesund, du bist doch selber Ärztin, lass ihn einfach weg‹? Das tut kurz weh, aber danach hätte sie das bessere Leben.«

Rose schaut Thomas triumphierend an, und er möchte sie sofort küssen.

Eva sitzt zur selben Zeit in einem Café in Mitte. Schöne Menschen hetzen vorbei. Die Sonne scheint ihr ins Gesicht, sie wird faul und entspannt. Ihr gegenüber sitzt Yves. Er redet ohne Pause, und wenn er redet, bewegt sich sein ganzer Körper.

»Berlin, das ist wie Ska, bamm, bamm, bamm, nichts steht still, alles ist hart und schnell, und plötzlich wieder ganz zart. Ich liebe das. Im Elsass, als ich Kind war, hat niemand verstanden, warum ich Ska höre. Also, meine Mutter nicht und meine Großmutter auch nicht. Dabei ist die Geschichte meiner Großmutter wirklich interessant, erst hat sie die deutsche Besatzung erlebt, dann die Teilung, sie trägt beides in sich, den Hass zu den Deutschen und die Liebe. Aber ich liebe sie dafür. Für ihre starken Gefühle.«

Yves wartet darauf, dass Eva etwas sagt oder ihn wenigstens mal anschaut. Aber sie bleibt unbeweglich sitzen, ihre schöne, gebogene Nase in die Sonne gereckt, die Augen geschlossen.

»Weißt du schon, was du isst?«, fragt Yves.

Als Eva nur eine Suppe bestellt, schaut er sie belustigt an. Sein Mund steht dabei leicht offen, die Lippen sind immer feucht. Er schaut Eva an, und sein Blick wird weich.

»Du bist zu klug, um auf dein Gewicht zu achten, oder?«, fragt er. Eva guckt Yves ein bisschen zu lange in die Augen. Dieses Mitgefühl, dieses Erkanntwerden, das fehlt ihr bei Thomas. Sie weiß nicht, was sie sagen soll.

»Hey, fuck Nofretete«, sagt Yves.

»Was?«

»Na ja, sie war ja das erste Schönheitsideal, oder nicht?«

»Hmm, ja, kann sein, nee. Das war doch die Venus von Dingsda, von Willendorf.«

Eva findet die Bemerkung über Nofretete doof. Platt. Dümmlich. Der Moment, als sie Yves in die Augen geschaut hat, zählt schon nicht mehr.

»Wie auch immer, es ist unemanzipiert, auf sein Gewicht zu achten«, sagt Yves.

Wer sagt denn, dass ich auf mein Gewicht achte, und wer sagt, dass das unemanzipiert ist, denkt Eva. Sie lächelt Yves kryptisch an.

»Ich freue mich sehr auf morgen«, lenkt Yves schnell das Thema auf die Ausstellungseröffnung. »Ich bin sehr gespannt auf deine Rede. Nett von Frau Dr. Kilian, dir die Chance zu geben, vor so vielen Leuten zu sprechen. Das heißt, sie will dich am Museum halten. Gehen wir danach etwas trinken?«

»Äh, ja klar, also von Inga und mir kommen bestimmt einige Freunde, und Thomas kommt auch, aber wir können dann gerne alle zusammen was trinken gehen.«

»Stimmt ja, Thomas. Das Phantom!« Yves legt die Hände hinter den Kopf und lehnt sich zurück. »Ich glaube, deinen Freund gibt es nicht. Ich habe ihn noch nie gesehen.

Warum holt er dich nie ab, wenn er so eine tolle Frau wie dich hat? Falls es ihn doch gibt, dann liebt er dich nicht.«

Eva versucht, auf Durchzug zu schalten. Das ist ihr hier alles zu übergriffig und unterkomplex.

»Hey, das war ein Witz.« Yves berührt leicht Evas Unterarm. »Bitte schau nicht so abwesend. Ich bin nicht immer so trampelig.«

Am späten Nachmittag kommen Eva und Thomas fast gleichzeitig bei der ruhigen Villa im Berliner Westen an, in der Evas Vater in einer riesigen, schattigen Dreizimmerwohnung im Hochparterre wohnt. Sie sind beide mit dem Rad gekommen, obwohl es weit ist. Sie sind nun mal »Generation Rennrad«, was soll man machen.

Thomas steigt von seinem Fahrrad und möchte Eva einen Kuss geben, die fummelt aber an ihrem Schloss herum und dreht ihm ihren Po zu. Irgendwann taucht sie auf und lächelt ihn etwas verhalten an. Das nächtliche Gespräch steht noch zwischen ihnen. Thomas beobachtet sie, ihre unsicheren Bewegungen, an denen er schuld ist. Das Gespräch mit Rose in der Mensa wandert außerdem noch gut gelaunt durch seinen Körper und vergrößert sein schlechtes Gewissen.

Sein schmaler Mund lächelt aufmunternd, als er die Hand nach Eva ausstreckt. Thomas schwitzt nie. Und das findet Eva nach dem Treffen mit Yves geradezu befreiend.

Evas Vater wartet schon im Garten. Ein kleiner, zierlicher Mann mit einer randlosen Brille und einem Dreitagebart. Er begrüßt Eva und Thomas, und plötzlich ist es so, als wären die beiden Geschwister.

»Na, Kinder?«, sagt er. »Was gibt's Neues?«

Als Eva und Thomas zögern, macht der Vater eine

wegwerfende Handbewegung. »Dumme Frage. Weiß ich ja selber. Neues gibt's immer viel, aber nichts, was man seinen alten Eltern erzählen möchte.«

»Was macht denn dein Wasserschaden?«, fragt Eva.

Der Vater macht wieder diese Handbewegung ins Unbestimmte.

»Ach, da kümmert sich keiner drum. Ich föhne ab und zu den Fleck, damit er nicht schimmelt, na ja, es gibt Schlimmeres.«

»Wo ist der noch mal?«, mischt sich Thomas ins Gespräch ein.

»In meinem Arbeitszimmer, komm, ich zeig ihn dir.«

Folgsam geht Thomas mit ins Haus. Eigentlich ist er ja mein Schwiegervater, denkt er. Wir sind zwar nicht verheiratet, aber Evas Eltern sind schon lange meine Schwiegereltern. Dann steht er mit dem Vater in dem schmalen Arbeitszimmer, das auf einer Seite komplett mit einem Bücherregal ausgekleidet ist. Einem Bücherregal aus den Sechzigerjahren, voll mit klugen Büchern, die in Leinen gebunden sind und dünne Seiten haben, die eng bedruckt sind.

Thomas kann sich in diese Bücher versenken, stundenlang. Selbst wenn er nichts versteht, er mag es, in das enge Netz von undurchdringlichen Gedanken zu tauchen. Solange es nicht seine eigenen sind. Gegenüber von dem Regal steht ein Bett aus demselben Holz mit einem blauen, gewebten Wollbezug. Ein bisschen wie aus einem evangelischen Pfarrhaus.

»Na ja, da oben eben.« Evas Vater wedelt wieder mit den Händen und zeigt auf einen riesigen braunen Fleck, der sich an der Decke über dem blauen Bett und noch ein wenig die Wand hinunter erstreckt.

»Das sieht ja übel aus«, sagt Thomas und weiß nicht, was er weiter machen soll. Evas Vater erwartet aber noch irgendetwas von ihm, also steigt er auf das Bett und befühlt den Fleck. »Also, feucht ist er nicht.«

»Ja, weil ich immer föhne.«

»Soll ich die Hausverwaltung mal für dich anrufen?«

»Nein, das nützt überhaupt nichts, da sitzt dann diese junge Frau, Dings, na, Frau Wellendorf, 'ne Ribbentropp, ach Quatsch, wie auch immer, die sitzt da, und hat keine Ahnung.«

Als sie zurück im Garten alle in ihren feinen, geschwungenen Kaffeetassen mit den altrosa Blümchen rühren, legt Thomas seine Hand auf Evas Bein. Sie lächelt ihn an. Danke, dass du mit mir hier bist, kann er in ihrem Lächeln lesen.

Sie gucken in die Bäume, rühren in den Tassen, suchen nach Gesprächsthemen und wissen, in diesem Moment verlangt das Leben nicht mehr von ihnen. Sie machen für einen Wimpernschlag ihres Lebens, für einen kurzen Moment, alles richtig.

## Noch 12 Tage

Es ist ein kühler Morgen. Eigentlich ist es ein blauer Morgen. Durch die Vorhänge kann Thomas den Himmel sehen, der zwar nicht blau, sondern grau ist. Aber es ist ein durchsichtiges Grau, das irgendwann aufbrechen und den blauen Himmel freigeben wird. In Kombination mit der grundgut blauen, neuen Bettwäsche fühlt sich dieser Morgen sehr aufgeräumt an.

Eva hat sich wirklich über die Bettwäsche gefreut.

Und über das Fremdgehen haben sie nicht mehr geredet. Vielleicht hat sich das auch einfach mit dem Gespräch erledigt, denkt Thomas erleichtert. Aber jetzt ist Eva schon wieder nicht da. Warum eigentlich, es ist doch erst sieben Uhr? Thomas dreht sich um, da schleicht Eva ins Zimmer, kniet vor dem Schrank und sucht etwas darin. Sie ist sehr hübsch und sehr brav angezogen. Eine blaue, knöchellange Baumwollhose, eine weiße Bluse, rote Ballerinas. Sie sieht unglaublich aufgeräumt aus. Wenn Thomas sie nicht kennen und ihr auf der Straße begegnen würde, wäre er neidisch auf sie, weil sie offensichtlich eine Person ist, die ihr Leben im Griff hat.

»Warum bist du denn schon auf, ich habe doch heute Spätdienst?«

Eva schaut rasch und freundlich zu Thomas. »Es ist noch so viel zu tun, bevor heute Abend die Eröffnung ist, da bin ich lieber überpünktlich da.« Sie hält kurz inne und bewegt sich nicht mehr. »Wie … du hast heute Spätdienst?«

Thomas' blauer, geordneter Morgen fällt wie ein Kartenhaus in sich zusammen. Eva hat heute ihren wichtigen Tag. Heute wird DIE AUSSTELLUNG eröffnet. Er hat es vergessen. Mal wieder.

»Fuck«, sagt er und greift zu seinem Telefon. Eva hat sich noch immer nicht bewegt. Thomas schickt Matti eine Nachricht. »Ich habe Evas Ausstellungseröffnung vergessen, kannst du heute den Dienst für mich übernehmen?« Sofort kommt eine Antwort: »Komme gerade aus dem Nachtdienst, auf keinen Fall. Sehen uns heute Abend bei Eva – oder auch nicht«. Am Ende der Nachricht ist noch ein Zwinker-Smiley.

Also schreibt Thomas an Rose. Eva hat sich zu ihm

aufs Bett gesetzt. Ihre Hand liegt auf der Decke ungefähr da, wo Thomas' Penis sein muss. Thomas schreibt Rose, während Eva beginnt, sanft seinen Penis zu streicheln. Thomas legt das Handy weg.

»Tut mir leid, ich bin so ein Trottel, wie konnte ich das vergessen. Ach Eva, Mann, ich ärgere mich.«

Eva schaut ihn gleichmütig an, ihre Hand ist inzwischen unter der Bettdecke. »Macht nichts«, sagt sie und haucht Thomas einen Kuss auf die Lippen. Sie bewegt ihre Hand immer bestimmter auf und ab. Sie schaut ihn dabei verhalten verführerisch an. Thomas weiß nicht, was das bedeuten soll. Er richtet sich auf, um mit Eva zu knutschen, sie drückt ihn sanft aufs Bett zurück. »Mach nichts«, sagt sie. »Mach einfach nichts und genieße.«

Thomas schließt die Augen. Er genießt. Er weiß nicht, was das soll. Er will mit Eva schlafen, aber sie drückt ihn immer wieder aufs Bett. Er kommt, laut und eruptiv. Eva sitzt halb auf ihm, und ihre weiße Bluse ist voller Sperma. Sie lächelt anzüglich, steht auf und zieht sich um.

»Ich glaube, wir sollten einfach öfter Sex haben. Da sollten wir uns viel öfter abholen, beim Vögeln. Dann …«, sie küsst Thomas wieder verführerisch, »… dann vergisst du bestimmt auch nicht solche Termine.«

Eva verlässt die Wohnung, jetzt in einer hellblauen Bluse. Jegliche Anzüglichkeit und behauptete Erotik fallen von ihr ab. Konzentriert, ernst geht sie die Treppen hinunter. Sie bemüht sich, nicht zu viel zu fühlen. Sie wünscht sich, dass dieser Zustand, den sie nicht greifen kann, der kein Krieg ist und kein Frieden, vorbeigeht. Sie droht kurz in einem Strudel aus Fragen, Wut und Ratlosigkeit zu versinken, dann reißt sie sich zusammen und wird vernünftig.

»Alle sagen, man muss an einer Beziehung arbeiten. Mussten wir bis jetzt noch nie, müssen wir eben jetzt. So ist das halt.« Mit geradem Rücken geht sie weiter.

Thomas bleibt im Bett liegen. Er betrachtet seine Hände. Er denkt nichts. Er kann nichts denken. Rose schreibt, »Hätte heute frei gehabt, aber wir können tauschen«. Thomas schreibt, »Danke«.

»Ich hab dann was gut bei dir;)«, antwortet Rose noch mal. Thomas tippt, »Von mir kannst du alles haben«, hat dann aber das Gefühl, das könnte dezent danebengehen, löscht die Nachricht und verschickt stattdessen ein unverfängliches Daumen-hoch-Symbol. Er schläft wieder ein, er hat ja jetzt frei.

Am späten Nachmittag betritt Thomas das Deutsche Historische Museum, monumentale Statuen und wilhelminische Pracht empfangen ihn. Eigentlich hat es wegen der Veranstaltung am Abend schon geschlossen. Thomas findet die Idee, Eva durch überpünktliches Erscheinen zu unterstützen und ihr so seine Zuneigung zu zeigen, ziemlich gut.

»Ich möchte zu Frau Massmann«, sagt er, die Hände in den Taschen. Der Portier nickt. »Die ist hinten, bei der Bühne.«

Thomas öffnet die schwere Tür, und sein Blick fällt auf die alten Mauern des Zeughauses und die moderne Glaskuppel, die den Lichthof überspannt. Er merkt wieder einmal, dass ihn funktionale, moderne Büroarchitektur in Kombination mit alten Prachtbauten lähmt. Er schlendert durch den großen Lichthof, an einer Reihe Stehtischen vorbei, die mit weißen Tischdecken bespannt sind. Am Ende des Lichthofs ist eine kleine Bühne installiert.

Eva steht am Rand der Bühne, ein paar Zettel in der Hand. Sie redet mit ihrer Chefin, und alles an ihr strahlt gute Laune aus. Der Oberkörper ist leicht zur Chefin gebeugt, die Beine fest auf dem Boden, bereit zum Sprung. Eva hat sich noch mal umgezogen, sie trägt jetzt ein schwarzes, knielanges Kleid und rote Ohrringe, die aus vielen winzigen Kugeln bestehen, die wiederum selber eine Kugel bilden. Thomas versteht diese Ohrringe nicht. Sie sind sehr rot.

Eva kommt ihm entgegen. Sie lächelt Thomas an. Ihr Blick hat nichts Unterwürfiges, nichts Abhängiges. Ihr Blick ist klar, erwachsen, ein wenig distanziert. Sie küssen sich zur Begrüßung, kurz, professionell. Eva merkt, wie Thomas ganz leicht auf Abstand geht. Im Brustraum. Im Feinnervlichen. Was macht ihm Angst? Ihre Stärke? Dabei ist sie doch gar nicht stark, was sind das überhaupt für Kategorien.

»Ich bin ein bisschen aufgeregt.«

»Du? Das musst du nicht sein, du machst doch so was immer super.«

Eva hält kurz inne und schaut schräg vor sich hin. »Das heute Morgen war komisch, oder?«

»Ja, ein bisschen. Aber irgendwie auch ganz geil.«

»Ja?« Eva schaut ihn an in einer Mischung aus Zweifel und Enttäuschung. »Ich finde es eigentlich nicht gut, wenn ich dir was vorspiele. Und ich dachte, du auch nicht. Mich interessiert so eine Art von Sex nicht.«

»Aber, äh. Du hast das doch … angefangen. Initiiert. Ich wollte gar nicht.«

»Ja, das war ein Versuch. Um meine Enttäuschung zu überspielen, dass du den Abend heute vergessen hast. Und vielleicht habe ich ja auch recht! Vielleicht sollten wir mehr Sex-Sex haben, ohne Gedanken, ohne Metaebene?« Evas Stimme klingt beengt. Eine Stimme im Korsett.

»Ist das gut, wenn wir das jetzt besprechen? Du hast gleich deinen großen Abend, und der kommt nur einmal, aber über Sex und alles andere können wir doch immer reden.«

»Machen wir aber nicht! Entweder du bist zu müde, oder ›es ist gerade alles so schön‹, und dann willst du keine ›ernsten Themen‹ anschneiden, wir reden nie über so was! Und irgendwann geht einer von uns fremd und der andere denkt sich ›hä, warum?‹«

Thomas schaut Eva an. Wütend mag er sie lieber als sorgenvoll abwartend. »Wir reden noch darüber, versprochen.«

»Gut, dann tragen wir uns das jetzt in unsere Kalender ein.« Eva zückt ihr Smartphone und öffnet den digitalen Kalender.

»Äh, ich habe meinen nicht dabei.«

Thomas denkt an den kleinen, hauchdünnen dunkelgrünen Taschenkalender, den er besitzt und in den er mit Bleistift seine Termine einträgt. Meistens trägt er gar nichts ein, weil er der Überzeugung ist, dass er sich die wichtigen Sachen schon merken wird.

»Ok, dann trage ich mir jetzt was ein und schicke dir eine SMS als Erinnerung, dass du es zu Hause in deinen Kalender nachträgst. Übermorgen, Donnerstag, 17 Uhr?«

»Ich weiß nicht, ob ich da Dienst habe.«

»Dann findest du das raus und sagst mir Bescheid. Ich trage es erst mal ein … und schicke dir eine SMS.«

Thomas findet Evas energisches Auftreten gut, das braucht er, aber er hat schon jetzt keine Lust auf das Gespräch. Unterhaltungen mit dem Thema »Was wünschst du dir beim Sex?«, das kommt ihm vor wie eine Schulstunde. Eva ist die Lehrerin, sie wird ihn Sachen fragen, auf die er nur mit kompletter Leere im Gehirn antworten kann.

Er wird sagen: »Es muss sich ergeben, oder halt nicht.« Und Eva wird antworten: »Das finde ich doch auch! Aber es ergibt sich ja nichts mehr! Also müssen wir was machen. Wir wollen ja zusammen sein, oder nicht? Dann sollten wir auch ab und zu Sex haben. Und nicht nur Sex, sondern auch schönen Sex.«

»Hast ja recht«, antwortet Thomas gleichzeitig seinem inneren Dialog und Eva. Sie beobachtet ihn aufmerksam. Thomas bewegt die Augen von links nach rechts und wieder nach links. Ist noch was, oder kann ich gehen?, soll das heißen. Eva schaut ihn an. »Dann haben wir ja alles geklärt.« Um ihre Mundwinkel kann Thomas einen kleinen, bitteren Zug erkennen.

Sie schweigen. Eva dreht sich um und geht. Dann hält sie inne, kommt noch mal zurück und tritt nah an ihn heran. »Du kannst manchmal ein ziemlicher Idiot sein«, sagt sie. Dann verschwindet sie. Zerknirscht verlässt Thomas das Museum.

Eva hat auch das Museum verlassen, sie ist durch den Lichthof marschiert, hat den Übergang zum modernen Anbau genommen und ist von da auf die kleine Straße gegangen, die hinter dem Museum liegt und die zur Museumsinsel führt. Sie läuft zügig hin und her, um sich abzureagieren. Plötzlich bleibt sie stehen und sagt zu sich selbst: »Ich kann das. Ich kann jetzt meine Gedanken von Thomas abziehen und zu meiner Rede beordern, da werden sie jetzt dringender gebraucht. Ich. Kann. Das.«

Eine kleine Welle Schmerz und Verunsicherung brandet noch einmal auf, dann schließt sie die Augen, versucht an gar nichts mehr zu denken und bekommt leise und heimlich Schulterverspannungen.

Thomas ist ein paar Schritte Unter den Linden entlanggegangen und hat sich auf die Stufen der Alten Wache gesetzt. Die Geräusche der Stadt, das Rauschen des Verkehrs, ein entferntes Martinshorn, viel zu schnelle Fahrradfahrer, frustriert stillstehende Autos, das alles findet er befreiend und wärmend nach dem Streit und der musealen Stille. Er schlendert weiter zur Spree. Er würde jetzt gerne rauchen, hat aber keine Zigaretten dabei.

Thomas legt die Unterarme auf das Geländer aus dickem, kühlem Stein, die Hände lose ineinander verschränkt. Er spürt plötzlich sein Herz. Es tut weh. Er ist wahnsinnig traurig. Er spürt, dass Eva mit aller Macht versucht, auf Distanz zu gehen, um nicht weiter verletzt zu werden. Er weiß, dass er gemeiner und schroffer zu ihr ist als beabsichtigt. Er will nett zu ihr sein. Wirklich.

Das Herz tut ihm weh und zu seinem Schmerz mischen sich Gedanken an Rose. Er begehrt sie so stark, als hätte er Muskelkater. »Durchdrehender Paarungstrieb«, würde Ludwig dazu sagen, und das hilft Thomas ein bisschen, das körperliche Verlangen als etwas Banales abzutun und nicht in Liebe zu überhöhen. Aber er wäre jetzt trotzdem gerne bei ihr.

Er denkt an Eva, wie sie ihn anschaut. Die hellblauen Augen lächelnd, die mittelblonden Haare brav, aber fröhlich um ihr Gesicht, die roten Ohrringe wie ein Verhütungsmittel ihn warnend.

Nicht meine Liga, denkt Thomas und meint damit Rose. Voll und ganz nicht meine Liga.

Irgendwann geht Thomas zurück ins Museum. Es ist immer noch viel Zeit, aber er möchte Präsenz zeigen. Das ist Eva wichtig, das ist ihm wichtig. Er hat so viel wiedergutzumachen.

Bald darauf kommt Faris. Er hat wie immer Sachen an, die aussehen, als hätten sie keine Naht und wären aus einem Kopenhagener Designstudio.

»Schicke Hose«, sagt Thomas.

»Ich mag die auch. Die ist aus Korea.«

Matti, Inga, Ludwig und Desi tauchen auf. Matti mit einem breiten Grinsen. »Soll ich mal deinen Terminkalender pflegen?« Er haut Thomas auf die Schultern.

»Nee, schaff ich schon«, murmelt Thomas.

Desi ist wieder einmal ganz Mission, ganz aufgeregt, ganz im Bewusstsein des besonderen Abends. Thomas möchte sofort alles herunterspielen, hat dann aber, als er Desis rote Backen sieht und ihr nicht minder rotes Nylonkleid mit den vielen Rosen, auch darauf keine Lust. Er holt sich ein Glas Weißwein. Dabei fällt sein Blick auf Faris, der aus der Ferne Inga beobachtet. Nicht außerordentlich liebevoll oder stolz, aber gelassen. Angekommen. Sein Blick ruht nicht mal auf Inga, er ruht in ihm selbst, er muss sich sonst auch nicht mehr umsehen. Thomas ist neidisch. Das könnte er auch haben. Wenn er ein besserer Mensch wäre.

Vielleicht ist Faris auch einfach intelligenter, denkt Thomas. Ich bin ja eigentlich innerlich immer noch acht.

Oder zwölf. Er geht mit seinem Wein unzufrieden zur Gruppe zurück.

Der Lichthof ist inzwischen voller Menschen. Einige ähnlich Thomas und seinen Freunden, jung und modern, andere zwar ebenfalls jung, aber zeitlos unmodern. Menschen, die sich immer in den Eingeweiden von Institutionen bewegt haben. Schüler aus Berufung, Studenten, die ihren Abschluss noch vor Ende der Regelstudienzeit in der Tasche haben, und jetzt an der Uni. Eigentlich ist Eva auch so ein Mensch, aber sie ist dabei so ungemein wach und neugierig, sie fördert das Unkonventionelle, auch wenn sie selber konventionell ist, und das macht sie besonders und verspricht ihr eine glänzende Karriere.

Ansonsten sieht Thomas um sich herum viele Hosenanzüge, Anzüge, Blazer, Etuikleider. Die Damen tragen Schmuck, der ihnen nicht steht, teilweise wird aus Sektgläsern getrunken.

»Sei doch nicht so negativ«, sagt Ludwig. »Vielleicht gefällt dir der Schmuck nicht, aber jemand anderem schon.«

»Ich bin nicht negativ, ich bin müde.«

»Dann mach mehr Sport.«

Evas Chefin betritt die kleine Bühne, Applaus.

»Sehr geehrter regierender Bürgermeister von Berlin, sehr geehrte Frau Präsidentin des Fördervereins für Geschichte und Gegenwart …«, und so weiter und so fort. Thomas hört zu. Dann schweift er ab. Dann hört er wieder zu. Er schüttelt sich. Er sollte doch in der Lage sein, einer Rede zu folgen.

In diesem Lichthof ist die Akustik aber auch schlecht. Warum hat das denn vorher niemand überprüft? Plötzlich denkt Thomas wieder an den morgendlichen Sex. Schon wieder! Es würde doch reichen, wenn er bei *dem Gespräch* mit Eva daran denken würde. Aber er weiß, was Eva meint. War das überhaupt Sex? Oder war das eher eine ›maschinelle Befriedigung‹? Und wer war die Maschine, er oder Eva?

Alle applaudieren, also macht Thomas das auch, so gut man eben applaudieren kann, wenn man ein Weinglas in der Hand hält. Dann steht Eva, die bis jetzt in der ersten Reihe gesessen hat, auf. Die Chefin macht ihr Platz. Offensichtlich wurde Eva bereits anmoderiert, und Thomas hat es nicht mitbekommen. Sie fängt sofort an zu sprechen. Die üblichen Vorreden, Anreden, Begrüßungen. Aber Eva hat eine Art, der man sofort zuhört. Sie hat etwas zu sagen, und sie geht davon aus, dass alle daran interessiert sind. Ihre Stimme ist klar und frisch.

»Am Anfang stand die Idee: Wir untersuchen Despoten. Wir wollen wissen, was sie gequält hat. Ob sie mit psychischen Verwerfungen oder gar Krankheiten zu kämpfen hatten. Das klang für uns spannend und aktuell. Wie naiv wir waren. Schon nach einer Woche Recherche stellten wir fest: Wir hätten uns kaum ein delikateres Thema aussuchen können. Erklärt man jemanden für krank, entschuldigt man ihn gleichzeitig ein Stück weit. Aber wollen wir Hitler entschuldigen? Oder Stalin? Nichts läge uns ferner.«

Eva schaut kokett und leicht ironisch in das Publikum, wohlwollendes Schmunzeln allenthalben. Jeder im Saal möchte jetzt mit ihr zusammen sein, jeder, denkt Thomas. Und ich hab mit ihr einen Termin für ein Problemgespräch über Sex.

Eva spricht weiter. »Also haben wir uns entschlossen,

zwei getrennte Ausstellungen zu machen. Wir beleuchten die Reihe psychischer Erkrankungen, die zu der damaligen Zeit bekannt oder auch en vogue waren. Und gleichzeitig zeichnen wir in der anderen Hälfte die Familiengeschichte einiger Despoten nach, detailliert auch die Geschichte der Verwandten. Es bleibt dann jedem selber überlassen, seine Schlüsse zu ziehen.« Eva macht eine Pause. »Es ist uns bewusst, dass wir mit unserer Ausstellung provozieren. Aber das wollen wir. Wir wollen zum Gespräch anregen. Denn nichts – damals wie heute und in Zukunft – ist schlimmer als Schweigen.«

Bei den letzten Worten zittert Evas Stimme leicht. Niemand hat es bemerkt, außer Thomas. Und Desi, die Eva aufmerksam beobachtet. Nichts ist schlimmer als Schweigen. Thomas fühlt sich direkt gemeint.

Er applaudiert besonders laut und lange, das ist sonst nicht seine Art. Wäre ja peinlich, wenn alle merken würden, dass er besonders lange applaudiert, weil seine Freundin es war, die da geredet hat. Aber jetzt klatscht er lange, und er schaut Eva an. Sie fängt seinen Blick.

Etwas später ist Eva bei ihren Freunden, Thomas hat locker seinen Arm um ihre Schulter gelegt. Da stürzt ein großer Mensch auf Eva zu, sehr viel goldblondes Haar auf breiten Schultern, schlenkernde Bewegungen, eine unfertige, aber herzliche Stimme. Yves. Er umschließt Eva mit beiden Armen, sodass sie, die selber nicht klein ist, fast in ihm verschwindet. *»Je suis fier de toi!«*, ruft er und hält Eva von sich weg. *»Tu as impressionnée tout le monde«*, sagt er und grinst. *»Tous les philistres.«*

Eva lächelt Yves freundschaftlich an und stellt dann Thomas und ihre Freunde vor.

Yves reicht Thomas locker, nachlässig die Hand und

vermeidet Blickkontakt mit ihm. Er wird ihn den Rest des Abends ignorieren.

Als Thomas und Eva später, viel später nach Hause fahren, sagt Thomas: »Der große Typ mit den Locken steht auf dich.«

»Yves? Ich weiß.«

»Ich finde das ja ganz scharf, wenn jemand auf dich steht.«

Evas Herz zieht sich zusammen. »Mein Marktwert wird also erhöht, wenn du siehst, dass auch andere Männer mich mögen? Dann kannst du ja nicht völlig falschliegen?«

»So habe ich das nicht gemeint, das war ein Kompliment.«

»Hmpf.«

Als sie schweigend zu Hause angekommen sind und Thomas mal wieder ewig im Bad verschwunden ist, schreibt Eva aus Trotz, wirklich aus reinem Trotz, an Yves: »Es war schön, unsere erste gemeinsame Ausstellung. Mögen viele weitere folgen.«

Yves antwortet mit einem Smiley, der statt Augen zwei Herzchen besitzt, einem Daumen hoch, einem Partyhut, aus dem Konfetti kommt, und einem rosa Herz, das links und rechts gelb leuchtet.

Eva legt genervt das Handy weg, da kommt noch eine Nachricht.

»Es gibt wenige Menschen (und ich schreibe bewusst Menschen und nicht Frauen), die so nonchalant wie du eine Rede halten können. Gute Nacht.«

## Noch zehn Tage

Thomas und Eva warten in der Schlange vor einer Konzerthalle in Neukölln, in der gleich ein schwedischer Singer-Songwriter spielen wird. Thomas hat die Karten besorgt, der Sänger heißt irgendetwas mit ›Nils‹, den Rest hat Eva vergessen. Die Vorband ist schon auf der Bühne, als sie endlich die Halle betreten, es ist laut, es scheppert, und es ist sehr voll.

»Hat der früher nicht in kleineren Clubs gespielt?«, fragt Eva.

Thomas zieht bedauernd die Schultern hoch.

»Der Preis des Erfolgs.«

Thomas erinnert sich daran, wie er die Konzertkarten gekauft hat. Das ist gerade mal zwei Wochen her. Trotzdem war er damals noch unschuldiger. Seitdem hat er alles vergiftet, sich selber, seine Beziehung, Eva. Er sieht zu ihr, wie sie sich etwas gehemmt umschaut. Das erträgt Thomas kaum. Früher war sie nicht gehemmt, waren ihre Schultern nicht mit unsichtbaren Gewichten belegt.

»Ich hole uns mal zwei Bier«, sagt er und verschwindet in Richtung Bar.

Eva ist unruhig. Faris und Inga wollten vielleicht auch zum Konzert kommen. »Ich glaube, Thomas und ich brauchen mal einen Abend zu zweit«, hatte Eva allerdings gesagt, und Inga war verletzt. Eva hatte sich sofort gefühlt wie ein egoistisches Monster. Ihr Blick fällt auf Thomas, der sich an der Bar mit jemandem unterhält. Auch das noch. Das ist bestimmt Rose. Eva geht zögerlich zu ihm. Nein, es ist nicht Rose, es ist nur irgendein ganz normaler Typ.

»Schau mal, kannst du dich noch an Nils erinnern? Wir haben zusammen studiert.«

Natürlich kann Eva sich erinnern. Nicht, weil Nils irgendwie Eindruck hinterlassen hätte, sondern einfach, weil sie sich viel zu viel merkt.

»Bist du auf dem Konzert deines Namensvetters?«, fragte Eva und lächelt freundlich.

Nils, der etwas einsam wirkt, lacht. Thomas lacht auch.

Nils fängt an zu reden und hört nicht mehr auf. Seine Stimme ist weich, aber monoton. Er weiß noch, wie Eva und Thomas sich kennengelernt haben.

»Thomas war ja eher immer so alleine unterwegs, und ich dachte, cool, da ist jemand, mit dem man so, äh, Junggesellen-Unternehmungen machen kann.« Punkt. Pause. Geht es weiter? Ja, es geht weiter. »Und schwupps, warst du da, Eva. So 'ne total schicke, flotte Studentin, und ja.« Punkt. Pause. »Und dann war es vorbei mit den lustigen Junggesellen-Unternehmungen, denn ab da seid ihr ja nur noch im Doppelpack aufgetreten.«

Nils schaut Eva und Thomas anerkennend an. Er wirkt wie ein Kind, das man jetzt mitnehmen muss, sonst ist es allein.

Da tritt die Band auf.

»Kommt, wir suchen uns mal einen guten Platz«, meint Nils.

Eva und Thomas gehen ihm hinterher, Thomas zieht entschuldigend eine Grimasse.

Also stehen sie da zu dritt und bewundern den ätherisch-entspannten Sänger. Beziehungsweise bewundert vor allem Thomas ihn. Zwischen Eva und dem kollektiven Konzerterlebnis verläuft ein Graben aus

Glas. Sie sucht Thomas' Hand, er greift reflexartig nach ihr, aber sein Blick bleibt geradeaus auf die Bühne gerichtet. Eva schließt die Augen und versucht, genauso wie Thomas von der Musik hineingezogen zu werden. Aber es geht nicht, sie reißt die Augen wieder auf. Sie möchte, dass Thomas jetzt zu ihr und dem geplanten Pärchenabend steht und diesen Nils wegschickt. Sie möchte das. Jetzt!

Sie schlingt beide Arme um Thomas, der mit verschränkten Armen dasteht. Nils wippt im Takt der Musik und sieht zu Thomas und Eva. »Echt super hier«, scheint sein Lächeln zu sagen.

Da wird Eva von einer jungen Frau ein paar Meter weiter vorne abgelenkt. Diesen Bubikopf und das schmale Kinn, das kennt sie doch. Auch den knochigen Körper. Das ist Rose! Eva kann die Frau nicht genau sehen, sie stellt sich auf die Zehenspitzen. Als sie einen Blick erhaschen könnte, dreht die Frau sich weg. Eva löst sich von Thomas und geht mit klopfendem Herzen ein paar Schritte nach vorne. Sie kann die Frau jetzt von der Seite sehen. Diese merkt, dass sie beobachtet wird, und blinzelt nervös. Und es ist nicht Rose. Es ist eine ganz andere Person, die abgesehen von der Frisur und dem Körperbau nicht viel mit ihr gemeinsam hat.

Eva blickt erschöpft zu Thomas. Thomas ist glücklich. Die Band kriegt einen riesigen Applaus, es ist Pause.

Thomas und Eva schaffen es tatsächlich, Nils abzuhängen. Thomas möchte gerne raus und eine rauchen. Aber Eva hält ihn im Vorraum auf.

»Ich komme gerade nicht darüber hinweg, dass du mit Rose schlafen möchtest. Ich war zwar diejenige, die das wissen wollte, und die wollte, dass du ehrlich bist. Aber jetzt komme ich nicht darüber hinweg.«

»Wieso denn Rose?« Thomas ist überrumpelt. »Es ging doch um Frauen allgemein. Der Kopf denkt sich alles Mögliche aus, aber wichtig ist doch, wie man handelt.«

»Aber du würdest jetzt im Moment, wenn wir beide vor dir stehen würden, lieber mit Rose schlafen als mit mir. Oder?«

»Keine Ahnung. Weiß ich gar nicht. Und wenn, dann nur, weil ich dich schon so lange kenne. Das wäre quasi rein naturwissenschaftliches Interesse. Oder Neugier.«

Eva sieht ihn an und weiß nicht, was sie sagen soll. »Eva …«, setzt Thomas an und meint das durchaus liebevoll, aber Eva weicht einen Schritt zurück.

»Ich komme damit nicht klar. Ich komme damit im Moment nicht klar. Ich stehe mit dir auf diesem Konzert und denke mir, dass du nur an sie denkst. Und ich stehe neben dir und bin Luft. Und dann ist da auch noch dieser bescheuerte Nils und verdirbt uns den Abend. Dabei haben wir so selten solche Abende!«

»Können wir nicht trotzdem eine gute Zeit haben? Also, ich fand alles bis jetzt eigentlich schön.«

»Ich aber nicht. Und es spielt auch eine Rolle, wie ich etwas finde, wie es mir geht!«

Thomas wird ein bisschen sauer. Eva ahnt gar nicht, was für eine unglaublich große Rolle es für ihn spielt, wie es ihr geht. Sonst wäre er gar nicht mehr hier.

»Ich kann nicht mehr. Es tut mir leid, ich fahre jetzt nach Hause«, sagt Eva da und dreht sich um.

Thomas macht keine Anstalten, sie aufzuhalten. Er bleibt zurück und fühlt sich ungerecht behandelt. »Warte, du hast mein Fahrrad an deines angeschlossen, ich habe kein Schloss dabei!«, ruft er Eva dann noch hinterher. Aber Eva ist schon weg.

Thomas geht hinaus zu den Fahrrädern. Da steht sein Rennrad, das wirklich nicht billig war, einsam und vogelfrei an einem Pfosten. Thomas legt die Hand auf die Querstange. Und jetzt? Soll er das Fahrrad mit rein nehmen? Das darf man gar nicht. Er würde wirklich noch gerne das Konzert zu Ende hören, das war ziemlich gut. Er blättert in seinem Handy, ob er Nils' Nummer noch hat? Ja, hat er. »Diese Rufnummer ist leider nicht vergeben.« Thomas bleibt nichts anderes übrig. Er schwingt sich auf sein Fahrrad und fährt los.

Aber er möchte noch nicht nach Hause. Er möchte jetzt lieber noch etwas trinken, gerne sehr viel trinken, am liebsten mit Ludwig. Also ruft er ihn an und spricht in seine Kopfhörer, während er durch die Nacht saust und der Wind sein Gesicht kühlt.

Ludwig ist unterwegs, um ihn herum ist Stimmengewirr, Thomas versteht ihn kaum.

»Soll ich Eva verlassen?«

»Äh, jetzt?«

»Jetzt und allgemein.«

»Müssen wir das jetzt ... nee, ich nehm noch einen, danke ... also, müssen wir das *jetzt* besprechen?«

Thomas fährt freihändig, die Hände in den Taschen seiner Jacke. »Ich glaube schon.«

»Komm bitte her.«

Also hält Thomas kurz darauf in Neukölln in der Bar, in der Ludwig am liebsten ist. Kleine Grüppchen stehen auf dem Gehweg und trinken Bier, auch Ludwig ist draußen und redet mit zwei Frauen. Die eine himmelt ihn an, der anderen ist langweilig.

»Hier haben wir meinen Freund Thomas«, begrüßt Ludwig ihn galant. »Thomas hat ein Problem, das müssen wir Männer jetzt unter uns besprechen.«

Er geht schwingend ein paar Schritte zur Seite, die eine Frau ist perplex, die andere zufrieden. Hat sie's doch gleich gewusst.

»Warum müssen wir das denn jetzt besprechen?«, fragt Ludwig. »Also klar, verlass Eva. Was spricht dagegen? Oder verlass sie nicht. Aber ich habe da gerade eine echt nette ...«

»Was ist, wenn das ein Fehler ist?«

»Dann wirst du es merken.«

»Und wenn Eva mich dann nicht mehr will?«

»Dann hast du Pech gehabt. Aber noch mal: Warum gerade jetzt?«

»Wir verlieren uns schon in so dämlichem Hickhack. Jetzt ist sie von einem Konzert abgehauen und hat mein Fahrrad da einfach ohne Schloss stehen lassen. Am Hermannplatz.«

»Und warum?«

»Weil ich ihr gesagt habe, ich würde gerne mit Rose schlafen.«

»Öha. Dann finde ich das gelinde gesagt noch eine gemäßigte Reaktion. Dann seid ihr jetzt quasi quitt. Fahrrad gegen Ehrlichkeit. Mit dezenter Bringschuld auf deiner Seite.«

»Ich glaube, ich mache Schluss.«

Ludwig trinkt von seinem Bier. »Klar, mach.«

»Das sagst du so lapidar.«

»Ich sage dir seit Wochen, wenn die sexuelle Anziehung nicht so richtig da ist, ja, dann könnte es auf Dauer schwierig werden. Du bist seit acht Jahren mit Eva zusammen, sie ist wirklich toll, aber anscheinend siehst du das nicht mehr. Vielleicht hat sie ja auch jemanden verdient, der das sieht und ihr nicht erzählt, mit welchen anderen Frauen er schlafen möchte. Außerdem: Mit ihr zusammen sein kennst du jetzt. Ohne sie sein noch nicht.«

»Ohne Eva ging es mir scheiße. Also, bevor ich sie kennenlernte.«

»Das ist jetzt aber acht Jahre her. Du weißt ja gar nicht, wie dein heutiges Ich ohne sie zurechtkommen würde.«

»Doch, weiß ich, sie war ja lange genug in Paris.«

»Das zählt nicht. Eine räumliche Trennung ist nichts im Vergleich zu einer emotionalen. Trotzdem: Wie war's denn so, alleine?«

»Weder noch.«

Thomas schweigt. Ludwig schweigt auch. Es ist ein gemütliches Schweigen, sie befinden sich mental im gleichen Raum.

»Ich habe mich daran gewöhnt, dass es mir gar nicht irgendwie geht. Dass alles einfach so ist, wie es ist. Deswegen kann ich auch gar nicht sagen, wie es war, als Eva in Paris war. Sie war halt weg. Das war seltsam. Jetzt ist sie wieder da, und das ist auch seltsam.«

»Du lebst die Form, nicht den Inhalt.« Ludwig denkt entspannt nach. »Insofern ist es doch auch gut, wenn du ihr erzählt hast, mit wem du schlafen möchtest. Das ist ein Schritt weg von der Form und hin zum Inhalt.«

Als Thomas zu Hause die Treppen hochgeht, formuliert er Sätze, mit denen er die Beziehung beenden kann:

»Wollen wir das einfach lassen?« »Das ist alles nicht mehr wirklich gut. Sollen wir eine Pause einlegen? Ich kann erst mal zu Ludwig ziehen.« »Ich bin total ratlos. Und ich erkenne mich nicht wieder. Es wäre so schön, wenn wir den Kopf freikriegen würden, und dann neu miteinander reden. Aber solange wir hier aufeinandersitzen, kriegt keiner von uns den Kopf frei.«

Sein Herz klopft. Wirft man mit diesen Worten wirklich eine lange Liebe weg? Schickt man damit einen Lebenspartner in die feindliche Welt hinaus, tritt die gemeinsamen Erinnerungen in die Hölle des Vergessens?

Wenn er jetzt mit Eva Schluss macht, ist es das letzte Mal, dass er dieses Treppenhaus als ihr Freund betritt. Danach sieht er die Wände und Stufen fortan nur noch als Single. Wenn er jetzt mit Eva Schluss macht, erlebt sie gerade, ohne es zu wissen, die letzten Minuten ihrer Beziehung.

Thomas schließt die Tür auf, die Gemütlichkeit der gemeinsamen Wohnung umfängt ihn, und er ist erleichtert, dass er noch immer die Wahl hat.

Eva ist wach. Sie hat aufgeräumt, die Wohnung ist klar und schön. Eva räumt gerne auf, wenn sie sich ärgert. Gerade steht sie am Herd und beschäftigt sich intensiv mit einer verkrusteten Platte. Sie ignoriert Thomas, als er zur Tür hineinkommt. Thomas bleibt in der Küchentür stehen und beobachtet sie eine Weile.

Eva hat vor Wut gerötete Wangen, ihr aufgebrachtes Gesicht wird weich eingerahmt von ihrem Haar. Sie hält inne und schaut Thomas an. Wie immer ist ihr Blick offen und direkt.

»Ja?!«, sagt sie, und Thomas merkt, dass sie sich

Mühe geben muss, nicht zu weinen. Dann geht sie zügig an ihm vorbei ins Schlafzimmer und schultert eine kleine Reisetasche. »Ich habe mir überlegt, ich sollte mal ausziehen. Das tut mir hier nicht gut. Ich muss mich ja nicht unnötig vergiften.«

Thomas lässt die Worte sacken. Dann antwortet er langsam. »Ich finde, wir haben eine Chance verdient. Ich will das Feld nicht kampflos irgendeiner Rose oder sonst irgendjemandem überlassen. Wir haben schon so viel Vergangenheit. Ich kann mir nicht vorstellen, dass wir keine Zukunft zusammen haben. Dass unsere beiden ›Zukünfte‹ nichts miteinander zu tun haben.«

Eva lässt die Reisetasche auf den Boden sinken.

»Aber das versuche ich doch die ganze Zeit. Ich suche und rudere und suche nach einer Zukunft für uns. Aber du machst nichts. Nichts, nichts, nichts. Weißt du, wie erniedrigend das ist?«

»Dann mache ich jetzt was. Komm, wir setzen uns an den Computer und buchen einen Urlaub.«

»Möchtest du wirklich mit mir in Urlaub fahren?«

»Ja. Natürlich.«

Und das ist nicht mal gelogen. Thomas fährt gerne mit Eva in Urlaub. Sie sind ein gutes Team. Man muss nicht lange klären, welche Hotels man schön findet, wann man frühstücken möchte, welche Sehenswürdigkeiten man besichtigt, ob man eine Wanderung unternimmt. Sie haben die gleichen Prioritäten, und das ist »... bequem!«, hört Thomas Ludwig sagen. Nein, nicht »bequem«, korrigiert er ihn in seinem Kopf, sondern schön. Außerdem möchte Thomas sich später nicht vorwerfen, ihnen diese Chance verwehrt zu haben.

Als sie sich auf dem Laptop Ferienhäuser auf Teneriffa anschauen, hält Eva inne. »Ich finde, wir könnten ja noch etwas anderes Zukunftsweisendes für unsere Beziehung tun. Ich finde, wir sollten mal mit jemand Drittem reden.«

»Äh, Desi oder Ludwig …?«, macht Thomas einen schwachen Witz, obwohl er sofort verstanden hat, was Eva meint. Sie sollen zu einem Paartherapeuten gehen.

»Oder Therapeutin«, sagt Eva. »Desi kennt ein paar Leute, die sie empfehlen könnte.«

Thomas hat automatisch die Stimme seines Vaters im Ohr, der sagt: »Ach, dieser ganze Therapiekram, das ist doch Quatsch. Man kann Probleme auch herbeireden.« Thomas stellt sich vor, wie der Vater die Hand der Mutter greift und liebevoll, aber dennoch unerträglich gönnerhaft sagt: »Wir haben uns. Was wir alles zu reden haben! Wäre ja furchtbar, wenn da noch jemand Drittes zuhören würde! Nicht wahr, Stern?« Er sieht das Gesicht seiner Mutter vor sich, wie sie betreten lächelt. »Auf je-den-Fall komme ich mit«, sagt Thomas. Bevor er so endet wie sein Vater, lässt er nichts unversucht.

»Und ich finde, bis wir eine größere Reise machen können, ist es Winter. Wenn man vom Urlaub mit deinen Eltern mal absieht. Wir könnten doch auch mal wieder für ein Wochenende aufs Land.«

Eva plant die Rettung ihrer Beziehung wie einen Feldzug.

Thomas hat komischerweise gar keine Lust, mit Eva aufs Land zu fahren. Auf den Kanaren, da kann man wandern, da braucht man ein Zelt, einen Campingkocher, sehr viele Karabiner, Regenjacken, Mückennetze und Wanderstiefel. In Brandenburg braucht man nichts außer einer selektiven Wahrnehmung.

Thomas sieht sich und Eva vor seinem inneren Auge in einem Ferienhäuschen auf einem schmucklosen Acker sitzen und fühlt sich beengt.

»Joa«, sagt er und gleich danach, »Ja! Gute Idee. Wollen wir trotzdem vorher mal zu einem Outdoor-Laden zur Inspiration?«

»Aber für ein Wochenende in Brandenburg braucht man doch nicht …«

»Ich weiß, aber für den anderen Urlaub. Außerdem macht das Spaß. Komm, wir verabreden uns für ein Date im ›Outdoor-Store‹.«

»Und wann fahren wir aufs Land?«

»Weiß nicht. In einer Woche? Freitag nach der Arbeit los, dann haben wir zwei Nächte.«

»Gut.«

Eva lässt sich ihre Freude nicht anmerken, dafür hat sie mit Thomas inzwischen zu viel durchgemacht. »Ganz so früh kann ich aber nicht los, ich muss ja auch arbeiten«, sagt sie und kommt sich dabei vor wie ein kleines Kind, das behauptet, auch ganz viel zu tun zu haben. Sie ärgert sich, schaut weiterhin auf ihren Laptop und beginnt, nach Ferienwohnungen in Brandenburg zu suchen.

Später liegen Thomas und Eva im Bett, Eva auf dem Rücken, zu wach, um zu schlafen, zu müde, um zu reden. Thomas hat sich schon längst auf die Seite gerollt, mit dem Rücken zu ihr, und schläft. Eva beneidet ihn. Irgendwann verlangsamen sich ihre Gedanken, verselbstständigen sich gnädig, und sie schläft. Allerdings wacht sie immer wieder auf, stellt fest, dass sie etwas geträumt hat, merkt, wie das Licht im Zimmer sich verändert, von schwarz-dunkel über grau-dunkel hin zu hellgrau. Ihr

Kopf fühlt sich an, als würde in ihm Sand von links nach rechts schwappen, die Augen sind unruhig. Erst als der Tag erwacht, kann sie wirklich schlafen.

Eva träumt. Sie sitzt mit dem schwedischen Sänger in einer Bar. Er macht ihr unentwegt Komplimente, lacht bei jedem ihrer Witze und sagt so zweischneidige Sachen wie: »I even like your hair. It's very European.« Thomas sitzt neben dem Sänger und ist stolz darauf, dass der seine Freundin anmacht. Eva wacht auf und fühlt sich keine Spur erholter als vor ein paar Stunden, als sie einschlief.

## Noch 7 Tage

Thomas ist in der Klinik. Er steht am Bett eines Patienten, der ihn kaum hört. Oder nicht hören möchte. Der Mann ist 75 Jahre alt, im Oktober wird er 76.

So alt ist das ja noch gar nicht, denkt Thomas. Der Mann sieht viel älter aus. Vor allem benimmt er sich älter. Ihm geht es nicht gut. Die transplantierte Niere wird vom Körper nicht angenommen, er bekommt Immunsuppressiva, gleichzeitig hat er einen grippalen Infekt und Fieber. Der Mann möchte eine höhere Dosis Schmerzmittel haben. Eigentlich möchte er Ibuprofen oder Diclofenac, weil er das kennt. Beides darf ihm Thomas nicht geben.

»Herr Leitner, beides schädigt Ihre Niere. Ich kann Ihnen Metamicol geben.«

Herr Leitner winkt ab und schaut deprimiert aus dem Fenster.

»Ja, Herr Leitner, dann machen wir's so?« Thomas hat die Stimme betulich erhoben, so wie er es bei Rose gelernt hat. Herr Leitner reagiert nicht. Thomas verlässt das Zimmer und vermerkt auf dem Patientenbogen Paracetamol.

Er ist erleichtert, gleich Feierabend zu haben. Plötzlich muss er an Herrn Bertram denken. Zum ersten Mal seit langer Zeit. Und wieder bereut er, sich nicht länger mit ihm unterhalten zu haben.

Er geht in die Teeküche, da ist Rose schon in ihren privaten Klamotten. »Na?« Thomas weicht ihrem Blick aus. Er möchte ein guter Freund für Eva sein, kein schlechter Mensch.

Dr. Peiffer kommt herein. Wie immer versucht er, Thomas weitgehend zu ignorieren. Zu Rose ist er nach wie vor freundlich. Wahrscheinlich hat er vor ihr mehr Angst, denkt Thomas. Wie recht er hat.

»Auf Zimmer vier, da stimmt was nicht«, sagt Dr. Peiffer.

»Bei Frau Yildirim?«, antwortet Rose. Diese Unart, Patienten nicht beim Namen zu nennen, nervt sie.

»Wer hat operiert?«, fragt Dr. Peiffer.

Thomas meldet sich, das war er. Dr. Peiffer streift ihn mit einem kurzen Blick und verlässt die Teeküche wieder. Das schlechte Gewissen zieht Thomas den Magen zusammen. Hat er unsauber gearbeitet? Was hat er falsch gemacht?

»Fahren wir ein Stück zusammen?«, fragt Rose in seine Gedanken hinein.

Thomas zuckt zusammen. »Ich muss heute nach Steglitz. Eva und ich kaufen Campingausrüstung.«

»Ach so, na dann, schönes Wochenende«, sagt Rose so leichthin, als wäre ihr das alles im selben Moment schon wieder egal.

Bereits auf dem Fahrrad, bekommt Thomas eine Nachricht von Ludwig. »Ich will ja nicht stören, aber habt ihr euch getrennt?«

»Nein. Wir fahren nach Teneriffa. Und nach Brandenburg«, antwortet Thomas.

»Wie das?«

»Wir haben eine Chance verdient.«

»Das hast du schön gesagt.«

Thomas fällt nichts Originelles ein, also antwortet er nichts.

»Und Rose?«, kommt da schon die nächste Nachricht von Ludwig.

»Rose wollte mit mir nach Hause radeln.«

»Und du?«

»Ich gehe mit Eva Outdoor-Luxusobjekte shoppen.« Thomas schreibt weiter. »Rose interessiert sich plötzlich für mich. Dr. Peiffer hingegen hätte nichts gegen eine Trennung. Also er von mir.«

»Und was macht das mit dir?«, fragt Ludwig.

»Ersteres gute Laune, letzteres Paralyse«, schreibt Thomas, ärgert sich dann aber so sehr über sich selbst, dass er die Nachricht wieder löscht. Und dann doch wieder eingibt und absendet.

»Faszinierend«, antwortet Ludwig.

Thomas steckt das Handy weg.

Kurz darauf steht er zwischen Zelten und teuren Anoraks und wartet auf Eva. Er hat sich wirklich beeilt, ist aber trotzdem zu spät. Eva ist noch nicht da, obwohl ihr Pünktlichkeit so wichtig ist.

Thomas schaut sich ein aufblasbares Kajak an, das er sehr attraktiv findet. Erleichtert überlegt er, dass sein Gehalt vielleicht doch zu etwas gut ist, neben Miete zahlen,

Essen kaufen und den Jahresbeitrag für eine wohltätige Organisation.

Da ruft Eva an. Sie entschuldigt sich dreimal, sie ist zu spät, jaja, sie weiß, aber Desi hat gerade angerufen, und bei einem Bekannten von Bekannten wird gerade spontan ein Termin frei. Also, der Bekannte ist Paartherapeut.

»Der sitzt in Kreuzberg, kannst du da hinkommen?«

»Hm. Von Steglitz brauche ich mindestens 'ne halbe Stunde.«

»Perfekt. Das machen wir, oder? Ich find's eine glückliche Fügung.«

Also saust Thomas von Steglitz nach Kreuzberg. Er findet es höchst ungemütlich, mit dem Fahrrad durch den nachmittäglichen Berufsverkehr zu hetzen. In seinem Kopf findet ein imaginäres Gespräch zwischen Herrn Bertram und ihm statt.

»Paartherapie? In Ihrem Alter? Darf ich Ihnen etwas raten? Lassen Sie es. Solange keine Kinder im Spiel sind und kein größerer Schaden entstanden ist, lassen Sie es sein. Liebe kann man nicht hin-therapieren. Und leider auch nicht weg.«

In das Gespräch mischt sich das Bild von Ludwig, der Thomas mit diesem »Sag ich doch«-Gesicht anschaut.

Nur Faris, Faris wäre auf seiner Seite. »Klar kann man an einer Beziehung arbeiten. Muss man sogar. Alles andere ist kulturell überlieferte Illusion, damit das Märchen von der großen Liebe aufrechterhalten bleibt.«

»Was wollt ihr eigentlich alle?«, sagt Thomas laut, und der Fahrradfahrer vor ihm dreht sich verwundert um. Es ist seine Beziehung. Sein Leben. Er ist der Einzige, der mit Eva zusammen sein muss oder nicht, und er ist derjenige, der morgens mit ihr, mit sich selber und mit seinen Entscheidungen aufwacht. Alle anderen sollen schweigen.

Eva wartet vor der Praxis auf ihn. »Ich finde super, dass das so schnell klappt«, begrüßt sie ihn mit einem Kuss. »Desi sagt, der Typ ist ein ›freundlicher Herr mittleren Alters‹.« Sie lacht. »Er heißt übrigens Herr Kaplan.« Eva zieht die Augenbrauen hoch und lacht wieder.

Sie gehen die Treppen hinauf und halten dabei Händchen. Es hat etwas Verschwörerisches, gemeinsam etwas zu tun, worüber man später nicht unbedingt spricht. Thomas ist zu seiner eigenen Überraschung aufgeregt.

Die Praxis des Therapeuten besteht aus einem Zimmer mit kleinem Vorraum. Die Möbel waren vor fünf Jahren modern und stören nicht groß. Thomas und Eva sitzen auf zwei Stahlrohr-Stühlen dem freundlichen Herrn mittleren Alters gegenüber, der sie gütig über seine randlose Brille hinweg anschaut. Sein Gesicht ist massig, der Mund schmal und weich, die grauen Haare voll und lockig.

Thomas findet, es hat etwas Ungemütliches, auf diesen einzelnen Stühlen nebeneinander zu sitzen, ohne wirklich beieinander zu sein und ohne Eva direkt ins Gesicht sehen zu können. Er ruckelt ein wenig hin und her, findet aber keine entspannte Haltung.

»Was … führt Sie zu mir?«, fragt Herr Kaplan und schaut die beiden freundlich neutral an.

Thomas hofft, dass Eva antwortet, und das tut sie auch.

»Also. Wir sind jetzt acht Jahre zusammen. Ich war die letzten zwei Jahre in Paris. Ein Schritt, den ich im Vorfeld sehr angezweifelt habe, weil ich Angst hatte, dass er unsere Beziehung zu sehr belastet. Aber ich dachte, wenn ich es jetzt nicht mache, mache ich es nie, und eine gute Beziehung kann das auch verkraften. Wir haben die Fernbeziehung eigentlich auch gut hinbekommen, haben uns in der Zeit oft gesehen, und die Kommunikation riss eigentlich nie ab.«

Sie redet ein wenig langsamer weiter. »Wir hatten ganz am Anfang unserer Beziehung mal über Kinder gesprochen. Und es war immer klar, dass wir beide irgendwann Familie haben wollen. Die letzten Jahre spielte das nicht so eine große Rolle, da war anderes wichtiger. Wir haben studiert, wir waren feiern, wir haben viel mit unseren Freunden unternommen. Und jetzt wäre eigentlich ein guter Zeitpunkt für ein Kind. Eigentlich fällt es uns beiden auch nicht schwer, uns festzulegen. Wir sind zum Beispiel vor sechs Jahren zusammengezogen, und ich würde sagen, das war ein Schritt, den wir beide nie bereut haben. Aber seitdem ich wieder endgültig zurück aus Paris bin, das ist jetzt seit fast einem Monat, finden wir nicht mehr zueinander. Ich habe das Gefühl, Thomas ist hinter einer unsichtbaren Wand. Ich sehe ihn, aber komme nicht an ihn heran. Und wenn er mal hinter der Wand hervorkommt, bin ich dahinter, um mich zu schützen. Ich weiß nicht, ob das mit dem Kinderthema zu tun hat, oder mit allem. Mit uns als Gesamtkonzept.«

Herr Kaplan schaut Thomas an. »Wie geht es denn Ihnen, sehen Sie das auch so?«

Thomas möchte wirklich nicht antworten. Er will mit dieser ganzen Sache nichts zu tun haben. Eva schaut ihn ebenfalls an. Sie sieht unglücklich aus. Er reißt sich zusammen. »Ja also, ich bin hinter einer Wand. Leider. Aber eigentlich schon länger. Seit bestimmt einem halben Jahr, oder noch mehr. Aber es ist nicht so, dass ich großartig etwas vor Eva verberge und deswegen die Wand hochziehe. Es ist eher so, dass bei mir einfach gerade nicht viel ist. Ich spüre im Moment nicht viel. Insgesamt nicht. Und deswegen ziehe ich die Wand hoch. Weil mir das peinlich ist.«

Herr Kaplan schweigt etwas zu lange.

»So ganz stimmt das leider nicht, dass hinter der Wand nichts passiert«, sagt Eva da. »Thomas und ich haben vor ein paar Tagen über Sex geredet. Und da kam raus, dass Thomas schon gerne mal mit anderen Frauen schlafen würde.«

»Ich fasse mal zusammen, was ich bis jetzt im Gespräch aufgenommen habe: gläserne Wand, Kinderwunsch, den Sie nicht weiter ausgeführt haben«, er blickt über seine Brille zu Eva. »Der Wunsch, mit anderen Frauen zu schlafen«, er blickt zu Thomas.

Herr Kaplan schweigt. »Herr Wiedhoff«, setzt er dann an. »Erzählen Sie mir mal. Wenn Sie das so hören. Ihre Freundin möchte ein Kind. Sie arbeiten beide hier in Berlin. Stellen Sie sich mal vor, wie das wäre. Was genau bedrückt Sie daran?«

»Mich bedrückt ...« Thomas wählt seine Worte mit Bedacht. »Mich bedrückt, dass ich dann verpflichtet wäre, für immer in einem Beruf zu bleiben und mich in einer Welt zu bewegen, von der ich gar nicht weiß, ob ich da hineinpasse. Also, ich bin ja Arzt. Und das Kind muss dann ernährt werden. Dann ist da kein Spielraum mehr. Dann kann ich nicht sagen, ich lasse das jetzt und mache was ganz anderes.«

Eva schweigt. Sie schaut neutral.

»Sonst noch was?«, fragt Herr Kaplan sanft in die Stille.

»Ich ... ich möchte auch nicht zu der Welt gehören, in der sich meine Frau, äh, also Eva bewegt. Ich finde, da passe ich auch nicht rein.«

Eva sieht ihn verwundert an. »Warum denn nicht?«, fragt sie.

Ich finde diese Welt nicht lebendig, denkt Thomas. Aber das möchte er nicht sagen. Das ist verletzend. »Weiß ich nicht«, sagt er stattdessen.

»Fühlen Sie sich dieser akademischen Welt intellektuell nicht gewachsen?«, fragt Herr Kaplan.

»Doch«, sagt Thomas. »Das eigentlich schon.« Er klingt dabei fast arrogant. »Aber ich würde gerne bei mir alles noch mal auf null bringen. Ich fühle mich tatsächlich alt. Alt und ohne Wahlmöglichkeiten.«

»Wie geht es Ihnen, wenn Sie das hören?«, fragt Herr Kaplan Eva.

Eva presst die Lippen aufeinander und blickt auf ihre Hände. »Ich bin die ganze Zeit so sehr damit beschäftigt zu spüren, wie es Thomas geht, dass ich schon gar nicht mehr weiß, wie es mir geht«, sagt sie schließlich. »Ich fühle mich zumindest nicht alt. Und auch nicht ohne Wahlmöglichkeiten. Ich habe eigentlich das Gefühl, die Welt steht mir offen. Aber ich habe gerade keine Handlungsmöglichkeiten. Das ist das Schlimme. Ich kann nichts tun, damit es uns besser geht. Beziehungsweise alles, was ich tue, ist falsch. Wenn ich Thomas einfach sein lasse, ihm keinen Druck mache, habe ich das Gefühl, er verschwindet für immer in seiner Welt. Dann bekomme ich ihn nie wieder zu fassen. Und wenn ich Druck ausübe, über Kinder rede, über die Zukunft, dann gelangen wir sehr schnell in eine Sackgasse.«

»Das war jetzt alles sehr analytisch. Wie geht es Ihnen denn mit all diesen Sachen?«

Eva schluckt. »Ich hatte mich sehr, sehr auf meine Rückkehr nach Berlin gefreut. Aber meine Vorfreude hat sich nicht eingelöst, im Gegenteil, es wird alles immer schlimmer. Meine Vorfreude hat sich umgewandelt in einen Trauerball.«

Eva sagt diese Sätze ohne Bruch in der Stimme, ohne Tränen in den Augen. Thomas weiß, sie erträgt das alles mit geradem Rücken und weint heimlich allein.

»Wenn ... wenn Thomas sagt, er möchte mit einer anderen Frau schlafen, dann kommt bei mir an, er möchte keine Kinder mit mir. Und damit nimmt er mir eigentlich meine Zukunftsperspektive.«

»Haben Sie keine Zukunft ohne Thomas?«

»Ich kann mir zumindest gerade keine vorstellen.«

»Ich gebe Ihnen beiden eine Hausaufgabe mit«, sagt Herr Kaplan nach einer Minute des Nachdenkens und Schweigens. »Sie, Frau Massmann, versuchen einmal, mehr bei Ihnen selbst zu bleiben. Tun Sie Dinge, die Ihnen guttun. Unabhängig von Ihrem Partner. Und Sie, Herr Wiedhoff, führen einmal ein kleines Logbuch. Notieren Sie Situationen und Orte, an denen Sie sich nicht ›alt‹ fühlen. Und wenn Sie wollen, sehen wir uns in zwei Wochen.«

Wieder auf der Straße, kann Thomas nicht anders, er nimmt Eva lange in den Arm. Eva blickt zu ihm hoch. In ihrem Gesicht ist trotz aller Sorge schon wieder Unternehmungslust. Alles an ihr ist fertig, denkt Thomas. Sie muss einfach nur losgehen. In ihr Leben, das sie seit Jahren plant.

»Hast du dir auch überlegt, ob und was für eine Beziehung Herr Kaplan hat?«, fragt Eva ihn da.

Thomas lacht. »Ja! Habe ich! Ich könnte mir vorstellen, dass seine Frau auch Therapeutin ist. Ein bisschen so ein Typ wie deine Mutter, nur etwas weicher.«

»Oder er ist mit einer viel Jüngeren zusammen, das würde auch passen.«

»Komisch, man erzählt einer wildfremden Person irre viel aus dem eigenen Privatleben und zahlt ihr auch noch Geld dafür.«

Sie schlendern Hand in Hand die Bergmannstraße entlang. Ein Laden reiht sich hier an den nächsten, früher alles alternativ bis hip, jetzt vieles gediegen und teuer.

»Wie machen wir denn jetzt weiter?«, fragt Thomas.

»Na ja, so wie Herr Kaplan gesagt hat. Ich schaue, was mir guttut, unabhängig von dir, und du achtest auf Situationen und Orte, die dich, äh, verjüngen. Fühlst du dich jetzt gerade alt und ohne Wahlmöglichkeiten?«

Sie schaut ihn mit leichtem Lächeln an.

Thomas sieht sich um. Touristen, Berliner, Mütter mit Kindern, Studenten, alles durcheinander.

»Ich finde, wir sind einfach gerade Durchschnitt. Vom Alter her sogar eher unter Durchschnitt«, sagt er und grinst.

Plötzlich bleibt Eva stehen. Die Schultern sind nach vorne gebeugt, sie blickt vor sich auf die Gehwegplatten. Ihr Mund ist ein nach unten gezogener Strich.

»Eva, was ist?«

Sie blickt ihn an und ist Thomas auf einmal komplett fremd. So hat er sie noch nie gesehen.

»Ich weiß nicht. Irgendwie hatte ich mir mehr erwartet von diesem Termin. Ich weiß nicht.«

## Noch 5 Tage

Eva ist nach langer Zeit mal wieder in ihrem Arbeitszimmer im Museum. Sie hat ihre Doktorarbeit zugunsten der Ausstellungseröffnung, und, nun ja, ihrer Beziehung, schleifen lassen, der Druck wächst. Sie könnte auch zu Hause arbeiten, aber sie hat es in der Wohnung nicht ausgehalten.

Eva geht den engen, stickigen Flur entlang, der doch gar nicht stickig sein dürfte, immerhin ist alles frisch renoviert, erstaunlich renoviert, entsetzlich renoviert, und da wird doch immer für Belüftung gesorgt. Eva öffnet die Tür zu ihrem kleinen Büro und stellt überrascht fest, dass es belegt ist. Sidelia, eine Mitarbeiterin, sitzt an ihrem Schreibtisch.

»Oh, sorry.« Sidelia lächelt sie an. »Du warst nie da, und ich habe ja nur ein Büro zusammen mit Theo …«

Sie macht eine bedeutungsschwangere Pause und verdreht die Augen. Theo redet viel und nimmt seine Mahlzeiten gerne am Computer ein, Eva würde sich auch kein Zimmer mit ihm teilen wollen.

»Ich hatte sogar schon überlegt, ob wir mit Theo tauschen. Dass wir das Doppelbüro nehmen und Theo das hier bekommt«, sagt Sidelia.

Eva überlegt kurz. Sidelia und sie verstehen sich gut. »Ich glaube leider, ich kann besser arbeiten, wenn ich alleine bin. Sorry. Ich habe mir vorgenommen, mehr darauf zu hören, was mir guttut.«

»Ist schon gut.« Sidelia wird kurz rot. Sie packt ihre Sachen zusammen und verschwindet schnell. Eva ist das alles furchtbar unangenehm. Nachdem Sidelia mit einem mechanischen Lächeln die Tür hinter sich zugezogen hat, möchte Eva reflexartig zu ihrem Handy greifen, um die unangenehme Situation zu verscheuchen, aber sie reißt sich zusammen.

Eva atmet langsam aus, setzt sich an den Schreibtisch und installiert ihre Ordnung neu. Da fällt ihr ein Zettel in die Hände, auf dem ein lustiges Gesicht mit großer Nase und Locken zu sehen ist. »*Yves etait ici!*«, steht da.

Eva lächelt, greift jetzt doch zu ihrem Handy, macht ein Foto von dem Zettel und schickt es Yves. »*Merci*«, schreibt sie darunter. Thomas hat sich nicht gemeldet. Warum auch, er muss arbeiten, genau wie Eva.

Sie steckt das Telefon tief in ihre Tasche, dann klickt sie sich durch das Internet und verschafft sich einen Überblick, wer welche Ausstellung in den letzten Monaten eröffnet hat. Ihre Gedanken schweifen ab. Plötzlich erscheint ihr das alles banal. Wenn sie nicht mit Thomas zusammenbleiben kann, wenn sie diese Krise nicht bewältigen, was wird dann aus ihr? Wird sie dann immer auf irgendwelchen Empfängen, Ausstellungseröffnungen, Vorträgen herumstehen, ein Sektglas in der Hand, und sich einsam fühlen? Wem erzählt sie dann alles, was sie erlebt hat? Eva stützt ihren Kopf in die Hände und starrt ins Leere. Da klingelt ihr Telefon. Überrascht kramt Eva in ihrer Tasche. Es ist ihre Mutter.

»Hallo, Mama«, sagt sie pflichtschuldig in den Hörer und starrt aus dem Fenster in den schwülgrauen Himmel.

»Hallo, Eva, na, wie geht's dir denn, ich wollte fragen, ob wir zusammen zu Mittag essen wollen, bei mir hat sich gerade ein Zeitfenster aufgetan, also, ich könnte in zwanzig Minuten an der Spree sein.«

»Nein.«

»Wie, nein?«

»Mir passt es gerade schlecht.«

»Hast du so viel zu tun? Ich könnte ja jetzt sagen ›Ach, du Arme‹, aber ich sage eher ›Herzlichen Glückwunsch‹, wir brauchen Frauen, die viel zu tun haben.«

»Mama, ich habe einfach keine Lust, dich zu treffen.«

»Wie …?«

»Es geht mir nicht gut, wenn ich dich sehe … Du beurteilst mich ständig.«

»Ich? Ich beurteile dich gar nicht. Im Gegenteil! Ich empowere dich doch die ganze Zeit!«

»Ich will dich trotzdem nicht sehen.« Eva holt Luft. »Ich fühle mich dick und doof, wenn ich dich sehe.«

»Hahahahahaha.«

Eva schweigt.

»Ich lache nur über ›dick und doof‹. Na ja, gut, gut. Du brauchst also Abstand. Das respektiere ich natürlich. Ist denn sonst alles in Ordnung? Hat Thomas sich getrennt?«

»Nein! Wie kommst du denn auf so was?«

»Nur so ein Gefühl. Na ja, ich lass dich mal in Ruhe. Mach's gut, mein Schatz.«

Eva steckt das Telefon wieder tief in die Tasche, stützt den Kopf wieder auf die Hände und fühlt sich noch schlechter als zuvor.

Irgendwann rafft sie sich doch auf, öffnet am Computer die verschiedenen Ordner und Unterordner ihrer Doktorarbeit und vertieft sich in das, was sie vor Monaten geschrieben hat. Die Luft im Büro ist stickig, Eva öffnet das Fenster, wandert umher, bekommt einen heißen Kopf.

Irgendwann vibriert es endlich wieder in ihrer Tasche, und es ist Thomas. Als Eva erfreut auf ihrem Handy herumwischt, um den Anruf anzunehmen, klopft es an der Tür und Yves steht da. Groß, halb geöffneter Mund, Mopedhelm unterm Arm, freudig abwartender Blick. Eva geht trotzdem ans Telefon.

»Helloo«, sagt sie möglichst normal.

»Na, stör ich?«

»Nein, überhaupt nicht, ich wollte eh bald Feierabend machen.«

»Ich wollte sagen, wir gehen noch alle was trinken, Matti, Isabella, Rose, noch ein paar.«

»Ah. Ok.«

»Vielleicht willst du auch dazukommen?«

Eva ist es unangenehm, vor Yves weiterzureden.

»Rose ist auch dabei?«

»Ja, das ließ sich nicht vermeiden. Aber gerade deswegen fände ich es schön, wenn du auch mitkommst.«

Eva sagt zu. War ihre Laune vorher schon schlecht, so ist sie jetzt bodenlos. Sie wird also gleich in den Wedding fahren, wo sie eigentlich überhaupt nicht hinwill, sich in eine Bar setzen, in der sie nicht sein möchte, und das mit einer Gruppe von Menschen, zu der eine Frau gehört, mit der ihr Freund gerne schlafen würde.

»Tun Sie Dinge, die Ihnen guttun. Unabhängig von Ihrem Partner«, hört Eva Herrn Kaplan sagen. Sie hat es geschafft, Sidelia von ihrem Platz zu vertreiben und ihre Mutter auf Abstand zu halten, sie kann für sich sorgen, in allen Bereichen, nur wenn Thomas anruft, versagt sie.

Yves steht noch immer in der Tür. Er hat Eva die ganze Zeit beobachtet.

»Hal-lo«, sagt er leise mit einem Grinsen, dabei deutet er ein Winken an. »Kann ich dir helfen?«, fragt er weiter.

»Bei was, beim Nachdenken?« Eva lacht resigniert.

»Exakt.«

»Hast du Lust, mit mir was trinken zu gehen? Mein Freund ist allerdings auch dabei. Und sehr viele Mediziner.«

»Aber na-TÜR-lich!«, ruft Yves und nickt dabei schwungvoll.

Evas verkrampftes Herz entspannt sich kurz. Sie packt ihre Tasche und verlässt mit Yves das Gebäude.

»Was machst du eigentlich an so einem schönen Tag im Museum? Keine Lust auf Homeoffice im Park?«, fragt Eva, als sie ihr Fahrrad aufschließt. Yves steht mit den Händen in den Taschen neben ihr.

»Ich besuche dich«, sagt Yves. Ihm ist das nicht unangenehm.

»Wenn du auf einen Berg steigen möchtest, dann läufst du einfach los, bis du oben bist, oder? Ohne Vorbereitung und so, stimmt's?«

Yves nickt ertappt und amüsiert gleichzeitig.

»Und was ist, wenn ein Unwetter kommt?«

»Ich musste schon mal von der Bergrettung geholt werden, weil ich in Sneakers und T-Shirt von einem Schneesturm überrascht wurde.«

»Ach so, du bist wirklich schon mal auf einen Berg gestiegen, ohne dich vorzubereiten?«

»Ja, das hast du doch gerade gefragt?«

»Ich meinte das metaphorisch.«

»Metaphorisch? Du meinst, wenn man Berg durch Frau ersetzt, wenn ich eine Frau besteigen …«

»Äh, nein. Ich meinte die Bergbesteigung als Metapher für starken Willen.«

Eva wird gegen ihren Willen rot. Yves auch.

Yves zieht seinen Mopedhelm auf und geht zu seiner weißen, klapprigen Vespa, die ein bisschen abseits steht.

In diesem Moment kommt eine Mitarbeiterin des Museums, die Eva flüchtig kennt, vorbei. Sie ist circa zehn Jahre älter als Eva, hat braune Locken, die immer ein wenig nass aussehen, eine sehr weibliche Figur und trägt konsequent Schuhe mit kleinem Absatz und Röcke, die kurz über dem Knie enden. Sie lächelt Yves an.

»Hallo, Yves. Haben Sie das Buch zu Lucy Lippard gefunden?«

»Ja!«, sagt Yves freundlich und beugt sich etwas zu der Frau hinab. Seine ganze Körpersprache ändert sich. Er wird ruhig. Souverän. »Vielen Dank! Was für eine beeindruckende Frau, es macht mir große Freude, mich mit ihr zu beschäftigen.«

»Die ist auch so interessant gealtert, finden Sie nicht?«

Yves' Mund bleibt kurz ratlos offen. »Öhm. Ja? Habe ich nicht darauf geachtet, ich habe mich mehr mit ihrem Konzept der geschützten Räume für Künstlerinnen beschäftigt.«

Die Frau lacht ertappt und bleibt einfach weiter neben Yves stehen. Sie hofft.

Yves lächelt sie mit seinem freundlichen Clowns-Gesicht an, den Blick unverstellt, und fährt los.

In meiner Welt steht er am Rand, denkt Eva, als sie sich mit ihrem Fahrrad in den Verkehr einreiht. Thomas ist die

Mitte. Yves mit seiner lauten Ausstrahlung spielt nur peripher eine Rolle, aber für die Frau eben – wie heißt sie eigentlich, ach, egal – ist er der Mittelpunkt. Für sie ist er unerreichbar. Zu jung. Zu cool. Und so arbeiten wir uns alle an irgendwelchen imaginierten Mittelpunkten ab, und am Ende geht es nur darum, mit wem man sich fortpflanzt.

Yves wartet vor der Kneipe. Eva bereut, ihn mitgenommen zu haben. Sie ist überhaupt nicht dazu bereit, mit ihm zusammen in einer großen Runde aufzutauchen. Sie hat auch keine Lust, Thomas zu provozieren oder vor ihm anzugeben. Mit so etwas möchte sie eigentlich gar nicht erst anfangen. »Warum bist du denn nicht schon reingegangen?«, fragt sie, und ihre Stimme rutscht gestresst eine halbe Oktave höher.

»Ich kenne niemanden«, sagt Yves ehrlich.

Thomas runzelt irritiert die Brauen, als Eva und Yves das Lokal betreten. Sie vergilt Gleiches mit Gleichem, denkt er. Verstehe ich.

Da ist Eva schon bei ihm. Sie drückt ihm aufgeregt einen Kuss auf den Mund. Sie fühlt sich von allen beobachtet. »Es ging nicht anders«, raunt sie Thomas zu. Er schaut verschwörerisch zurück. »Bei mir ja auch nicht.«

Rose sitzt neben Thomas, Eva drängt sich einfach dazwischen. Rose stört das nicht weiter. Sie unterhält sich mit Isabella und Matti und lacht herzlich über irgendwas. Dabei wirft sie den Kopf in den Nacken.

Sie spielt sinnlich-mondäne Frau, denkt Eva eifersüchtig.

»Ah, nein, das gibt's doch nicht, dann hast du ihn am

nächsten Morgen mit blauem Auge auf dem Sofa gefunden?« Rose lacht wieder. Sie wendet sich Eva zu. »Matti erzählt gerade, wie er betrunken gegen den Ritterhelm von seinem Sohn gerannt ist, sich dann in den Schuhen, die im Flur lagen, verheddert hat und gegen das Schlüsselbrett geknallt ist.« Matti, Isabella und Rose schütten sich aus vor Lachen.

Ach, so ist das, denkt Eva. Die geben sich hier alle gerade mächtig die Kante, verstehe.

Sie bestellt ein großes Bier und einen Wodka, um möglichst schnell mithalten zu können. Wieder etwas, das ich eigentlich gar nicht will, denkt sie. Ihr Blick fällt auf Thomas, der auch relativ erledigt in sein Glas starrt. Seine Wangen sind rot, er muss schon ordentlich einen sitzen haben. Normalerweise wird Thomas albern und anhänglich, wenn er betrunken ist. Jetzt klammert er sich isoliert an sein Glas und blickt vor sich hin.

Er limitiert sich, denkt Eva. Wahrscheinlich, weil er sonst Rose anmachen würde.

In diesem Moment steht Rose auf, um aufs Klo zu gehen. Sie zieht den Bauch ein, sodass jeder gut ihre Taille sehen kann, die sie durch das weiße Shirt, das sie in ihre eng anliegende Jeans gesteckt hat, noch betont. Während sie sich zwischen Bank und Tisch hindurchzwängt, hebt sie leicht die Arme und schürzt die Lippen. Fast ein Reflex.

Eva sieht das, und sie ärgert sich. Ärgert sich über Rose, die so selbstverständlich ihre weiblichen Reize einsetzt, die das einfach kann, ärgert sich über sich selber, weil sie das nie macht, und ärgert sich über Thomas, der derartig leicht auf diese Reize hineinfällt.

Thomas sieht Evas Blick. Sieht, wie sie zu Rose schaut und dann gleich wieder wegsieht. Und er denkt: Das ist mir jetzt scheißegal. Ich würde im Moment lieber Roses Taille umfassen als Evas Bauch. Und ich tu jetzt auch nicht so, als ob es anders wäre. Er trinkt einen Schluck Bier. Eine Hand legt sich auf seinen Oberschenkel. »Wie war es in der Klinik?«, fragt Eva. Thomas fühlt sich, als würde man durch die warme, dunstige Kneipenluft Desinfektionsspray sprühen. »Weiß ich nicht, lass mal jetzt nicht über Arbeit reden«, sagt er und zieht leicht die Schultern hoch. Eva lässt sofort von ihm ab und setzt sich weg, zu Yves.

Der hat bis jetzt am Kopfende gesessen und die Gesellschaft, in die er da hineingeraten ist, beobachtet.

»Ich verstehe nicht, warum ihr nicht alle in die Politik geht«, sagt er, als Eva sich zu ihm setzt. »In Frankreich muss man in eine erstklassige Familie hineingeboren sein oder extrem begabt, um eine politische Karriere anstreben zu können. Hier kann das jeder machen. Aber ihr habt alle keine Lust. Ihr überlasst das den Strebern und Langweilern. Oder den Machtmenschen. Eure Generation hat da versagt. Ich verstehe das nicht.«

»Hm«, sagt Eva. Sie hat keine Lust auf ein anspruchsvolles Gespräch. »Du kannst ja eine Deutsche heiraten, die deutsche Staatsbürgerschaft annehmen und in die Politik gehen.«

Yves trinkt schweigend. Der Abend hat auch ihm schlechte Laune gemacht. Vor allem, wie Eva ihren Freund geküsst hat.

Eva merkt, wie der Wodka anfängt zu wirken. Sie bekommt Kopfweh und ihr ist völlig egal, was sie als Nächstes sagen wird.

»Mein Freund will mit einer anderen ins Bett«, sagt sie zu Yves.

»Mit wem?«, fragt dieser und sieht sich interessiert um.

Eva deutet auf Rose, die sich gerade zurück auf ihren Platz schlängelt. Thomas macht ihr dezent Platz, aber gerade nur so viel, dass ihre Beine sich beim Sitzen berühren.

»Die?«, fragt Yves. »Ich habe noch nicht mit ihr gesprochen, aber ich glaube, ich finde sie langweilig.« Er beobachtet sie wieder. Rose hat die Arme über Kreuz auf den Tisch gelegt und neigt den Kopf seitlich zu Thomas. Er erzählt ihr irgendwas, zurückgelehnt, betrunken, leise.

»Sie ist bestimmt eine gute Ärztin«, sagt Yves. »Aber ich würde nicht gerne mit ihr zu tun haben. Sie wirkt egoistisch.«

»Woran siehst du das?«, fragt Eva.

»Sie achtet sehr auf sich. Die Art, wie sie angezogen ist, dieses Shirt, dieser Gürtel. Ihr Nagellack, ihr Schmuck. Nein, das ist es nicht, vergiss, was ich gesagt habe. Es ist ihre Körperhaltung und wie sie sich umsieht. Es ist ihr klar, dass sie alles haben kann. Nein, dass sie alles unter einem gewissen Niveau nicht verdient hat. Sie ist bestimmt sehr loyal. Gegenüber sehr wenigen Leuten. Der Rest der Welt ist ihr egal.«

Eva hört zu. *Sehr loyal gegenüber sehr wenigen Leuten, der Rest der Welt ist ihr egal.* Ihr wird kalt.

Yves trinkt einen Schluck Bier. »Wenn ich mir deinen Freund so ansehe«, er lacht. »Na ja, wir wollen den Teufel nicht an die Wand malen.«

Thomas fährt schwankend neben Eva nach Hause. In seinem Kopf, seinem Körper, seiner Haut ist die Erinnerung an Rose. Sie haben sich nicht mal geküsst, sie haben sich nur unterhalten, aber ihre braunen Augen, ihr geschwungener Mund fliegen als übergroße Bilder durch seine Erinnerung und vernebeln alles andere. Eva, die neben ihm herfährt, ist momentan eher eine Randnotiz. Zum Glück scheint sie gerade genauso wenig Lust wie er zu haben, sich zu unterhalten. Da merkt er, dass Eva schon eine Weile auf ihn einredet.

»Thomas! Dein Schuh ist auf! MEINE GÜTE, DEIN SCHUH IST AUF, wie oft soll ich es denn noch sagen?«

Thomas hält an, steigt umständlich vom Rad, bückt sich ungelenk nach seinem Schuh und hockt sich auf seinen Hintern. Eva zieht die Brauen hoch.

»Soll ich das machen?« Sie bindet Thomas den Schuh zu.

Wie meine Mama, denkt er zufrieden und würde sich am liebsten auf dem Gehweg zusammenrollen, um zu schlafen.

»Sollen wir ein Stück schieben?«, fragt Eva.

»Ich hasse Rose«, sagt sie unvermittelt, nachdem sie eine Weile stumm ihre Fahrräder den Gehweg entlanggeschoben haben. »Ich hasse diese doofe Fotzen-Schlampen-Kuh. Was mischt die sich in unsere Beziehung ein? Sorry, ich bin betrunken.«

Thomas merkt, wie der Alkohol sich in seinem Magen zusammenkrampft. »Warum eigentlich nur der Alkohol?«, fragt er sich. »Bier besteht doch aus Wasser und Gerste und so weiter. Aber in meinem Magen ist gerade nur Alkohol.« Dann kotzt er in die Büsche. Als er fertig ist, kann er wieder klar denken. »Ich finde es total ok, wenn du Rose hasst. Hasse, wen du hassen kannst.« Er trottet hinter Eva her. Er möchte nicht mit ihr in der Wohnung ankommen. Er möchte allein sein. Allein an einem ruhigen Ort, an dem die Gedanken schweigen.

## Noch 4 Tage

Thomas wacht mit denselben Kopfschmerzen auf, mit denen er ins Bett gegangen ist. Eva ist schon aufgestanden und frühstückt in der Küche.

Thomas schleppt sich ins Bad. Er fröstelt, sein Gehirn besteht aus kaltem Kaugummi. Er stellt sich unter eine sehr heiße Dusche, aber das hilft nicht wirklich. Der innere kalte Kern verschwindet nicht.

»Zum Glück habe ich heute frei«, sagt er, als er in die Küche kommt.

Eva blickt von ihrem Handy auf. »Du hast heute nicht frei«, sagt sie. »Ich habe mir deinen Dienstplan ins Handy eingetragen, du hast ganz normal Dienst.«

»Hä?« Thomas ist verwundert.

»Ja, du verraffst immer, wann du arbeiten musst und alles andere, jetzt kann ich es dir sagen.«

»Kontrollierst du mich?«

»Nein. Wenn du möchtest, kann ich deine Termine auch wieder löschen. Ich dachte, ich helfe dir damit.«

»Also, die wichtigsten Termine habe ich schon im Griff.«

»Und was machen wir übermorgen?«

Thomas blickt ratlos. Übermorgen? War da was?

»Da fahren wir zusammen aufs Land.«

»Ach, ist die Woche schon wieder rum?«

»Hm. Aber die wichtigen Termine hast du im Kopf.«

Thomas hält sich die Stirn. »Ich glaube, ich melde mich krank. Heute Dienst, mit so 'nem Kater, morgen wegfahren, das wird mir zu viel.«

Thomas denkt daran, wie er es nicht übers Herz gebracht hatte, sich krankzumelden, als Eva gerade wieder angekommen war, aus Pflichtgefühl, oder weil er vor der Zweisamkeit fliehen wollte.

Vielleicht wäre alles anders gekommen, wenn ich damals freigemacht hätte, denkt Thomas. Vielleicht wäre Herr Bertram an dem Tag gar nicht gestorben, weil Matti sich nicht mit mir verquatscht hätte, sondern bei ihm im Zimmer gewesen wäre. Vielleicht wäre auch zwischen mir und Eva alles anders gekommen, wenn ich uns diesen einen Tag geschenkt hätte. Dann wäre sie nicht so verunsichert gewesen und ich nicht so fahrig. Vielleicht hätte ich damals nicht weglaufen sollen, sondern mich unserer Liebe stellen.

»Also, heute mache ich frei«, verkündet Thomas.

»Das hast du schon gesagt.« Eva schaut ihn neutralnüchtern an. Sie hat heute keine Lust auf ihn. Der Abend steckt ihr noch in den Knochen, und sie hat gerade allgemein keine Lust mehr auf Thomas und seine dumpfen Gefühle.

Thomas ruft in der Klinik an. Dr. Peiffer persönlich ist am Telefon. »Sie sind nicht der Einzige, der sich heute krankmeldet. Frau Pota hat auch angerufen. Na, entweder geht da was rum, oder Sie beide machen zusammen blau. Wenn ich Sie dabei erwische, dann waren Sie aber die längste Zeit auf meiner Station. Nun gut, eine große Karriere streben Sie ja offensichtlich sowieso nicht an. Ich sage trotzdem mal ›gute Besserung‹. Wie heißt es so schön, ›im Zweifel für den Angeklagten‹.«

Thomas legt auf und hat keine Lust, jemals wieder einen Fuß in die Klinik zu setzen. Vor einem Monat war das noch anders, da hätte so ein Telefonat ihn eingeschüchtert, jetzt ist es ihm egal.

»Bis später.« Eva steht schon in der Tür, ihren Rucksack geschultert. Sie schaut zu Thomas. Vielleicht kommt da ja noch was, ein Wort, ein Kuss. Nichts. Resigniert schließt sie die Tür.

Thomas macht sich ein Spiegelei und einen Espresso. Bloß keinen Kaffee mit Milch jetzt trinken, bloß keine Milch auf den Kater gießen. Langsam kommen seine Lebensgeister wieder, er dehnt und streckt sich und tänzelt in der Pyjamahose durch die Wohnung. Er macht probehalber ein paar Liegestütze, das hat er seit Wochen nicht gemacht. Klappt noch erstaunlich gut.

Vielleicht ist ja alles gar nicht so schlimm, denkt Thomas. Vielleicht ergibt sich ja alles von selbst, ohne dass ich mir die ganze Zeit Gedanken darüber mache. Wenn wir alle nur dem ›Flow‹ folgen, kommen wir schon dahin, wo wir hinsollen. Wenn es mich zu Rose treibt, dann treibt es mich da eben hin. Vielleicht landet Eva auch ganz woanders, wenn sie einfach dem natürlichen Strom folgt. – Welchem ›natürlichen Strom‹, was meine ich eigentlich damit? Na ja, so was wie Intuition, das, wo man hinkommt, wenn man alle Verpflichtungen und moralischen Bedenken über Bord wirft. Und vielleicht landen Eva und ich dann trotzdem irgendwann wieder beieinander, wer weiß.

Thomas beginnt aufzuräumen. Eva hat in letzter Zeit nach wie vor versucht, Ordnung und Klarheit einzuhalten, Thomas hat sich vollkommen gehen lassen. Im Schlafzimmer liegen einzelne Klamottenberge wie eine Vulkanlandschaft verstreut. Thomas rafft alles zusammen und stopft es in die Waschmaschine. Er nimmt den Staubsauger und saugt das Schlafzimmer. Danach gleich den Flur, und dann auch noch die Küche, was soll's. Danach sammelt er die vielen Briefe ein, die in kleinen Stapeln in Wohnzimmer, Flur und Küche verteilt sind. Er setzt sich an den Küchentisch, öffnet jeden Brief, legt ihn auf einen Stapel oder wirft ihn weg. Dann kocht er sich Udon-Nudeln, die er im Schrank gefunden hat. Er fühlt sich gut.

Da ruft Desi an. Desi ruft nie an. Hoffentlich ist Eva nichts passiert. »Desi?«

»Ah super, dass du rangehst, ich bin gerade auf dem Weg in die Praxis und wollte den Computer da heute mal aufräumen, aber habe die Festplatte vergessen, und Eva meinte, auf ihrem Schreibtisch liegt noch eine, die ich mir ausleihen kann?«

Thomas wandert mit dem Telefon am Ohr ins Schlafzimmer. Auf Evas kleinem Schreibtisch liegt tatsächlich die Festplatte. »Klar, komm vorbei.«

Sein Blick fällt auf den Streifen Passfotos, der sonst neben dem Bett hängt. Er ist mal wieder heruntergefallen und liegt zwischen Bett und Schreibtisch auf dem Boden. Thomas hebt ihn auf. Wie jung er auf dem Foto noch ist. Sein Gesicht war damals sogar noch schmaler als jetzt, er lacht fast noch pubertär in die Kamera, zieht dämlich Grimassen. Er sucht Schutz bei Eva, ist immer halb hinter ihr. Eva schaut, mit einer großen Pudelmütze auf dem Kopf, in die Kamera. Sie lächelt glücklich. Ihr Blick hat etwas dermaßen Vertrauensvolles, dass Thomas es kaum aushält. Er schafft es nicht, den Fotostreifen wieder neben das Bett zu pinnen. Das würde bedeuten, er hätte diesen vertrauensvollen Blick nach wie vor verdient. Hat er nicht. Still legt er die Fotos auf Evas Schreibtisch.

Desi steht in der Tür, sie ist schnell gefahren, ihre Tasche ist übervoll. Thomas weiß nie, ob sie in Eile oder diese Aufgeregtheit ihr normaler Zustand ist.

»Willst du 'nen Kaffee? Oder 'n Glas Wasser?«

»Boah, Kaffee hatte ich heute schon zu viel, ein Wasser wäre super.«

Sie sitzen in der Küche, und Desi versucht, irgendetwas zu überspielen, aber Thomas weiß noch nicht, was es ist. Ihr Wasser hat sie in einem Zug geleert.

»Wie geht's dir denn so?«, fragt sie mit ihrer melodiösen Stimme.

»Gut«. Thomas hat keine Lust auf diese Art der Konversation.

»Ihr fahrt ja morgen weg.« Desi gießt sich noch mehr Wasser ein.

»Ja.«

»Krass, dass Natalia schon ihr Baby hat.«

»Hm.«

»Und Faris und Inga sind ja auch schwanger.«

Das ist es also. Desi möchte ihm auf den Zahn fühlen, wie es denn mit dem Kinderwunsch so aussieht. Sie macht das, weil sie sich als Evas beste Freundin dazu verpflichtet fühlt. Eva würde vor Scham im Boden versinken, wenn sie das Gespräch mitbekäme. Thomas geht in die Offensive.

»Hast du eigentlich gerade jemanden?«

»Och, mal hier, mal da, nichts Festes.«

»Hättest du nicht gerne auch mal was Längeres?«

»Wenn ich *was Längeres* möchte, besorge ich mir das schon«, hebt Desi sofort auf die Zweideutigkeit der Frage ab.

»Wie ist das eigentlich, hat Eva jetzt die Pille abgesetzt oder nicht? Das war so ein Hin und Her.«

Thomas kann sich nicht vorstellen, dass Desi nicht genauestens über den ›Pillen-Status‹ ihrer besten Freundin unterrichtet ist, aber er tut Desi den Gefallen und spielt das Spiel mit.

»Wir haben den Kinderwunsch erst mal vertagt. Ist zu viel anderes gerade los.«

»Möchtest du eigentlich Kinder? Ich weiß das bei dir nie so genau.«

Desi schaut Thomas möglichst ›ergebnisoffen‹ an. Thomas findet die Frage dreist.

Aber plötzlich spürt er mit drängender Gewissheit, dass er Kinder möchte. Natürlich möchte er Kinder. Er möchte ein kleines Baby durch die Gegend tragen, und zwar wenn es schläft und wenn es schreit, er möchte mit einem Dreijährigen auf dem Bett toben, mit einer Achtjährigen Hausaufgaben machen. Er möchte Prinzessinnenkleider kaufen und ins familienfreundliche Dänemark in Urlaub fahren. Er möchte die Geborgenheit einer Familie, die nur ihm gehört, in der er den Ton bestimmen kann, und es wird ein anderer Ton sein als bei ihm zu Hause. Aber – und das spürt er mit ebensolcher Gewissheit – er möchte das nicht mit Eva. Er will nicht, dass die Kinder so aussehen wie sie. Nein, schlimmer noch, dass sie werden wie sie. Er möchte keine Schwangerschaft mit

Eva erleben, die sie natürlich großartig meistern wird, und erst recht keine Geburt. Er will nicht die ersten Wochen an ihrer Seite sein. Er spürt keine zärtlichen, stolzen Gefühle für sie, wenn er sich vorstellt, sie hat sein Kind auf die Welt gebracht, stillt es jede Nacht, trägt es übermüdet durch die Gegend. Er fühlt nur Zärtlichkeit für das Kind.

»Ist alles in Ordnung? Du sitzt hier mit halb geöffnetem Mund und guckst ins Leere.«

»Ich glaube, ich habe zu wenig Wasser getrunken.«

Thomas steht auf und geht zum Wasserhahn. »Ich habe einen totalen Kater von gestern. Tut mir leid, aber ich muss mich noch mal hinlegen.«

Eine halbe Stunde später geht Thomas mit Ludwig am Landwehrkanal spazieren. Er muss seine Erkenntnis teilen.

»Deswegen holst du mich aus der Arbeit raus? Ich hab morgen eine Abgabe. Das ist doch alles schon länger klar!«

»Mir war das in dieser Schärfe noch nicht bewusst. Bis jetzt war die Frage, ob und mit wem man Kinder bekommt, eher eine Gedankenspielerei. Eine mehr oder minder quälende Frage. Ich habe die Antwort darauf gerade körperlich gespürt.«

»Weißt du, dieses ständige Rumgeeiere, diese Weigerung, den Fakten ins Gesicht zu schauen, gepaart mit dieser unglaublichen Sensibilität dir selber gegenüber, das nervt irgendwann.«

»Als ob du dich noch nie getrennt hättest. Oder noch nie an einer Beziehung gezweifelt hättest.«

»Ja, aber nicht so lange!«

»Weil du noch nie so lange mit jemandem zusammen warst.«

Ludwig blickt sinnierend in die Ferne. »Stimmt. War es denn früher anders? Hast du in acht Jahren nie darüber nachgedacht, ob ihr Kinder wollt?«

»Doch, aber mit 25 bekommt man doch noch keine Kinder. Eva war früher auch anders. Sie war so weich. So süß.«

»Klingt, als wärest du mit einem Monchichi zusammen gewesen.«

»Nein. Ich meine nur, sie war nahbarer. Sie ist so hart geworden.«

»Quatsch. Eva hatte schon immer diesen sehr entschiedenen Kern. Das fandest du doch auch anziehend.«

»Ja, aber ich bleibe dabei, sie war nahbarer. Und alberner.«

»Albernheit war jetzt nie Evas hervorstechendste Eigenschaft. Sie hat nur deiner Albernheit Raum gegeben oder sie gut gefunden.«

»Ja, und das macht sie jetzt nicht mehr. Wahrscheinlich, weil die biologische Uhr tickt. Da bleibt kein Raum für Albernheit.«

Ludwig schaut ihn amüsiert an. »Du solltest dich mal reden hören. Als ob alle Frauen ab 30 schlagartig ihren Humor verlieren würden. Oder unnahbar würden. Du gibst hier einen Machismo nach dem anderen von dir.«

»Ich meine ja nicht alle Frauen. Nur Eva.«

»Ich sage es ungern noch mal. Und noch mal. Und noch mal. Aber: Vielleicht musst du einfach mal die Tatsache akzeptieren, dass es sich nach acht Jahren ausgeliebt hat. Die wenigsten Menschen, mit denen man ins Bett will, sind dafür gemacht, dass man länger zusammenbleibt. Es ist schon ein Wunder, wenn man es acht Jahre miteinander aushält, und das ohne Kinder, die einen gezwungenermaßen zusammenhalten. Da ist weder Eva schuld, noch bist du es. Deswegen lass das mit dem schlechten Gewissen. Es ist halt vorbei, die Chemie hat ihre Arbeit getan. Das anzuerkennen ist viel weniger brutal, als jetzt deinem oder ihrem Verhalten die Schuld zu geben.«

Thomas macht den Mund auf und wieder zu wie ein Fisch. Ihm fällt nichts ein.

»Und wie sage ich ihr das?«, fragt er schließlich.

»Kurz und schmerzlos«, antwortet Ludwig.

Die Sonne scheint, es ist viel zu warm für Ende Juni. Thomas bemerkt die Hitze jetzt erst richtig, sie zieht seine Muskeln nach unten und macht seine Haut ledrig und schwer. Er schaut von der Brücke, auf der er mit Ludwig steht, in den dreckigen Landwehrkanal. Er würde jetzt gerne schwimmen gehen. Das Wasser im Kanal würde ihn allerdings nur zäh und grün umfangen, und dann würde er stinkend und mit Glasscherben bespickt wieder ans Ufer gezogen werden.

Eigentlich, denkt Thomas, würde das meinen momentanen Zustand sehr gut illustrieren.

Abends sitzt Thomas auf dem blauen Sofa im Wohnzimmer. Ihm ist elendig zumute. Wenn Eva nach Hause kommt, macht er Schluss. Dann sagt er ihr endlich, was er jetzt weiß: Es wird nichts mehr mit ihnen. Sie haben die Jugend nicht überlebt.

Eva kommt nicht. Es ist schon bald neun. Man könnte jetzt auch unbeschwert draußen sitzen und mit Freunden den Sommer genießen. Thomas beginnt, im

Zimmer auf und ab zu wandern. Er lässt das Licht aus. Er mag die Dämmerung, zumindest jetzt, wo ihm sowieso nichts weiter einfällt, als vor sich hin zu sehen und zu warten. Er möchte Eva nicht anrufen und fragen, wo sie bleibt. Dann denkt sie vielleicht, er plane einen gemeinsamen Abend, und freut sich.

»Kommst du irgendwann auch mal nach Hause, ich würde nämlich gerne mit dir Schluss machen.« Das geht ja nicht. Das sagt man nicht.

Thomas legt sich auf das Bett, um sich die Worte noch mal zurechtzulegen.

»Eva, können wir mal reden?«

Eva würde sofort aufhorchen und ihn alarmiert anschauen, in den Augen schon ein Anflug von Trauer. Da musste er durch, das musste er aushalten. »Wir wissen ja beide, dass es in letzter Zeit schwierig war. Und ich glaube, wir haben beide viel versucht, vor allem du. Ich glaube aber, wir können das nicht retten. Ich kann dir nicht sagen, warum, ich kann dir auch nicht sagen, ob du was falsch gemacht hast. Wenn, dann habe ich was falsch gemacht. Aber ...« Thomas holt gedanklich tief Luft. »Aber ich glaube, wir sollten uns trennen.«

Sofort kommt Thomas ins Straucheln. Trennen. Das klingt so hart. »Auf Zeit. Zumindest auf Zeit«, relativiert er. Dann verheddert er sich in immer weiteren Modifizierungen, und über den Details der Trennung schläft er ein.

Als er wieder aufwacht, ist Nacht, Eva liegt neben ihm und schläft. Thomas geht ins Bad, putzt sich die Zähne, schlüpft in ein anderes T-Shirt zum Schlafen und legt sich zerknittert wieder neben Eva. Da ist er ja gerade noch mal davongekommen.

## Noch 3 Tage

Thomas muss heute zur Arbeit, da führt kein Weg daran vorbei. Und abends muss er seine Sachen packen, denn morgen geht es aufs Land.

Thomas ist verzweifelt. Soll er am Abend vor ihrem kleinen Wochenendausflug Schluss machen? Das ist so unglaublich brutal. Oder auf dem Land? Ist das weniger brutal? Und wie kommen sie dann zurück in die Stadt? Eva mit dem Mietwagen und er per Zug? Was, wenn sie dann vor Trauer einen Unfall baut?

Eva kann sich nirgends Trost holen, wenn er ihr mitten in der Pampa die Hiobsbotschaft überbringt. Nicht bei Desi, nicht bei Inga, nicht mal bei einem ihrer Elternteile. Er würde sie damit seiner Entscheidung komplett ausliefern.

Eva kommt zerknautscht aus dem Schlafzimmer.

»Heute mache ich mal frei.«

Thomas sieht sie überrascht an.

»Ja, ich kann irgendwie nicht mehr. Ich brauch mal 'ne Pause, um wieder klar denken zu können.«

»Sollen wir mal reden?«, fragt Thomas, und das Herz klopft ihm bis zum Hals.

Eva winkt ab. »Prinzipiell ja, aber im Moment nicht. Ich bin gerade zu erschöpft.« Sie macht sich einen Kaffee und verschwindet tatsächlich wieder im Bett. »Im Bett frühstücken finde ich eklig. Da sitzt man auf Krümeln und verschüttet den Kaffee.« Sagt sie sonst immer. Heute nicht. Heute ist die Schlafzimmertür zu und Eva dahinter.

Thomas bricht leise zur Arbeit auf. Eva kommt ihm

vor wie eine Kranke, auf die man heute besondere Rücksicht nehmen muss. Sanft schließt er die Wohnungstür. Wir schaffen es rein zeitlich nicht, Schluss zu machen, denkt er. Vielleicht ist das ja auch ein Zeichen. Er biegt mit seinem Fahrrad um die Ecke. Dabei zieht er seine Schultern bis in den Nacken. Ohne, dass er es merkt, ist sein Gesicht angespannt.

»Vorsicht!«, ruft ihm ein Autofahrer zu, dem er beinahe die Vorfahrt genommen hat. Thomas schreckt auf. Ein Unfall würde die schwierige Entscheidung zwar vertagen, wäre auf Dauer aber auch keine Lösung.

Rose steht mit einer Gruppe Kollegen in der Raucherecke. Sie ist mit Linus, dem Dunkelhaarigen aus der Onkologie, in ein Gespräch vertieft. Linus hat den Arm an der Hauswand abgestützt, um sich ein wenig zu Rose beugen zu können. Er hört ihr mit ernstem Gesicht zu. Gleichzeitig kann man sehen, wie er darüber nachdenkt, dass er gerade interessiert zuhört. Rose schlenkert ein wenig mit den Armen, ihre Augen glänzen ausdrucksstark, sie sieht etwas übernächtigt aus und sehr sensibel. Wahrscheinlich erzählt sie Linus von Dr. Peiffer. Oder von ihrem Vater, der ja bereits tot ist. Rose wird nie Probleme haben, einfühlsame Gesprächspartner zu finden, Thomas hat die Botschaft verstanden. War das überhaupt eine Botschaft an ihn? Auf jeden Fall hat er jetzt schlechte Laune.

Thomas steht im Arztzimmer und geht die Patientenakten durch. Herr Leitner wurde auf die Intensivstation verlegt, aus dem grippalen Infekt ist eine Lungenentzündung geworden. Rose schaut ihm über die Schulter.

»Sieht nicht gut aus. Das ist in unserem Beruf leider normal, daran muss man sich gewöhnen.«

»Daran habe ich mich längst gewöhnt. Ich mach das ja nicht erst seit vier Wochen.«

»Ich meine nur, weil dich das mit Herrn Bertmann, hieß er so?«

»Bertram.«

»Mit Herrn Bertram so mitgenommen hat.«

»Ich weiß trotzdem, dass das normal ist«, murmelt Thomas und liest weiter in den Akten. Ein junger Patient ist neu. Gerade mal 25 Jahre alt. Er leidet an Nierensteinen.

»Wir wollten ihn schon entlassen, aber er meinte, er hat solche Schmerzen, er möchte noch bleiben.« Rose zieht die Brauen hoch. »Sein Nierenstein ist nicht mal 4 mm groß, er war gestern im CT, ich habe ihn heute geschallt, der Stein hat sich nicht bewegt. Er bekommt Diclofenac, heute Nachmittag muss er raus, wir brauchen das Bett. Er kann sich ja jeden Tag ambulant bei seinem Urologen vorstellen.«

Thomas steht wenig später beim Patienten und stutzt. Pawel Król, so heißt der junge Mann, brave Ausstrahlung, schüchtern, ist bleich. Er schwitzt und scheint starke Schmerzen zu haben. Thomas beschließt, noch mal zu »schallen«. »Habe ich doch heute früh schon«, sagt Rose. Aber Thomas lässt sich nicht beirren. Zum ersten Mal seit Langem hat er Zugriff auf so etwas wie seine Intuition.

Der Patient wird im Bett in das Untersuchungszimmer geschoben, er wollte nicht aufstehen, zu heftig sind die Schmerzen. Thomas lässt den Kopf des Ultraschallgeräts vorsichtig über den Bauch gleiten und blickt aufmerksam auf den Bildschirm. Pawel Król blickt auch ängstlich darauf, aber Thomas weiß, dass er als Laie in den ruckartigen Schwarz-Weiß-Bildern nichts erkennen kann.

Der Nierenstein hat den Ausgang zum Harnleiter versperrt, der Urin staut sich in der Niere. Ohne zu zögern, lässt Thomas den OP vorbereiten. Pawel Król sieht ihn ängstlich an. Aber Thomas bringt es nicht fertig, beruhigend zu nicken. »Wir operieren jetzt«, ist alles, was er sagt.

Im OP führt Thomas durch den Harnleiter ein dünnes Rohr ein, er arbeitet mit einem Endoskop und kann alles vergrößert auf dem Bildschirm sehen. Die Steine sehen tatsächlich – das freut Thomas immer wieder – ein wenig aus wie Urinstein in Toiletten. Zum ersten Mal seit Monaten macht ihm seine Arbeit wieder Spaß. Es hat doch etwas Sinnvolles, Dinge aus dem Körper zu entfernen, die da nicht hingehören, aufzuräumen, alles wieder gut zu machen.

Als Thomas endlich Feierabend macht, müde, aber doch ein bisschen stolz auf sich, ist Rose noch da. Sie steht in der Raucherecke, diesmal alleine, die Arme verschränkt. Reines Suchtrauchen praktiziert sie da gerade, ohne Genuss und ohne Koketterie.

Thomas zögert kurz, dann geht er zu ihr. Ohne ihn anzusehen, redet Rose sofort los.

»Ich habe es einfach nicht erkannt. Ich dachte, der stellt sich an. Heute früh war der Stein noch nicht gewandert.«

Thomas weiß nicht, was er sagen soll. »Jeder übersieht mal was«, macht er einen halbherzigen Versuch.

»So was kann bei uns aber einem Menschen das Leben kosten.« Rose atmet gestresst den Zigarettenrauch aus.

»Genau deswegen habe ich keine Lust mehr auf diesen Beruf«, murmelt Thomas. »Ich kann mir das alles – wie jetzt gerade – kurz schönreden. Wahrscheinlich, weil *ich* gerade keinen Fehler gemacht habe. Aber der Druck ist eigentlich zu groß.« Er schweigt kurz. »Auf der anderen Seite könnte man auch sagen, das ›System Krankenhaus‹ hat funktioniert. Du hast was übersehen, ich nicht, das nächste Mal ist es andersrum.«

Er möchte noch irgendetwas sagen, was Rose guttut, und vielleicht auch ihm. Er wartet. Aber es fällt ihm nichts mehr ein. Also verabschiedet er sich.

»Mach's gut«, sagt er und umarmt sie zum Abschied, etwas länger als sonst.

Rose blickt ihm hinterher. Und das erste Mal hat Thomas das Gefühl, sie würde sich wünschen, er bliebe. Nicht aus Eitelkeit, sondern weil sie ihn gerade wirklich braucht.

Thomas kommt nach Hause, und die Wohnung ist dunkel. Eva sitzt auf dem Sofa, ein Magazin in der Hand, und starrt ins Nichts. Es erinnert Thomas an ihn selber einen Tag zuvor. Er hockt sich vor Eva auf den Boden und umfasst mit den Armen ihren Körper.

»Na. Keinen guten Tag gehabt?«, fragt er.

Evas Körper versteift sich. »Meine Tasche steht gepackt neben dem Bett. Du musst nur noch deine Tasche packen, dann hole ich dich morgen von der Arbeit ab … und dann können wir los.« Die letzten Worte versinken schon in Tränen.

»Ach, Eva.«

Thomas nimmt Eva behutsam in den Arm. Sie lehnt sich an ihn und weint seine Schulter nass.

»Ich glaube, wir fahren nicht mehr zusammen. Ich glaube, das war's. Und ich glaube nicht, dass so ein Kurzurlaub was retten kann.«

»Seit wann denkst du denn so?«, fragt Thomas vorsichtig, aber sehr interessiert.

»Seit … seit dem Kneipenabend. Alles daran war furchtbar. Du warst so weit weg. Und ich auch. Rose hat sich unerträglich aufgespielt, aber du wolltest trotzdem zu ihr. Es war einfach nur schlimm.« Sie heult. Thomas setzt sich neben sie und streichelt ihre Hand.

»Vielleicht sollten wir uns wirklich trennen«, flüstert Eva. Ihr Schluchzen wird stärker. »Obwohl ich das nicht will. Ich will es nicht, und ich kann es nicht. Ich liebe dich. Ich will nicht von dir weggehen.«

Thomas schweigt und schweigt und schaut vor sich hin. Sein Hals tut weh, gleich muss er auch heulen. Gleichzeitig weiß er, dass er nichts Tröstendes mehr sagen kann. Sagen darf. Es geht nicht mehr. Er will das nicht mehr. Und er weiß immer noch nicht genau, warum.

Er hat offensichtlich zu lange geschwiegen, denn Eva steht irgendwann auf und legt sich auf das Bett, Thomas kann sie durch die Flügeltür sehen.

Sie weint immer stärker, wohl in der Hoffnung, dass er zu ihr kommt und sie tröstet. Aber das bringt er nicht fertig, dann drehen sie die nächste Schleife, dann trennen sie sich wieder nicht.

Schließlich setzt sich Eva im Bett auf, lehnt sich an die Wand, nimmt ihr Handy in die Hand und schnieft: »Was machen wir denn jetzt mit dem Haus, das haben wir ja gebucht, soll ich das absagen?«

Thomas durchzuckt es. Das ist so unendlich schade, Pläne und ganze Ferienhäuser in die Tonne zu treten. »Wollen wir nicht trotzdem fahren?«, fragt er. »Ein Abgesang oder ein Neubeginn, ich weiß es nicht. Aber wir haben uns das vorgenommen, ich habe mich irgendwie auch darauf gefreut«, redet Thomas zu seinem eigenen Erstaunen freundlich weiter. Sein Vater macht sich mit einem Mal in seinem Kopf breit. Er nickt anerkennend und hört Thomas zu. »Ich bin immer gerne mit dir weggefahren, fahre immer gerne mit dir weg«, sagt Thomas noch.

»Muss kurz darüber nachdenken.« Eva putzt sich die Nase.

Thomas fühlt sich plötzlich krank. Er hat Gliederschmerzen und ihm ist übel. Er macht sich eine Wärmflasche, mit der er sich auf die andere Seite vom Bett legt.

»Was ist, geht's dir nicht gut?«, fragt Eva.

»Ich weiß nicht«, murmelt Thomas.

Eva bleibt mit offenen Augen auf dem Rücken liegen. »Ich weiß nicht, was wir machen sollen, ich weiß es nicht. Alle Paare sagen immer bei Trennungen, sie würden gerne noch mal von ganz vorne anfangen. Ich nicht. Ich würde gerne vor drei Jahren noch mal anfangen. Da haben wir die falsche Abbiegung genommen. Ich hätte nie nach Paris fahren sollen. Allein der Wunsch war ein Zeichen dafür, dass was mit uns nicht mehr gestimmt hat. Kann man das nicht geradebiegen? Kann man das Leben nicht um drei Jahre betrügen?«

Irgendwann wacht Thomas auf. Ihm ist noch immer kalt. Und ihm ist schlecht. Hätte er mal heute bloß nicht die Lasagne in der Mensa gegessen. Er kann an nichts anderes als an diesen Klumpen aus Nudeln und Hackfleisch denken. Er will noch schnell ins Bad rennen, da kotzt er schon neben das Bett.

»Auch das noch«, stöhnt Thomas. Sein Blick fällt auf den Wecker. Es ist 1.30 Uhr.

Als Thomas aufsteht, um Wischmopp, Handtücher und einen Eimer zu holen, hört er Evas Stimme aus der Küche. Sie telefoniert leise.

»Jetzt hat er sich gerade übergeben. Ich glaube, er wird wirklich krank. Weiß ich nicht, ob das psychisch oder physisch ist, wahrscheinlich beides. Willst du nicht fahren? Das Haus ist ja gebucht! – Nein, Desi, ich komm nicht mit, auf keinen Fall. Das schaffe ich jetzt nicht. – Hm. Hm. Ja, du hast ja recht, aber ich kann das jetzt trotzdem nicht. Ich muss das jetzt alles mit Thomas durcharbeiten. – Mache ich das wirklich? Lasse ich mir immer von ihm meine Pläne durchkreuzen? Finde ich eigentlich nicht. – Ok. Ja, das wäre schön. Fragst du sie? Ok, dann bis morgen früh.«

Eva kommt ins Schlafzimmer zurück und setzt sich neben Thomas aufs Bett. Thomas liegt erschlagen da. Er fröstelt.

»Ich habe mir überlegt, dass ich trotzdem aufs Land fahre«, sagt sie vorsichtig und zupft an ihrer Decke herum. »Ich kann mir ja mal überlegen, was mir eigentlich gerade am liebsten wäre. Mit uns. Ob wir auseinanderziehen oder eine Pause machen, oder ob ich das alles überhaupt noch will. Wäre das ok für dich?«

Thomas nickt schwach. Das ist auf jeden Fall ein Schritt in die richtige Richtung. Rein ins Verderben, rein in die Separation.

»Desi kommt auch mit. Und vielleicht auch Faris und Inga.«

»Ist doch gut«, sagt Thomas. »Danke, Eva.«

»Wofür?«

»Weiß ich nicht. Dass du umplanst. Dass du das mitmachst.«

## Noch 2 Tage

Als Thomas am nächsten Morgen Eva aus dem Fenster hinterherwinkt, wie sie in das kleine Carsharing-Auto einsteigt, bricht es ihm fast das Herz.

Tapfer hat sie ihre Tasche genommen, ist aus dem Haus gestapft, hat ihre Freunde umarmt, sich noch mal zu ihm umgedreht und zaghaft gewunken. Desi, die am Steuer saß, hat nicht einmal mehr so getan, als würde sie ihn mögen. Das zumindest findet er befreiend.

Er fühlt sich immer noch krank, möchte nichts essen und ihm ist kalt. In seinem Kopf ist es seltsam leer und grau. Er schafft es nicht nachzudenken. Wie früher im Sportunterricht am Reck. Manchmal schaffte man es einfach nicht, sich hochzustemmen. Ähnlich kraftlos hängen seine Gedanken heute in der Gegend herum.

Thomas setzt sich auf das Sofa, legt sich eine Decke über die Beine und blättert in einem medizinischen Fachjournal. Nebenher trinkt er Kamillentee. Plötzlich greift er sich Zettel und Stift und schreibt auf die eine Seite des Blattes »Pro Eva« und auf die andere »Contra«. Er kaut auf dem Stift herum.

»So kann man das nicht machen. Eine Beziehung ist keine Excel-Tabelle.« Ratlos legt er den Stift wieder zur Seite. Da klingelt das Telefon. Das können nur seine Eltern oder Evas Vater sein, niemand sonst ruft noch auf dem Festnetz an. Thomas überlegt kurz, ob er überhaupt drangehen soll, dann aber bekommt er ein schlechtes Gewissen und eilt zum Telefon. Er bereut seine Entscheidung sofort.

»Ach gut, dass ich dich gleich dran habe, wie geht's?« Sein Vater steht jetzt im Arbeitszimmer seines Siebzigerjahre-Hauses, am hellbraun lackierten Schreibtisch, schaut über die sanfte Hügellandschaft des Taunus und ist extrem organisiert. So stand er da immer, schon, als Thomas klein war. Thomas hat ihn manchmal vom Garten aus beobachtet. Die meiste Zeit saß er am Schreibtisch, nur zum Telefonieren stand er auf und blickte aus dem Fenster. Ein bisschen wie ein Gutsherr, der den Blick über seine Ländereien schweifen ließ.

»Dein Vater ist viel nervöser, als du eigentlich denkst. Der hat diese Sachlichkeit nur zum Schutz«, sagt Eva immer.

Thomas glaubt das nicht. Sein Vater ist der geborene Stammesführer.

Die haben ihre Sachlichkeit auch nicht zum Schutz, denkt Thomas. Umgekehrt hat man ja seine Emotionalität auch nicht zum Schutz vor Sachlichkeit. Dann sagt er »Hallo, Papa«.

Er wird seinem Vater auf keinen Fall sagen, dass er krank ist und Eva nicht da. Sein Vater ist nie krank, und seine Eltern streiten sich nie.

»Ich wollte nur mal hören, habt ihr euch inzwischen entschieden, ob ihr in die Wohnung einziehen wollt? Sonst würde ich mich mal um Mieter kümmern.«

»Papa, das kann ich dir gerade echt nicht sagen.«

»Wie? Warum denn nicht?« Die Stimme des Vaters bekommt sofort einen autoritären Unterton.

Thomas' Herz klopft. Dass ihn dieser Ton immer noch einschüchtert! Nach dreißig Jahren! »Wir ... wir wissen gerade nicht, ob wir das finanziell stemmen können. Eva weiß noch nicht, ob ihr Post-Graduate-Stipendium überhaupt bewilligt wird, und ich wechsle vielleicht die Klinik«, lügt Thomas. Wobei, Klinik möchte er eventuell wirklich wechseln. Wenn nicht gleich Beruf.

»Das wusste ich ja noch gar nicht«, stellt der Vater fest. »Ich würde das gerne bald über die Bühne bringen. Die Miete wäre nur 400 Euro höher als in eurer jetzigen Wohnung, das könnt ihr euch doch leisten. Ich könnte euch das erste Jahr auch entgegenkommen. Das zahlt ihr mir dann irgendwann zurück.«

»Ok«, sagt Thomas, um das Gespräch zu beenden. »Ok, wir machen das.«

»Das freut mich. Ihr werdet es nicht bereuen. Ist ja auch erst in ein paar Monaten so weit. Mal sehen, wie lange die brauchen mit dem neuen Fußboden. Gute Handwerker sind zurzeit ja so schwer zu finden.«

Thomas legt auf. Ihm ist sofort wieder schlecht.

Du ziehst in die Wohnung, die dein *Vater* dir kauft, hört er Ludwig sagen. Aber Thomas würde am liebsten nur noch Dinge tun, die andere ihm sagen. Warum gibt es eigentlich keinen Bausatz für richtiges Verhalten? Gibt es den nicht bei IKEA?

Desi steuert das kleine Auto routiniert unroutiniert hinaus aus Berlin. Eva hat sich abgewöhnt, über Desis Fahrstil irgendetwas zu sagen. Am liebsten würde sie die ganze Zeit die Augen zumachen, um die schlenkernden Spurwechsel und das Abbiegen in allerletzter Minute nicht mit ansehen zu müssen. Allerdings müsste man sich bei Desi auch die Ohren zuhalten, um das hochtourige Fahren nicht zu hören.

Von hinten kommt Ingas höfliche Stimme.

»Entschuldigt bitte, mir wird leider hier auf der Rückbank schlecht, könnten wir vielleicht tauschen, Eva?«

Desi zieht spontan rechts rüber und macht die Warnblinkanlage an. Als Eva Anstalten macht auszusteigen, fasst sich Inga ein Herz. »Irgendwie würde ich mich freuen, wenn Faris fahren könnte. Mir wird in letzter Zeit bei jedem anderen schlecht, das muss die Schwangerschaft sein, sorry.«

»Klar, kein Problem!«, sagt Desi und macht es sich mit Eva auf der Rückbank gemütlich. Sie grinst Eva an, können sie in Ruhe quatschen, ist doch super.

»Wenn *ich* mit jemand anderem schlafen will«, raunt Desi, während Faris das Auto extrem vorsichtig wieder auf die Straße lenkt. »Dann ist das nicht weiter schlimm. Ich werde mein Leben lang mit allen möglichen Leuten schlafen wollen. Es wäre sehr traurig, wenn mit der Ehe plötzlich dieser lustige Teil meines Lebens wegfallen würde. Ich glaube, bei den beiden«, sie deutet auf Inga und Faris, »wäre das anders. Da wäre das eine Katastrophe. Die haben gar nicht erst das *Bedürfnis*, und wenn doch, heißt das, es ist was im Argen.«

»Wer hat nicht welches Bedürfnis?«, fragt Faris.

»Ihr habt nicht das Bedürfnis fremdzugehen!«, ruft Desi nach vorne.

»Was Desi alles über uns weiß.« Faris lächelt ironisch und nimmt Ingas Hand.

»Und so ist es bei Thomas auch. Er will mit einer anderen ins Bett, mit unserer Beziehung stimmt was nicht. Sie ist kaputt«, sagt Eva.

»Und genau das ist falsch.« Desi wirft sich mit Verve in das Gespräch. »Ich glaube, Thomas ist eigentlich wie ich. Eigentlich will der schon längst mit Hinz und Kunz, beziehungsweise Hinzi und Kunzi, schlafen. Er hat es sich bis jetzt einfach nicht eingestanden, und jetzt, wo er sich mal Gedanken darüber macht, merkt er, hoppla, hier sind ja noch andere. Er ist aber so gut erzogen, dass er denkt, das ist ein Problem, und er muss gleich sein ganzes Leben über Bord werfen.«

»Und was mach ich da jetzt?«

»Nix, du machst nix. Kannst ja nichts machen, du bist ja Teil des Lebens, das er entsorgen will.«

»Und was ist, wenn er das irgendwann bereut?«

»Das wird er unter Garantie bereuen, aber wahrscheinlich erst in fünf bis fünfzehn Jahren, wenn er merkt, dass er mit einer anderen Frau in genau den gleichen oder anderen, aber ähnlich unlösbaren Konflikten steckt. Dann wird er denken: Wäre ich mal bei Eva geblieben, das hatte alles damals eigentlich nicht viel mit ihr zu tun. Aber dann ist es zu spät, denn dann ist er ja mit einer anderen zusammen. Und du hoffentlich auch. Mit einem anderen.«

»Kannst du ihm das trotzdem mal sagen?«

»Klar. Aber das wird nicht viel bringen.«

Inga wendet sich halb zu ihnen herum, dreht sich aber schnell wieder nach vorne, weil ihr schlecht wird.

»Ich wusste gar nicht, dass es euch so schlecht geht. Also, dass ihr in einer schwierigen Phase seid, ja, aber ich dachte …«

»Wir dachten, ihr kriegt das wieder hin«, beendet Faris den Satz, und Eva ist die Vorstellung unangenehm, dass die beiden über sie gesprochen haben. Sie schaut aus dem Fenster. Hellgrüne Äcker, grauer Himmel, ab und zu irgendwelche Lagerhallen.

»Ich mag Thomas ja wirklich, wisst ihr ja«, sagt Faris plötzlich. »Aber ich finde, er hat dir in letzter Zeit nicht übermäßig gutgetan.«

»Jetzt redest du schon in der Vergangenheitsform, noch sind wir zusammen.«

»Stimmt, wir haben dir in letzter Zeit jemanden gewünscht, der dich mehr unterstützt«, sagt Inga. »Nicht nur tolerant begleitet, was du so machst, sondern sich wirklich für dich und das, was dich interessiert, begeistert.«

»Sehe ich auch so«, stimmt Desi den beiden zu.

»Ich glaube, dann würdest du auch noch mal ganz anders abgehen. Beruflich. Und im Bett«, flüstert sie Eva zu und schaut vielsagend.

Eva schweigt.

»Versucht ihr mir jetzt alle, Thomas auszureden, weil ihr findet, das klingt sowieso so, als sei die Beziehung verloren?«, fragt sie schließlich.

»Nö, nö.« Desi schüttelt den Kopf. Faris zuckt mit den Schultern.

»Ich mag Thomas«, sagt Inga leise gegen die Windschutzscheibe.

»Inga! Lauter! Wir verstehen hier hinten kein Wort!«, ruft Desi.

»Wenn ich mich umdrehe, wird mir aber schlecht.«

»Dann schick 'ne SMS!«

»Beim Tippen wird mir auch schlecht.«

»Das war ein Witz!«

»Was?«

»DAS WAR EIN WIHITZ!«

Inga dreht sich mit gequältem Gesicht um. »Ich mag Thomas wirklich. Aber habt ihr wirklich noch so viele Schnittmengen? Natürlich mögt ihr dieselben Filme und hört die gleiche Musik, aber das tun in unserem Umfeld alle.« Sie dreht sich seufzend wieder nach vorne.

Eva wartet gespannt.

»Aber ich glaube, euer Gefühl der Welt gegenüber, also euer Grundgefühl, wie sich euer Leben, jeder Tag, der Alltag, anfühlt, ist total auseinandergedriftet. Du hast ja fast schon ein schlechtes Gewissen, dass es dir besser geht als ihm. Thomas kann da nicht mithalten, und damit kommt ihr nicht klar. Das nennt man emotionale Verschränkung, habe ich in einem Beziehungsbuch gelesen. Ihr müsstet euch emotional entwirren.«

Eva versteht nicht ganz, was Inga gesagt hat, aber der Brustkorb tut ihr weh. Was Thomas jetzt wohl macht?

Sie fahren durch ein Dorf in Brandenburg. Lauter kleine, geduckte Häuser sind entlang der Straße aufgefädelt. Die meisten Häuser sind grau. Sie haben sich ihrem Schicksal ergeben. Manche sind hübsch zurechtgemacht. Die Dorfkirche ist schön.

Faris biegt vorsichtig in eine Seitenstraße ein, juckelt die Häuser entlang, bis er in einen Feldweg einbiegt. Inga stöhnt.

»Ist es noch weit? Ich kann nicht mehr.«

»Das Navi sagt 400 Meter.«

Inga und Faris steigen aus und gehen den Rest zu Fuß. Desi darf die letzten Meter fahren, was sie, jubelnd und eine Staubfahne mit dem Auto aufwirbelnd, auch tut.

Sie kommen vor einem Bungalow an, der in der Sonne neben einem Weiher brütet.

»Nett hier. Zumindest der Außenbereich«, meint Desi und verzieht keine Miene. Sie betreten den Bungalow, eine stickige Hitze empfängt sie. Desi reißt sofort alle Fenster auf. Sie stehen direkt im Wohnzimmer, die mit beige-braunen Samtblumen gemusterte Couch kann man zu einem Bett umklappen. Ein großes Fenster gibt den Blick auf den See frei.

Vom Wohnzimmer geht ein kleines, enges Kinderzimmer mit einem Etagenbett ab, außerdem das Elternschlafzimmer, in dem es muffig riecht und in dem ein Doppelbett steht, das mit einem rosa Laken bezogen ist. In den Eingangsbereich drängt sich die Kochnische.

»Hach, du hättest es mit Thomas hier so romantisch haben können!«, sagt Desi.

Aber Eva antwortet nicht, sie geht wieder vor das Haus, setzt sich bei der kleinen Terrasse auf die warmen Steine, fühlt sich schwer und lässt den Tränen freien Lauf. Desi kommt dazu und legt den Arm um sie. Sie sitzen da und schauen auf den See.

»Thomas würde es hier total lustig finden. Es wäre hier wahnsinnig schön mit ihm, das ist ja das Schlimme. Der hätte leckere Sachen zum Kochen mitgenommen und würde uns jetzt erst mal was zu essen machen, dann würde er ein Sonnensegel für diese verkackte Terrasse zusammenbasteln, sich in einen der Stühle setzen und lesen. Und es wäre gemütlich und gut.« Nach einer Weile sagt sie leise: »Ich will mich nicht trennen. Ich will nicht ohne ihn mein Leben erleben.«

»Aber ich mache das doch auch«, meint Desi.

Eva schüttelt den Kopf. »Das ist jetzt nicht wirklich hilfreich.«

»Ich finde schon. Es gibt Millionen Menschen auf der

Welt, die ohne Thomas zurechtkommen. So besonders kann er also nicht sein.«

»Aber das ist ja das Schöne, dass man aus Millionen Menschen diesen einen herausfiltert, in den man dann hineinsteigt, den man liebt.«

»Du sollst in Thomas nicht *hineinsteigen.* Seid ihr jetzt eigentlich schon so richtig getrennt? Irgendwie doch noch nicht, oder? Heb dir doch die Trauer auf, falls ihr euch wirklich trennt. Dann kannst du dieses Wochenende noch genießen.«

Faris und Inga kommen um die Ecke. Inga geht ins Haus, legt sich auf das Ehebett und ist erst mal verschwunden.

»Wollen wir schwimmen?«, fragt Faris.

Vier Minuten später sind er, Desi und Eva im Weiher. Man muss sich durch knietiefes, leicht morastiges Wasser kämpfen, bis es tiefer wird. Eva watet vor sich hin und sieht zu Desi, die vor ihr geht, in einem knappen Bikini, der wirklich alles erkennen lässt. Ihr Busen hüpft auf und ab und wird bestimmt irgendwann die kleinen Dreiecke bunt gestreiften Stoffes, die ihn bedecken, verlassen, ihr Bauch dehnt sich gemächlich an den Seiten aus, er ist weich und breit und an den Seiten mit ordentlichen »Lovehandles« versehen. Desi lacht wegen irgendetwas, wahrscheinlich nur, weil sie hier stundenlang vor sich hin waten, und sie strahlt dabei eine solche Lebensfreude aus, dass Eva, wäre sie ein Mann, auch sofort mit ihr ins Bett gehen würde.

Faris geht ein paar Meter vor den beiden Freundinnen, er ist einer der bleichsten Menschen, die Eva kennt. Obwohl er braune Haare hat, ist er nahezu kalkweiß. Reinweiß. Durchsichtig weiß. Er ist dünn mit einem sehr breiten Rücken, der aber einfach nur da ist, ohne speziell zur Geltung gebracht zu werden oder sonderlich muskulös zu sein. Ein unsportlicher Rücken trotz sportlicher Anlage.

Eva fühlt sich unwohl. Sie hat diesen praktischen Badeanzug an, den sie sich mal gekauft hat, um jeden Tag schwimmen zu gehen. Er engt ihre Brüste ein und lässt ihre Arme und Schultern besonders breit wirken. Irgendwie klemmt er auch am Po. Die Oberschenkel reiben aneinander, alles an ihr fühlt sich zu groß, zu ausladend an. Endlich wird das Wasser tiefer, und Eva taucht ein, mit offenen Augen. Sie sieht nichts, der See ist zu trübe, aber sie spürt alles. Das kühle Wasser, die Ewigkeit, die es verkörpert, ihre eigene Vergänglichkeit, ihre Winzigkeit gegenüber dem Gewicht der Jahrtausende, die sie einrahmen, der Größe des Universums, in das sie irgendwann verschwinden wird.

Sie würde gerne tiefer, immer tiefer tauchen, in diese monumentale Ewigkeit, aber ihr geht die Luft aus, also lässt sie es lieber bleiben. Sie taucht auf und holt mit ein paar Zügen Desi ein, die eine eher hektische Schwimmerin ist. Desi ist mehr für den Strandurlaub am Mittelmeer gemacht, für gelegentliches Planschen und das anschließende Sonnenbad.

»Warum magst du eigentlich deinen Körper so gerne?«, fragt Eva sie unvermittelt. Faris spitzt interessiert die Ohren.

»Ich mag ihn, weil er perfekt ist«, antwortet Desi mit kühnem Stolz. Eva sieht sie geduldig lächelnd von der Seite an, sie will es wirklich wissen.

»Doch, ich meine das ernst. Er ist perfekt! Er ist die perfekteste Version meiner selbst. Mein Körper hat ja erst mal das Glück, in der westlichen Welt geboren worden zu sein, das heißt, er hat die bestmögliche Ernährung genossen, ist nicht gezeichnet von Pocken oder Kinderlähmung, nicht gebeugt von Feldarbeit. Mein Körper ist aber auch nicht von westlichem Optimierungswahn gequält. Ich esse die Dinge, die mir schmecken, schlafe mit den Männern, die ich mag, ab und zu mache ich Sport, und ich schlafe ausreichend. Dies ist ein Luxuskörper.«

»Aber dem westlichen Optimierungswahn, unterliegen wir dem nicht alle?«

»Nö. Du kennst doch meine Mutter. Die ist doch genauso wie ich. Die hat mir immer gesagt, ›Du bist die Schönste! Die Allerschönste!‹. Und als ich in der Pubertät so sein wollte wie die Mädchen in der *Bravo*, hat sie gesagt, die hätten alle ein Problem mit ihrem Selbstbewusstsein und würden sich von Männern später herumkommandieren lassen, und Männer, die so was schön fänden, hätten auch kein Selbstbewusstsein und seien langweilig.« Desi lacht.

»Das ist famos, aber trotzdem etwas verkürzt.« Faris grinst. »Man kann dünn sein oder auf dünne Frauen stehen, ohne, äh, gestört zu sein.«

»Natürlich. Meine Mutter hat immer alles verkürzt. Deswegen hat sie ja alle Männer schnellstens wieder abserviert. Mache ich ja jetzt auch so. Aber Faris – ›auf dünne Frauen stehen‹ –, das kann man doch so allgemein nicht sagen. Man hat doch nicht nur einen Typ, auf den man steht, sondern viele.«

»Meine Mutter sagt immer, das erfolgreichste Beziehungsmodell sei die Geschwister-Ehe«, meldet sich Eva zu Wort. »Menschen, die sich ähnlich sehen, bleiben ein Leben lang zusammen. Sagt sie.«

»Hm. Gute Karten für dich und Inga«, sagt Desi zu

Faris. »Für dich und Thomas leider nicht so«, wendet sie sich Eva zu.

»Sehen wir uns nicht ähnlich?«

»Nee, also leider überhaupt nicht. Also wirklich: gar nicht.«

»Aber wir haben ähnliche Augen.«

»Nein. So was von nicht. Thomas hat so ... ganz normale, ovale Augen. Ein bisschen schräg. Also im Sinne von schief, nicht im Sinne von seltsam. Du hast ganz gerade Augen. Ganz, ganz gerade.«

»Du meinst den Blick, nicht die Augen an sich.«

»Kann auch sein. Aber ihr seht euch wirklich nicht ähnlich.«

Eva schwimmt wieder ans Ufer. Desi möchte sich noch ein bisschen im grünbraunen Wasser treiben lassen. Eva trocknet sich ab, das Gespräch hat sie kurz abgelenkt, jetzt wandern wieder Sorgen über ihr Gesicht. Soll sie Thomas mal anrufen? Wenigstens sagen, dass sie gut angekommen ist?

»Eva!«, hört sie da Desis Stimme. Desi winkt ihr vom Holzsteg am seitlichen Ufer zu und macht einen grotesken Sprung ins Wasser. Eva beobachtet sie mit dem leicht fragenden Lächeln, das sie so ausmacht. Desi fängt ihren Blick auf, diesen Blick, den sie so sehr an Eva mag, und ihre Wut auf Thomas steigert sich einmal mehr.

Eva geht zum Haus und schaut auf ihr Handy, das sie auf Flugmodus gestellt hatte, um ›emotional unabhängig‹ zu sein. Jetzt wartet sie mit Herzklopfen, ob eine Nachricht angekommen ist. Das Handy schweigt gleichmütig. Eva schreibt Thomas, »Sind gut angekommen«.

Thomas bekommt diese Nachricht in der Küche. Er sitzt in Pyjamahose und Sweatshirt am Küchentisch, ihm gegenüber: Rose.

Sie hatte ihm, als er nicht bei der Arbeit erschienen war, eine Nachricht geschickt: »Schon wieder einen Kater?«

»Ich weiß nicht, was ich habe, zumindest habe ich frei«, hatte er geantwortet.

»Wolltet ihr nicht aufs Land?«

»Doch. Aber ich habe irgendwas. Eva hat nichts und ist gefahren.«

Nachmittags, Thomas hatte gerade geschlafen, klingelte es. Rose.

Jetzt sitzt Rose ihm also gegenüber und schaut kritisch auf das Handy in seiner Hand.

»Ich gebe zu, ich bin etwas überrumpelt«, sagt Thomas. »Möchtest du einen Kaffee? Tee?«

»Hast du auch Wein?«, fragt Rose.

Thomas zieht die Augenbrauen hoch. Wein um diese Zeit? Na gut, wenn sie meint.

»Ich dachte …« Rose stockt. Sie stützt ihr Kinn in ihre linke Hand und schaut ihn an. Thomas hat das Gefühl, sie kann in ihn hineinschauen. Nicht in seine Gedanken, sondern wie in ein Gefäß. Ihr Blick stürzt in ihn hinein.

Bei Eva ist es anders. Eva schaut ihn an, er schaut zurück, sie wissen, sie sind sich ähnlich, sie können sich gedanklich an den Händen fassen, aber sie berühren sich nicht in Mark und Bein. Haben sie nie.

Werden wir nie, denkt Thomas und wird kurz traurig.

Roses Blick geht noch immer in ihn hinein, sie möchte

etwas sagen, ihr Mund öffnet sich leicht, sie zögert, runzelt die Brauen, stutzt, und berührt mit ihrem Handrücken seine Hand. Thomas greift reflexartig zu.

Er zieht Rose zu sich, fast gleichzeitig stehen sie auf, ihre Körper, ihre Lippen finden zueinander.

Thomas küsst Rose und ist geradezu erleichtert. So kann sich ein Kuss anfühlen. Ein Kuss kann einem bis in die Kniekehlen gehen, ein Kuss kann das Herz gegen den Brustkorb vibrieren lassen und das Rippenfell von innen wärmen, ein Kuss kann von selber auf Wanderschaft gehen, ein Kuss kann eine Einladung sein und kein Endpunkt, das alles kann ein Kuss. Er hat sich nicht getäuscht.

Roses und seine Lippen lassen einander nicht los, sie führt seine Hände schnell zu ihrer Jeans, legt sie auffordernd auf den Reißverschluss. Jetzt sind beide nackt, allerdings nur untenrum, das hat immer etwas Komisches, und Thomas zieht sich und Rose schnell die T-Shirts aus. Rose trägt keinen BH. Sie hat auch fast keinen Busen.

Thomas zieht Roses Körper an seinen, sie schmiegt ihren Oberschenkel gegen seinen Penis, sie ziehen und schieben sich aufs Bett, und schon ist Thomas in ihr drin. Ihm wird am ganzen Körper warm, er bewegt sich schnell, zu schnell, er spürt eine Wärme, eine Spannung, am ganzen Körper, wie lange nicht mehr, wie vielleicht noch nie. »Hast du Kondome?«, fragt Rose, und Thomas verschwindet im Bad. Eva hatte doch so eine kleine Tasche, genau, im zweiten Regal links.

Er kommt eilig zurück aufs Bett und zieht sich ein Kondom über. Rose beobachtet ihn dabei, immer ein seltsamer Moment. Kondom sitzt, jetzt schnell wieder da anknüpfen, wo man aufgehört hat. Thomas küsst Rose, streicht ihr über den Kopf, greift mit den Händen in ihre Haare, gleitet mit der Zunge über ihren Oberkörper, dann dringt er in sie ein. Er muss sich wirklich beherrschen, jetzt nicht sofort zu kommen. Er rutscht tief, er verweilt, holt Luft, Rose stöhnt auf. Ihre Augen werden größer.

»Noch tiefer«, flüstert sie und schreit leise auf. Thomas bewegt sich behutsam und dann wieder schneller, schneller, Rose ruft, sie schreit, was ist das? Jubeln? Weinen? Beide kommen.

Thomas ist schwer und müde, er schwitzt, und er ist glücklich. Es fühlt sich an, als hätten sich alle Zellen seines Körpers umgedreht, als wären sie monatelang mit ihrer dunklen, verschlossenen Seite nach oben gelegen und hätten sich jetzt herumgedreht, sonnenhell, funkelnd. Er ist neu.

Und er hatte recht! Es war nicht normal, seltsamen Sex zu haben, bei dem sich beide ›Mühe gaben‹. Sex konnte selbstverständlich sein.

Thomas legt seine Hand auf Roses Brustbein. Sie liegt auf dem Rücken neben ihm, ein Bein ausgestreckt, eines angewinkelt, ebenfalls verschwitzt.

»Das war ... schön«, sagt Thomas. Es kommt ihm fürchterlich banal vor.

»Hm.« Rose schaut ihn nur kurz an, dann schaut sie wieder weg.

Thomas ist alarmiert. »Fandest du nicht?«

Sie dreht sich von ihm weg. Thomas setzt sich auf. »Habe ich was falsch gemacht? Habe ich irgendwie ... irgendwas? Habe ich was falsch verstanden?«

Rose schweigt. Dann steht sie auf und zieht sich an.

In der Schlafzimmertür bleibt sie stehen, ein kleiner Ruck durchfährt ihren Körper, sie atmet kurz aus und lacht.

»Das war intensiver als gedacht.«

Dann ist sie verschwunden. Thomas ahnt, Rose hat sich verliebt, und darauf hat sie keine Lust. Worauf andere sehnsüchtig warten, davor weicht sie aus.

Thomas ist überrascht, dass er intuitiv weiß, was in Rose vorgeht. Das macht es einfacher. Und deswegen muss er jetzt auch nicht nervös werden. Er ist noch immer glücklich.

Eva hat in der Zwischenzeit fünf Mal bei Thomas angerufen. Sie tigert hinter dem Bungalow auf und ab.

Was ist, wenn Thomas einen üblen Darminfekt hat und inzwischen komplett dehydriert ist? Wenn er deswegen ohnmächtig geworden ist? Wenn er mit dem Kopf auf den Küchenfußboden geknallt ist, als er ohnmächtig wurde, und jetzt blutend daliegt? Was ist, wenn er einen Schlaganfall hatte? Das ist zwar selten in dem Alter, kommt aber vor. Oder was ist, wenn er zu viele Schmerzmittel genommen hat? Die können die Magenwand porös machen, dann bekommt man innere Blutungen. Warum geht er denn nicht ans Telefon? Eva ruft Ludwig an.

»Eva!«

»Hallo, Ludwig.«

»Was kann ich für dich tun?«

»Hast du heute schon mit Thomas gesprochen?«

»Ähm, nein. Warum?«

»Ich bin auf dem Land, er ist krank in Berlin, geht aber nicht ans Telefon, und ich mache mir Sorgen.«

Ludwig schneidet eine Grimasse. Thomas ist nichts passiert, da ist er sich sicher. Aber vielleicht hat er seiner Beziehung doch endgültig den Todesstoß versetzt.

»Wann habt ihr euch denn zuletzt gesehen?«, fragt er und hofft, so etwas darüber herauszufinden, ob Thomas und Eva überhaupt noch zusammen sind. Direkt fragen kann er ja nicht. Damit könnte er ungut vorgreifen.

»Heute Morgen, als ich gefahren bin. Er geht immer ans Telefon, und wenn nicht, ruft er innerhalb kurzer Zeit zurück. Und er muss ja in der Wohnung sein, er ist krank, großartige Ausflüge wird er nicht unternommen haben.«

Hoffentlich nicht, denkt Ludwig und sagt: »Ich fahre mal bei euch vorbei.«

»Danke, Ludwig, danke.« Eva klingt unglücklich.

Thomas kommt gerade frisch geduscht aus dem Bad, als es an der Tür klingelt. Schon wieder Rose? Er wäre jetzt gar nicht bereit, schon wieder derartig intensiven Sex zu haben, aber auf ein kompliziertes Gespräch hat er auch keine Lust. Zögerlich öffnet er. Ludwig kommt mit schlenkerndem Gang die Treppe hinauf.

»Du bist also nicht tot, wie schön.«

Er schiebt sich in die Wohnung hinein und mustert Thomas, dabei kann er nicht aufhören zu grinsen. Thomas lacht ertappt.

»Was machst du denn hier?«

»Deine Freundin denkt, du liegst sterbend in einer Ecke, und bat mich nachzusehen.«

»Ouuuh, ich habe mein Handy heute Mittag auf stumm geschaltet, als ich pennen wollte.«

»Ruf mal Eva an, die macht sich Sorgen.«

Thomas steht vor Ludwig, nur mit einem Handtuch um die Hüften, das Handy in der Hand.

»Was … was sage ich denn?«

»Dass du lebst. Deine Hose liegt übrigens auf dem Küchenboden, falls du sie suchst.«

Ludwig nimmt Thomas sanft das Handy weg, setzt sich mit ihm an den Küchentisch, schaut ihn an und sagt: »Du musst ganz bald mit Eva Schluss machen. Jetzt ist es vorbei. Alles andere wäre moralisch nicht tragbar.«

Thomas verbirgt sein Gesicht kurz in beiden Händen, er lacht, obwohl ihm gleichzeitig zum Weinen zumute ist. Dann gießt er sich ein großes Glas Wein ein.

»Ich habe es geschafft«, sagt er. »Ich habe es endlich geschafft.«

»Was, Rose flachzulegen?«

»Nein.« Thomas blickt Ludwig ernst an. ›Flachlegen‹ findet er komplett unpassend und viel zu ordinär für das, was vorhin zwischen Rose und ihm passiert ist.

»Ich bin aus dem Nebel draußen«, sagt Thomas. »Ich habe es geschafft.«

»Freu dich nicht zu früh«, sagt Ludwig. »Der schlimmste Teil kommt noch. Und jetzt ruf mal Eva an.«

Thomas tigert mit dem Telefon durch das Wohnzimmer. Ludwig kann trotzdem hören, was er sagt, auch, wenn er versucht, interessiert in einer Zeitung zu lesen.

»Tut mir leid, ich habe geschlafen … Ja, hat mir gutgetan. Aber so richtig fit fühle ich mich noch immer nicht. Nachkommen? Ich glaube, das ist keine gute Idee. Am Ende stecke ich euch alle an. Ist es denn schön? Hmm. Hmm. Dann schick doch eine Nachricht, wenn ihr morgen losfahrt … Ach, übermorgen, stimmt ja. Übermorgen für einen Spaziergang? Lohnt sich das? Wir können morgen Nachmittag ja mal telefonieren, genau ... Schlaf du auch gut.«

Nichts. Sie haben nichts Wichtiges besprochen. Auch nicht, wann sie endlich mal die wichtigen Dinge besprechen wollen. Dieses Telefonat hätte genauso vor zwei Monaten oder zwei Jahren stattfinden können.

»Thomas?«, ruft Ludwig aus der Küche. Und schon steht er im Wohnzimmer. »Komm bloß nicht auf die Idee, Eva zu erzählen, dass du mit Rose geschlafen hast. Wenn du sowieso Schluss machst, muss sie das nicht auch noch erfahren. Das ist nur demütigend. Und jetzt wasch mal deine Bettwäsche.«

Nachdem Ludwig Thomas dabei zugesehen hat, wie er die Waschmaschine mit dem Bettzeug und ein paar Handtüchern, »damit es nicht so auffällt«, gefüllt hat, nachdem Thomas in einer Art Übersprungshandlung auch gleich noch die Küche aufgeräumt hat, setzen sich Ludwig und er auf den Balkon und rauchen.

»Willst du es Eva gleich sagen, wenn sie zurückkommt?«

Thomas windet sich. »Ist wahrscheinlich besser, oder?«

»Am besten wäre vor zwei Wochen gewesen.«

»Da war ich noch nicht so weit.«

»Aber dann hättest du ihr einiges erspart. – Sag's ihr gleich. Egal, wie schön der Abend ist. Egal, wie sehr sie sich freut, dich wiederzusehen. Egal, wie viel Hoffnung du in ihren Augen siehst. Sag es ihr sofort.«

Thomas liegt im Bett. Die Nacht kommt ihm ungewöhnlich hell vor. Sein Kopf ist grell angeknipst.

Soll er Rose schreiben? Nein, er muss erst klare Verhältnisse mit Eva schaffen, das ist sonst unmoralisch, das bringt sonst Pech. Dieser Logik folgend, hat er allerdings schon einiges an Pech angehäuft.

Plötzliche Panik überfällt ihn. Was, wenn Rose ihn doch nicht mag, was, wenn sie nur ausprobieren wollte, wie es ist, mit ihm zu schlafen, und das auch noch in der Wohnung, in dem Bett, das er mit Eva teilt? Was, wenn sie ihn ab jetzt ignoriert? Sich darüber amüsiert, dass er sich wirklich in sie verliebt hat? Wirklich in Betracht gezogen hat, dass sie Gefühle für ihn haben könnte?

Thomas steht auf, er geht in der Wohnung auf und ab. Das Handy in der Hand. Wartet. Er möchte eine Nachricht schreiben. Hat das Gefühl, das nicht zu dürfen. Was Eva wohl macht? Ob sie noch wach ist? Er möchte lieber nicht an Eva denken. Er legt sich wieder ins Bett. Die Nacht ist noch immer zu hell.

Auf dem Land liegt Eva im Etagenbett des Kinderzimmers und kann ebenfalls nicht schlafen. Sie hat Desi die obere Hälfte überlassen, weil es ihr unangenehm wäre, wenn Desi jede ihrer Bewegungen mitbekommt. Das ist ihr zu intim. Außerdem hat sie die irrationale Angst, sie könne zu schwer sein und das Bett kaputtgehen oder sich zumindest durchbiegen, das wäre auch schon peinlich.

Jetzt liegt Eva also unten, mit offenen Augen, und kann nicht schlafen, weil sie jede Bewegung, jedes Knarzen, jedes Umdrehen von Desi mitbekommt. Desi schnarcht leise.

Übergroß schwebt Thomas durch Evas Gedanken, sein Gesicht so groß wie ein riesiger Heißluftballon. Thomas, die Welt besteht nur noch aus ihm. Das ist die schlimmste Art, wie ein Mensch die eigenen Gedanken ausfüllen kann, denkt Eva. Wenn man weiß, dass er geht.

Sie nimmt ihr Handy vom Nachttisch, obwohl sie Thomas nicht schreiben wird. Es hat keinen Sinn. Sie hält ihr Handy in der Hand, als könnte sie damit Thomas und ihre Liebe zu ihm festhalten. Langsam schläft sie ein.

## Noch 1 Tag

Als Eva aufwacht, ist nichts besser. Sie fühlt sich, als habe sie am ganzen Körper Halsweh. Sie geht ins Wohnzimmer, Desi reicht ihr verständnisvoll eine Tasse Kaffee. Sie hängen zusammen auf dem beige-braunen Sofa rum und schauen in den grauen, schwülen Himmel. Alles drückt, nichts ist einladend, auch nicht die Landschaft.

Inga und Faris kommen verschlafen aus ihrem muffigen Zimmer mit der rosa Bettwäsche. Sie setzen sich auf den Fußboden vor dem Couchtisch, nippen ebenfalls an ihren Kaffees und schweigen lächelnd. Inga lehnt sich an Faris, und Eva erträgt fast nicht den Anblick eines glücklichen Paares.

»Erst mal schwimmen?«, fragt Faris.

Eva schüttelt den Kopf. Schwimmen würde helfen, aber sie möchte gerade nichts, das hilft.

»Hier in der Nähe soll ein total schöner Wanderpfad um einen See herum sein, der nicht mit dem Auto erreichbar ist«, meint Inga.

Desi zieht eine Grimasse. »Wandern? Bei dem Wetter?«

»Wieso, ist doch gut, wenn die Sonne nicht so knallt.«

»Aber es ist viel zu schwül, da sterben wir.«

Ratloses Schweigen.

»Wir könnten zur nächsten Tanke fahren, uns mit

doofen Zeitschriften eindecken, und dann mümmeln wir im Gras rum, lesen und hüpfen ab und zu in den See«, sagt Desi irgendwann und taucht ein Billig-Croissant von Lidl in den Kaffee.

Niemand ist wirklich begeistert, aber es hat auch keiner eine bessere Idee. Also juckeln Faris und Desi mit dem Auto los, den schlechten Magazinen entgegen.

Als die beiden weg sind, breitet sich eine unangenehme Stille zwischen Eva und Inga aus. Sie haben lange schon nichts Privates mehr miteinander besprochen. Seit dem Tag in Evas Büro. Inga aus Enttäuschung, Eva aus Scham.

Eva weiß, Inga wartet darauf, dass sie sie endlich fragt. Endlich danach fragt, wie es ihr geht. Aber Eva schafft es nicht. Wie soll es Inga gehen? Natürlich geht es ihr gut, sie bekommt ein Kind von dem Mann, den sie liebt, der sie ebenbürtig zurückliebt, sie hat alles, was sie immer wollte. Eva spült schweigend die Kaffeetassen ab, Inga sitzt auf dem Fußboden der Terrasse, hat die Arme um die Knie gelegt und schaut auf den See.

Das ist jetzt eine dieser Situationen, wo es einem später leidtut, dass man nichts gesagt oder getan hat, schießt es da Eva durch den Kopf. Entweder ich gebe mir jetzt einen Ruck, oder es wird schwer für uns, wieder an die Freundschaft anzuknüpfen, sehr schwer.

Sie setzt sich neben Inga. »Ist es ok, wenn ich dich frage, wie es dir geht?«

»Willst du es denn wirklich wissen, ist eher die Frage.«

Eva würde am liebsten aufspringen und rufen: Dann halt nicht! Ich gebe mir Mühe, also gib du dir auch welche! Außerdem WEISS ich, wie es dir geht, dir geht es blendend! Aber sie reißt sich zusammen. »Natürlich will ich das wissen. Ich will das längst wissen. Es nimmt mich nur gerade alles mit Thomas sehr mit, entschuldige.« Mitleid funktioniert fast immer.

Inga schaut fürsorglich, streichelt Eva kurz über den Arm und konzentriert sich anschließend auf sich selber.

»Also, mir ist nicht mehr dauernd schlecht, ich kann wenigstens Salzstangen essen. Und absurderweise Kuchen. Aber …« Inga presst die Lippen aufeinander. Ihre rotbraunen Haare umranden streng das blasse Gesicht. »Ich habe furchtbare Angst.« Sie schaut zu Boden.

»Angst, wovor?«, fragt Eva. »Vor dem Mutter-Sein?«

Inga schüttelt den Kopf. »Ich habe Angst, dass das Kind aufhört zu wachsen und ich es nicht merke. Dass es stirbt, und ich erfahre erst drei Wochen später davon beim Ultraschall. Dass sich die Plazenta löst, das Kind Hilfe braucht, aber es stirbt. Ich habe einfach Angst, das Kind wieder zu verlieren.« Inga hat Tränen in den Augen.

Eva blickt auf den reglosen See. »Und ich dachte, mit der Schwangerschaft sind alle Probleme gelöst.«

»Ich glaube nicht«, flüstert Inga. »Ich würde am liebsten die ganze Zeit alle Leute anschreien, dass sie Rücksicht auf mich nehmen sollen. Dass sie mich in Watte packen sollen. Aber es weiß bis jetzt ja kaum jemand. Alle sagen immer, ›eine Schwangerschaft ist keine Krankheit‹. Ist sie natürlich nicht. Aber sie ist ein höchst fragiler Zustand. Da muss die Gesellschaft doch Rücksicht darauf nehmen.«

»Und Faris?«, fragt Eva.

»Faris ist großartig, wie immer. Er ist rücksichtsvoll, lieb, fürsorglich. Aber ich möchte ihm nicht alle meine Sorgen aufbürden, der kümmert sich schon genug um mich.«

»Ich hoffe, du verstehst mich jetzt nicht falsch. Aber es ist Luxus, überhaupt solche Ängste haben zu können. Das kannst du, weil du dich um sonst nichts kümmern musst.«

»Ja, ich habe totales Glück mit meinen Sorgen. Danke, dass du mich daran erinnerst.« Inga steht auf, setzt sich drinnen auf das hässliche Sofa und schweigt.

Eva schämt sich. Ihre Eifersucht ist mit ihr durchgegangen. Sie geht schwimmen.

Als sie wieder zum Haus kommt, sind Desi und Faris noch nicht zurück. Inga sitzt noch immer auf dem Sofa. Sie hat angefangen, eine kleine Skizze zu machen. Zeichnen hilft Inga, in allen Situationen. Eva schielt auf das Blatt, auf dem mit Kuli hingekritzelt eine Frau an einem Schreibtisch sitzt.

»Bin das ich?«, fragt sie.

»Irgendwie schon. Sie sah dir plötzlich ähnlich.«

Beide sagen nichts.

»Ich möchte nicht, dass es zwischen uns so ist. Dass wir aufwiegen, wer wen was wann fragt. Ich würde dir doch unglaublich gönnen, wenn du jetzt schwanger wärst. Gönn du es mir doch auch.«

»Ich gönne es dir ja«, sagt Eva. »Total. Aber ich gönne mir meine Probleme nicht. Ich finde, das habe ich nicht verdient. Ich habe doch immer alles richtig gemacht. Habe Thomas geliebt und war für ihn da, ›in guten wie in schlechten Zeiten‹. Ich finde, ich habe mir nichts vorzuwerfen.«

Inga guckt befremdet. »Aber so funktioniert das doch nicht. So funktioniert keine Beziehung.«

»Doch«, sagt Eva. »Wenn das alles bei Thomas auch noch so wäre, würde alles blendend funktionieren. Das

Problem ist, dass man über den anderen nicht bestimmen kann. Ich kann nicht entscheiden, was Thomas jetzt fühlt. Das ist das Problem.«

»Das sind … seltsame Gedanken.«

Eva presst die Lippen zusammen und zuckt mit den Schultern. Dann findet man sie eben seltsam, auch schon egal.

Zur selben Zeit in Berlin wacht Thomas mit einem Ruck aus einem Traum auf. Er ist schweißgebadet. Er hatte das Gefühl zu fallen. Unter ihm war Wasser, schönes, türkisblaues Wasser, umrandet von kleinen Felsen. Er stürzte vom Fels, wollte sich noch an einer mediterranen Pflanze festhalten, die Pflanze hielt nicht, er fiel.

Thomas starrt auf die weißen Wände des Schlafzimmers. Draußen ist es warm, in der Wohnung ist es kühl. Die Wohnung kommt ihm viel zu groß vor. Genauso wie dieser Samstag. Was soll er heute machen? Wie die Schlucht zum nächsten Tag überbrücken, bis Eva wiederkommt und er erfährt, ob er es schafft? Schafft, sie zu verlassen?

Thomas steht auf, duscht kalt, duscht heiß und wieder kalt. Er steht frierend vor seinem Schrank. Er findet nichts zum Anziehen. Also zieht er Sachen an, die er längst nicht mehr trägt. Er fühlt sich dadurch noch schlechter. Wie eine alte, abgelegte Version seiner selbst.

Er macht sich einen Kaffee, er isst nichts, kann nichts essen, sein Magen ist wie zugeklebt. Er kann nicht mal ruhig am Küchentisch sitzen, also beginnt er, mit der Tasse in der Hand durch die Wohnung zu tigern. Der Flur ist viel zu kurz zum Tigern, außerdem fliegen überall Schuhe herum. Thomas schiebt sie mit dem Fuß zur Seite.

Wieso fliegt hier eigentlich schon wieder Kram herum? Er hat doch gerade erst aufgeräumt. Unzufrieden sortiert er die Schuhe nach Paaren und räumt sie in den Schrank. Danach möchte er am liebsten wieder ins Bett.

»Diesen Fluchtreflex kennst du von dir, dem folgst du jetzt nicht«, befiehlt er sich. Er geht nach draußen, spaziert Richtung Landwehrkanal. Er ist viel zu dick angezogen und bindet sich seinen Pulli um die Hüften. Es sind viele Leute unterwegs, und die meisten wirken gut gelaunt. Thomas holt sich noch einen Kaffee und stürzt ihn hinunter. Jetzt hat er Kopfschmerzen, das passt besser zu seiner psychischen Verfassung. Er geht wieder nach Hause, legt sich auf das Bett und beginnt zu glotzen. Eine neue Krimiserie aus Deutschland, mit Hunden, Männern, die sehr viel Testosteron versprühen, und Frauen, die robust, aber trotzdem humorvoll sind. Er klickt auf das Äquivalent aus den USA. Die Dialoge sind jetzt etwas smarter, die Frauen haben noch längere Haare und noch glattere Gesichter. Er klappt den Computer zu.

Schließlich ruft er Ludwig an. Ludwig hebt nicht ab. Fünf Minuten später kommt eine SMS. »Ist gerade ungünstig.« Das heißt, Ludwig ist gerade mit irgendjemandem im Bett. Also ruft er Matti an.

»Ey Dicka, was' los?«

Thomas möchte sofort wieder auflegen. »Was macht ihr heute?«

»Wir sind mit den Kids im Garten. Komm vorbei, wir machen Barbecue.«

»Ah, und grillt ihr auch?«

»Hahahaha, nee, heute nur Barbecue, kein Grillen, tut mir leid. Kommste vorbei?«

»Joa.«

»Perfekt.«

Als Thomas im Schrebergarten von Matti und Isabella ankommt, ist da noch eine befreundete Familie, beide Ärzte, zwei Kinder. Thomas fühlt sich einsam. Matti drückt ihm ein Bier in die Hand, Raoul, Mattis kleiner Sohn, klammert sich an Thomas' Bein und möchte Fußball spielen. Thomas kickt ein paar müde Bälle, dann lehnt er sich wieder an den Terrassentisch aus Massivholz. Er vermisst Eva. In solchen Umgebungen ist er doch sonst immer mit ihr.

»Das ist jetzt völlig kontraproduktiv, sie anzurufen. Damit setzt du ein ganz falsches Signal«, sagt Thomas leise zu sich selber.

»Womit setzt du ein falsches Signal?«, fragt Matti, der versonnen am Grill steht.

»Keine Ahnung«, murmelt Thomas ertappt.

»Jetzt sag schon, mit was?«

Thomas schweigt und schüttelt den Kopf.

»Willst du Rose anrufen?«, flüstert Matti ihm zu und zwinkert.

»Nein.« Daran hatte er jetzt wirklich nicht gedacht. Erst mit Eva reden, dann wieder mit Rose Kontakt aufnehmen. Er kommt sich plötzlich moralisch gar nicht mal mehr so verwerflich vor, immerhin hält er sich an diese Reihenfolge.

Eva liegt im Gras. Neben ihr Desi, vor ihnen Inga und Faris. Inga liest in einem Magazin namens *Breathe*, in dem es um ›Achtsamkeit und die kleinen Wunder des Alltags‹ geht. Sie schüttelt immer wieder den Kopf und legt das Heft schließlich weg. Eva blättert in einer soliden deutschen Frauenzeitschrift. »Wie kremple ich mein Leben um?«, »Frauen in Führungspositionen – darf die das?«, außerdem eine Modestrecke mit entspannten Müttern und ihren entspannten Töchtern. Alles nicht doof, aber auch nicht wirklich erhellend, immerhin lenkt es ab. Desi blättert mit Lust in einem Hochglanz-Klatsch-und-Tratsch-Promimagazin.

Eva legt ihre Zeitschrift ebenfalls zur Seite, schenkt Inga ein kurzes Lächeln und schaut auf den See. Das Wasser wirkt fast braun, wenn die Sonne nicht scheint. Eva steht auf, geht hinter das Haus und ruft Thomas an. Er hebt sofort ab.

»Bist du wieder gesund?«

»Ich bin bei Matti und Isabella im Garten.«

»Ah.«

Eva versetzt es einen Stich. Wenn Thomas gesund genug ist, bei Matti zu sein, dann hätte er auch rauskommen können. »Hat sich spontan so ergeben«, versucht Thomas das Schweigen zu überbrücken.

Eva weiß immer noch nicht, was sie sagen soll.

»Ich wollte dich auch gerade anrufen«, sagt da Thomas. »Wäre schön, wenn du auch hier wärst.«

»Ich überlege, ob ich heute schon nach Hause fahre. Irgendwie – was soll ich hier. Der Bungalow ist nicht so doll, der See auch nicht, außerdem muss ich sowieso die ganze Zeit an dich denken und an uns. Wir haben so viel zu klären, was schiebe ich das heraus und hänge in Brandenburg rum.«

Thomas zögert, er kann Eva schlecht bitten, schon früher nach Hause zu kommen, damit er schneller mit ihr Schluss machen kann. Obwohl es wahnsinnig erleichternd wäre, das schon hinter sich zu haben. »Musst du wissen«, sagt er. »Wie es besser für dich ist.«

»Wobei – ich kann die anderen nicht im Stich lassen. Die sind ja wegen mir hierhergefahren.«

Nach dem Telefonat beschließ Eva, für alle zu kochen. Du kannst nicht die ganze Zeit dein Leid vor dir hertragen, denkt sie. Leiden macht egoistisch. Pass auf, dass du die anderen nicht überforderst.

Sie gibt sich hingebungsvoll Mühe, das Gesprächsthema auf die anderen zu lenken. Desis Patienten, Ingas Mutterschutz, Faris' Bürokompagnon. Wie ein aufgedrehter Roboter funktioniert sie. Am Abend landet sie erledigt im Bett. Sie hat es geschafft, sie hat diesen Tag irgendwie herumgebracht.

Thomas ist noch wach. Die Grillparty war nett. Stimmt nicht, eigentlich war sie furchtbar. Er hat keine Gesprächsthemen gefunden, weder Medizin noch Kinder haben ihn interessiert, die Kinder waren laut, die Erwachsenen zufrieden. Er wird heute nicht schlafen können. Er sitzt auf dem Sofa und starrt auf seinen Computer. Er liest einen Artikel über stagnierende Bevölkerungszahlen in Deutschland. Der Artikel fängt vielversprechend an, der Rest versteckt sich hinter einer Bezahlschranke. Thomas surft noch sinnlos weiter, müde und rammdösig geht er ins Bett. Vor seinen Augen flimmert es noch immer, auch wenn er sie schließt. Er schaut auf die Uhr. Drei Uhr nachts.

## Tag 0

Um sieben Uhr ist Thomas wieder wach. Er hat Hunger. Er deckt den Tisch, kocht Kaffee, geht zum Bäcker und holt Croissants, dann rührt er nichts davon an.

Ich glaube, ich werde es nicht schaffen, denkt er. Nicht, wenn ich so müde bin. Vielleicht ist das auch alles eine Schnapsidee.

Er rollt sich auf dem Bett zusammen.

Er kann nicht mehr. Er würde diesen Tag gerne überspringen, ihn im Vorhinein schon löschen. Er möchte gerne die nächsten Monate, die vor ihm liegen, löschen. Er will nicht mit Eva Schluss machen. Er will nie wieder mit seinen Eltern reden. Er will nie wieder ins Krankenhaus, und dem, was sich da zwischen Rose und ihm anbahnt, fühlt er sich auch nicht gewachsen. Er kann nicht mehr.

Eva hat lange geschlafen. Als sie aufwacht, sitzen die anderen schon um den Couchtisch herum und frühstücken. Alle haben gute Laune. Die Absurdität des Ferienhäuschens färbt langsam auf sie ab, das alberne Hochgefühl einer Klassenfahrt hat sich eingestellt. Außerdem ist es ja auch gleich schon wieder vorbei, gleich können alle wieder nach Hause.

Eva geht schwimmen, wie immer fühlt sie sich danach stärker und freier. Sie schaut, als sie wieder an Land ist, über den See. Sie hat seltsame Bauchschmerzen. Aber sie fühlt sich allem, was da kommen mag, trotzdem gewachsen.

Es ist eine Krise, denkt sie. Und das muss man auch klar benennen. Aber es ist eine Krise, die wir meistern können. Die letzten Wochen war ich anhänglich und ängstlich. Das ist jetzt vorbei. Einfach durch die zwei Tage Distanz. Es gibt nichts, was Thomas und ich nicht zusammen entwirren könnten. Vielleicht brauchen wir noch etwas mehr Distanz, aber Distanz heißt nicht Trennung. Wir lieben uns.

Nach dieser kleinen Morgenmeditation fühlt Eva sich ein bisschen wie nach einem Kirchgang. Das erhabene Gefühl fällt schnell wieder von ihr ab, als sie ihre Sachen packt, die Betten abzieht und sich schlussendlich neben Desi auf die Rückbank des Mietwagens quetscht. Aber ein Hauch Zuversicht bleibt. Sie lächelt Desi an und lehnt den Kopf an deren Schulter. Desi wird bleiben, egal, was sonst passiert.

Als das Auto hält, um Eva abzusetzen, sitzt Thomas gerade auf dem Balkon. Er hat wackelige Knie. Durch die Müdigkeit fühlt er sich sowieso wie ferngesteuert.

»Hallo«, ruft er leise Eva zu.

Sie blickt hoch, das Gesicht klarer als vor zwei Tagen, und lächelt.

»Hi!«

Eva schließt die Wohnungstür auf, die gleichzeitig von Thomas geöffnet wird. Sie lacht ihn an, bleibt vor ihm stehen und forscht in seinem Gesicht. Thomas hält ihrem Blick kaum stand. Kann sie erkennen, dass er mit einer anderen Frau geschlafen hat? Kann sie erkennen, dass er sich trotzdem freut, sie zu sehen? Kann sie erkennen, dass er Angst hat? Er wendet sich ab und geht in die Küche.

»Kaffee?«

»Gerne.«

Eva weiß nicht genau, wohin mit sich. Sie möchte zu Thomas, aber etwas an seinem Körper stößt sie zurück. Er ist zu fahrig, zu unruhig. Wie um das zu bestätigen, lässt er in der Küche eine Tasse fallen.

»Nichts passiert«, sagt er. »Ist heil geblieben.«

Eva lädt ihr Gepäck im Schlafzimmer ab und stutzt.

»Warum hast du denn schon wieder Wäsche gewaschen, die Betten waren doch frisch bezogen?«

Thomas bekommt Herzjagen. Er wird rot. Er fängt tatsächlich an zu schwitzen. Kann Eva zum Glück nicht sehen, die ist ja im Schlafzimmer.

»Äh. Die waren dreckig. Von der Magen-Darm-Sache.«

Eva stutzt. Die Stimme von Thomas klang gerade, als wäre er im Stimmbruch.

»Ach so, ich dachte, du hättest nur neben das Bett …«

»Nee, die Decken hatten auch was abbekommen. Und ich dachte, es ist hygienischer. Wegen Ansteckung.«

Eva geht in die Küche. Da kocht gerade die Milch über. Thomas flucht und wischt den Herd sauber. Eva lächelt und streicht ihm flüchtig über den Arm und setzt sich an den Küchentisch.

»Was ist los, Thomas?«

»Nichts!«

Wieder diese Unruhe, denkt Eva. Aber dem will ich mich jetzt nicht ausliefern. Dem setze ich jetzt einfach mal meine Gelassenheit entgegen. Sie bleibt schweigend sitzen. Thomas sitzt ihr gegenüber. Er sagt auch nichts.

Nach schweigenden Minuten steht Eva auf, möglichst gelassen, möglichst ohne Vorwurf, und geht ins Bad. Hier steht ihre gute Gesichtscreme, die sie auf der kurzen Reise vergessen hatte. Sie cremt sich ein, blickt in den Spiegel. Sie würde am liebsten heulen. Sie greift nach einem ihrer wenigen Lippenstifte, malt sich die Lippen an. Das Gefühl, heulen zu müssen, wird noch stärker. Sie nimmt ein Wattepad, schminkt sich wieder ab. Sie wirft das Wattepad weg, und im Mülleimer fällt ihr Blick auf ein rosa Plastikstückchen. Winzig, vielleicht zwei Millimeter lang. Sie runzelt die Brauen, greift danach.

»Das ist doch von den Kondomen, die ich besorgt habe.«

Eva bleibt einfach stehen. Die Bettwäsche, Thomas' Unruhe, das kleine Stück Plastik.

Das kann nicht sein, denkt Eva. Doch. Das kann sein. Eigentlich warte ich die ganze Zeit schon darauf.

Sie blickt wieder in den Spiegel. Endlich hätte sie einen handfesten Grund zu weinen, aber jetzt hat sie keine Tränen. Ihr wird heiß, der Schweiß bricht ihr aus, das Herz klopft. Sie stellt sich vor, wie sie das Plastikstückchen gleich auf den Küchentisch legt, sich anklagend danebenstellt und schweigt, furchtbar theatralisch, aber was soll man machen. Eva hofft, Thomas hat eine gute Entschuldigung. Vielleicht wollte er die Kondome mal probehalber anprobieren? Natürlich nicht. Aber was macht sie dann? Packt sie ihre Sachen und verlässt die Wohnung?

Eva denkt alles gleichzeitig, sie kann nicht mehr beurteilen, was richtig ist. Sie weiß auch nicht mehr, was sie möchte. Sie möchte handeln, egal wie, und wenn es falsch ist. Es ist sowieso alles verloren.

Sie setzt sich also Thomas gegenüber an den Küchentisch, der auf sein Handy starrt und etwas liest. Er schaut nicht auf, als sie sich setzt. Sie legt das kleine rosa Plastikstück auf den Küchentisch. Thomas liest immer noch etwas in seinem Handy.

»Was liest du?«, fragt Eva.

»Einen Artikel über Fracking in Alaska.« Thomas sieht sie flüchtig an. Dann entdeckt er das Plastik. Er stutzt. Er schaut Eva in die Augen. Und alles ist kaputt. Sie sucht in seinem Gesicht nach einem Halt, nach einer Erklärung, aber da ist nichts, woran sie sich festhalten könnte, seine Augen sind eine einzige, zerbrechende Entschuldigung.

»Wirklich?«, fragt Eva. Ihre Lippen sind weich und beben »Mit Rose?«

Thomas schluckt trocken. Was bin ich für ein Idiot, denkt er. Ich dachte, ich hätte alles weggeräumt. Was bin ich für ein Idiot. Er schließt die Augen, stützt die Stirn schwer in seine Hand. Er hält die Augen geschlossen und weiß nicht weiter.

Eva starrt auf Thomas, alles um ihn herum wird unscharf, sie sieht nur noch ihn. Ohne sich räumlich zu bewegen, entfernt er sich minütlich von ihr. Zwischen ihnen liegt eine Autobahn, die immer länger wird. Evas Handgelenke fühlen sich an, als würden sie zerkrümeln. Auch ihre Knie zerfallen in kleine Brocken. Aus ihrem Körper weicht sämtliche Anspannung und Kraft. Alles, woran sie geglaubt hat, ist nicht mehr da. Sie sieht sich in Gedanken ihre Tasche packen und gehen. Aber ihr Körper bleibt unbeweglich auf dem Küchenstuhl sitzen.

Thomas spürt, wie sein ohnehin leerer Magen in einer Hitzewelle nach oben steigt. Von den Füßen bis zum Kopf wird ihm heiß. Das wird nun der letzte Schritt eines qualvollen Kampfes. Diese letzten Stufen müssen sie erklimmen, dann ist es vorbei. In seinen Ohren rauscht es. Der einzige Fehler, den er jetzt begehen kann, ist, an Evas Gefühle zu denken. Überhaupt an die Eva zu denken, die er mag. Die Hitze katapultiert ihn auf die Beine.

»Ich packe meine Sachen. Ich kann ja ein paar Tage zu Ludwig gehen«, sagt er und hört sich selber kaum.

Mit staksigen Schritten geht er ins Schlafzimmer, zerrt seinen Reiserucksack aus dem Schrank und beginnt, wahllos Sachen hineinzuwerfen.

Eva folgt ihm. Sie ist überrascht, wie Thomas das jetzt durchziehen kann, ohne Spielraum, ohne Hoffnung, ohne Kampf. Sie sieht zu, wie Thomas seine Sachen packt, sitzt auf dem Bett und ist wie gelähmt. Gleich wird er gehen und sie alleine sein. Gleich.

»Ich ... ich möchte nicht, dass du gehst«, sagt sie mehr zu sich als zu ihm. Thomas horcht auf. »Ich will nicht ohne dich hier sein. Alles erinnert mich hier an dich, alles. Der Schrank riecht nach dir, die Dielen erzählen mir, wie deine Schritte klingen. Wenn ich morgens ohne dich am Küchentisch sitze, werde ich glauben, du kommst gleich aus dem Bad, wenn ich abends die Tür aufschließe, werde ich erwarten, du bist da. Wenn ich im Bett liege und an die Zimmerdecke schaue, werde ich nicht verstehen, warum die Hälfte des Bettes leer ist, wenn ich in die Nacht lausche, deinen Atem vermissen. Ich werde vermissen, dass ich mit schlechtem Gewissen nachts am Laptop sitze, während du schon schläfst. Ich werde vermissen, dass deine Schuhe im Flur rumliegen und du den Wäscheständer nicht abräumst. Ich werde mich an dem Geruch der Wohnung festhalten, die noch nach dir riecht. Aber irgendwann wird dieser Geruch verschwunden sein, und dann ist alles noch viel schlimmer.«

Eva hat ohne Pause geredet. Mit ihren klaren Augen starrt sie ins Zimmer und schüttelt immer wieder den Kopf, weil sie die Gegenwart, in die sie da plötzlich hineingeraten ist, nicht begreifen kann, nicht begreifen will. Sie weint. Thomas steht in der Mitte des Zimmers und merkt, wie ihm plötzlich auch die Tränen hinunterlaufen.

Er möchte sich zu Eva setzen, aber da gibt sie sich schon einen Ruck. Sie wischt mit dem Handrücken über ihre Nase und steht auf. Sie steuert ihre Reisetasche an, die sie vor einer halben Stunde im Türrahmen abgestellt hatte, ahnungslos, hoffnungsfroh.

»Ich ziehe aus, sonst vermisse ich dich zu sehr«, sagt Eva und schultert ihre Tasche. Jetzt erst blickt sie Thomas an, sieht, dass er weint. Sie bleibt zögerlich stehen, dann umschlingt sie ihn mit beiden Armen. Er wagt kaum, sie festzuhalten. Leicht legt er seine Arme um sie, den Kopf hält er gerade, das Kinn darf sich nicht auf ihrem Kopf ausruhen. Leise laufen Thomas die Tränen über das Gesicht, und sein Brustkorb zittert.

Eva legt eine Hand auf seine Brust, sieht ihn an. Von ihm kommt nichts. Nichts. Sie dreht sich um und stolpert aus der Wohnung. Es ist vorbei.

Thomas lässt sich mit zitternden Knien auf das Bett sinken. Er vergräbt sein Gesicht in den Händen und schluchzt ungehemmt los. Er weint wie ein Kind, das nicht weiß, wie es aufhören soll. Er würgt seinen Schmerz und seine Schuld aus sich heraus. Irgendwann hat er keine Tränen mehr. Ihm ist kalt und er hat Hunger. Endlich wieder Hunger. Er rollt sich am Fußende des Bettes zusammen, zieht irgendwie eine Decke über sich und schläft ein. Schläft ein an diesem sonnigen Sonntagnachmittag Ende Juni.

## 4 Minuten danach

Eva stürzt die Treppen hinunter. Während sie das Haus, das ihr so lange Heimat, ein Zuhause war, fluchtartig verlässt, beobachtet sie sich gleichzeitig von außen. Sie weiß, dass sie gerade wie durch einen Schleier die Jugendstil-Intarsien im Treppenhaus betrachtet, während sie daran vorbeihastet, sie sieht sich von außen orientierungslos auf dem Gehweg stehen und in die Sonne blinzeln, die heute überhell scheint, und sie begleitet sich selber kopfschüttelnd, als sie die Straße in irgendeine Richtung davoneilt. Wohin möchte sie? Sie möchte zu Desi, und ihre Beine werden sie dort hintragen, das ist der Überlebensinstinkt.

Eine halbe Stunde später geht Eva ratlos durch eine Siedlung, die aus den Sechzigerjahren stammt, und hat keine Ahnung, wo sie ist. Die Häuser sehen alle gleich aus, die Wege, die von Haus zu Haus gehen, auch. Rentner führen ihre Hunde spazieren, eine türkischstämmige Familie geht mit Einkäufen nach Hause. In vielen Fenstern stehen zeitlos traurige Topfblumen.

Es gibt viel mehr solcher Siedlungen in Berlin, als man ahnt, weil man immer nur mit dem Fahrrad daran entlangfährt, um von Hipster-Location A zu Hipster-Location B zu kommen, denkt Eva. Sie staunt über ihre derart analytischen Gedanken in dieser Situation, es ist auf eine

Art beruhigend, dass sie jetzt schon wieder so denken kann. Aber das hilft ihr jetzt auch nicht weiter, sie hat sich verlaufen. Sie kann sich nicht erinnern, wann sie sich das letzte Mal verlaufen hat. Vielleicht mit elf. Ihr ist viel zu warm, aber der Pulli passt nicht mehr in die Reisetasche. Sie bindet ihn sich um die Schultern, ein viel zu warmer Schal an einem viel zu warmen Tag. Die Jeans klebt an den Beinen, alles ist zu eng, alles drückt, sie hat heute noch nicht mal geduscht. Das wollte sie zu Hause machen. Zu Hause.

Eva sackt auf eine kleine Raseneinfassung, schmale, niedrige Steine aus Beton, die nicht dafür gemacht sind, dass man sich auf sie setzt. Sie schlägt die Hände vors Gesicht und heult. »Ich möchte nach Hause«, flüstert sie. »Bitte, lieber Gott, ich möchte wieder nach Hause.«

Das letzte Mal, dass sie gebetet hat, war auch mit elf, als ihre Eltern sich trennten. Ihr Vater zog aus, die Wohnung veränderte sich, sie vermisste ihn, rasend, und sie vermisste die Wohnung, wie sie einmal gewesen war, als ihr Vater noch dort wohnte. Damals war sie auch losgerannt. Schließlich war sie auf einem Spielplatz gelandet, auf dem sie vorher noch nie gewesen war, und wollte nach Hause. Nach Hause, wie es früher war. Warm. Weich. Sicher.

Ihre Mutter hatte sie schließlich gefunden. Eva erinnert sich, wie sie ihre Mutter wegstieß, erinnert sich an deren verblüfften, aber auch resignierten Blick, und daran, dass dann ihr Vater kam. Endlich. Ihr »Zuhause, wie es früher war« hatte sie trotzdem nicht wiederbekommen. Genauso, wie sie auch jetzt ihr Zuhause nicht wiederbekommen wird.

Ein Hund schnüffelt an ihrem Bein. Eva blickt auf. Der Hund ist klein, der Mann, der ihn an der Leine führt, auch. Er trägt einen hellbeigen Anorak zu einer moosgrünen Hose. Die Haare sind weiß, das Gesicht auch. Und faltig.

»Alles in Ordnung bei Ihnen?«, fragt der Mann. Er blickt kritisch auf Eva.

Eva kann blitzschnell ihre Tränen zum Versiegen bringen. Das hat sie gelernt, weil ihre Mutter sie sowieso meistens nur halbherzig getröstet hat. Weinen hat noch nie etwas gebracht.

»Danke. Ich habe mich nur verlaufen.«

Der Mann lächelt plötzlich. Der schmale, breite Mund wird noch breiter, sein Blick etwas weniger distanziert. »Na, falls Sie Liebeskummer haben – also nur falls! –, ich hätte da 'nen Tipp. Der Mann ist es nicht wert. Es war noch nie einer wert. Niemand kommt auf die Welt, und die Hebamme sagt, ›du bist so großartig, dass das andere Baby, einen Kreißsaal weiter, einmal zu Recht weinen wird, weil du es nicht liebst‹. – Um mich haben so viele Frauen geweint. Drei Stück! Tolle Frauen, wobei die eine, na ja, die eine nicht. Aber die anderen beiden. Solche Prachtstücke. Haben die geweint, als ich gegangen bin. Aber ich war es nicht wert. Ein Lump war ich. Ein Langweiler.«

Der Mann schaut Eva an. Er wirkt plötzlich wirklich sympathisch. »Danke«, sagt sie und muss noch mehr schwitzen. »Das ist total nett. Danke. Darf ich Sie umarmen? Wobei ...« Eva blickt an sich herunter, zu den Schweißflecken unter ihren Armen.

»Umarmen müssen Sie mich nicht. Ich bin nicht so der körperliche Typ. Hören Sie einfach auf zu weinen. Tun Sie mir den Gefallen.« Er lächelt noch einmal breit, dann zieht er seinen Hund weiter. Das Gesicht versteinert wie zuvor, der Blick hinter einer Mauer.

Eva bleibt noch eine Weile sitzen, dann rafft sie sich auf, zückt ihr Handy, versucht, sich zu orientieren, kriegt das noch immer nicht hin und ruft sich ein Taxi.

Als das Taxi vor Desis Haustür in einer unspektakulären Seitenstraße am Rande Friedrichshains hält, ist Eva kalt von der Klimaanlage. Sie steigt erleichtert aus.

Die Haustür ist nur angelehnt, Eva geht die kurze Treppe in den ersten Stock hinauf. Vor Desis Wohnungstür fällt ihr auf, dass sie nicht mal weiß, ob Desi überhaupt da ist. Natürlich kann man bei der besten Freundin jederzeit unangemeldet vor der Tür stehen. Natürlich. Trotzdem hat Eva Hemmungen. Sie geht wieder auf die Straße und ruft von da Desi an. Der Anruf läuft ins Leere. Eva ruft noch einmal an und noch einmal. Dass sie jetzt penetrant ist, ist ihr egal. Sie kann nicht mehr, sie braucht Hilfe, jetzt.

»Eva?« Desi klingt abgehetzt oder verschlafen, auf jeden Fall nicht von dieser Welt.

»Stör ich?«

»Öhm. Ist es wichtig?«

»Kann ich hochkommen, ich stehe vor deiner Tür. Thomas hat mich verlassen.«

»Oh, mein Gott, klar.«

Der Türsummer summt, Eva geht wieder die Treppen hinauf. In der Tür steht Desi, sehr verwuschelt, sehr rot im Gesicht, sehr nach Bett riechend. Hinter ihr huscht ein Typ ins Bad.

»Verdammt, ich störe doch! Sorry, wusste nicht, dass du Besuch hast.«

»Der könnte eh mal gehen«, murmelt Desi. »Sonst müssen wir uns noch unterhalten.« Der Typ kommt aus dem Bad. Desi lächelt ihn an. *»Hey, Jacques, meet my best friend Eva.«*

Jacques trägt im Moment nur Boxershorts, hinter seinem Vollbart kann man ein Lächeln erkennen. Er ist mager, braun gebrannt und hat sehr dunkle Haare. Sein Gesicht ist kindlich. Dabei ist er bestimmt schon Ende dreißig.

*»Jacques, Eva and I have some serious stuff to talk about, maybe you just grab a coffee somewhere outside and I give you a call later on.«*

Jacques nickt etwas überrumpelt und verschwindet.

Desi räumt in ihrem Schlafzimmer, das gleichzeitig ihr Wohnzimmer ist, auf. Sie schmeißt einige leere Kondompackungen in den Müll.

»Wie viele waren das, vier?!«, fragt Eva.

»Ja, aber eins ist beim Aufmachen kaputtgegangen, eins hat Jacques sich falsch aufgesetzt, und na ja, zwei ist schon ok. Abends und morgens, wie sich das gehört.« Sie hebt ironisch die Augenbrauen.

»Wir sind doch erst vor ein paar Stunden zurückgekommen.«

Desi grinst. »Korrekt. Nicht ganz so, wie sich das gehört.«

»Ich habe bei uns zu Hause auch 'ne leere Kondomverpackung gefunden. So kam der Stein überhaupt ins Rollen.«

»Bei euch *zu Hause*?«

»Thomas hat endlich mit Rose geschlafen.«

»Bei euch *zu Hause*? Das finde ich geschmacklos.«

»Stimmt.« Auf die Idee war Eva noch gar nicht gekommen, aber Desi hat recht, das ist geschmacklos.

»Und dann räumt er nicht mal die Packungen weg?!«

»Doch, er hat nur ein Eckchen übersehen.«

»Igitt, und das hast du dann gefunden, und ... O Gott. Komm mal her.«

Desi umarmt Eva, aber jetzt muss sie nicht mehr weinen. Jetzt zu weinen, das wäre ein Klischee.

Desi schaut Eva abrupt an. »Hätte Thomas auch Schluss gemacht, wenn du ihm nicht auf die Schliche gekommen wärest?«

»Er hat ja gar nicht Schluss gemacht. Ich war das. Oder wir beide. Er wollte gehen, aber dann bin ich gegangen. Und er hatte nichts dagegen.«

Die letzten Sätze stechen Eva doch so sehr in ihr Herz, dass ihr die Tränen kommen. Sie ist gegangen, und Thomas hatte nichts, wirklich gar nichts dagegen. Sie geht ans Fenster und schaut in den Hinterhof. Schön ist es hier. Berlin, wie es früher war. Unrenoviert. Jetzt schon fast vergangen. Eva lehnt ihre Stirn gegen das Glas.

Er hatte nichts dagegen. Die Worte hallen wie ein bösartiges Mantra durch ihren Kopf.

## 16 Stunden danach

Thomas wacht auf. Er liegt immer noch am Fußende des Bettes, halb zugedeckt. Kurz weiß er überhaupt nichts. Vor allem versteht er nicht, an welcher Stelle des Tages er ist. Ist es Nachmittag? Abend? Morgen? Sein Handy liegt neben ihm. Es ist vier Uhr nachts. Draußen singt ein Vogel einsam und tapfer gegen die Dunkelheit. Bald geht die Sonne auf.

»Wenn es vier Uhr ist, dann ist heute schon … Montag?« Thomas kann es kaum glauben. Er hat absurd lange geschlafen. Die Ereignisse des gestrigen Tages kommen ihm vor wie ein Theaterstück. Erschütternd, ja, aber zum Glück nur auf der Bühne, nicht im echten Leben.

Er schaut noch mal auf sein Handy. Keine Nachrichten. Nicht von Eva, nicht von Rose.

Eva ist nicht da. Definitiv nicht da. Es war also kein Theaterstück. Sie haben wirklich ›ihre Beziehung beendet‹. Thomas durchströmt Erleichterung.

Er möchte nicht darüber nachdenken, wie es Eva jetzt geht oder wie es ihm auf Dauer mit der Trennung gehen wird. Für jetzt ist es vorbei. Er hat es geschafft.

Thomas springt auf die Füße, macht das Fenster auf, lässt das Vogelkonzert und die Morgenkühle in seine Wohnung – in seine Wohnung! Für ihn alleine! Er zieht überall die Vorhänge auf, atmet ein, trommelt sich auf die Brust, macht Liegestütze, duscht kalt. Er ist Single. Er hat es geschafft.

Irgendwann – inzwischen ist es hell – sitzt er am Küchentisch und kommt sich doch komisch vor. Ich trinke jetzt einen Espresso, denkt er, als er die Tasse zum Mund hebt. Und sitze dabei in der Küche. Aha. Er hat Hunger, aber auf dem Tisch liegen nur die Croissants vom Vortag. Eva und er sind nicht mehr dazu gekommen, sie zu essen. Eva war schon vorher weg.

Thomas kommt es wie ein Sakrileg vor, sich eines zu nehmen. Als würde er damit in einen Teil seiner Beziehung beißen, den es nicht geben wird. Plötzlich mag er sich selber nicht mehr und verlässt die Wohnung. Der Bäcker an der Ecke hat schon geöffnet. Er nickt Gokan, dem Betreiber, zu. Kaffee ein Euro, Croissant auch.

Thomas steht am Fenster, Kaffee und Croissant vor sich auf einem Tresen, der von Wand zu Wand reicht. So wird es jetzt öfter sein. Er im Stehcafé, weil er es zu Hause nicht aushält. Willkommen, schöne neue Welt.

In etwas gedämpfter Stimmung kommt Thomas in der Klinik an. Er ist komischerweise schon wieder müde, dabei er hat er fast sechzehn Stunden geschlafen. Sechzehn!

Thomas sitzt vor seinem Spind, noch ist niemand da. Diese Müdigkeit! Thomas stützt den Kopf in die Hände, die Ellbogen auf den Knien, und schließt die Augen. Matti kommt herein. Er stellt seinen Rucksack behutsam neben Thomas und beugt sich zu ihm. Thomas öffnet die Augen. »Ist alles in Ordnung?«, fragt Matti mit wachem, fast liebevollem Gesichtsausdruck, und Thomas weiß wieder, warum Matti so ein guter Arzt ist.

»Ich …« Thomas möchte zu irgendwas ansetzen, einer lächerlichen Erklärung, aber warum soll er jetzt nicht die Wahrheit sagen? Wann soll man denn überhaupt noch die Wahrheit sagen, wenn nicht bei Freunden?

»Eva und ich sind kein Paar mehr.«

Thomas lehnt seinen Kopf gegen den Spind und blinzelt. Matti sagt gar nichts. Aber er ist da. Durch die offene Tür sind die Geräusche des morgendlichen Klinikbetriebs zu hören.

»Ich hab Schluss gemacht. Aber ich finde es trotzdem traurig«, murmelt Thomas. »Immerhin waren wir acht Jahre zusammen, die acht Jahre sind jetzt vorbei. Und ich habe Eva verdammt wehgetan.«

»Ich verstehe dich«, sagt Matti ruhig. »Ich verstehe dich.«

Es klopft. Rose steht mit erhobener Hand im Türrahmen und prallt zurück, als sie das blasse Gesicht von Thomas sieht. »Ich wollte nicht stören«, sagt sie. »Aber in fünf Minuten ist Besprechung.«

Sie bleibt in der Tür stehen und wartet. Matti setzt sich neben Thomas. »Wir kommen gleich«, sagt er. Rose nickt und entfernt sich diskret.

»Vor einem Jahr wäre ich noch aus allen Wolken gefallen«, redet Matti weiter. »Jetzt nicht mehr. Man steckt in Beziehungen nicht drin. Ich dachte, ihr seid ein gutes Paar. Aber wenn ich euch in letzter Zeit zusammen gesehen habe, habt ihr mir leidgetan. Ihr wart beide einsam. Du angespannt, Eva verunsichert. Ich weiß nicht, wann die Liebe kommt, wann sie geht, warum sie bleibt. Vielleicht würde es sich bei euch lohnen, da dranzubleiben. Aber ich glaube nicht, dass du noch die Kraft dazu hast.«

Bei diesen Worten laufen Thomas die Tränen herunter. Er hat wirklich keine Kraft mehr, endlich sieht das jemand.

»Du gehst jetzt wieder nach Hause«, sagt Matti.

»Ja.« Thomas atmet tief aus. »Ja.«

Auf dem Flur kommt ihm Rose entgegen. »Was ist los?«, flüstert sie.

»Nichts«, antwortet Thomas. Wenn sie ihn weinen sieht wegen Eva, ist das bestimmt nicht gut für das, was sich zwischen ihnen anbahnt.

»Nichts?!« Rose sieht ihn perplex an. »Wir hatten Sex, danach meldet sich keiner von uns beiden, und als Nächstes sehe ich dich bleich in der Umkleidekabine sitzen. Das ist doch nicht nichts!«

Thomas schweigt. Rose hat recht, aber jetzt ist es ihm noch peinlicher, etwas zu sagen.

»Sag mir wenigstens, ob jemandem etwas passiert ist. Hatte jemand einen Autounfall oder so?«

»Nein«, Thomas schweigt weich. »Mit Eva und mir ist Schluss. Und ich glaube zwar, dass ich es so wollte, aber ich finde es trotzdem traurig.«

»Okay.« Rose nickt sachlich. Sportlich. Schnell. »Das verstehe ich. Okay.« Sie wendet sich mit einem professionellen Lächeln ab und geht.

Thomas setzt sich auch in Bewegung, den langen Klinikflur entlang, heute sticht ihm der Geruch nach Desinfektionsmittel, Plastikfußboden und Kantinenessen besonders in die Nase. Wie lang der Gang ist. Er kann schon von Weitem die Silhouette von Dr. Peiffer sehen, die sich in dem blank gewienerten Linoleum spiegelt.

»Ach, Herr Wiedhoff, wie sieht's aus, gehen Sie schon wieder?«

Thomas legt den Kopf schräg in den Nacken, betrachtet Dr. Peiffer, der stehen geblieben ist, und sagt nichts. Er setzt zu einer sanften Bewegung an, die ihn vielleicht etwas wahnsinnig erscheinen lässt, und sagt mit einem Lächeln: »Heute. Brauche ich mal eine Pause.«

Eva hat nur kurz geschlafen. Desi hat ihr eine Hälfte des Bettes überlassen, sogar die Seite an der Wand.

Eva schläft wirklich schlecht, wenn sie sich das Bett mit jemandem teilt, der nicht ihr Partner ist. Sie hört alles und ist sich umgekehrt über alles, was sie macht, bewusst. Jede Bewegung, jeden Schnaufer. Das hatte sie doch gerade erst in Brandenburg. Kann sie nicht mal wieder irgendwo ruhig schlafen? Sie ist spät eingeschlafen, mehr aus Erschöpfung denn aus Frieden. Irgendwann musste sie aufs Klo. Und traute sich stundenlang nicht, über Desi zu klettern. Als sie dann doch endlich auf dem Klo saß, dachte sie daran, wie Desi in der stillen Wohnung genau hören konnte, wie sie pinkelte.

»Ups, schon zehn.« Desi wacht auf und blinzelt auf ihr Telefon. »Egal, ich muss eh erst nachmittags in die Praxis.«

Eva liegt stumm da. Sie will nicht in einen Tag gehen, an dem die Beziehung mit Thomas vorbei ist. Sie möchte einen solchen Tag nicht erleben. Sie will gar nichts erleben, wenn sie getrennt ist. Ihr ist schlecht. Wahrscheinlich hat sie Hunger. Aber sie will nicht aufstehen. Sie kann nicht.

»Das tut dir nicht gut, lass das.« Desi redet freundlich, aber bestimmt mit ihr. »Wenn du liegen bleibst, gerät dein ganzer Hormonhaushalt durcheinander und dein Gehirn funkt nur noch negative Sachen durch. Dann stapeln sich in dir depressive Gedanken und Ideen. Lass das.«

Eva dreht sich zur Wand. »Ich kann einfach nicht«, sagt sie und ist bleich. Sie starrt vor sich hin.

»Nicht mal was essen?«

»Bitte nicht.« Sie will nichts essen. Essen bedeutet Lebensfreude. Und die hat sie nicht mehr.

Desi steht auf, Eva hört sie in der Küche herumwerkeln. Sie kommt mit Kaffee und Müsli wieder. Sie riecht noch immer nach Bett und Schlaf. Bei Desi hat das eine attraktive Selbstverständlichkeit. Bett und Schlaf ist etwas, das Eva schnell loswerden möchte, Desi hingegen badet darin. Ihre Haut dampft noch weich – gemütlich und leicht muffig –, ihre Brüste atmen groß und frei unter dem weißen T-Shirt, *life is good*.

»Irgendwie komme ich mir blöd vor, hier so rumzumampfen, während du nichts isst.«

»Nicht schlimm. Ich bin froh, dass du da bist.« Schweigen. Eva setzt sich auf und lehnt sich an die Wand, sie sieht übernächtigt aus. »Muss ich jetzt eigentlich allen Leuten Bescheid sagen? Meiner Mutter, meinem Vater, Inga, Faris? Müssen die alle wissen, dass wir getrennt sind? Yves?«

»Du musst gar nichts und darfst alles«, sagt Desi mit vollem Mund. Und nach einer kleinen Pause: »Schade, dass ihr nicht schön klassisch verheiratet wart, dann könntest du jetzt ›mit der Kreditkarte deines Mannes‹ shoppen gehen.«

»Das ist so ungefähr das Letzte, was ich jetzt will. Ich will nichts mehr von Thomas haben, am wenigsten sein doofes Geld. Ich würde gerne alles loswerden. Alles. Alle Kleider, alle Bücher, am Ende mich selbst.«

»Das wäre aber schade. Aber ich würde dich dann einfach im Secondhand wieder kaufen.«

»Boah, kannst du mal ernst sein?«

Stille. Desi isst betont leise ihr Müsli weiter. »Ich bin ernst. Ich strahle die Zuversicht von medizinischem Fachpersonal aus, und du bist mein Patient.«

»›Medizinisches Fachpersonal‹ hatte ich die letzten acht Jahre zu Hause.«

»Stimmt. Sorry. Ich denke immer, Komik hilft.« Desi riskiert ein aufmunterndes Lächeln.

Eva starrt weiter vor sich hin, ihre Augenringe scheinen immer dunkler zu werden. »Wenn ich jetzt mehrere Tage wegbleibe, dann brauche ich Sachen aus der Wohnung, auch für die Doktorarbeit. Wie mach ich das denn?«

»Du rufst Thomas an und sagst, er soll dir den Kram vorbeibringen. Was sollst du immer durch die Gegend gurken.«

»Ich habe da allerdings so 'ne spezielle Ordnung, die darf er nicht durcheinanderbringen. Aber ich will ihn auf keinen Fall treffen. Nein, ich will ihn unbedingt treffen.« Eva wühlt in ihren Haaren und blickt leer in das Zimmer. »Ist doch scheiße«, murmelt sie. »Ich dachte, ich komme nie wieder in so eine Situation. Wo ich überlegen muss, ob man denjenigen jetzt sieht oder nicht, ob es gut ist, eine SMS zu schicken oder nicht, ob man anrufen ›darf‹. Ob man einen anderen Weg fährt, um den anderen zu treffen oder eben nicht zu treffen. Ich dachte, ich muss über all das nicht mehr nachdenken. Und jetzt sitze ich wieder da, wie mit Anfang zwanzig, und muss wieder die eine Person finden, mit der ich leben kann. Ich dachte, ich hätte das alles hinter mir. Und sag jetzt nicht: ›Ist doch toll, die Welt steht dir offen‹. Die Welt ist viel zu groß.«

Desi schweigt. Soll sie etwas sagen? Soll sie, darf sie?

»Du musst doch jetzt nicht gleich panisch nach *der einen Person* suchen, die zu dir passt. So was *muss* man nicht, man *darf* es. Was heißt, man darf es auch lassen.« Sie neigt den Kopf leicht zur Seite und verschränkt die Arme. »Eva, bist du manchmal so altmodisch, weil deine Eltern so progressiv waren? Vielleicht passt man ja auch nur für vier Jahre zusammen. Oder drei Wochen. Oder für eine Nacht. Wenn du deine Perspektive etwas änderst, ist es jetzt auch schön, und ja, haha, ich sage es: DIE WELT STEHT DIR OFFEN.« Desi grinst, dann wird sie wieder ernst. »Es kann auch befreiend sein, sich nicht die ganze Zeit auf jemanden einstimmen zu müssen.«

»Mein Intellekt kann dir folgen.« Eva ist noch immer bleich und verkrampft. »Aber es kommt nicht im Körper an. Das klingt wie 'ne gute Idee, aber nicht für mich.«

»Dinge brauchen ja auch Zeit, bis sie im Körper ankommen.«

Eva sieht Desi an, ihre Augen schwimmen unsicher. »Was ich vor allem gerade denke: Ich habe nicht genügt. Es hat Thomas bei mir nicht gut genug gefallen.«

»Das ist ja nun wirklich eine völlig falsche Denkweise.« Desi haut mit der Hand auf die Bettdecke. »Da machst du ja ihn zum Richter und zum *Inhaber der Meinung* über dich. Das geht nicht! Es ist doch nicht deine Aufgabe *zu genügen.* Es ist auch nicht deine Aufgabe, eine Beziehung am Laufen zu halten. Genauso wenig, wie es deine Schuld war, dass deine Eltern sich damals getrennt haben. Es gibt Sachen, die haben nur bedingt mit einem zu tun.«

»Wenn Thomas sich von mir trennt, dann hat das sehr viel mit mir zu tun. Und dann hätte ich wohl was machen können.«

»Ja. Du hättest mal kurz jemand anderes sein können. Leute verändern sich, das ist leider so. Aber das ist nicht deine Schuld.«

»Aber ich habe mich doch auch verändert, und ich will trotzdem noch mit Thomas zusammen sein.«

»Du hast dich so geschickt verändert, dass du Thomas dafür nicht brauchtest. Du hast quasi Platz gelassen für ihn. Deine Veränderung hat woanders stattgefunden. Im Beruflichen. Im Intellektuellen. Thomas' Veränderung schließt seine Mann-Werdung ein. Dafür muss er dich loswerden. Aber da kannst du nichts für.«

»Seine Mann-Werdung?!«

»Ja. Thomas war ein Junge, als ihr zusammenkamt. Und jetzt hat er irgendwie das Gefühl, er muss sich noch mal anders hinstellen. Als Mann eben. Und das kann er nur alleine.«

»Aber dann gibt es ja noch eine Chance für uns. Wenn er dann ein Mann geworden ist.« Eva presst die Lippen aufeinander. Sie ist noch immer am Fallen. Sie fällt in die Fassungslosigkeit.

»Ja, vielleicht«, sagt Desi.

Thomas verlässt die Klinik, aber er geht nicht nach Hause. Er setzt sich draußen vor ein Café. Er hat heute frei. Er muss nicht mehr nachdenken. Er muss nicht mehr Rechenschaft ablegen. Vielleicht geht es jetzt doch bergauf. Vielleicht wird doch noch alles gut, wobei er nicht genau weiß, was er mit ›alles‹ meint. Da klingelt sein Handy. Eva. Thomas zögert. Soll er abheben? In Sekundenbruchteilen sieht er Ludwig, Herrn Bertram, seinen Vater, Matti und Faris vor sich. Alle sind sich aus dem ein oder anderen Grund sicher: Hier geht man ans Telefon. Das gebietet der Anstand. »Hallo, Eva.«

»Hallo, du, ich wollte fragen, ich habe Sachen in der Wohnung, die ich brauche, wie wir's machen, wann ich die hole.«

Eva klingt abgehetzt und orientierungslos. Thomas würde sie gerne beruhigen. Darf er nicht. »Von mir aus kannst du jederzeit vorbeikommen.«

»Ja, ich will auch nicht, dass du da mit Rose, wenn ich reinkomme, oder gerade deine Ruhe haben willst, ich weiß eh überhaupt nichts mehr, ist es gut, wenn wir uns sehen, oder nicht?«

»Wie du willst, Eva, wie du willst.«

»Was willst denn du?«

»Mir ist beides recht.«

»Das heißt, dir ist es egal?«

»Nein. Es ist mir nur beides recht. Wie es für dich besser ist.«

»Dir geht es also immer gut.«

»Ach, Eva …« Thomas schweigt. Das wird anstrengend. Aber das ist ok. Das hat er nicht anders verdient. »Du schaust einfach, wie es dir am besten passt. Und dann rufst du mich an.«

»Gut. Mir passt es jetzt. Ich wäre dann in einer halben Stunde da. Bist du dann auch da?«

Thomas zögert. Er könnte einfach im Café sitzen bleiben. Aber Eva kommt sowieso mit dem Fahrrad hier vorbei, sie wird ihn sehen. »Ich bin entweder in der Wohnung oder im Tausendundeinkaffee.«

Eva stutzt. Er sitzt in ›ihrem‹ Café. Da waren sie oft zu zweit. Er sitzt da ganz alleine, und ihm geht es gut. »Ok, bis gleich.«

Eva legt auf und wirft sich wieder auf Desis Bett. Desi ist nicht mehr da. Eva krümmt sich zusammen und umklammert die Bettdecke. »Ich will das nicht, ich will das alles nicht«, flüstert sie. »Das darf alles nicht wahr sein. Ich will nicht.«

Als Eva aufs Fahrrad steigt, merkt sie, dass ihr etwas mulmig ist. Sie hat seit Ewigkeiten nichts mehr gegessen. Ihr geht die Melodie von irgendeinem Schlager durch den Kopf. »Liebe, Liebe, Liebe ist das Einzige, was zählt.«

Eva fährt zögernd und mit wachsender Aufregung zur Wohnung. Gleich ist sie an dem Café, in dem Thomas sitzen könnte. Er ist nicht da. Evas Herz klopft. Sie biegt in ihre ruhige, gemütliche Straße ein, schließt ihr Fahrrad an, atmet tief durch. Was möchte sie Thomas eigentlich sagen, wenn sie ihn sieht?

»Ich finde das unnötig«, möchte sie gerne sagen. »Ich halte das für falsch. Du bist mein Schicksal, und ich will mich nicht gegen mein Schicksal stellen.«

Mit zitternden Händen schließt sie die Wohnungstür auf. Thomas ist nicht da. Die Wohnung wirkt, als wäre nie etwas passiert. Als würde sie immer noch davon ausgehen, die schützende Heimat eines jungen Pärchens zu sein. Als würde sie vormittags gelassen schlafen und nachmittags zufrieden brummen. Die Sonne scheint in Bahnen durch die Fenster. Eva würde sich am liebsten auf das Bett legen und Pläne machen. Aber was soll sie denn jetzt noch planen, wo sie nicht mehr mit Thomas zusammen ist? Aufregende Reisen mit Desi durch Südamerika? Ausflüge mit Freunden nach Brandenburg? Was soll sie mit all ihrer Zeit in Zukunft bloß machen?

Das Festnetztelefon klingelt, Eva schaut auf das Display und erkennt die Nummer, es sind Thomas' Eltern. Sie lässt es klingeln. Ob die Eltern schon wissen, dass sie getrennt sind?

Noch während das Telefon läutet, dreht sich ein Schlüssel im Schloss, und Thomas kommt herein. »Hey.« Er schaut sie liebevoll, vorsichtig an. In seinem Blick mischen sich schlechtes Gewissen und Sorge. Es fehlen Neugierde und Zukunft.

Eva beginnt panisch, ihre Sachen zusammenzuraffen. Sie wollte so viel sagen, jetzt möchte sie nur weg. Sie möchte diesen Blick nicht sehen. Sie muss auch gar nicht mehr fragen, »Sind wir jetzt wirklich getrennt?«. Sie kann es an Thomas' Gesicht ablesen.

»Wollen wir uns kurz in die Küche setzen und einen Kaffee, Tee trinken?«, fragt Thomas. Er steht hilflos hilfsbereit im Flur.

Eva schüttelt den Kopf. »Ich muss gleich weiter. Eigentlich dürfte ich schon nicht mehr hier sein.« Wenigstens der letzte Satz ist nicht gelogen. Sie dürfte nicht mehr hier sein. Es tut ihr nicht gut. Sie meidet den Blickkontakt, packt blind einen Stapel Briefe, wühlt im Schrank ziellos nach Unterhosen und eilt hinaus. Thomas schaut ihr perplex hinterher und ist nicht geistesgegenwärtig genug, sie aufzuhalten.

Unten, im Erdgeschoss, lässt sich Eva auf die Treppe sinken und heult. Nicht, weil sie es möchte, nicht, weil sie Thomas bestrafen oder erweichen möchte, sondern weil es nicht anders geht. Die Tränen brechen hervor, die Mundwinkel rutschen weg, keine Chance, das irgendwie zu kontrollieren.

Thomas steht in der offenen Wohnungstür und hört Eva schluchzen. Er blickt unbewegt vor sich hin. Was soll er machen? Er wusste, es wird schlimm. Er hat den starken Impuls, die Treppe hinunterzurennen und alles rückgängig zu machen. Aber er bleibt einfach in der Tür stehen und hört, wie sie weint. Irgendwann schläft sein Fuß ein, aber er traut sich nicht, sich zu bewegen. Dann wüsste Eva, dass er die ganze Zeit zugehört hat. Irgendwann geht Eva los. Die Haustür schnappt zu. Leise schließt Thomas oben ebenfalls die Tür. Er könnte sich sämtliche Adern aus dem Körper reißen. Eva geht es schlecht, ihm geht es gut. Er ist geradezu angenehm ruhig und kühl, Eva ist in heller

Aufruhr. Das ist unfair. Er würde sich gerne etwas antun, um wieder Gerechtigkeit herzustellen. Er lässt es lieber bleiben.

Später am Abend, durch die offenen Balkontüren hört man das abendliche Treiben einer sommerlichen Stadt, setzt Thomas sich auf das Bett und denkt nach. Er könnte sich auch an Evas Schreibtisch setzen, aber das hat er nicht gemacht, als sie noch zusammen waren, das macht er jetzt auch nicht. Das ist Evas Privatsphäre.

Thomas hat mehrere weiße Blätter vor sich liegen. Er schaut in die Luft, dann schreibt er auf ein Papier JOB, auf das nächste SEX (mit Rose) und auf ein drittes FREIHEIT. Dann teilt er jedes Blatt in zwei Spalten. Pro und Contra. Er schüttelt den Kopf. Immer diese Versuche, das ganze Leben in Listen zu packen. Aber er konzentriert sich trotzdem und schreibt geflissentlich auf die Zettel. Am Ende steht bei JOB:

*Pro*

- *Sicheres Einkommen*
- *Langes Studium (habe ich immerhin schon geschafft)*
- *Gute Rente*
- *Man hilft Menschen*
- *Man hat mit Menschen zu tun (wobei, will ich das überhaupt?)*

*Contra*

- *Klinikgeruch*
- *Strenge Hierarchien*
- *Tod und Verwesung*

- *Man hat zwar mit Menschen zu tun, aber die sind alle krank*
- *Wenn jemand stirbt (krasse Verantwortung)*

Thomas streckt die Arme Richtung Zimmerdecke und dehnt sich. Was heißt das denn jetzt, denkt er. Das ist ja eigentlich klar. Raus aus dem Job. Erst trenne ich mich von Eva, dann schmeiße ich den Job hin, dann lande ich auf der Straße. Das gefällt ihm nicht. Ratlosigkeit macht sich breit. Er hört auf, über das leidige Berufsthema nachzudenken und wendet sich SEX (mit Rose) zu.

*Pro*

- *Macht Spaß*
- *Ich bin jung*
- *Sex ist gesund*

*Contra*

- *Ich könnte mich verlieben*
- *Ich hab mich schon verliebt*
- *Das könnte übel für mich enden*
- *Es ist pietätlos gegenüber Eva*

Wieder blickt Thomas ratlos auf das Papier. Er möchte schon zum nächsten Blatt übergehen, da wird er wütend. Er könnte sich verlieben. Ja, und? Was wäre daran so schlimm?

Energisch widmet sich Thomas der FREIHEIT. Allerdings gibt es da kein Pro und Contra, sondern nur ein Wie? und ein Warum?. Nach ein paar Minuten stehen unter beiden Fragen immer die gleichen drei Wörter: *Mama und Papa, Mama und Papa, Mama und Papa …*

Er überlegt, ob er Leute kennt, die finanziell nicht von den Eltern aufgefangen würden. Rose. Und Matti. Beide bekommen beruflich deutlich mehr hin als er.

Er denkt an Eva. Die hat sich, obwohl sie von den Eltern finanziert wurde, alles selber ausgedacht. Hat ihr Studium zielstrebig durchgezogen, verdient jetzt ihr eigenes Geld und hatte immer eine eigene Idee von Familie. Eine Familie, die sich nicht scheiden lässt. Etwas, das bleibt, Thomas denkt an Eva, und sie tut ihm leid.

Eigentlich wollte er noch Rose anrufen, das lässt er jetzt bleiben. Dafür klingelt sein Handy. Rose. Thomas starrt überrascht auf das leuchtende Gerät und lässt es klingeln. Rose ruft sofort noch mal an. Er hebt ab und versucht, möglichst verschlafen zu klingen. Die Mühe müsste er sich nicht machen, Rose fängt sofort an zu reden.

»Ich will ja nicht sagen, dass du mir viel bedeutest, aber ich finde, wenn man zusammen im Bett war, ist ein Mindestmaß an Anstand geboten, und nicht mal das kriegst du hin. Also, was ist los bei dir, ihr seid getrennt? Ja, dann sag mir das doch. Egal, was daraus resultiert.«

»Aha. Ok.«

»Aha? Ok? Weißt du was, wenn du noch mal mit mir ins Bett willst, musst du etwas eloquenter werden. Das ist mir hier alles etwas zu lahm.« Sie lacht kurz. »Lahm ist irgendwie ein seltsames Wort. Passt perfekt zu dem, was man beschreiben will. Laaaahm. Du bist laaaahm.«

Thomas muss grinsen. Er kann sich nicht erinnern, dass jemand in letzter Zeit oder überhaupt jemals so mit ihm geredet hat. Seltsamerweise findet er Roses Zorn ganz attraktiv. Und lahm, nun ja, das möchte er natürlich nicht sein, aber es stimmt, was Rose da sagt.

»Ok. Ich werde mehr reden.«

»Jetzt?«

»Jetzt? Ich weiß nicht. Mö…«

»Schon wieder ›ich weiß nicht‹, das kann doch nicht wahr sein!«

»Möchtest du vorbeikommen, wollte ich fragen.«

»Nein, möchte ich nicht. Ich bin noch in der Klinik. Vielleicht danach.«

»Meld dich doch. Und ich verspreche, ich werde dich über meinen Beziehungsstatus auf dem Laufenden halten. Falls ich in den nächsten vier Stunden doch wieder mit Eva zusammenkommen sollte.«

»Haha. Sehr lustig.«

Nach dem Telefonat schämt sich Thomas. Er hat über Eva Witze gemacht. Beziehungsweise über ihre Situation. Nur damit Rose lacht. Sie bringt nicht unbedingt meine besten Saiten zum Klingen, denkt Thomas. Und genau das findet er befreiend.

Spätnachts kommt Rose noch vorbei. Sie drückt ihren Körper gegen Thomas, er umfasst mit der Hand ihr Gesäß. Es ist erstaunlich, wie schnell und unvermittelt sie zusammen Sex haben. Man muss nichts herbeiführen, keine Peinlichkeiten überbrücken, Sex ist das Natürlichste, was sie zusammen machen können.

Diesmal bleibt sie über Nacht, denkt Thomas zufrieden.

Rose hatte einen langen Tag in der Klinik. Sie schläft ein, ohne seinen Körper zu berühren. Die Arme vor ihrer Brust, auf der Seite liegend, nackt. Sie schläft nicht für ihn, nicht, um bei ihm zu sein, nicht, damit er sie schön findet. Rose schläft, weil sie müde ist. Sie wollte mit ihm Sex haben, deswegen ist sie vorbeigekommen. Jetzt ist sie zu müde, um nach Hause zu gehen, also schläft sie ein. Thomas wäre gerne wie Rose. So selbstverständlich egoistisch.

Eigentlich bin ich auch egoistisch, denkt Thomas. Ich brauche nur immer mehrere Umdrehungen, bis ich mir eingestehe, was ich möchte. Drei Runden schlechtes Gewissen, vier Runden überlegen, was die anderen wollen, eine Runde darüber nachdenken, was der Rest der Welt jetzt über mich denkt, und dann mache ich, was ich will. Ich bin ein umständlicher Egoist.

## 3 Tage danach

Eva weiß nicht, wann sie das letzte Mal etwas gegessen hat. Desi ist schon in ihrer Praxis.

Eva ist mit den quälenden Gedanken aufgewacht, wo genau in der Wohnung Thomas und Rose Sex hatten. War es im Bett? Oder auf dem Sofa? Auf den Dielen? Und wann? Gleich am ersten Tag, als sie weg war? Bevor Ludwig vorbeikam oder danach? Und weiß Ludwig davon?

Eva steht in dem kleinen, fensterlosen Badezimmer, das voller Schnickschnack und buntem Zeugs ist. Sie probiert eine Bodylotion aus, die nach Vanille riecht. Das passt zu Desi, an ihr riecht sie billig. Sie ist keine Vanille-Frau. Was bin ich überhaupt für eine Frau, fragt sie sich, während sie an sich hinunterblickt. Sie könnte sich mal wieder die Schamhaare rasieren. Wobei, für wen? Sie weiß nicht mal, ob Thomas nicht viel lieber eine unrasierte Scham gemocht hätte. Sie hatten zu Beginn mal darüber gesprochen, aber damals hatte die Frage ihn überfordert.

»Ich … ich finde es schön so, wie es ist. Also, ein bisschen rasiert. Aber nicht zu doll. Nicht zu doll rasiert, nicht zu doll gewachsen.« Er hatte sie schnell geküsst. »Ich finde dich schön, wie du bist.«

Eva schmerzt die Erinnerung. Sie wischt sie schnell weg, genauso wie sie den Geruch der dämlichen Bodylotion loszuwerden versucht, und zwängt sich in ihre Kleider.

Es ist nach wie vor unwirklich warm. Juli. Die Stadt kracht unter der Hitze. Eva trägt seit Tagen die Jeans, die sie anhatte, als Schluss war. Sie kann sich nicht von ihr trennen. Sie ist viel zu warm, aber etwas anderes geht gerade nicht. Kein Sommerkleid, keine Weiterentwicklung.

Eva kommt verschwitzt am Museum an. In Kombination mit dem Hunger bekommt sie langsam Kreislaufprobleme. Die passen zu ihrem ganzen Zustand des Aus-der-Welt-gefallen-Seins.

Sie geht nicht direkt in ihr Büro, sondern nimmt den Umweg über den Vordereingang des Museums. Dort thront hoch über allen eine weiße Statue mit Flügeln, die Eva immer als Glücksbringer und Schutzschild empfunden hat. Sie möchte nur kurz unter dieser Statue stehen. Als sie aber in ihr Gesicht schaut und die feinen Gipsfedern betrachtet, fühlt sie sich nicht gestärkt. Die Statue soll eine Viktoria sein, eine Siegesgöttin, und ihr fehlen ein Arm und eine Hand.

Eva kann nicht mehr, ihr Herz pocht und sie sieht alles gleichzeitig: Die Halle, die mitten in den Sommerferien an solch einem strahlend hellen Tag nur spärlich besucht ist, sich selber, wie sie da unglücklich steht, aber auch die Eva, die eine Rede hält, die Freunde, die sie feiern. Dass Thomas stolz auf sie war, trotz des Streites, den sie zuvor gehabt hatten. Sie war damals gestresst, ja. Sie war besorgt. Aber sie war noch voller Hoffnung.

Jemand geht an ihr vorbei, stutzt, kehrt um. Eva erkennt nur die Umrisse.

»Eva? Eva. Was ist?«

Yves steht vor ihr. Sein Gesicht nah an ihrem, sie kann seine roten Lippen quasi in Großaufnahme sehen. Evas Herz klopft viel zu schnell und viel zu laut. Sie legt eine schweißnasse Hand auf Yves' Arm. Yves setzt sich einfach hin und zieht Eva zu sich. Jetzt hat sie den kalten Fußboden unter sich, das ist schon besser. Ein Museumswärter kommt. »Sie können hier nicht so sitzen.«

»Sie sehen doch, dass es der Frau nicht gut geht, haben Sie ein Wasser, bitte«, antwortet Yves.

»Ich brauche keins«, wehrt Eva ab. Wenn ihr jetzt auch noch ein Wasser gebracht wird, wird sie endgültig zur Sensation. Eine Sensation des emotionalen Elends. Aber das Wasser ist schon da, und es hilft. Das Herz klopft nur noch leise, dafür wird Eva jetzt kalt.

»Was ist los?«, fragt Yves, und Eva merkt wieder einmal, wie sehr er sie mag. Er ist bereit, alles, was da kommt, alles, was sie sagen wird, anzunehmen. Weil es von ihr kommt. Wie lange schon hatte sie diesen Blick bei Thomas gesucht und nicht mehr gefunden.

»Ich vertrage die Hitze schlecht.«

»Ah.«

Eva kann hören, dass er enttäuscht ist, weil sie ihn anlügt. Als ob er irgendjemand, als ob nicht zwischen ihnen eine besondere Verbindung wäre.

»Brauchst du noch einen kalten Waschlappen?«

Eva lächelt. Nein, braucht sie nicht. »Aber ich finde schön, wenn wir noch kurz hier sitzen bleiben.« Also sitzen sie da, schweigend. Ein paar Leute, die vorbeikommen, gucken, wundern sich, sehen Evas blasses Gesicht und gehen dezent weiter.

Ein bisschen fühlt Eva sich zurückversetzt in die Zeit als Teenager, in der man irgendwo auf dem Boden rumlungerte und so tat, als wäre das normal. Dann rafft sie sich auf.

Yves reicht ihr die Hand, und obwohl es ihr peinlich ist, greift Eva danach. Mit einem Schwung steht sie wieder da. Yves sieht sie aufmerksam an. Er erinnert Eva mal wieder an einen Hund, der spazieren gehen will. Oder spielen.

»Ich muss arbeiten«, sagt sie, dabei hat sie völlig vergessen, warum sie überhaupt hergekommen ist. Eigentlich hat sie nichts zu tun. Zumindest nichts, was sie nicht auch in einer Woche erledigen könnte.

»Ich muss auch in mein Office«, sagt Yves.

Eva würde auf dem Weg, kurz auf die Straße, in das andere Gebäude, die Treppen hinauf, den Flur entlang, gerne harmlosen Small Talk machen. Aber ihr fällt nichts ein. Ihr Gehirn besteht aus einem einzigen langen Gang, und die interessanten Gesprächsthemen liegen hinter verschlossenen Türen.

In ihrem Büro rettet sie sich hinter ihren Schreibtisch. Yves ist immer noch da. »Danke. Bis bald«, versucht sie ihn hinaus zu lächeln. Aber Yves zögert.

»Irgendwann erzählst du mir, was heute los war. Bei einem Kaffee. Oder«, er schaut aus dem Fenster in die strahlend blaue Hitze, »einem Eiskaffee.« Dann geht er, als wäre er gerade überhaupt nicht besonders nett oder charmant gewesen, zügig aus dem Zimmer.

Die nächsten zwei Stunden sitzt Eva an ihrem Schreibtisch und macht: nichts. Sie sitzt da und schaut in das Zimmer. Ihr Gehirn verweigert das Denken, ihr Körper jegliche Aktivität. Und diese Leere, diese umfassende, vollkommene Leere, tut ihr gut. Irgendwann erwacht Eva aus ihrer Starre und sieht sich das erste Mal auf ihrem Schreibtisch um. Braucht sie irgendwas, was hier liegt? Was hat sie überhaupt vor die nächste Zeit? Sie müsste dringend zu ein paar Museen Kontakt aufnehmen und sich einen Überblick über die laufenden Ausstellungen verschaffen. Sie müsste. Sie müsste so vieles. Nach ein paar Sekunden steht sie auf, nimmt ihre Tasche und geht. Das Zimmer sieht aus, als wäre sie nie da gewesen.

Eva tritt auf die Straße, noch immer benommen, noch immer nicht verbunden mit der restlichen Welt. Vielleicht begegnet sie wieder Yves? Jemand, der sie ansieht und nicht wegsieht. Aber es ist niemand da. »Dann muss ich wenigstens nicht mehr nach Gesprächsthemen suchen«, redet sich Eva ihre Einsamkeit schön. Trotzdem geht sie noch mal in das Museum.

In der Halle wirft sie einen längeren Blick auf die Ausstellung. Eigentlich ganz gut, was sie da gemacht haben. Der berufliche Stolz holt sie ein wenig ins Leben zurück.

Als Nächstes findet Eva sich bei Edeka wieder. Sie hat langsam wirklich absurden Hunger und lädt den Einkaufswagen voll. Zwar hat sie an der Kasse das Gefühl, als würden alle sie ansehen, als wüssten alle, dass sie einsam und dieser Einkauf eine einzige schreiende Übersprungshandlung ist, aber sie kämpft sich tapfer aus dem Supermarkt und zu Desi.

Als sie in die Wohnung kommt, steht Desi gerade in der Küche und kocht. Spaghetti mit scharfer Paprika-Tomatensauce.

»Halleluja, was hast du denn da alles?« Desi schaut beeindruckt auf die Tüten, die Eva anschleppt. »Und auch noch in Plastiktüten, hattest du etwa keine Jutebeutel dabei?«, fragt sie mit nachlässigem Grinsen.

»Habe ich immer dabei«, verteidigt sich Eva, der es mit dem Plastik in den Weltmeeren und den Müllhalden durchaus ernst ist. »Aber wir können die ja wiederverwerten, das war ein spontaner Einkauf.«

»Marshmellowcreme, Sambal Oelek, Tacos, Bier, Nougatschokolade, Ananas, Lauchzwiebeln, Tiefkühlspinat, Tofu, – ist es Absicht, wenn ich hier kein System entdecke?«

Eva lächelt. Zum ersten Mal seit Tagen.

Sie deckt den Tisch hübsch für Desi und sich, aber hält dann inne, räumt den kleinen Küchentisch wieder frei und deckt den weißen, wackeligen Metalltisch auf dem Balkon.

Desi trägt zwei Teller nach draußen. Eva betrachtet gerade eine vertrocknete Margerite.

»Soll ich mich mal hier drum … kümmern?«

»Nee, hat keinen Zweck, wenn du wieder weg bist, vertrocknet wieder alles. Oder ertrinkt, oder verschimmelt. Ich hab einfach keinen grünen Daumen, guten Appetit.«

Eva isst zwei Happen und ist satt. Sie sieht in den Abendhimmel. Das hier würde sie nicht erleben, wenn sie noch mit Thomas zusammen wäre. Sie könnte sich mit

Desi verabreden, klar, aber es wäre anders. So erleben sie sich nackter. Bedingter. Abhängiger. So wie früher.

Eva erzählt Desi von ihrem Tag, von Yves, der sich um sie gekümmert hat und den sie kaum losgeworden ist.

»Wenn andere mir erzählt haben, sie seien fast ohnmächtig geworden, dachte ich immer, die stellen sich an oder steigern sich in was rein. Genauso wie ich immer dachte, man muss nicht weinen. Man kann sich immer beherrschen. Stimmt beides nicht.«

Desi steht auf und kommt mit Bier und Zitronenlimo wieder.

»Das ist das, was du jetzt brauchst, Alkohol und Zucker.« Sie mischt Eva ein Radler.

»Wenn ich jetzt ein Radler trinke, bin ich bestimmt sofort betrunken.«

»Das ist gut so, sei mal betrunken.«

Eva erzählt noch mehr von Yves, wie er sie angeschaut hat. Desi schüttelt den Kopf.

»Wieso«, setzt sie an, »wieso warst du eigentlich noch mit Thomas zusammen? Wenn er dich ewig nicht so angeschaut hat, voller Vertrauen, Verehrung, voller Hingabe und ja, Liebe, was hast du dann da die ganze Zeit verloren?«

Eva schaut auf ihren Teller. Sie fühlt sich wund.

»Am Anfang war das so. Wenn du alte Fotos von Thomas und mir siehst, wirklich, es bricht einem das Herz, wie jung und froh und unschuldig wir uns da ansehen.«

»Ich hab mich ja immer gewundert, wie anstandslos er deine Pläne mitmacht, im Großen wie im Kleinen. Das Radler schmeckt nicht, oder? Ich glaube, die Limo ist nicht mehr gut. Also zu wenig Kohlensäure.«

»Ja, die Pläne. Ich brauche eben meine festen Rituale und Abläufe. Aber es ist so unfair, die haben uns beiden Halt gegeben, ihm auch. Wenn ich ihn nicht gestützt hätte, ihm keinen Lernplan gemacht hätte, er hätte nie sein Studium fertig bekommen, nie! Und genau das findet er jetzt beengend. Dabei hat uns das total geholfen, nicht nur im Studium. Als der Zauber weg war, hatten wir die Rituale. Den Alltag. Und der war nicht magisch, aber er war grundgut. Grundgesund. Und Alltag kam ja auch erst nach vier, fünf Jahren. Bis dahin hat uns die Verliebtheit weit getragen. Und dann hatten wir schon eine schöne Vergangenheit, auf die wir zurückblicken konnten.«

»Stimmt. Ihr wart ziemlich lange ziemlich glücklich. Hab ich immer bewundert, eure Reisen, das Zusammenwohnen, die ganzen durchgefeierten Nächte während des Studiums, ihr habt ja alles zusammen gemacht.«

»Ja«, antwortet Eva still. »Und wenn ich irgendwann wieder mit jemandem zusammenkommen sollte, dann hat er diese Nächte mit einer anderen Frau erlebt und ich mit Thomas.«

»Ihr habt alles zusammen gemacht, aber nach Paris bist du alleine gegangen.«

»Ich glaube ... ich dachte damals, uns kann nichts etwas anhaben. Im Nachhinein denke ich, ich habe gehofft, das belebt unsere Beziehung wieder. Wir schauen uns mit frischem Blick an und starten mit neuem Elan in alles, was danach kommt. Berufliche Festigung, Kinder, größere Wohnung. Aber ich hätte nie gedacht, dass Thomas in diesen zwei Jahren so wegdriftet und ...«

»Ja?«

»... und versteinert.« Evas Mundwinkel zittern. »Dieses Versteinern war eigentlich das Schlimmste. Das darf man niemandem antun. Wenn er mich wenigstens mal angeschrien hätte oder genervt gewesen wäre, nein, er war immer höflich, nur eben hölzern, distanziert. Und dann plötzlich wieder normal. Das war die Hölle. Oder es *ist* die Hölle, er ist ja immer noch so.«

Eva denkt erschöpft nach. »Das Schlimme ist«, flüstert sie. »Ich bin auch nach Paris gegangen, weil ich meiner Mutter beweisen wollte, was für eine unabhängige junge Frau ich bin. Vielleicht hätten wir uns nie getrennt, wenn ich hiergeblieben wäre.«

»Doch, ich glaube schon. Nur vielleicht zwei Jahre später. Ich glaube ja, dass sein Verhalten viel mehr mit ihm zu tun hat als mit dir.«

Sie schweigen beide.

»Trottel«, sagt Desi irgendwann. »So ein Trottel. Ich würde dich jederzeit heiraten. Wobei, ich will eigentlich nie heiraten. Aber ich würde sofort mit dir Kinder haben wollen. Aber nur, wenn du mir versprichst, dass sie nicht ausschließlich schöne Kleider in gedeckten Farben aus ökologisch-ethisch vertretbarer Produktion tragen, sondern auch billigen Scheiß von H&M.«

Eva lacht.

»Könnte ich sofort versprechen, aber wenn es hart auf hart käme, würde ich dich mit dem H&M-Scheiß wieder wegschicken, weil es gegen meine Prinzipien verstößt. Siehst du, ich bin kompliziert.«

»Quatsch. Das ist nicht kompliziert. Thomas ist ein Trottel.«

»Ich habe mal in einem Interview mit einem Paartherapeuten gelesen, zum Scheitern einer Beziehung gehören immer zwei.«

»Was? Ach, was für ein Blödsinn. Psychologen, die Interviews geben, sollte man nie trauen. Wenn du es nämlich so betrachtest, mindestens drei. Die jeweiligen Partner und die äußeren Umstände. Wenn zum Beispiel ein Paar sich kennenlernt, aber einer ist gerade verwitwet und merkt nach fünf Wochen, ›Ups, ich sollte ja noch trauern‹, dann kann keiner der beiden was dafür, sondern nur die äußeren Umstände. Dann musst du außerdem noch die Prägung durch die Eltern mit einberechnen, zum Scheitern einer Beziehung gehören also mindestens sieben. Und die Ex-Partner. Also sieben plus x. Zum Gelingen dann natürlich auch. Sieben plus × Personen. Ich bin heute Abend übrigens nicht da, hatte ich das schon erwähnt?«

Eva schüttelt den Kopf. Sie ist etwas enttäuscht.

»Ich treffe Gunnar.«

»Gunnar?!«

»Ja. Habe ihn zufällig in ’ner Kneipe getroffen.«

»War der nicht zwischendurch in Südamerika?«

»Nein, der war die ganze Zeit in Berlin. Der hat ein Netzwerk für Kinder aufgebaut, die häusliche Gewalt erlebt haben.«

»Ich verwechsle den immer mit dem Engländer, aber der Engländer war dieses Jahr, oder?«

»Matthew, ja, das war Weihnachten. Der reist gerade mit seiner Freundin, die er mir damals verschwiegen hat, durch die Südsee, habe ich bei Instagram gesehen. Gunnar, das ist schon fünf Jahre her.«

»Ach, der! Der wollte dich doch unbedingt, aber du warst ganz schön gemein zu dem.«

»Ja, genau der.«

Ludwig sieht, als er in die Kneipe kommt, in der Thomas und er verabredet sind, wie immer auf nachlässige Art gut aus. Kontrolliert durch die Hecke gezogen. Und wie immer strahlt er Verwegenheit, gute Laune und Tiefgang zugleich aus. Alles drei, immer gleichzeitig, es ist beneidenswert.

Ich hingegen strahle wahrscheinlich Disziplin, schlechte Laune und behaupteten Tiefgang aus, denkt Thomas voller Selbstverachtung. Die Kneipe ist halb leer, die meisten Leute sind an diesem Tag draußen unterwegs.

Ludwig hat sein Hemd ziemlich weit aufgeknöpft, das ist gerade sein *Style*, er hat heute Abend wohl noch was vor. Thomas trägt einen Pulli.

Warum trage ich bei der Hitze eigentlich einen Pulli?, fragt er sich. Weil er keine Antwort weiß, fragt er Ludwig.

»Ist dir denn warm?«

»Komischerweise nicht.«

»Dann brauchst du ihn. Ihr seid jetzt also getrennt, schließe ich daraus?«

»Warum schließt du das … hä?«

»Wenn es dir laut Selbstaussage gut geht, du aber an einem warmen Juli-Abend einen Pulli brauchst, dann nimmt dich anscheinend gerade irgendetwas mehr mit, als du dir eingestehst. Und ich vermute mal, es ist die Trennung.«

Thomas trinkt einen Schluck Bier und denkt unscharf nach. Nimmt ihn die Trennung mit? Ja, natürlich. Aber er hat lange genug gelitten, er möchte jetzt im Moment ungern schon wieder leiden. Wann ist man denn schon mal verliebt? Er möchte jetzt unbeschwert in Rose verliebt sein.

»Was ist?«, fragt Ludwig.

»Klar nimmt mich das mit, aber ich bin gleichzeitig auch in Rose verliebt.«

»Weiß eigentlich Eva davon?«

»Das war ja der Trennungsgrund.« Thomas erzählt die ganze Geschichte, wie Eva das kleine Eckchen der Kondomverpackung gefunden hat, wie sie sofort gegangen ist. Ludwig hört ernst zu.

»Das tut mir leid für Eva. Das wäre nicht nötig gewesen. Ihr hättet euch ja sowieso getrennt. Aber durch Zufall erfahren, dass der Freund einen betrogen hat, ach, das ist oll. Das ist schäbig.«

Thomas weiß genau, was Ludwig meint. *Er* ist oll, *er* ist schäbig.

»Hättest du nicht besser aufpassen können?«

Thomas sagt nichts. Hätte er besser aufpassen können? Natürlich. Hätte das was gebracht? Im Großen und Ganzen nicht.

»Hast du dich bei Eva entschuldigt?«

Thomas verzieht das Gesicht. »Nicht direkt. Das wäre mir irgendwie albern vorgekommen. Eine Entschuldigung wiegt ja bei Weitem nicht auf, was ich ihr angetan habe. Das ist so ähnlich, wie wenn ich ein anderes Auto zu Schrott fahre und dann ›Entschuldigung‹ sage und denke, damit ist alles wieder gut. Ich glaube …«

»Ja?«

»Ich glaube, wir haben uns mit der Trennung in den Bereich des Unsagbaren begeben. Des unsagbar Schrecklichen. Ich glaube, ich habe Eva ein Stück weit kaputt gemacht. Und das kann ich sowieso nie wiedergutmachen.«

»Hattet ihr seitdem Kontakt?«

»Sporadisch. Sie hat Sachen aus der Wohnung geholt.

Aber da ist sie nur panisch durch die Gegend gerannt und sofort wieder gegangen.«

»Also lieber verdrängen?«

»Es bringt ja nichts, wenn ich mich jetzt bei ihr melde. Das tut ihr nur weh. Alles, was ich mache, tut ihr weh. Melden, nicht melden, ihr helfen wollen, sie ignorieren, egal, was ich mache, es fügt ihr Schmerzen zu.«

»Hm.«

Thomas weiß nicht, ob Ludwig seiner Meinung ist.

»Ihr jetzt schreiben ›tut mir leid‹, das kriege ich nicht hin«, verteidigt er sich weiter. »Das kommt mir verlogen vor.«

»Ja«, murmelt Ludwig. »Das verstehe ich ja. Ja, ja. Und Rose?«

Thomas denkt an den Sex mit Rose, wie alles mit ihr so ganz anders ist als das, was er kennt. Er lacht.

»Das klingt bestimmt albern, aber ich ›dachte nicht, dass ich so etwas noch mal erlebe‹. Allein dafür hat sich die Trennung schon gelohnt.«

»So gut?«, fragt Ludwig.

»So schön«, korrigiert Thomas ihn. »So ungekannt schön. Allerdings ist sie ganz schön kompliziert mit Verabreden und Nähe, ich weiß nicht, wie viel Herz ich da verlieren darf. Aber sie bekommt halt auch nur so viel, wie sie reingibt«, fügt er altklug hinzu.

»Wenn du das so kontrollieren kannst, herzlichen Glückwunsch.« Ludwig grinst sardonisch und trinkt sein Bier.

Thomas macht schnell den Abflug. Heute ist es nicht schön mit Ludwig. Er fühlt sich von ihm dezent getadelt. Dabei ist Ludwig wirklich nicht besonders rücksichtsvoll gegenüber den Gefühlen der meisten Frauen, mit denen er schläft. Durch Berlin zieht sich eine Reihe gebrochener Herzen, angeknackst von Ludwig.

Thomas radelt zerknautscht nach Hause. Soll er Eva jetzt schreiben? Um 23 Uhr? Dann glaubt sie, er sei wach und könne nicht schlafen, weil er an sie denkt. Das wäre ein ganz falsches Signal.

Vielleicht muss ich damit leben, denkt Thomas, dass ich mich mit der Trennung auf die dunkle Seite der Macht begeben habe. Ich gehöre jetzt zu den Bösen. Zu den normalen Menschen, die nicht immer alles richtig machen.

Seine Eltern fallen ihm ein. Denen muss er auch irgendwann mal Bescheid sagen. Thomas malt sich das erschrockene Gesicht seiner Mutter und die verurteilend herabgezogenen Mundwinkel seines Vaters aus. Hätte er sich mal nicht getrennt, dann würde ihm dieses Gespräch erspart bleiben. Dann würden sie demnächst alle zusammen nach Dänemark fahren. Alle zufrieden, alle froh, dass das Leben innerhalb der Bahnen läuft, in denen es zu verlaufen hat. Cremeweiß sind diese Bahnen, mit hellblauen und frisch grünen Streifen an den Seiten. Schöne Bahnen. Thomas steht jetzt in der Wildnis. In der Steppe. Rose. Rose würde sich nie auf eine cremeweiß-hellblau-frisch-grüne Bahn begeben. Rose läuft mit ihm durch die Wildnis. Oder läuft er da alleine? Ganz alleine?

## 5 Tage danach

Eva geistert durch Desis Wohnung. Zum Glück bekommt man innerhalb eines Altbaus nicht viel von der Hitze mit.

Sie trägt noch ihre Pyjamahose. Sie hat nicht geduscht. Sie duscht sonst immer. Es sei denn, sie hat Fieber.

Das Aufwachen hat sich angefühlt wie der absolute Endpunkt eines Marathons. Einer Flucht. Eva lag lange auf der Matratze und wartete, ob ihr jemand die Gewichte vom Körper nehmen würde. Aber niemand kam.

Jetzt steht sie ratlos mitten im Zimmer. Sie möchte nicht in die Küche, sie möchte nicht ins Bad. Sie möchte nicht wieder ins Bett. Sie möchte auf keinen Fall auf die Straße.

Also setzt sie sich auf den Balkon. Sie hat ihr Handy in der Hand. Thomas hat sich nicht gemeldet. Gar nicht, überhaupt nicht. Wie es ihm wohl geht? Ob er einfach froh ist, dass sie weg ist?

Dass Eva nicht mehr jeden Tag weiß, was Thomas macht, wie es ihm geht, das ist das Schlimmste. Das vermisst sie ganz konkret, körperlich. Man hat ihrem Körper die Thomas-Erzählungen genommen. Und da, wo seine Erlebnisse waren, ist jetzt ein Loch.

Aber Eva möchte nicht diejenige sein, die sich meldet. Sie hat sich schon klein genug gemacht, noch kleiner kann man sich nicht machen. Sie schaut auf die Uhr. Schon halb vier. Eva fühlt sich wie Staub unterm Bett, wie Kühlschrankflüssigkeit, die ausläuft, wie ein zerknüllter Kassenzettel am Gehsteigrand. Man könnte jetzt auch vom Balkon springen. Aber das wäre wahrscheinlich etwas, das sie bereuen würde, noch während sie fällt.

Eva klickt sich durch ihr Foto-Archiv. Jetzt also doch. Tagelang hat sie dagegen gekämpft, jetzt kann sie nicht mehr. Dabei ist es die größtmögliche Verletzung, die sie sich gerade zufügen kann.

Eva und Thomas in Paris. Das obligatorische Selfie

vor dem Eiffelturm. Eva schaut engagiert, Thomas passiv. Das ist auf ganz vielen Bildern so. Das war ihr früher schon aufgefallen, aber dem hatte sie keine Bedeutung zugemessen. Jetzt versteht sie die Geschichte dahinter.

Er wollte schon so lange weg, denkt Eva. So lange. Und er hat es selber nicht gemerkt. Wir haben es beide nicht gemerkt. Aber er wollte längst weg. Er war nur noch halb da.

Sie blättert weiter durch die Fotos, die letzten schönen Bilder sind aus der Zeit vor Paris. Sie und Thomas in der Küche, beide lachen sie sich kaputt. Desi hat das Foto gemacht, oder Ludwig? Sie hatten was genommen, Pilze. Soll man eigentlich eher im Wald nehmen, wo niemand ist. Sie hatten einfach so welche gegessen. Eine dünne Scheibe. Erst war gar nichts passiert, und dann hatten sie alle Lach-Flashs bekommen.

Eva blättert noch weiter. Hier sind sie drei Jahre zusammen. Und noch immer verliebt. Eva hält Thomas im Arm, Thomas hält Eva im Arm. Sie blicken sich an und sind direkt miteinander verbunden. Ein Möbiusband, das nicht abreißt. Nie abreißen würde.

Eva lässt das Handy sinken. Wie soll sie je wieder jemandem vertrauen? Vertrauen, dieses Wort war gleichbedeutend mit Thomas. Vor ihm hatte sie noch nie jemandem wirklich vertraut. Vielleicht ihrem Vater. Aber ihr Vater ist schwach. Lieb und schwach. Vielleicht ist Thomas das auch? Hat sich deswegen ihre Mutter von ihrem Vater getrennt? War ihr Vater zu schwach? Muss sie die Geschichte neu schreiben?

Ein Schlüssel dreht sich in der Tür, Desi kommt nach Hause. Sie ist bester Laune. Der Abend mit Gunnar war schön, und seitdem trägt Desi etwas mit sich herum, das sie sogar vor sich selbst versteckt. Sie ist dabei, sich zu verlieben. Sie umarmt Eva überschwänglich, merkt sofort, dass es der Freundin nicht gut geht, kocht ihr einen Tee und dreht ihr einen Joint. Eva zieht kein einziges Mal daran. Gekifft hat die frühere Version von ihr, wenn es ihr gut ging. Jetzt fühlt sie sich wie eine Frau, deren Leben hinter ihr liegt. Was soll man da noch kiffen?

Um Mitternacht liegen Desi und Eva im Bett.

Ich liege schon wieder, denkt Eva. Demnächst bekomme ich einen Decubitus.

Desi schreibt eine SMS nach der anderen. Gunnar. Er scheint sehr witzig zu sein, denn Desi lacht und prustet abwechselnd vor sich hin.

»Lies vor«, sagt Eva.

»Ist schwer aus dem Zusammenhang raus«, meint Desi. »Also, er ist gerade bei einer Veranstaltung, und eine Frau redet wahnsinnig langweilig vor sich hin, eine Frau, deren Organisation sich Gunnar vielleicht mit seinem Projekt anschließen will, als Dachverband. Jetzt schreibt er ›Das wäre eher ein Schnarchverband. Schlafverband. Gähnverband. Oh, ich habe nicht aufgepasst. Macht nichts, es ist immer noch derselbe Satz. Jetzt hat sie gesehen, dass ich ins Handy schaue. Ach nee, das war nur ein seeeehr langsamer Bliiiiick ins Puuuuublikuum allllgemeieieinnn.‹«

Eva lächelt.

»Siehst du, ist nicht witzig, wenn man's vorliest.«

»Doch, doch. Schon.« Eva schließt die Augen und hofft einzuschlafen. Das Aufleuchten von Desis Handy reißt sie aber immer wieder aus dem Dämmerzustand. Fröhliches Aufleuchten, begeistertes Aufleuchten. Manche Handys können das. Evas Handy kann das nicht mehr.

## 8 Tage danach

Das unangenehme Gefühl begleitet Thomas seit dem Treffen mit Ludwig. Er fühlt sich schäbig. Er ist ein Unhold, ein Egoist. Nein! Er ist ein braver Junge aus gutbürgerlichem Haus, er hat sich nichts zuschulden kommen lassen, er hat nur einen Menschen aus seinem Leben entlassen. Einmal war Rose bei ihm. Auch das war etwas abgeschmackt. »Warum treffen wir uns eigentlich nie bei dir?«, hatte Thomas gefragt.

»Nie?«, hatte Rose geantwortet. »Ich wusste nicht, dass wir schon eine Regelmäßigkeit haben.«

Verachtet Rose ihn? Weil er so naiv ist? Verachtet die ganze Welt ihn? Weil er entweder zu abgebrüht oder zu einfältig ist?

Irgendwie sollte er sich doch mal bei Eva melden. Er möchte wirklich wissen, wie es ihr geht. Wohnt sie noch bei Desi? Ist sie lethargisch, weint, kann nicht schlafen? Oder ist sie manisch erleichtert und hat ungeheuren Schaffensdrang? Ist sie tatsächlich *erleichtert*? Das würde er Eva zwar wünschen, glaubt aber nicht daran. Am meisten würde er ihr wünschen, dass sie sich verliebt und auf Händen getragen wird. Aber auch das glaubt er nicht.

Und wo soll Eva wohnen? Will sie wirklich nicht die Wohnung haben? Er kann ja in die Wohnung in Mitte ziehen, die seine Eltern kaufen. Seine Eltern. O Gott.

Ohne weiter nachzudenken, ruft Thomas bei Eva an. Es klingelt. Es klingelt weiter. Und als Thomas schon denkt, gleich geht die Mailbox ran, da hebt sie ab.

»Hallo, Thomas«, flüstert sie. »Ist es dringend? Ich bin im Museum, wir haben hier gleich eine kurze Onlinekonferenz.«

»Nee, ich wollte nur hören, wie es dir geht.«

»Ich ruf dich zurück, ok?«

Eva steckt das Handy eilig wieder weg. Ihre Chefin sieht sie duldsam an.

»Handys bitte beim nächsten Mal aus.«

Eva steigen die Tränen in die Augen. Das ist der erste Fehler, der ihr, der ewig Disziplinierten, unterlaufen ist, und sofort wird sie gegängelt. Yves beobachtet sie interessiert. Dann ruft das Museum aus Toronto an.

Die Direktorin und Yves unterhalten sich eloquent mit den Kanadiern. Es geht um eine Ausstellung, die sie vielleicht übernehmen möchten. Deutsch-Kanadier, Auswanderer im 19. Jahrhundert. Evas Chefin würde die kanadische Ausstellung gerne in einer größeren Schau unterbringen, in der es um die Emigration Deutscher ins Ausland geht. Sie findet dieses Thema in der heutigen Zeit wichtig. Natürlich hat sie recht, aber Eva kann dem Gespräch nicht folgen. Schon wieder eine Ausstellung. Und dann planen sie die nächste. Und die nächste. Und immer so weiter.

Das Gespräch nimmt einen etwas heiklen Verlauf, weil die Leute in Toronto merken, dass ihre Ausstellung eingedampft und verkürzt werden soll. Außerdem ist das Budget sehr schmal. Eva hat bis jetzt kein Wort gesagt, ihr Gehirn ist wie vernagelt. Die Kanadier bleiben freundlich.

»Well, thank you, Isa, Yves and ehm … Eva? Yes, Eva. Thank you for the nice talk and your time. We will discuss your suggestions with our staff and we should be happy to talk to you next week.«

Zipp, das Video-Fenster schließt sich. Evas Chefin atmet aus. »Das war ja etwas ›*underwhelming*‹, wenn ich das sagen darf. Eva, wo waren denn Sie? Sie waren weder bei der Sache noch überhaupt anwesend. Wenn Sie sich nicht gut fühlen, überhaupt kein Problem. Bleiben Sie zu Hause, kein Problem. Lieber eine Leerstelle als ein schlechter Eindruck.«

Eva nickt und murmelt, »tut mir leid«.

»Ich würde mich freuen, wenn Sie unsere Position noch mal in einer kurzen Mail darlegen und direkt hinterherreichen.«

»Ja.« Eva nickt.

Sie verlässt mit Yves das Büro der Chefin.

»Ist alles in Ordnung bei dir?«, fragt Yves.

»Wir haben uns getrennt«, sagt Eva.

Die Worte kommen aus ihr heraus, ohne dass Eva sie zurückhalten kann. Es ist wie mit den Tränen und dem Kreislauf, sie kann die Dinge nicht mehr steuern. Sie redet über die Trennung, obwohl sie das gar nicht möchte. Sie will eigentlich schnell Thomas zurückrufen. Stattdessen spricht sie ungebremst weiter.

»Das ist schon über eine Woche her, aber ich muss jedes Mal weinen, wenn ich es erzähle, tut mir leid.« Sie wischt sich die Tränen weg. Ihr Gesicht ist schon nass. Sie hat die Dinge nicht mehr im Griff. Eva klammert sich an ihre Unterlagen. Yves schaut sie zweifelnd und fragend an. »Das tut mir sehr leid, dass du traurig bist«, sagt er dann. »Sehr, sehr leid.« Und dann umarmt er Eva. Sie hält ganz still. So wie Yves hat sie schon lange niemand mehr umarmt. Niemand sonst ist auch so groß und breit. Yves riecht nach frischer Wäsche und nach Schweiß.

Die Chefin steht plötzlich neben ihnen.

»Eva, hat Sie meine Kritik derartig getroffen? Ich bin ansonsten mit Ihrer Arbeit sehr zufrieden, das wissen Sie hoffentlich.«

Dr. Kilian ist etwas bestürzt, und Eva weiß nicht so genau, wohin mit ihrem verheulten Gesicht. Verheult, angreifbar, rot. »Ich habe gerade etwas Liebeskummer«, versucht sie einen Satzanfang.

»Mit Ihrem Partner, Thomas?«, fragt die Chefin. »Das erstaunt mich. Das tut mir aber leid. Sie wollten doch, also, es schien alles sehr stabil.« Sie hält inne.

»Ja, ›stabil erscheinen‹ ist leider nicht alles. Es muss auch stabil sein.«

Eva versucht ein tapferes Lächeln. Ihr wird das Gespräch zu intim.

»Nun ja, dann gilt natürlich nichts von dem, was ich eben gesagt habe. Und die Mail übernehme selbstverständlich ich.«

Die Chefin nickt noch einmal freundlich-affirmativ, verharrt noch einmal kurz und entfernt sich dann.

Eva steht noch immer vor Yves. Was machen sie denn jetzt?

»Wolltet ihr Kinder?«, fragt er da.

Eva sieht an seinem Blick, dass ihm die gesamte Dimension der Frage bewusst ist. »Ja«, sie nickt. »Leider ja.«

»Eva.« Yves beugt sich zu ihr. Er fokussiert sie. »Du bist jünger, als du denkst.«

»Ich bin dreißig!«

»Eben. Sage ich doch. Du bist jünger, als du denkst. Warte ab. Die Sonne wird wieder scheinen. Entschuldige die poetische Ausdrucksweise. Aber das wird sie.«

Er fasst sie leicht am Ellenbogen. Eva hat das Gefühl, er würde sie gerne überall anfassen. Wäre sie nicht frisch getrennt. Würde sie nicht wegen eines anderen Mannes weinen.

»Ich muss jetzt leider telefonieren«, sagt Eva. »Aber unser Eiskaffee wird immer größer und länger. Also, äh …« Sie verstummt.

Yves lacht.

Sie könnten hier jetzt spielerisch weitermachen, aber Eva geht lieber.

Yves sieht ihr hinterher, und er behält ihr Bild für immer. Eva, die sich tapfer den Gang entlangkämpft. Die Schritt für Schritt weitergeht, in ein Leben, das sie nicht kennt, das sie nicht will.

Eva stellt sich an die Spree unter einen Baum, um Thomas anzurufen. Sie lässt es klingeln. Er geht nicht ran. Sie ruft ihn sofort noch einmal an. Keine Antwort.

Ziellos geht sie weiter. Über die Museumsinsel, den Blick immer wieder auf das Handy, das aber einfach stumm bleibt. Schließlich landet sie beim Hackeschen Markt. Die Straßenbahnen schrillen, Touristen drängen sich. Eva geht in einen Coffeeshop und bestellt einen Kaffee. Eine vollkommen sinnlose Aktion. Sie setzt sich mit dem Kaffee an einen kleinen Tisch. Leute eilen vorbei, größtenteils glücklicher als sie. Manche Menschen wirken auch einsam. Oder verschroben.

So bin ich auch, denkt Eva. Ich bin nicht für Beziehungen gemacht. Ich bin zu seltsam. Zu beschädigt. Mit mir kann man nicht zusammen sein.

Sie hat die letzten Minuten nicht auf ihr Telefon geachtet, jetzt merkt sie, es hatte geklingelt und sie hat Thomas verpasst. Und wieder geht er nicht ran, als sie zurückruft. Stattdessen kommt nur eine SMS. »Bin in der Klinik, melde mich später.«

Da merkt Eva, dass sie Thomas nicht sprechen möchte, sosehr sie Sehnsucht nach ihm hat.

Ihr Gespräch wird unerträglich vertraut und verteufelt selbstverständlich sein, und sie wird danach nicht verstehen, warum sie nicht zusammen sein können. Und dann wird sie wieder sich selber die Schuld geben. Ihrem Körper, ihrer komplizierten Seele, ihrer Art, Sex zu haben. »Ist ok, müssen uns auch nicht hören«, schreibt sie.

»Geht's dir gut, kommst du zurecht?«, fragt da Thomas.

»Alles den Umständen entsprechend ok.«

»Müssen mal über die Zukunft reden, Wohnung und so«, schreibt er.

Eva würgt es im Hals. Sie schaltet ihr Handy aus und starrt vor sich hin.

›Wohnung und so‹. Was für ein Arsch.

## 12 Tage danach

Eva steht bei ihrem Vater an der Gartenpforte und kommt sich wieder vor wie ein kleines Kind. Sie trägt eine gestreifte Shorts und ein T-Shirt, auf dem »Racing Team Minnesota« steht, den dicken Wanderrucksack auf den

Schultern. Ihr Vater kommt ihr entgegen, klein, schmal, mit ausgebreiteten Armen.

»Das ist ja alles ein ganz großer Mist, was dir da passiert ist, warum haste denn nicht früher was gesagt.«

Er nimmt ihr den Rucksack ab und knickt dabei leicht ein.

»Oah, der ist aber schwer, was haste denn da alles drin.«

Wenn ihr Vater Fragen stellt, klingt das immer, als würde er liebevoll-sachlich Dinge feststellen.

»Komm erst mal rein, haste Lust, dann trinken wir einen Kaffee. Oder magste lieber Tee.«

Sie verstauen Evas Sachen in dem Arbeitszimmer mit dem blauen Bett, den Bücherregalen und dem Wasserschaden. Der Vater macht eine Handbewegung ins Ungefähre.

»Groß ist es ja nicht, aber immerhin eigene vier Wände.«

Eva registriert den leicht feuchten Geruch, in Kombination mit dem Geruch der alten Bücher eine seltsame Mischung. Als würde sie selber um Jahrzehnte altern. Oder sich um Jahrzehnte verjüngen. Ein bisschen so hatte es auch im Haus ihres Großvaters gerochen.

Kurz darauf sitzt sie mit ihrem Vater in der hellen, großen Küche. Sie trinken grünen Tee aus feinen Tassen.

»Oder lieber Kaffee mit Sahne«, der Vater runzelt die Brauen. Eva lächelt. Das macht ihr Vater immer. Kaffee mit Sahne.

»Ja, gerne.«

»Fühlst du dich gerade wie eine Mischung aus vier und vierundachtzig?«, fragt sie da ihr Vater. Sie sieht ihn überrascht an.

»Ja, ungefähr genauso.«

»So ging es mir nach der Trennung von deiner Mutter auch. ›Emotional offen‹ wie ein kleines Kind, gleichzeitig hatte ich das Gefühl, mein Leben ist vorbei. Ich bin alt.«

»Auf 'ne Art war dein Leben ja auch vorbei. Du hast ja nie wieder eine Freundin …« Eva bereut das Gesagte sofort. Der Vater lacht leise in sich hinein.

»Na, ich nehme dir das mal nicht übel, hast ja recht. Aber weißt du«, er rückt die Kaffeetasse zurecht, »es geht mir trotzdem besser. Nach fünf Jahren Schmerzen fing es an, mir besser zu gehen. Und die Schmerzen kamen vor allem daher, weil ich dich vermisst habe. Du warst noch so klein.«

»Ich war doch schon elf.«

»Sag ich doch. Noch so klein. Viel zu klein, um so was mitzumachen.«

Eva kommen schon wieder die Tränen.

»Und hab bitte keine Angst, dass du bist wie ich. Zum Einsiedlertum geboren. Das bist du nicht.«

Eva vermeidet seinen Blick. »Ich glaube leider schon. Ich will es nur noch nicht wahrhaben. Ich bin mit so wenigen Leuten gerne auf lange Sicht zusammen. Mit den wenigsten kann ich es auf Dauer aushalten. Ich glaube, ich bin viel anstrengender, als ich denke.«

»Du? Wie kommste denn auf so was. Ich finde dich nicht anstrengend.«

»Ich bin auch nicht akut anstrengend. Ich werfe vor Wut keine Tassen an die Wand, ich knalle keine Türen, ich weine nicht demonstrativ nachts laut vor mich hin, damit der andere mich tröstet. Ich bin ordentlich, kein Morgenmuffel, und ich koche gerne. Aber ich bin auf

Dauer anstrengend. Ganz heimlich. Meine bloße Präsenz ist anstrengend. Weil ich nie loslasse. Weil ich nie nicht denke. Weil ich immer wissen muss, was die Zukunft bringt. Weil ich eigentlich immer Angst habe, dass ich zu anstrengend bin und deswegen die ganze Zeit versuche, es nicht zu sein.«

»Hm«, sagt der Vater. »Haste das von deiner Mutter? Das haste bestimmt von deiner Mutter. Bei ihr habe ich mich auch immer so gefühlt. Die gibt einem dieses Gefühl. Schrecklich. Und dann versucht man, ihr alles recht zu machen, und bekommt das auch noch vorgeworfen. Na ja, *aqua passata*, das lassen wir mal. Haste ihr eigentlich schon Bescheid gesagt?«

»Nee. Das will ich nicht. Den Triumph gönne ich ihr nicht.«

»Wieso denn Triumph? Ist dir schon mal aufgefallen, dass ›Triumph‹ so ähnlich klingt wie ›Trump‹, also Donald Trump?«

»Ja, Papa.«

»Also, was gönnst du ihr nicht?«

»Sie hat immer gesagt oder ›angedeutet‹, haha, dass Thomas und ich nicht zusammenpassen. Dass ich was Besseres verdient hätte. Oder er, keine Ahnung. Dass das auf jeden Fall noch nicht das Gelbe vom Ei ist und wir furchtbar unreif sind, weil wir uns schon festlegen wollen. Und jetzt hat sie recht behalten.«

»Na, das hätte sie ja auch mal für sich behalten können. Konntese wieder nicht. Musste sie dir sagen. Na ja.«

Sie schweigen beide. Der Vater lächelt sie an.

»Schön, dass du da bist. Ich freu mich.«

Eva betrachtet ihn. Wie die Sonne ihn von der Seite anleuchtet, man seine weißen Bartstoppeln und die freundlichen Falten sieht. Sie ist sein Leben. Das weiß sie. Was für ein rührender Mensch.

»Was wollen wir denn zu Abend essen?«, redet der Vater weiter. »Ich hab eingelegten Ingwer da und Kimchi und zauber uns einfach eine Miso-Suppe dazu, was meinste. Ach, und Lachs ist noch im Tiefkühler. Soll man nicht mehr essen, ich weiß, ist entweder Zuchtlachs und vollgestopft mit ich weiß nicht was, oder Wildlachs, ist aber das Gleiche, widerlich. Ist auch das letzte Mal, dann stell ich ganz auf vegetarisch um. Vielleicht auch vegan. Soll eh gesünder sein, wenn man es richtig macht. Wobei die Sahne, auf Sahne könnte ich schlecht verzichten.«

»Hast du nicht Brot da? Für mich wäre ein Käsebrot auch voll ok.«

»Ich esse doch kein Brot mehr, weißte das nicht?«

»Nee, seit wann?«

»Seit zwei Monaten. Ilona, meine Nachbarin, hat mich überzeugt. Und ich fühle mich wirklich wie neu geboren. Viel frischer. Ich glaube, ich habe das nie vertragen. Wahrscheinlich gehöre ich zu der Bevölkerungsgruppe, die durch Kohlehydrate depressiv wird.«

Eva versteht, warum der Vater ihr noch schmaler vorkommt als sonst. Er macht quasi Diät.

»Papa, das ist Diät. Das brauchst du nicht. Das ist Quatsch.«

»Nee, das ist keine Diät. Das ist eher eine *diet* im englischen Sinne. Eine Ernährungsumstellung. Keine Sorge, ich bekomme jetzt keine Alters-Anorexie. Gibt's so was überhaupt? Lustige Vorstellung.« Er kichert in sich hinein.

»Pass mal auf«, sagt er, verschwindet in seinem Arbeitszimmer, also Evas neuem Schlafzimmer, und kommt mit einem japanisch aussehenden Buch aus den Sechzigerjahren wieder.

»Papa, du liest mir doch jetzt kein Haiku vor?«

»Doch, doch, warte mal, hier: ›*Eingeschneit, allein, – da ist etwas, das ich ihn fragen möchte, den Buddha.*‹« Ihr Vater lächelt glücklich.

»Ist das nicht großartig? Das passt genau zu deiner Situation. Was ich sagen will: Wenn man so richtigen Mist erlebt, so wie du gerade, dann wissen die Götter auch keine Antwort. Und das ist tröstlich. Es gibt jetzt keinen besseren Weg. Niemand könnte es jetzt besser machen als du. Leiden und abwarten, mehr wüsste der Buddha auch nicht. Ist von Shiki, Masaoka Shiki, und der kannte sich mit Kummer aus. Ist mit nur 34 Jahren an Tuberkulose gestorben.«

»Wann?«

»Na, mit 34.«

»Nein, zu welcher Zeit? Also Jahreszahl.«

»Um die Jahrhundertwende, so um 1902 müsste er gestorben sein. Soll ich nachschauen?«

»Nee, ist schon gut.«

Als Eva später alleine in dem blauen Zimmer ist, als sie an dem kleinen Schreibtisch sitzt und in den dunklen Garten blickt, kurz vor Mitternacht, denkt sie an ihre Freunde. Wenn noch alles gut wäre, würde sie jetzt einen Sommerabend in der Stadt verbringen. Auf Stühlen an einer Straßenecke, mit Bier, mit Gelächter. Mit halbem Unwohlsein, wenn eine Gesprächslücke entstand oder jemand etwas Provokantes sagte. Das stresste Eva immer. Es sei denn, Desi sagte etwas. Das war immer lustig. Aber wenn Ludwig anfing mit seinen spitzen, politisch semikorrekten Bemerkungen, dann war Eva ganz innen ganz leicht gestresst. Aber sie lachte trotzdem.

So einen Sommerabend könnte sie jetzt haben. Oder noch viel besser mit Thomas auf dem Balkon. Sie mit einem Katalog, den irgendein Museum ihr geschickt hatte, er mit, ja mit was? Mit nichts. Mit einem Bier. Auf keinen Fall mit irgendetwas Medizinischem. Er las kaum noch in irgendwelchen Fachzeitschriften. Vielleicht mit ihrer dicken Wochenzeitung, die las er gerne.

Eva versteht Thomas. Sie ist inzwischen gefasst genug, um sich schon wieder in ihn einfühlen zu können. Sie kann sich vorstellen, wie er wochenlang, vielleicht sogar monatelang nicht wusste, was er machen sollte, wie er sich befreien wollte von etwas, das er gar nicht näher definieren konnte, was aber mit ihr zu tun hatte. Hier brechen ihre Gedanken ab. Leider ist sie Thomas' Freundin, nein, seine EX-FREUNDIN, nicht seine Therapeutin. Es ist völlig egal, ob sie ihn versteht. Sie ist nicht mehr mit ihm zusammen, ihre Liebe zu ihm kommt wie ein Bumerang zu ihr zurück.

Eva könnte jetzt Desi anrufen. Sie könnten sich noch spontan treffen. Eva denkt an Desis Blick, als diese erzählte, Gunnar wolle mal zu Besuch kommen.

»Cool, dann sehe ich ihn auch mal wieder«, hatte Eva gesagt.

Und Desi hatte etwas verlegen geguckt. Den Mund halb offen, den Blick freundlich zur Seite geneigt, einen Gedanken denkend und ihn nicht aussprechend.

»Ihr wollt alleine sein«, hatte Eva festgestellt.

»Ja.« Desi ließ die Spannung sausen. »Ehrlich gesagt, ja.«

Desi ist verliebt, denkt Eva und lächelt dabei. Desi hat

schönen Sex. Desi raucht und kifft und vögelt und gibt sich zaghaft dem Gefühl hin, geliebt zu werden. Nicht nur begehrt. Dummes Timing, aber wurde mal Zeit. Also für Desi.

Eva vermeidet mit eisernem Willen den Blick aufs Smartphone. Thomas hat sich bestimmt sowieso nicht gemeldet. Stattdessen macht sie etwas, das sie seit Jahren nicht gemacht hat. Sie nimmt ein Blatt Papier und fängt an, Tagebuch zu schreiben.

*Berlin, 24. 07.*

*Mir geht es schlecht. Alles ist weg. Thomas ist weg, Papa ist weg (ich nehme ihn immer weniger ernst), Mama ist weg (oder war schon immer weg).*

*Ich WILL NICHT LEIDEN. Ich will wegkommen aus dem Leidens-Stillstand. Ich muss schnellstmöglich wieder bei Papa ausziehen. Hier bleibe ich stecken. Und fühle mich unerträglich alt.*

*Ich fühle nichts, wenn ich an Thomas denke. Keinen Hass. Keine Wut. Nichts. Und auch nicht, wenn ich an mich selber denke. Ich wurde verlassen, ich wurde betrogen, aber anderswo verhungern die Leute, werden Frauen vergewaltigt und so weiter. Ich habe ›first world problems‹, und morgen geht das Leben weiter. Gute Nacht.*

Eva faltet das Blatt zusammen und stopft es in ihren Reiserucksack. Soll sie ihn überhaupt auspacken? Ihr Blick fällt auf ein weiteres Buch mit japanischen Gedichten, das auf dem Schreibtisch liegt. Was hat ihr Vater nur plötzlich mit Japan?

Er hätte nie Mama kennenlernen dürfen, die hat ihn wirklich zerstört, denkt Eva. Jetzt rettet er sich im Alter in japanische Philosophie. Worein ich mich wohl retten werde? In den Beruf? In Ernährung nach Hildegard von Bingen? In Marathonlaufen? Ha.

Sie klappt das Buch auf und liest das erstbeste Gedicht.

*»Mir ist das Herz so weh*
*Nach dieser Nacht, die uns vereint*
*Wie klein dagegen*
*War doch all mein Kummer*
*Bevor ich dich gekannt.«*
Chunagon Atsutada

Eva klappt das Buch zu. Dann stützt sie den Kopf in die Hände und schluchzt los.

»O Mann«, murmelt sie. »Was für eine Scheiße. Was für eine Riesenscheiße.«

Nicht alle sind in dieser Sommernacht allein. Thomas macht das, was man eigentlich in warmen Sommernächten machen sollte: Er hat Sex.

Rose ist diesmal oben, das ist neu, und normalerweise vermeidet Thomas diese Stellung. Aber mit Rose ist selbst das gut, sehr gut sogar. Thomas muss sich zusammenreißen. Er könnte schon längst …

Plötzlich steigt Rose von ihm runter, setzt sich an die Bettkante und schlüpft in ihr weißes T-Shirt.

Thomas beobachtet sie argwöhnisch. Er würde jetzt gerne gelassen mit seiner Hand ihren Rücken entlangfahren und dabei fragen ›Was ist?‹, aber diese Souveränität besitzt er nicht.

»Alles ok?«, fragt er stattdessen, ohne sich zu bewegen, die Hände seitlich auf seinen Brustkorb geklappt. Seine Stimme ist definitiv etwas zu brüchig und hoch, gelassen oder männlich ist hier nichts.

Rose schaut ihn über die Schulter an.

»Weißt du, ich vögle sehr schlecht, wenn ich überall Fotos von dir und Eva sehe.«

Thomas schaut sich um. Hat er überall …? Sein Blick fällt auf den Streifen mit Passfotos auf Evas Schreibtisch. Oh, und ein Polaroid am Schrank. Überbelichtet, aber eindeutig Eva. »Ich sehe nur zwei, wo denn noch?«

»Das muss ich dir nicht erklären. Geh durch die Wohnung, guck selber.«

»Kann ich alle abnehmen, ist kein Problem.«

»Wäre schön gewesen, wenn du da von selber darauf gekommen wärst.«

»Sorry, habe ich echt nicht dran gedacht. Wollen wir eigentlich mal … reden?«

»Worüber denn?«

»Was das mit uns eigentlich ist.«

Rose atmet durch die Lippen aus. Thomas geht in die Offensive.

»Ok, du willst nicht darüber reden, aber Fotos von Eva willst du trotzdem nicht um dich haben.«

Rose dreht sich ihm zu. Sie grinst ein bisschen.

»You have a point.« Sie schweigt und schaut haarscharf an Thomas vorbei. Thomas wartet ab.

»Ich will nicht darüber reden, weil … Weil ich es zu früh finde.«

»Ich auch!«, antwortet Thomas schnell.

»Aber das heißt nicht, dass hier keine Gefühle mit im Spiel sind.«

Thomas gibt sich erst mal mit der Antwort zufrieden. Er verkneift sich die Fragen, die er am liebsten stellen würde. »Gefällt es dir denn mit mir? Bin ich denn gut? Kann ich mit den anderen Typen, die du so hattest, so

Abenteurer und Surfer und Helden des Nachtlebens, kann ich mit denen mithalten?«

Er sagt also lieber nichts, küsst Rose in den Nacken und steht auf, um die Wohnung nach weiteren Fotos von Eva abzusuchen.

Am Kühlschrank wird er fündig. Auf einer weißen Karte klebt ein Foto von Eva am Meer, daneben das spiegelbildliche Foto von ihm. Sie hatten diese Fotos voneinander auf Sardinien gemacht. Und zu ihrem sechsten Jahrestag hatte Eva eine Karte daraus gebastelt. »Ich sehe dich. Du siehst mich«, hatte sie hinten darauf geschrieben, in ihrer schönen, disziplinierten, sportlich-weiblichen Schrift.

Thomas wird es weh ums Herz. Er kriecht zurück ins Bett zu Rose und kuschelt sich an sie. Auf Sex hat er nicht mehr so richtig Lust.

Als Eva endlich ins Bett geht, als sie es endlich geschafft hat, sich die Zähne zu putzen, das verheulte Gesicht zu waschen, als sie in das kühle, schmale, ganz und gar nicht gemütliche Bett schlüpft, bekommt sie eine SMS. Ihr Herz hüpft. Die Nachricht ist von Inga.

»Hallo, lange nichts gehört«, steht da. »Alles in Ordnung bei dir? Der Schwangerschaft geht es immer besser.«

Eine typische Inga-Nachricht. Nett, aber mit einem leisen Vorwurf. Eva schafft es nicht, irgendetwas zu antworten, legt das Handy weg, liegt noch lange wach und schläft irgendwann für ein paar Stunden ein.

## 3 Wochen danach

Eva sitzt bei Inga und Faris am Wohnzimmertisch. Die beiden gehören zu den wenigen Leuten in ihrem Alter, die einen echten Couchtisch besitzen. Ein seltsames Sofa aus den Achtzigern, unförmig und geschwungen, davor ein ovaler Tisch aus Holz. Ansonsten ist die Wohnung mit lauter Gimmicks und Gadgets aus Ingas und Faris' Leben eingerichtet. Alles irgendwie hip und gleichzeitig sehr, sehr verschroben.

Da steht ein Roboterhund auf der Kommode und wartet auf seinen Einsatz. Daneben steht ein kleines Modell von R2D2.

Im Badezimmer zieren kleine Steinfiguren den Spiegel, eine Eule aus Rosenquarz, ein Elefant aus Jade, und so weiter, und an den Wänden hängen feine, ausgewählte Drucke von Ingas oder Faris' Arbeiten, oder von Freunden, die allesamt gut im Geschäft sind.

Es gibt Filterkaffee. Überall, wo Eva jetzt hinkommt, gibt es Filterkaffee.

»Ich bin von einer Person, die eine Espressomaschine besitzt, abgestiegen und habe mich in eine Person verwandelt, die Filterkaffee trinkt. Als Gast.«

Es klingt bitterer als beabsichtigt. Faris lächelt sein nettes Lächeln.

»Inga und ich haben doch schon immer Filterkaffee getrunken, und unser Gast warst du schon immer, und ein sehr gern gesehener.«

»Stimmt«, bemüht sich Eva. Aber dann fällt ihr nichts weiter ein.

Faris schaut sie besorgt an. Besorgt und interessiert. Er soll sie bloß nicht zu lange so angucken, sonst fühlt sie sich gleich wieder fragil und bemitleidenswert. Dabei hat sie sich die letzten Tage wirklich gut in den Griff bekommen.

»Sag mal«, meint Faris. »Wir wussten ja von nichts. Warum hast du denn nichts gesagt, wir wären doch für dich da gewesen? Ich hab's ja nur erfahren, weil ich Thomas angerufen habe.«

»Und? Wie geht's Thomas?«

»Habt ihr keinen Kontakt?«

»Er meldet sich nicht, und ich … kann nicht.«

Faris reibt sich mit den Händen durch das Gesicht. »Es war ja schon schwierig, als wir aufs Land gefahren sind, da dachte ich schon ouououou, das geht nicht mehr lange gut. Aber als wir dann nichts von dir gehört haben, dachten wir, ihr habt euch wieder gefangen.«

Eva möchte ungern erzählen, dass ihre Beziehung direkt nach dem Landausflug zu Ende gegangen ist. Dann muss sie auch wieder das mit dem Kondom und dem Fremdgehen erzählen, und das ist zu schmerzhaft.

»Und wie geht's Thomas?«

»Gut, glaube ich. Er wollte ins Kino.«

Inga kommt dazu. Inzwischen kann man sogar einen kleinen Schwangerschaftsbauch ahnen. Und Eva ist noch immer eifersüchtig, gegen ihren Willen. Inga lächelt sie halbgar an, und Eva beschließt, die Flucht nach vorne anzutreten. Was heißt Flucht. Sie hat Sehnsucht nach Ehrlichkeit.

»Es tut mir leid, dass ich mal wieder komplett abgetaucht bin, Inga.«

Inga, die etwas verlegen-verdruckst Shortbread auf dem Tisch arrangiert hat – was gab es da eigentlich zu arrangieren? –, blickt ertappt auf. Eva redet tapfer weiter.

»Du hast recht, ich hätte mich mal melden können. Ich hätte mal fragen können, wie es dir geht. Vor allem nach unserem Gespräch am See. Ich hätte euch erzählen können, dass wir getrennt sind. Ich hätte euch erzählen können, wie es mir geht. Aber ...« Eva zögert. Inga ist bewegungslos neben dem Sofa stehen geblieben und hört zu. »Das Schlimme und auch Fiese ist: Ihr lebt noch immer genau das, was ich jetzt gerne leben würde. Ich stand mit euch an genau der gleichen Losbude und habe plötzlich fünf Nieten in der Hand, dabei dachte ich, ich gehe auch mit einem großen Teddybären nach Hause.«

Inga setzt sich, klemmt die Hände zwischen ihre Beine und antwortet konzentriert und leise. »Aber Eva. Jedes Leben ist anders. Alles läuft anders. Uns geht es jetzt gerade gut. Aber wer weiß, was in fünf Jahren ist. Oder auch nur in einem. Das weiß niemand. Man kann das nicht vergleichen. Man darf es nicht. Das hab ich dir schon mal gesagt. Das ist unfair.«

Eva weiß, was sie meint. *Sie* ist unfair. *Sie* sollte mehr Mitgefühl haben. Sie wird zu einem in sich geschlossenen Quader. Sie kann nicht mehr denken, und sie kann auch nichts mehr sagen. Sie fühlt sich wie ein Verlierer und wie ein Versager. Niemand mag sie. Ihr Telefon klingelt. Alle schauen auf. Es ist Yves. Eva steckt das Telefon wieder weg. »Yves ruft mich immer an«, sagt sie entschuldigend.

»Geh ruhig ran«, meint Inga ermutigend.

»Nee, der will was von mir.«

»Na, triff dich doch mal mit dem«, sagt Inga. Sie klingt dabei wie eine Mutter, die ihrer Vierzehnjährigen zu einem absolut geschmacklosen Kleid rät. »Doch, doch, du kannst das tragen, Satin-Rot steht dir hervorragend, und die kleinen Speckröllchen um die Hüften fallen gar nicht auf.«

Eva schweigt. Inga schweigt auch.

»Ich finde Yves ja ganz sympathisch, aber vielleicht kann man auch nicht sofort von einer Beziehung in die andere gehen«, versucht Faris zu vermitteln.

Eva presst die Lippen aufeinander.

Da steht Inga abrupt auf und geht aus dem Wohnzimmer. Eva meint, sie aus dem Schlafzimmer leise weinen zu hören. Sie verkrampft sich immer mehr. Faris steht auf. »Ich schau mal nach ihr.«

Eva sitzt still da. Vorsichtig hebt sie den Kopf, jetzt, wo sie alleine im Zimmer ist. Sie lässt den Blick durch das Wohnzimmer schweifen und fühlt sich beengt. Faris kommt zurück.

»Sag mal, möchtest du ein paar Tage bei uns wohnen?«

Eva öffnet überrascht den Mund und deutet mit einer Hand in Richtung Schlafzimmer.

»Ich habe mich gerade mit Inga gestritten, und ihr fragt mich, ob ich bei euch wohnen will?«

»Ja, Inga mag dich. Sie erträgt es nicht, wenn du so krass leidest. Sie findet, da ruhst du dich zu sehr drin aus. Aber sie mag dich. Das steht auf einem anderen Blatt und außer Frage. Und Gesellschaft würde dir vielleicht guttun.«

Inga steht in der Tür. Sie ist blass. Sie meint es gut.

»Weißt du, man muss ja nicht leiden. Du musst jetzt nicht leiden. Bloß, weil es gesellschaftlich so vorgesehen ist, dass man nach einer Trennung leidet. Man kann auch zulassen, dass es einem gut geht.«

Jetzt kann Eva nicht mehr.

»Mir ist gerade meine Zukunftsperspektive zusammengebrochen, Inga«, ruft sie. »Ich möchte dich mal sehen, wie es dir gehen würde, wenn Faris in eurer Wohnung mit einer anderen Frau geschlafen hätte! Und auch, wenn ihr schon länger fandet, wir passen eigentlich nicht zusammen, und dann ist es ja nicht so schlimm, wenn man sich trennt, ich habe Thomas geliebt! Ich liebe ihn noch immer! Und das habe ich mir nicht ausgesucht! Soll ich dir mal den linken Zeigefinger abschneiden und zu dir dann sagen: ›Du musst jetzt nicht leiden. Nur weil gesellschaftlich beschlossen wurde, dass Wunden schmerzen, heißt das nicht, dass du jetzt Schmerz empfinden musst. Da hast du immer noch die freie Wahl.‹«

Eva hält überrascht inne. Sie ist rot im Gesicht, und die letzten Worte hat sie mehr gespuckt als gesagt. Inga und Faris schauen sie sprachlos an.

»Entschuldigung«, flüstert Eva. »Entschuldigung, Inga. Ich habe gerade ganz viel gesagt, was nichts mit euch zu tun hat. Tut mir leid.«

Sie steht hilflos vor Inga, die mit ihren dunklen Augen an ihr vorbeisieht.

»Er hat in eurer Wohnung mit einer anderen?«, fragt Faris schließlich.

Eva nickt.

»Und du hast das … gesehen?«

»Nein.« Eva seufzt auf. »Ich habe es rausgefunden. Unabsichtlich. Ansonsten weiß ich nicht, warum wir uns getrennt haben. Lauter diffuse Gründe. Nix Konkretes.«

»Und dann ist er ausgezogen?«

Inga fragt das erste Mal auch etwas. Eva schaut sie überrascht an. »Nein, ich wohne jetzt bei meinem Vater.«

Sie wendet sich Faris zu. »Hat Thomas das nicht erzählt?«

»Wir haben nicht lange geredet«, windet sich Faris. »Er war irgendwie unterwegs.«

»Mit einer anderen Frau?«

»Ich glaube, ja.«

Kurzes Schweigen.

»Aber ... warum bist du denn ausgezogen, wo er doch der Schuft ist?«

Inga benutzt oft altertümliche Ausdrücke. Ein Stück weit lebt sie noch immer in einem Märchenbuch der Brüder Grimm mit Illustrationen aus den Siebzigerjahren.

»Ich kann nicht mehr in der Wohnung sein«, sagt Eva. Und sonst sagt sie nichts. Der Rest erklärt sich von selbst.

»Ist die Trennung denn jetzt vollzogen?«, fragt Faris. Er schüttelt den Kopf. »Sorry, so was sagt man bei der Ehe. Ist die Ehe vollzogen.«

Eva wird rot. Sie wird nie bei so etwas rot. Sie versucht, schnell zu antworten. Aber sie weiß nicht, was.

Ist die Trennung vollzogen?

»Ich glaube, eine eigene Wohnung würde dir so oder so guttun.« Inga setzt sich zurück an den Couchtisch. Sie ist noch immer distanziert, aber nickt Eva zu, sie soll sich doch auch wieder setzen.

»Falls ihr wieder zusammenkommt, kannst du sie ja untervermieten.«

Inga und Faris beugen sich vor, schauen Eva an wie Eltern ihr Kind, und Eva fühlt sich in ihrem Lebensplan um zehn Jahre zurückgeworfen.

»Ich mag deinen Vater wirklich gern. Aber du hast doch da bestimmt nur dieses kleine Zimmer und nicht dein ganzes Zeugs. Also, mir wäre es wichtig, meine Sachen um mich zu haben in so einer Situation.«

Eva nickt. Sie ist Inga dankbar, dass sie sich ihr widmet. Sehr dankbar.

»Wenn ich mir jetzt eine Wohnung suche, dann ist es aber endgültig mit der Trennung. Vor allem signalisiere ich dann Thomas: Ich habe die Trennung akzeptiert. Ich arrangiere mich mit den neuen Umständen. Ich leide nicht mehr. Aber er soll wissen, ich leide, und ich wohne im Nichts. Konkret und im übertragenen Sinn.«

»Wie bekommt Thomas denn mit, dass du leidest, wenn er sich eh nicht meldet?«, fragt Faris.

Eva sieht ihn getroffen an.

»Wir können doch einfach mal ein paar Wohnungen anschauen«, schlägt Inga schnell vor. »Vielleicht ist das gar nicht so ein großer Schritt, wie du jetzt denkst. Nur mal als Test, ab und zu. Du wohnst ja bei deinem Vater und hast keinen Druck.«

Eva lächelt sie tapfer an.

Sobald Eva wieder auf der Straße steht, mitten in Kreuzberg, mitten am Kottbusser Tor, ruft sie als Erstes Yves an, sie möchte schnell den unangenehmen Geschmack des Besuchs vergessen.

»*Salut, ça va?*« Yves klingt entspannt, aber ein bisschen schwingt in seiner Stimme ein ›Lange nichts gehört‹ mit.

»Ganz gut. *Et toi, ça va?*«, fragt Eva.

»Alles gut«, murmelt Yves. »Es ist heiß, ich arbeite, ich möchte baden gehen. Gehen wir baden?«

»Ähm, ja«, sagt Eva leicht fragend.

»*Très bien*. Heute?«

»Heute kann ich nicht. Morgen auch nicht. Äh, übermorgen?«

Eva geht das zu schnell. Und ausgerechnet baden, das ist so unglaublich intim.

»Übermorgen kann ich nicht.«

Eva grinst. Bestimmt kann er. Aber er möchte Waffengleichheit herstellen.

Sie schieben Termine hin und her und verabreden sich in genau einer Woche.

»Wollen wir an den Plötzensee? Der ist um die Ecke von meiner Wohnung«, meint Yves.

Eva zögert.

»Und er ist ein charmanter Anti-See. Er gibt sich nicht einmal Mühe, schön zu sein«, redet Yves weiter.

Eva fällt keine Notlüge ein. Nicht mal, dass sie einfach lieber im Wann-/Müggel-/Heiligensee schwimmt. Ihr fällt gar nichts ein. Und wenn sie jetzt sagt ›Da war ich immer mit Thomas‹, dann wird Yves auf keinen Fall irgendwo mit ihr hingehen.

»Ok, in einer Woche am Plötzensee«, sagt sie mit einem Kieksen in der Stimme. »Ich freu mich.« Sie atmet tief durch, in den Sommerabend. Wieder ein verlorener Tag.

## 4 Wochen danach

Thomas geht spazieren. Es ist noch früh, die zweite Schicht der Berufstätigen ist unterwegs, diejenigen, die zwischen neun und zehn im Büro sein wollen. Rose hat bei Thomas übernachtet. Sie ist um fünf Uhr aufgestanden und zur Klinik gefahren. Ohne Frühstück. Rose isst sowieso nicht viel.

Thomas hat sich vorgenommen, heute Eva anzurufen. Er hat die letzten Tage oft an sie gedacht. Es ist ein Unding, dass er sich nicht bei ihr meldet. Dabei würde er gerne alle paar Tage mit ihr sprechen und erfahren, ob ›ihre Genesung voranschreitet‹.

Er würde Eva auch gerne eine Nachricht schreiben. »Ich melde mich nicht bei dir, damit du von mir loskommst, aber ich denke natürlich die ganze Zeit an dich und frage mich, ob es dir langsam besser geht.« Aber das klingt schrecklich gönnerhaft, also macht er gar nichts. Trotzdem soll Eva nicht denken, sie wäre ihm plötzlich egal. Er ruft sie an.

Eva hebt sofort ab. Sie steht gerade an der Supermarktkasse in dem kleinen Einkaufsmarkt bei ihrem Vater um die Ecke. Der Laden wirkt aus der Zeit gefallen. Von 1980. Alles ist fein säuberlich sortiert, es gibt seltsames Teegebäck aus Friesland und Marmeladen von Mövenpick.

»Hi.«

»Hi. Störe ich?«

»Nein.«

»Ich dachte, ich melde mich mal.«

Schweigen.

»Wie geht's?«

Wieder Schweigen.

Thomas kommt sich dumm vor. Eva könnte wenigstens irgendwas sagen. Aber Eva ist stumm.

Sie freut sich viel zu sehr, Thomas' Stimme zu hören, ist von Freude und Kummer aber gleichermaßen überrumpelt. Als würde sie vor dem Haus ihrer Kindheit stehen, die Hand schon an der Gartenpforte, aber der Zutritt ist verwehrt, für immer. Und während sie das Haus sehnsüchtig anschaut, entpuppt es sich als riesengroßes Poster, das langsam kaputtreißt.

»Jetzt gerade ...«, setzt sie langsam an. »Geht es mir nicht so gut. Es ist seltsam, dich zu hören.«

»Ja, ich wollte wenigstens mal ... Wir können auch wieder auflegen.«

Da wacht Eva plötzlich auf, und ihr fallen Sachen ein, die sie tatsächlich mit Thomas besprechen will. Und die sie aus der Wohnung braucht.

»Warte, warte mal, es gibt so einiges ... Die Stromrechnung läuft noch immer über mich. Und ist Post für mich da? Ich warte auf so einen Riesenumschlag aus Kanada, vielleicht haben sie den aus Versehen an meine Privatadresse geschickt und nicht ans Museum.«

»Nee, also bis jetzt ist noch nichts angekommen, aber zu Hause ist auch der Ordner mit deiner ganzen Korrespondenz für die Doktorarbeit, brauchst du den nicht?«

»Zu Hause.«

»Ja, also in der Wohnung.«

Eva schluckt. Sein Zuhause, ihre Vergangenheit. Aber sie braucht die Sachen wirklich.

Vielleicht merkt Thomas, wenn sie sich sehen, dass es mit ihr eigentlich doch gemütlich und unkompliziert ist. In die Wohnung will sie auf keinen Fall.

»Wollen wir uns nicht einfach draußen treffen?«, fragt sie. »In irgendeinem Café Nähe Kanal oder so.«

»Klar, äh, jetzt?«

Eva überschlägt ihren Tagesplan. Einkaufen für sich und ihren Vater, mit dem Fahrrad ins Museum, mit Yves an den See. Mehr nicht. Wenn Thomas wichtige Unterlagen für sie hat, wäre es praktisch, ihn auf dem Weg ins Museum zu treffen. Danach darf sie *auf keinen Fall* seelisch derangiert sein, sie sollte ihn bloß nicht zu lange treffen, dann noch zwei bis drei Stunden arbeiten, um endlich mal wieder reinzukommen, und dann mit gutem Gewissen und Yves an den See fahren. Falls nicht mit Thomas was passiert. Falls nicht zwischen ihnen plötzlich wieder die alte Magie ist.

»Ok. Von mir aus jetzt«, sagt sie und überrumpelt sich damit selber. »Also, ich komme ja vom Westend und muss noch kurz zu meinem Vater. In einer Stunde.«

Eva pest zu ihrem Vater und wirft die Einkäufe in der Küche ab. Der Vater beobachtet sie verwundert, wie sie eilig die Wohnung durchschreitet, im Bad verschwindet, ihren Bikini einpackt und schon wieder weg ist. Angespannt, aber mit einem kleinen Funken Hoffnung im Körper.

Bestimmt trifft sie Thomas, denkt der Vater. Hätte er sie warnen sollen, ihre Erwartungen herunterschrauben? Jeder Lebensratgeber würde das verneinen. Eva muss ihre eigenen Erfahrungen machen. Aber muss sie das? Kann man nicht auch mal Menschen, die man liebt, vor etwas bewahren? Der Vater schaut still in seinen Garten.

Als Eva in dem kleinen, von vielen gut aussehenden Menschen bevölkerten Café, das Thomas ausgesucht hat, ankommt, ist er schon da. Er ist tatsächlich mal früher als sie irgendwo. Vor ihm steht ein großer Karton mit Sachen. Eva sind unterwegs noch tausend Dinge eingefallen, die sie braucht. Ihre Lieblingstasse, ihr Shampoo, das sie immer auf Vorrat kauft und das im Schrank unten links ist. Alle Post. Die beiden Festplatten aus der mittleren Schreibtischschublade. Und so weiter.

Je mehr Anweisungen Eva an Thomas geschickt hat, desto mulmiger ist ihr ums Herz geworden. Wenn all diese Sachen aus der Wohnung fort sind, sind sie auch von Thomas fort. Und so verschwindet sie mehr und mehr aus seinem Leben, bis sie nicht mehr da ist.

Als Eva sich zu Thomas setzt, ist ihre Vorfreude gänzlich verschwunden. Flau ist ihr im Magen, weich ist ihr Herz und ihre Knie auch. Nicht vor Aufregung und Adrenalin, sondern vor Erschöpfung.

Thomas schaut sie an. Seine Nase ist leicht gekräuselt, seine hellgrünen Augen sind auf Eva gerichtet. Eva findet diese Augen nach wie vor wunderschön. Thomas lässt seinen Blick nicht von ihr.

Es tut gut, Eva zu sehen, sehr gut. Sie ist ruhig. Angenehm. Man kann auf ihrem Gesicht verweilen, und ihr Gesicht wird zu einer klaren Landschaft. Er atmet durch.

Eva ist diese lange Beobachtung unangenehm. Sie fühlt sich nackt. Wütend blickt sie Thomas direkt in die Augen. »Was willst du noch?«, sagt dieser Blick. »Was fängst du jetzt wieder für ein Spiel an? Ja, Nein, weiß nicht?«

»Ich spiele nicht mit dir, Eva. Und ich habe auch nie mit dir gespielt, zumindest nicht bewusst«, sagt Thomas unvermittelt, als hätte Eva wirklich etwas gesagt.

Die Sätze bringen Eva etwas aus dem Konzept. »Aha«, sagt sie vorsichtig tastend. »Und wir treffen uns jetzt, weil du mir das sagen willst? Oder weil du mir sagen willst, du spielst nicht mit mir, also deine Gefühle sind wirklich nicht mehr da?«

Thomas lacht in sich hinein. Irgendwie ist diese Art der selbstzerfleischenden Logik auch lustig. »Weder noch.

Wir treffen uns, weil ich wissen wollte, wie es dir geht, und weil ...«

»Ja genau, weil ich Sachen brauche.«

Eva widmet sich dem Karton, es ist alles da. Dann schaut sie fragend. Wie soll sie denn mit so einem riesigen Karton Fahrrad fahren?

»Sorry, habe ich nicht dran gedacht.«

Das passt zu Thomas. Er wohnt um die Ecke, er kommt zu Fuß, er trägt den Karton zu Eva. Damit ist sein Auftrag beendet.

»Wie es mir geht, ist ja eigentlich klar, oder?« Eva schaut ihn kurz an. »Mich würde vielmehr interessieren, wie es dir geht. Davon hängt nämlich auch ein bisschen ab, wie es mir geht.«

»Äh ...«

»Also: Wie geht es dir?«

»Gut. Eigentlich gut. Also, ich finde auch alles merkwürdig. Total neue Zeitrechnung. Manchmal wache ich auch auf und denke, du wärst in der Wohnung. Und ich habe das dringende Bedürfnis, mich bei dir zu entschuldigen.«

Eva dreht sich der Magen um. Entschuldigen. Wahrscheinlich entweder dafür, dass Thomas sie angelogen hat oder ihr Zeit geklaut hat, oder sie einfach nicht mehr liebt, und all das ist doof und bedeutet ganz klar: Sie trinken hier Kaffee, mehr nicht.

»Bitte entschuldige dich nicht«, sagt sie und steht auf. Ihre Stimme zittert. »Wo ist die Weggabelung, an der wir in unterschiedliche Richtungen abgebogen sind? War ich eine Belastung für dich und habe es nicht gemerkt? Waren die letzten Jahre mit dir Almosen? Was denkst du eigentlich über mich, was denkst du insgesamt? Ich dachte immer, ich wüsste, was uns beide betrifft, genug, und merke jetzt: Ich weiß nichts.«

Thomas sieht sie an. »Setz dich doch wieder. Bitte.« Er sagt das liebevoll, zu ihrem Wohl.

Eva schüttelt störrisch den Kopf. »Wieso hast du denn nicht viel früher was gesagt? Man kann doch die Dinge nicht einfach so laufen lassen und vor dem Wichtigsten überhaupt, den eigenen Gefühlen, weglaufen. Das macht mich so wütend! Und viel wütender macht mich, dass ich dich trotzdem vermisse. Ich ertrage kaum, dein Gesicht nicht mehr zu sehen, die feinen Falten um deinen Mund, deinen liebevollen, fragenden Blick. Ich vermisse, wie du die Straße entlanggehst, so wie du es immer machst, rücksichtsvoll und federnd. Ich vermisse sogar, dass du deine Gefühle verdrängst.«

»Ich vermisse dich doch auch«, meint Thomas sanft.

»Wirklich?«, fragt Eva.

»Natürlich«, meint Thomas. »Aber eher ...«

Da unterbricht ihn Eva. »Weißt du, ich vermisse deine Angst, ich vermisse dein Vertrauen in mich. Vor allem das. Wann hast du aufgehört, mir zu vertrauen? Dass ich die Person bin, die dich glücklich machen kann, die dir die Angst nimmt? Was habe ich falsch gemacht? Und wo? Und wann?«

»Eva, du hast nichts falsch gemacht, das sage ich dir doch immer wieder.«

»Ja, aber warum sind wir dann jetzt hier?« Sie sieht ihn verzweifelt an. »War es, als ich nach Paris gegangen bin? Habe ich dich da alleingelassen? Ich hatte total Angst, dass ich damit unsere Beziehung aufs Spiel setze. Aber was ein Leben lang halten soll, muss auch zwei Jahre Fernbeziehung überstehen. Dachte ich. War das ein Fehler?«

Thomas nimmt ihre Hand. »Nein. Natürlich nicht. Hör bitte auf mit dieser Fehlersuche.«

»Ja, aber du gibst mir keine Antworten! Und je länger du schweigst, desto mehr halte ich dich für jemanden, der mutwillig mein Leben zerstört. Der nur da war, um mit mir sadistisch alles aufzubauen, woran ich gar nicht glaube. Eine glückliche Beziehung. Eine unkomplizierte Liebe. Und es dann alles wieder einstürzen lässt, es einreißt, und zwar zu einem Zeitpunkt, an dem ich besonders verwundbar bin. Als wärst du nur gekommen, um mein Leben zu zerreißen. Dabei hast du mein Leben doch erst schön gemacht.«

Thomas weiß nicht, was er sagen soll. Das ist zu viel für ihn. Ganz so dämonisch kam er sich bis jetzt noch nicht vor. Leute verlassen einander, das ist schlimm. Aber sind alle Menschen, die eine Beziehung beenden, Dämonen? Monster? Zerstörer? Lastet Evas Lebensglück wirklich ganz allein auf seinen Schultern?

»Du sagst gar nichts.« Eva sieht ihn forschend an.

»Ich hab dich sehr gern«, schmerzlich wendet sich Thomas ihr zu.

Wenn sie ihm doch glauben würde. »Und wenn jemand was falsch gemacht hat, dann ich. Manchmal …« Thomas zögert. »Manchmal ist es befreiend, das Falsche zu tun.«

Eva starrt ihn an und steht auf. Sie dreht sich nicht um und geht, den Karton ungut auf ihrem Rennrad balancierend, die Straße hinunter.

Eva versucht, zügig zu gehen, aber mit dem blöden Karton ist das kaum möglich. Sie denkt wild vor sich hin.

Sie wird jetzt nicht mehr an die Uni fahren, dafür ist sie viel zu aufgewühlt. Und sie wird auch nicht mit Yves einen Abend am See verbringen, wie soll das gehen, mit dem Karton auf dem Rad und Thomas im Herzen.

Eva biegt ab, auf den kleinen Weg, der am Landwehrkanal entlang führt. Natürlich ist der bei so einem schönen Wetter voll. Sie findet trotzdem eine Bank, auf der sie alleine ist. Die Bank ist schon etwas kaputt, und der Müll daneben stinkt, deswegen sitzt hier wahrscheinlich niemand.

Sie schaut auf das flirrende Wasser. Sie spürt die helle Luft. Ihr Kopf saust und drückt. Es war für Thomas befreiend, das Falsche zu tun. Sie ist der Kollateralschaden, den er billigend in Kauf nimmt. Eva ist hilflos. Hilflos wütend, hilflos verzweifelt, umgeben von einer fremdbestimmten Ohnmacht.

Sie hat Thomas alles gesagt, alles gesagt, was sie beschäftigt, und auf keine ihrer Fragen hat er ihr eine Antwort gegeben. Er hat die monströsen Fakten und Schlussfolgerungen einfach so stehen lassen. Er hat ihr das angetan. Er tut ihr das an, noch immer. Und er lässt zu, dass sie schlecht von ihm denkt. Nur, um alleine zu sein, um nicht mehr mit ihr sein zu müssen.

Bin ich denn so ein Monster? In ihr steigen Tränen auf, sie nimmt ihr Handy in die Hand.

Eine Minute später stellt sie Desi am Telefon dieselbe Frage.

»Och, Mäuschen, du bist doch kein Monster«, antwortet Desi gelassen bis professionell. »Wo bist du denn gerade?«, fragt sie.

»Unten, am Kanal«, schluchzt Eva.

»Ich komm mal dahin.«

Kurz darauf ist Desi da. Mit den blond gefärbten, kurzen Locken, ihrem leichten Doppelkinn und dem hungrig geschwungenen Mund steht sie vor der Bank und schaut auf Eva hinab.

»Hier stinkt's«, sagt sie und setzt sich. Dann betrachtet sie belustigt den riesigen Karton.

»Praktisch. Kannst du gleich noch ein bisschen Müll aufsammeln auf dem Weg nach Hause.«

Eva muss gegen ihren Willen lachen.

»Nehmen wir mal an«, beginnt Desi und bricht wieder ab. »Erst mal: Es tut mir total leid, dass es dir schlecht geht. Das weißt du. Und ich habe uns etwas mitgebracht.«

Sie holt eine kleine Flasche Sekt aus ihrem Jutebeutel.

»Sekt am Mittag? Desi, das ist geschmacklos. Wir sind doch nicht in irgendeinem mittelklassigen Film.«

»Stimmt. Wir sind direkt drin im Life, und das Life sagt, du brauchst jetzt einen kleinen, feinen Filter zwischen dir und der Welt.«

»So wird man zum Alkoholiker.«

»Man schon, wir nicht.«

Desi öffnet die Flasche, beide trinken einen Schluck.

»Ok«, sagt Desi entschlossen. »Nehmen wir mal an, du willst nicht mehr mit Thomas zusammen sein. Ihr seid zusammen, aber du willst nicht mehr. Warum auch immer. Was würdest du ihm sagen?«

»Es tut mir leid, es ist vorbei.«

»Und wenn er dann sagt: ›Wieso? Aber ich liebe dich doch so sehr, und es war doch immer alles so schön mit uns‹?«

»Keine Ahnung, Desi, ich kann mir das nicht vorstellen.« Evas Gesicht ist ernst. Sie will sich das nicht vorstellen, sie will ja mit Thomas zusammen sein. Sie würde nur gerne wissen, wie er sich fühlt, wenn er an sie denkt. Fühlt er Erleichterung? Ekel? Hat ihm vor ihr geekelt? »Ich tue Thomas gut, weil ich nicht mehr da bin. Da befällt mich Ekel vor mir selbst.«

»Hättest du gewollt, dass Georg sich nach dem Abi-Ball so fühlt? Immerhin hast du ihm noch auf der Tanzfläche gesagt, das letzte halbe Jahr war ein Fehler und viel Glück beim Studium.«

»War ja wohl nicht so schlimm, er ist dann ja sofort mit Sanam zusammengekommen.«

»Weil er sich nicht vor sich selbst geekelt hat. Weil er sich diesen Schuh einfach nicht angezogen hat. Thomas ist nicht der liebe Gott. Egal, was er von dir denkt, egal, ob ihr zusammen seid oder nicht, seine Meinung darf nicht bestimmend für dein Selbstbild sein. Hör auf die Psychologin. Und jetzt nehme ich diesen Karton, und du fährst an den Plötzensee und knutschst mit Yves.«

»Ich will nicht mit Yves knutschen, vor allem nicht heute.«

»Ich an deiner Stelle würde es machen. Man muss negative Erlebnisse mit positiven übermalen.«

»Ich weiß nicht, ob es ein positives Erlebnis ist, mit jemandem zu knutschen, mit dem man nicht knutschen will.« Eva verzieht die Mundwinkel. Desi trinkt den letzten Schluck Sekt und lässt sich nicht beirren.

»Ich glaube ja, du willst mit dem knutschen. Man muss ja nicht alles an einem Menschen toll finden, bevor man ihn ›küssen darf‹. Lass mal dein Ministerium für Moral und Inneres zu Hause. Man kann auch einfach mal knutschen, weil man es ausprobieren will.«

Eva nickt wenig überzeugt.

Thomas ist nach dem Treffen mit Eva sofort nach Hause gegangen. Er hat noch kurz am Kanal nach ihr gesucht, er war sich sicher, dass sie da irgendwo hinter einem Busch saß und weinte, und er hätte sie gerne getröstet, aber seine halbherzigen Blicke haben sie nicht gefunden. Er kam sich dann doch blöd vor, den Weg entlangzuschleichen und verdächtig ins Gebüsch zu linsen, also ist er umgekehrt und nach Hause gegangen. Zwei Meter vor Evas Bank, ohne sie zu entdecken.

Jetzt sitzt er auf dem Sofa, den Laptop auf den Knien und sucht etwas bei Google.

»Wo kann man denn jetzt eigentlich in Urlaub fahren?«, hat er eingegeben. Er weiß nicht genau, warum. Er weiß auch nicht, mit wem er in Urlaub fahren möchte. Aber es würde guttun, mal einen anderen Horizont zu sehen, nicht nur Häuser, Häuser, Stadt. Auf dem Bildschirm erscheinen Anzeigen für Last-minute-Urlaube auf den Balearen, für Ferienhäuser wahlweise an der Ostsee oder im Harz und Pauschalangebote mit Mietwagen und Hotel.

Thomas atmet aus und blickt am Laptop vorbei. Er ist zu erledigt, um irgendetwas halbwegs Sinnvolles zu machen. Ein Buch zu lesen. Zeitung. Seele und Gehirn bestehen aus zerfaserter Zuckerwatte. Aber er könnte seine Eltern mal wieder anrufen, lange nichts gehört.

Seine Mutter hebt ab.

»Ich wollte nur mal fragen, wie geht's denn so?« Thomas zupft kleine Fussel aus der Decke, die auf dem Sofa liegt. Ihm ist jetzt schon langweilig.

Seine Mutter erzählt des Langen und Breiten von einer Fahrt mit Freunden, die sie und der Vater ins Elsass unternommen haben. So eine schöne Landschaft, und was hatten sie für ein Glück mit dem Wetter.

Sei froh, dass sie beide noch leben und fit sind, mahnt eine innere Stimme Thomas. Sei froh, dass sie dir solche Banalitäten erzählt und nicht, dass sie einen malignen Tumor hat. Er zupft weiter an der Decke herum, seine Mutter fragt nach ihm und Eva.

»Wir sehen uns zurzeit nicht so viel, Eva muss ja auch viel arbeiten.«

»Auch jetzt im Sommer? Ach, das ist doch schrecklich, ihr seid doch noch jung, ihr müsst das Leben doch genießen!«

»Machen wir, Mama.«

»Übrigens, wir wollten bald mal wieder nach Berlin kommen.«

»Aber ihr wart doch gerade erst ...«

»Aber mit der Wohnung muss noch was geregelt werden, dein Vater macht das ja lieber vor Ort als am Telefon. Und wir waren das letzte Mal gar nicht bei euch zu Hause, wäre doch schön, ein bisschen Zeit miteinander zu verbringen. Ich würde auch so gerne mal wieder ins Theater, such uns doch was Schönes raus. Ach, und Dänemark müssen wir noch besprechen, geht ja auch schon in fünf Wochen los.«

Thomas wird es ganz kalt. Dänemark. Schon in fünf Wochen. Bis dahin muss er dann doch mal erzählen, dass Eva und er kein Paar mehr sind. »Wann wollt ihr denn kommen?«

»Wahrscheinlich nächste Woche mal, dachten wir.«

»Aber sagt vorher Bescheid, ja? Wir haben so viel zu tun, wir müssen das einplanen.«

»Ja, ja«, sagt die Mutter, und Thomas schüttelt leicht

den Kopf. Seine Eltern werden wieder überraschend vor der Tür stehen. Siegessicher, strahlend, weil sie ihm gerade diese unglaubliche Riesenfreude bescheren.

»Mama, wir könnten gerade Sex haben«, hatte Thomas seiner Mutter schon vor Jahren bei einem dieser Überfälle erklärt.

»Ist ja nicht schlimm, dann gehen wir und kommen später wieder«, hatte sie geantwortet.

Eva kommt am See an, unsicher, ob sie an der richtigen Stelle ist. »Nicht am Strandbad«, hatten sie gesagt, am Strandbad, da war es voll mit Familien, das Wasser war viel zu lange viel zu flach, und man war nicht ungestört. Sie wollten auf die andere Seite, wo man in kleinen Buchten, in denen die Erde plattgetrampelt war, ungestört ins Wasser konnte. Dahin, wo Thomas und Eva auch immer gewesen waren.

Eva geht zum Wasser runter. Da ist noch ein anderes Pärchen, jünger als sie, vielleicht Anfang zwanzig. Beide routiniert glücklich, so routiniert, wie es Eva vielleicht auch einmal war. Und dann sind da noch drei Jugendliche, die sie entsetzlich nerven. Wahrscheinlich, weil sie heute besonders dünnhäutig ist.

Yves ist noch nicht da. Eva ist sich unschlüssig, ob sie oberhalb der Böschung auf ihn warten soll, aber das kommt ihr unsouverän vor. Sie breitet ihr Handtuch aus, setzt sich darauf, blickt vor sich auf die Erde und muss sich zusammenreißen, nicht zu heulen.

»Hallo!«

Neben Eva plumpst ein cremeweißer Seesack auf die Erde.

Zwei behaarte Beine in ausgetretenen Bastschuhen,

Bermudas, ein viel zu weites, ehemals weißes T-Shirt, Yves. Er schaut hinunter auf Eva, die Locken umrahmen sein Gesicht und fallen nach unten. »Hi.« Eva sieht zu ihm auf.

Desis Worte schießen ihr durch den Kopf, ›Lass zu, dass du ihn küssen willst‹. Eva steht auf, aber im selben Moment setzt sich Yves hin. Sie lachen, und sie setzt sich wieder. Sie kreuzt die Beine und darüber die Arme, und auf die Arme lehnt sie ihren Kopf. Sie schaut Yves an. Tatsächlich, wenn sie mal Thomas außen vor lässt, den längst eingegrabenen Gedanken, dass sie ja sowieso in einer Beziehung mit ihm ist und überhaupt niemand anderen küssen will, wenn sie außerdem außen vor lässt, dass Thomas die Liebe ihres Lebens ist und sie für immer trauern wird, wenn sie einfach nur an Sex denkt, dann hat sie schon Lust, Yves zu küssen.

Eva hält den Blick zu Yves ungewöhnlich lange, während er erzählt, wie er in seiner engen Mansardenwohnung bei der Hitze versucht hat, einen klaren Gedanken zu fassen.

»Ich habe mir gedacht, früher, die großen Denker, aber auch heutzutage, die hatten nicht immer komfortable Bedingungen, um nachzudenken. Eine Mutter, die alleine zwei Kinder aufzieht und nebenher ihre Doktorarbeit schreibt, kann auch nicht warten, bis es ein optimaler Zeitpunkt für tiefsinnige Gedanken ist. Ich habe meine Beine in eine Schüssel mit Eiswasser gestellt, ich habe mir ein nasses Handtuch in den Nacken gelegt, nichts. Keine zündende Idee.«

Yves merkt, wie Eva ihn versonnen betrachtet, und hört auf zu reden. Er hält kurz den Blick, dann aber nickt er wissend, steht auf, zieht sich die Shorts aus, steht jetzt in Badehose da und sagt: »Ich gehe schwimmen.«

Eva ist verwirrt. War sie zu forsch? Desi ist immer viel mutiger, wenn das schon zu forsch war … Sie sieht Yves durch das Wasser planschen, wieder hat er etwas Tollpatschiges an sich, und ihr wird klar: Er ist unsicher. Jetzt, wo sie endlich greifbar ist, wird er unsicher. Sie lächelt leise in sich hinein. Hat sie auch einmal die Oberhand, wer hätte das gedacht.

Eva zieht sich langsam aus. Erst den blau-weiß gestreiften Rock, die Sandalen, dann irgendwann das Shirt. Sie weiß, dass ihre Brüste immer eine Reaktion hervorrufen. Entweder ungläubiges Staunen oder zügigen Rückzug. Bei Yves tippt Eva eher auf Staunen, aber auch das ist ihr unangenehm.

Eva erinnert sich daran, wie Ludwig Thomas erklärte, es gebe nur zwei Typen von Männern. Die einen würden auf Busen stehen, die anderen auf Hintern. Desi hatte laut gelacht. Sie saßen damals alle auf dem Dach einer Bar, die Sonne war schon untergegangen, und wer noch nicht betrunken war, sollte es jetzt lieber schleunigst werden. »Was für ein Quatsch«, hatte Desi gesagt. »Es gibt doch auch Ästheten und Haptiker, und Theoretiker und überhaupt, was soll der Scheiß. Ist außerdem völlig veraltet.«

»Denk an meine Worte«, hatte Ludwig gesagt. »Du wirst sehen, ich habe recht.«

»Und was gibt es dann für Frauen?«, hatte Eva gefragt. »Was sind denn so Primärreize bei Männern?«

»Bizeps – kein Bizeps, Bauch – keinen Bauch, Primärreize außer *dem Penis* gibt's nicht so bei Männern, ist auch alles totaler Quatsch«, hatte Desi gesagt. »Bei mir stehen die Männer nämlich auf *beides.*«

Yves steht auf alle Fälle auf Brüste, denkt Eva. Sie hat

gespürt, wie er vom Wasser aus zu ihr hin- und schnell wieder weggeschaut hat.

Sie fühlt sich dem heute nicht gewachsen. Auch fürs Begehrtwerden braucht man Vitalität.

Sie schwimmen. Yves ist ein guter Schwimmer, er kann bei Evas Bahnen mithalten und sich sogar noch dabei unterhalten. Er schaut zu ihr herüber.

»Darf ich fragen, wie es dir geht?«

»Nee.«

»Ok.«

Sie schwimmen weiter.

»Wann hattest du eigentlich das letzte Mal eine Freundin?«, eröffnet Eva nach einer Weile wieder das Gespräch.

»Vor einem Jahr«, meint Yves. »In Frankreich. Wir haben Schluss gemacht, obwohl wir uns mochten. Wir waren erst neun Monate zusammen, aber wir waren sehr unterschiedlich. Sie ist Comic-Zeichnerin, sehr still, sehr ordentlich, sehr, sehr witzig, einer der lustigsten Menschen, die ich kenne. Wir haben als Affäre angefangen, aber es war so nett, dass wir uns einfach öfter gesehen haben. Aber es war nichts auf Dauer, das wussten wir beide.«

»Wow.«

»Was ›wow‹?«

»Das klingt unglaublich abgeklärt. So schön erwachsen.«

»Ah, das bin ich nicht immer. Davor war ich zwei Jahre Single, aber davor drei Jahre mit Madeleine zusammen, und als sie mich verlassen hat – sie hat mich betrogen, sie ist Musikerin, und ich habe irgendwann festgestellt, sie war mir von Anfang an nicht treu, immer wenn sie auf Tour war, hatte sie etwas mit tausend anderen.

Also, als Madeleine mich verlassen hat, weil ich ja nur so ein langweiliger Uni-Typ bin und nicht zu ihrem aufregenden Leben passe, da habe ich drei Tage lang vor Wut Holz gehackt.«

»Wo kann man denn drei Tage lang Holz hacken?«

»Auf dem Bauernhof meiner Mutter im Elsass.«

»Und hast du dich bei Madeleine gemeldet oder dich noch mal mit ihr getroffen?«

»Gemeldet nein, hey, ich habe meinen Stolz. Aber ich habe sie zufällig letzten Sommer in Paris gesehen. Sie war total hässlich, hässlich wie die Nacht. Wobei die Nacht eigentlich schön ist. Hässlich wie ein normaler Tag im Februar. Man sieht ihr das viele Feiern an, die Nächte, den Alkohol. Ihre Haut war gelb und ihre Haare lang und unordentlich, und sie hatte traurige Augen.«

Eva schaut Yves an, hat er das gerade ernst gemeint? Hässlich wie die Nacht? Hat er anscheinend. Vielleicht ist er doch verrückter, als sie denkt.

Sie schwimmt wieder ans Ufer, Yves bleibt noch im Wasser. Als er auch an Land kommt, ist er müde.

Eva sitzt neben ihm, es wäre jetzt der perfekte Moment, sich zu küssen. Die Abendsonne ist noch warm, die nervigen Jugendlichen sind weg, ihr Bikini zeigt alles, was er zeigen muss, aber Yves legt sich hin und macht die Augen zu. Eva wartet. So hatte sie sich das nicht vorgestellt. Ihr ist ein bisschen langweilig. Sie wartet noch eine Weile, dann wird ihr kalt. Sie beginnt, sich wieder anzuziehen. Yves schreckt auf.

»Gehen wir schon?«

»Weiß nicht, wird ja langsam dunkel.«

»Ok.«

Überrumpelt rafft Yves seine Sachen zusammen. Sie

gehen schweigend die Böschung hinauf. Leicht enttäuscht stehen sie vor Yves' Roller. Eva schaut ihn mit einem kleinen Lächeln an, aber deutlich distanzierter als vorher.

»Hey«, sagt da Yves und nimmt ihr Kinn in seine Hand. Und dann gibt er ihr sehr schnell, sehr hastig einen Kuss. Eva würde den Kuss gerne länger halten, aber es geht viel zu schnell. Yves schaut sie aus seinen runden Augen an und wartet darauf, ob er etwas falsch gemacht hat. Das ist leider nicht besonders sexy.

Eva spürt kurz nach. Yves' Lippen sind weich und warm. Etwas zu feucht. Aber weich. Und so schön ... offen. Beim Küssen war der Mund von Thomas in letzter Zeit fast immer unmerklich verkrampft. Das war kontraproduktiv.

Eva küsst Yves zurück. Sie öffnet ihren Mund leicht, und sofort benutzt Yves seine Zunge. Sie knutschen. Und sie finden es beide gut.

Yves wirkt erlöst. Eva spürt seine Hingabe, kann aber nichts daran ändern, dass sie mehr erotische Erkunderin ist als verliebt. Das hier macht wirklich Spaß. Und sie wird feucht. Aber verliebt ist sie nicht.

Yves schiebt eine Hand an ihren Po. Sie macht mit.

»Komm, lass dein Fahrrad hier, wir fahren zu mir«, flüstert Yves ihr zu.

Da merkt Eva, dass sie, so gerne sie möchte, so gerne sie jetzt mit einem anderen Mann schlafen will, nicht kann. Etwas in ihr schubst sie nach vorne, aber etwas anderes, das genauso stark ist, hält sie zurück.

Sie löst sich langsam von Yves.

»Ich würde gerne, aber ich kann nicht.«

Yves zieht die Augenbrauen in die Höhe. Was man will, das kann man auch, sagt sein Blick.

»Ich will, aber es ist zu früh«, differenziert Eva. »Und deswegen fahren wir jetzt beide brav heim. Wir können uns ja bald wiedersehen.«

»Gut«, sagt Yves. »Das gefällt mir, so machen wir es.«

Und er fährt, in kleinen Schlangenlinien, einmal kurz hupend, in die Nacht. Eva bleibt noch kurz alleine zurück. Das war wirklich alles sehr respektvoll, sogar der Abgang.

Als Eva später bei ihrem Vater auf dem kleinen blauen Bett liegt, spürt sie das erste Mal seit Langem wieder so etwas wie Boden unter den Füßen. Ein klein wenig Energie ist wieder da. Die letzten Wochen war da nichts, was sie hätte bündeln können, keine Kraft.

Und weil sie sich wieder ein bisschen gut fühlt, folgt sie ihrem Pflichtgefühl, liest Zeitung, checkt E-Mails, stellt sich der Welt.

In der Welt ist alles wie immer. An den Grenzen stehen Geflüchtete und kommen nicht rein. Die EU macht die Außengrenzen dicht. Den Untergang des Abendlandes prognostizieren die Leute, die keine Geflüchteten mögen. Den Rückfall in den Faschismus die anderen. Die Erde erwärmt sich, die Wirtschaft ist überhitzt und ungerecht, in den Geisteswissenschaften werden wie immer Forschungsgelder gestrichen, im Osten erstarkt die AfD.

Eva hätte gerne für all das eine Lösung parat, hat sie aber leider nicht, und deswegen hat sie ein schlechtes Gewissen.

Ihre Mutter schreibt, sie hat am Samstag einen Stand auf einem Flohmarkt in Zehlendorf und verkauft dort mit geflüchteten Mädchen selbst gemachte Dinge. Topflappen, kleine Untersetzer, selbst genähte Handtäschchen. Ob Eva helfen möchte?

Eva überlegt, ob die Mädchen das so toll finden, Topflappen häkeln, müssen sie das in ihren Familien nicht sowieso oft schon? Handarbeit und Hausarbeit? Aber die Mutter schreibt weiter, sie hätten auch kleine Kurzgeschichten, Gedichte und Bilder angefertigt, die in kleinen Büchlein zusammengefasst verkauft würden.

Da kann man nichts sagen. Ihre Mutter macht mal wieder alles richtig.

Inga hat eine Mail zum bedingungslosen Grundeinkommen geschickt, und auf Facebook wird zu einer Demonstration gegen Tierversuche aufgerufen. Man könnte überall etwas initiieren, unterschreiben, helfen, Eva reibt sich die Stirn. Dann geht sie auf das Profil von Thomas.

Thomas hat genau ein Bild hochgeladen, und das schon vor drei Jahren, das Ufer eines italienischen Sees. Eva kennt das Bild, sie kennt das alles. Rose hat er schon vor einem Jahr als Freundin hinzugefügt, und ansonsten tut sich bei seinem Profil nie etwas, nur die üblichen Glückwünsche, wenn er Geburtstag hat.

Mit schalem Gefühl möchte sie das Handy ausschalten, schreibt dann aber doch noch ihrer Mutter. Klar, sie kommt, sie hilft gern. Vielleicht ist das ja eine schöne Mutter-Tochter-Unternehmung. Und ihre Mutter hat sie lange nicht gesehen.

## 4 Wochen und 3 Tage danach

Warum man sich bei der Hitze auf einen Flohmarkt stellt, ist Eva, als es so weit ist, dann doch schleierhaft.

Sie hat den beiden Mädchen, die mit ihr zusammen verkaufen, den Platz unter dem Sonnenschirm überlassen, und trinkt aus ihrer Wasserflasche.

Am Vormittag waren ein paar Besucher auf dem Flohmarkt, haben die kleinen Samttäschchen mit ihren Trägern aus miteinander verzwirbelten Wollfäden in die Hand genommen, die Topflappen angeschaut, und die meisten sind dann mit einem entschuldigenden Lächeln, das aber dennoch Mut machen sollte, weitergezogen. Topflappen gingen irgendwann gut, Samttäschchen weniger. Geschichten gingen gut. Jetzt geht gar nichts mehr. Es ist Mittag.

Die Mutter kommt dazu. Sie hat an irgendeinem Nachbarstand mit irgendeiner Bekannten geredet und sich und ihr Engagement gelobt. Unterstellt ihr Eva. Irgendjemand muss sie ja loben, wenn Eva das schon nicht macht. Und Eva macht es nicht.

Die Mutter kommt strahlend wieder, ihr weißes, zweilagiges Baumwollkleid – eine Lage normale Baumwolle, darüber ein durchsichtiger, mit bunten Blumen bedruckter Stoff – straff über der Brust. Ihr roter Mund lacht.

Die beiden Mädchen wenden sich ihr schüchtern zu. Miray ist 16 und trägt ein hellblaues Kopftuch. Sie hat einen zurückhaltenden Blick und einen kleinen, ernsten Mund. Irem ist erst 14, wirkt aber älter, um nicht zu sagen reifer. Sie trägt ihre Haare offen, hat ein rundes Gesicht, ist schnell und witzig.

»Frau Massmann«, sagt Irem mit leicht gedehnter Stimme und muss dabei grinsen. »Uns ist heiß.«

»Bis wann geht denn eure Schicht, lasst mal sehen, hm, noch eine halbe Stunde.« Sie redet mit pädagogischem

Unterton und betont langsam, damit die Mädchen sie auch verstehen. »Es ist wichtig, dass ihr eure Pflichten auch erfüllt. Wenn ihr nicht mithelft, dann schaffen wir das heute nicht. Jede von euch ist an so einem Tag wichtig.«

Irem verzieht das Gesicht entschuldigend und flüstert Evas Mutter etwas ins Ohr. Die Mutter überlegt.

»Na gut, dann geht mal. Dann machen das meine Tochter und ich alleine, bis die anderen kommen.«

Die Mädchen trotten untergehakt von dannen.

»Was war denn?«, fragt Eva.

»Ach, Miray hat ihre Tage, war aber zu schüchtern, das zu sagen. Da reden sie ja nicht darüber in ihrer Familie. Ich glaube allerdings, ihr Deutsch ist noch gar nicht gut genug. Es ist seltsam, wie unterschiedlich schnell sie Deutsch lernen. Irem ist genauso lange da wie Miray, aber spricht viel besser.«

»Irem ist ja auch jünger, oder? Je jünger, desto leichter.«

»Nun ja, und sie kommt mehr rum. Ihre Eltern erlauben ihr viel mehr. Miray ist immer in ihrer Familie.«

»Vielleicht ist Miray nicht gut in Sprachen, aber gut in Mathe. Oder Informatik. Oder Malen. Was weiß ich.«

Sie schweigen. Eine Frau kommt vorbei und kauft überraschenderweise ein Samttäschchen.

»Sind 15 Euro nicht ein bisschen viel?«, fragt Eva, als die Frau weg ist. »Vielleicht gehen die deswegen so schlecht.«

»Hör mal, das ist Handarbeit. Und dann noch die Materialkosten!«

»Ja, aber …« Eva bricht mitten im Satz ab.

»Ja?«, die Mutter lächelt ermutigend. Als gäbe es keine falschen Kommentare.

Eva überlegt, ob sie sagen kann, dass die Täschchen zu den Dingen gehören, die man nie benutzt. Die man in den Schrank legt, da sieben Jahre liegen lässt und irgendwann wegwirft, allerdings mit schlechtem Gewissen, weil Handarbeit, weil von geflüchteten Mädchen, die inzwischen auch schon 21 sind, was die jetzt wohl machen, und überhaupt, warum hat man das Täschchen nie getragen? Man hängt es sich noch mal probehalber über die Schulter, die Wollkordel ist einfach unpraktisch, man könnte ja eine andere Kordel … Und dann schmeißt man es weg.

»Ich glaube einfach nicht, dass man sie als Abendtäschchen benutzt.«

»Muss man auch nicht. Kann man ja was reintun, was man immer braucht und in einer größeren Tasche bei sich haben möchte. Binden zum Beispiel.«

Die Mutter schaut sie an und schiebt den Unterkiefer nach vorne. Eva kennt diesen Gesichtsausdruck. Er erinnert sie immer an eine Raubkatze. So ein Gesicht macht die Mutter, wenn sie sich bereit macht für eine Diskussion. Die Waffen hochfährt und die Vorfreude auch.

»Stimmt«, sagt Eva schnell und lächelt.

»Apropos«, sagt die Mutter. Ihr Durst nach Konflikt und Reibung ist noch nicht befriedigt. »Hast du jetzt eigentlich die Pille abgesetzt?«

»Nö«, antwortet Eva und schaut möglichst arglos.

»Ach. Wolltest du doch.«

Schweigen.

»Will Thomas nicht?«, fragt die Mutter und verteilt ihren Lippenstift durch Aufeinanderdrücken der Lippen neu.

Eva hält inne. Soll sie der Mutter jetzt sagen, was los ist? Soll sie?

»Meine Prognose ist ja, ihr bekommt entweder ein Kind oder ihr trennt euch.«

»Mama, wir haben uns getrennt.«

Die Mutter dreht den Kopf mit einem kleinen Ruck zu Eva.

»Ach!« »Ich hoffe mal, du hast dich getrennt, mein Schatz, und nicht Thomas. Getrennt werden, und dann noch von jemandem, der einem eigentlich nicht gewachsen ist, das ist doch ein ganz schöner Schlag fürs Selbstbewusstsein. Zuerst einmal. Später verarbeitet man das natürlich anders. Oder wolltet ihr beide nicht mehr?« Die Frage klingt wie eine Feststellung. Damit rechnet sie sowieso nicht. Eine einvernehmliche Trennung, das merkt Eva, das traut ihre Mutter dieser Beziehung nicht zu.

»Doch, wir wollten beide nicht mehr«, lügt Eva. »Erst dachten wir, wir machen einfach eine Pause, aber jetzt haben wir gemerkt, unsere Pause ist eine Trennung.«

»Aber was machst du denn jetzt?«, fragt die Mutter. »Du warst ja doch relativ auf Thomas fixiert, von deinem Alltag her. Wenn du Umstrukturierungshilfen brauchst, sag Bescheid.«

Eva schluckt. Das ist das Letzte, was sie jetzt möchte. Mit der Mutter in der Küche des Vaters sitzen und stramme Tipps für Alltag und Selbstbewusstsein bekommen.

»Na, dann wollen wir mal sehen, wie sich Thomas bei der Wohnungssuche schlägt. Ob er das kann, sich alleine eine Wohnung suchen.«

Eva glaubt, das soll verschwörerisch-nett gemeint sein. Ein humoriges Verbünden gegen Thomas. Sie verrät nicht, dass sie es ist, die ausgezogen ist und beim Vater wohnt. Sie verrät gar nichts mehr.

Eine Stunde noch hat es Eva auf dem Flohmarkt ausgehalten, dann ist sie so schnell wie möglich mit dem Fahrrad nach Kreuzberg gefahren.

Sie musste sich jetzt unbedingt mit Desi an den Urbanhafen setzen. Auch wenn der voller Touristen ist. Sie braucht jetzt Großstadt. Nicht mehr das klebrige Zehlendorf mit all seinen saturierten, wohlmeinenden Bewohnern.

»Ein Hauch weniger Pragmatismus wäre einfach schön gewesen.«

»Du meinst nicht Pragmatismus, du meinst Empathie. Etwas mehr Empathie hättest du gerne von deiner Mutter. Aber hey, wann hatte sie die denn? Kannst du dich an besonders verständnisvolle, schöne Stunden mit deiner Mutter erinnern? Du hoffst, und hoffst, und hoffst darauf, aber das wird nicht passieren. Und komm bloß nicht auf die Idee, dass es dir einfach nur richtig schlecht gehen muss und dann klappt das schon mit der Empathie. Wenn du über einer Schlucht hängen und dich nur noch an einer Wurzel festhalten würdest, dann würde deine Mutter dir erst mal erklären, warum die Wurzel zwar 55,3 kg gerade noch ausgehalten hätte, aber 63,5 kg, dein Gewicht, leider nicht.«

»Nein, sie würde mich erst mal retten.«

Eva beobachtet versonnen eine Schwanenfamilie. Dann fällt ihr ein, dass Schwäne sich ein Leben lang treu bleiben, und sie sieht wieder weg. Desi redet unbeirrt weiter.

»Ok, sie würde dich erst mal retten, aber *dann* würde sie dich nicht in den Arm nehmen, sondern dir erklären, warum das alles so kommen musste. Übrigens! Nichts gegen Zehlendorf, wir sind da aufgewachsen.«

»Ja.«

»Ich meine nur, du meinst deine Mutter mit saturiert und wohlmeinend.«

»Nein! Auch den Stadtteil!«

»Lass das mal zu. *Du meinst deine Mutter.*«

»Hast recht. Desi, wie wir beide wohl wären, wenn wir ein Paar wären? Würden wir uns dann auch so gut verstehen? Ich glaube, du würdest mich in kürzester Zeit verachten, wegen meiner Treue und Beständigkeit. Und ich wäre eifersüchtig.«

»Du wärst nicht nur eifersüchtig, sondern genervt von meinem Chaos. Und meinem Alkoholkonsum. Und meiner Meinungsfreude. Ich wäre dir einfach zu viel. Zu viel Mensch. Zu viel Präsenz.«

»Vielleicht ist das bei Yves auch so«, murmelt Eva und macht einen nörgeligen Kussmund. »Mist.«

»Du kannst ihn ja fragen, ob er sich zur Frau umoperieren lässt, dann kann er deine beste Freundin sein. Nur bin ich dann halt eifersüchtig. Überhaupt, was ist denn jetzt mit dem?«

»Ich denke viel zu wenig an ihn, aber wenn er sich meldet, freu ich mich. ›Ist heute schon morgen?‹, hat er heute früh geschrieben. ›Und ist morgen der Tag, an dem wir uns sehen?‹«

Desi lacht.

»Diese Nachricht hat mir ehrlich gesagt erst die Kraft gegeben, zu diesem dämlichen Flohmarkt zu fahren.«

»Dann antworte doch einfach mal.«

Eva wird ernst. »Ich kann ihm antworten, klar. Ich kann auch was mit ihm anfangen. Aber ich weiß gar nicht, ob ich je wieder jemanden lieben kann. So bis ins Innerste lieben wie Thomas. Der Lack ist ab.«

Desi sieht sie an und verzieht das Gesicht. »Hab doch nicht immer so hohe Ansprüche an dich. Man kann doch auch einfach mal mit jemandem sein, ohne Innerlichkeit.«

»Das sind keine fremden Ansprüche. Es fühlt sich sonst nur alles nicht wirklich gelebt an. Es fühlt sich an wie Malen nach Zahlen. Da kommt auch ein Bild raus, es ist halt nur austauschbar.«

Thomas desinfiziert sich die Hände. Wie immer, wenn er bei einem Patienten war. Er geht in das Aufenthaltszimmer, die Visite ist beendet.

Dr. Peiffer ist zu seiner Überraschung auch da. Eigentlich müsste der doch im OP sein, aber er sitzt auf der Tischkante und wartet. Er sieht gut aus, wie immer. Mitte 50 und gut aussehend und Chefarzt. Rose hat die Hände vor der Brust verschränkt, wirkt, als müsse sie dringend eine rauchen, und wandert in winzigen Kreisen um den Tisch herum. Sogar Matti ist da.

Herr Peiffer hält einen Brief in der rechten Hand »Frau Bertram überlegt zu klagen«, raunt Matti Thomas zu.

»Was?! Warum?«

»Weil ...« Dr. Peiffer muss kurz lachen. »Weil sie der Meinung ist, man hätte im Krankenhaus vergessen, ihrem Mann Blutdruck senkende Mittel zu geben.«

»Aber er hat doch die Medikamente von uns bekommen, seine privaten haben wir nicht angerührt, machen wir ja nie.«

»Kann man sowieso alles nicht mehr nachprüfen, sie wird keinen Erfolg haben. Passiert ja öfter, dass Angehörige den Tod ihres geliebten Menschen nicht akzeptieren wollen, die kommen auf die verrücktesten Ideen.« Dr.

Peiffer fährt sich mit der Hand kurz übers Gesicht. »Warum ich Sie kurz alle sprechen möchte, ich nehme den Brief als Anlass, um an die allgemeine Disziplin auf dieser Station zu erinnern. Ich weiß nicht, ob die Tabletten gegeben wurden, und in dem schlechten Zustand des Patienten war es auch egal, aber wenn eine Pflegekraft schlampt, fällt das auch auf Sie zurück.« Sein Blick streift kurz Thomas. »Wenn jemand hier andere Vorstellungen von Disziplin hat, sollte er sich vielleicht eine andere Station suchen.«

Thomas wird es heiß und kalt. Schwester Brigitte hatte mit Sicherheit die Tabletten vergessen, die war damals sowieso schlecht gelaunt. Natürlich wäre Herr Bertram so oder so bald gestorben. Natürlich hätten zwei Blutdruck senkende Tabletten nichts daran geändert. Trotzdem war er der diensthabende Arzt.

Dr. Peiffer schaut auf seine goldene Armbanduhr. Eigentlich eine ganz schöne Uhr.

»So. Ich bin zu spät, die Prostatektomie in OP 3 wartet auf mich.«

Er geht. Rose schnappt sich ihre Zigaretten und haut ebenfalls ab.

»Ich hab keinen Bock mehr«, sagt Thomas plötzlich zu Matti, als Rose weg ist.

»Worauf?«

»Ich hab keinen Bock mehr, so mit mir reden zu lassen. Kann man doch auch alles nett sagen.«

Matti zuckt mit den Achseln.

»Ich fand das gerade nicht so schlimm. Und wenn er anders wäre, wäre er jetzt nicht da, wo er ist.«

»Nee, ich hab keinen Bock mehr. Und vielleicht hat er recht. Vielleicht gehöre ich nicht hierher. Es gibt bestimmt irgendeine gemütliche urologische Praxis, die einen jungen Arzt sucht. Was soll ich mir das hier noch antun.«

»Hey, du willst mich im Stich lassen?«

Thomas lächelt Matti an.

»Nee, du lässt mich doch ganz bald im Stich. Du wirst hier Karriere machen. Ist auch gut so. Ich brauch den Stress nicht. Ich brauche eine kleine Praxis und eine Tasse Earl Grey.«

»Ach, komm, wie alt bist du, fünfzig? Außerdem werde nicht nur ich traurig sein, wenn du gehst.«

Matti verdreht die Augen bedeutungsvoll Richtung Tür.

»Rose findet eher doof, dass wir zusammenarbeiten.«

»Aber du willst nicht wegen ihr aufhören?«

»Nein. Ich will wegen mir aufhören. Ich will ein Jahr durch Europa reisen. Mit einem kleinen Notizbuch. Ich will ein Kulturreisender durch Europa sein. Gitarre spielen. Nichts tun. Und dann in eine kleine Praxis.«

Matti lacht.

»Du hast zu viel Hermann Hesse gelesen, als du jung warst. Krieg mal Kinder, dann hast du wieder mehr Spaß am Realismus. Wobei, mit Rose Kinder?«

»Matti. Nein. Ich habe das letzte Jahr damit verbracht, mich zu quälen, ob ich mit Eva Kinder haben will oder nicht. Das Luxuriöse an der jetzigen Situation ist, dass ich mich das gerade nicht fragen muss!«

»Ich glaub erst, dass du hier weggehst, wenn ich deine Kündigung auf dem Tisch liegen sehe.«

»Wer will kündigen?« Rose steht wieder in der Tür.

»Der da«, Matti deutet mit dem Daumen auf Thomas.

»Ah.« Rose zieht die Augenbrauen hoch, als gehe sie

das mal wieder alles nichts an, und schlängelt sich an den beiden vorbei zum Kühlschrank.

»Ich glaube das auch erst, wenn ich es sehe.«

Thomas ist genervt. Man soll ihm seine Heldenhaftigkeit ruhig glauben. Außerdem hat er jetzt Feierabend.

Er deutet mit Matti eine Ghettofaust an und winkt Rose unbeholfen zu, die ihm über ihrem Joghurtbecher hinweg zunickt. Thomas spürt förmlich Mattis Lachen, der ihn, Rose und ihr kindisches Verhalten beobachtet hat.

Vor dem Krankenhaus steht Dr. Peiffer etwas orientierungslos auf dem Gehweg. Thomas möchte sich vorbeischleichen, da hebt Dr. Peiffer den Kopf.

»Ein Notfall ist reingekommen, die OP muss noch warten«, sagt er fast entschuldigend. »Man darf sich gar nicht vorstellen, wie es dem Patienten jetzt geht. Da denkt er, jetzt endlich die Operation, endlich Gewissheit, den ganzen Tag nüchtern, die Frau noch mal zu Besuch, und dann heißt es wieder warten. Man darf an das alles nicht denken.«

Thomas nickt verwirrt, überlegt etwas zu sagen, überlegt, ob das ein Friedensangebot ist, nickt kurz und macht sich schnell aus dem Staub.

Am Abend ruft Rose an.

»Was is'n jetzt, soll ich vorbeikommen, und warum willst du kündigen?«

Thomas fährt sich mit der Hand über das Gesicht. Er hat auf dem Balkon vor sich hin gedöst und muss erst mal wach werden.

»Ich will nichts mehr in meinem Leben haben, was mir nicht guttut.«

»Okay.«

Kleine Pause. Das war ein freundliches Okay. Rose scheint ihn zu verstehen. Oder es ist ihr einfach egal.

»Und willst du mal zu mir kommen? Du warst noch nie bei mir.«

Klar möchte Thomas zu Rose. Aber er ist in ihrer Gegenwart auch immer etwas gestresst. Er hat das Gefühl, etwas Besonderes abliefern zu müssen, wenn er mit ihr zusammen ist.

»Heute nicht. Morgen, okay?«

»Okay.«

Dieses Okay war schon viel knapper. Bald muss Thomas sie besuchen, bald.

## 5 Wochen danach

Thomas wacht bei Rose auf. Sie wohnt in einer weißen Wohnung. Zumindest ist ihr Zimmer weiß. Weiße Wände, leichte weiße Vorhänge, Holzdielen, ein weißer, verwohnter Flickenteppich, ein schmaler Bauernschrank. Thomas fühlt sich hier angenehm fremd. Wie in einer Ferienwohnung.

Rose besitzt nicht viel. Ein Bücherregal mit fünf Büchern, zwei mit Stecknadeln an die Wand gepinnte Fotos.

Das eine zeigt sie als kleines Kind mit ihrer Mutter und ihrem Bruder irgendwo im damaligen Jugoslawien am Meer. Das andere ist ein Bild einer ausgedorrten Landschaft.

Rose schläft noch. Sie ist zu Thomas gedreht, der herzförmige Mund halb offen. Sie schläft wie immer nackt.

Plötzlich fällt es Thomas wieder ein. Seine Eltern haben am Abend angerufen. Er saß gerade mit Rose bei einem Koreaner, da klingelte sein Handy, er ist nicht rangegangen und hat auch nicht ihre Nachricht abgehört.

Er schleicht sich aus dem Zimmer und ins Bad. Auf dem Weg steigt er in seine Jeans. Rose hat eine Mitbewohnerin, und die muss ihn ja nicht unbedingt in Boxershorts sehen.

Im Badezimmer ist so ungefähr alles, was im weitesten Sinne zur Körperpflege gehört. Roses Mitbewohnerin lebt anscheinend ihre Sammelleidenschaft ganz in Kosmetik, Shampoo, Nagellack, Bodylotions und Parfums aus.

Thomas duscht, kurz und warm, und geht in die Küche. Da sitzt schon Macy, die Mitbewohnerin. Sie hat unwahrscheinlich lange blonde Haare und isst einen Quark mit Obst.

»Hey.«

»Hey.«

»Und du warst noch mal …?« Macy verzieht entschuldigend das Gesicht. Name vergessen.

»Ich bin Thomas.« Er lächelt sie freundlich an.

»Und woher kennt ihr euch?«

»Von der Arbeit, wir arbeiten auf der gleichen Station.«

»Ach so, wart ihr nicht auch zusammen in Südamerika?«

»Nee, nicht dass ich wüsste.«

»Ups, ’tschuldigung.« Macy guckt übertrieben betreten.

»Macht nichts.« Thomas nimmt sein Handy zur Hand, um nicht noch mehr aus Roses Privatleben erfahren zu müssen. Seine Mutter hat ihm eine Nachricht geschickt, allerdings schon vor drei Stunden.

»Sind auf dem Weg nach Berlin!« Dahinter noch ein Smiley.

Thomas atmet aus. Muss das sein? Heute? Und mal wieder unerträglich spontan? Dann sollte er mal die Wohnung putzen und sich überlegen, wie er seinen Eltern beibringt, dass er jetzt Single ist. Wobei, ist er jetzt Single? Oder ist er schon mit Rose zusammen?

Rose lehnt sich kurz zur Tür herein. »Wollen wir frühstücken gehen? Ich wäre so weit.«

»Ich muss eigentlich schon los.«

»Was, wieso denn, nicht mal Zeit für einen Espresso?«

»Doch.« Thomas steht auf.

Auf dem Gehweg nimmt Rose beiläufig seine Hand. Thomas muss an Eva denken, wie es für sie wäre, wenn sie hier jetzt zufällig vorbeikäme. Das täte ihr bestimmt weh. Unruhig ruckelt er mit der Hand, aber Rose ignoriert das.

Sie kommen zu einem Straßencafé, und Rose setzt sich, die große Sonnenbrille auf der Nase. Sie hat etwas von einem Filmstar. Ein Filmstar im Offline-Modus. »Ich habe über uns nachgedacht«, sagt sie.

Thomas wird unwohl. Das klingt wie der Auftakt zu einer Gerichtsverhandlung. Na ja, nicht ganz. Wie der Beginn eines sehr komplizierten Gespräches.

»Und ich würde uns gerne einen Zeitrahmen stecken«, fährt Rose fort. »Ein Jahr. Ein Jahr, in dem wir das hier nicht Beziehung nennen, aber zueinander stehen. Du bist Thomas, der Mann, mit dem ich mich gerade treffe. Ich will mich auch gerade mit niemand anderem treffen. Aber wir sagen nicht besitzergreifend, ›mein Freund‹ – ›meine Freundin‹. Und wir müssen nichts machen, was

Paare machen. Sich unbedingt einmal die Woche sehen, zusammen Weihnachten feiern, zusammenbleiben, weil einem vor lauter Zukunftsangst nichts Besseres einfällt. Alles nur, wenn wir es wollen. Nicht, weil die Pärchenbibel es anordnet.«

»Ein Jahr?«

»Ja.«

»Und was ist nach dem Jahr?«

»Wenn es uns beiden bis dahin gefällt, nennen wir uns ein Pärchen.«

»Ist das eine Probezeit?«

»Nein. Das ist geschenkte Zeit. Damit wir uns entspannen. Und wirklich jeden Tag wieder frei entscheiden können, ob wir uns sehen.«

»Aber nach dem Jahr sind wir dann verpflichtet, uns an die ›Pärchenbibel‹ zu halten, dann gilt die plötzlich, oder wie?«

»Nein. Die Hoffnung ist, dass wir ganz viel von dem freien Geist in unsere Beziehung hinüberretten, wenn es denn eine Beziehung werden sollte. Dass wir früh die Weichen richtig stellen. Aber wenn dir das nicht gefällt, kein Problem, dann lassen wir es einfach.«

»Ist das eine Drohung?«

»Nein, ich wollte dir nur sagen, womit ich mich gut fühlen würde. Wenn du dich mit was anderem gut fühlst, musst du es sagen.«

»Da muss ich darüber nachdenken.«

Angespanntes Schweigen.

»Kündigst du jetzt eigentlich wirklich?«

»Mann, ich weiß es nicht.«

»Hey! Wenn du solche Dinge in den Raum wirfst, musst du auch damit leben, dass man nachfragt. Mir ist ja egal, was du machst, ich kann die Fragerei auch lassen.«

»Sorry.« Thomas schluckt. So hat Eva nie mit ihm geredet. »Übrigens kommen heute spontan meine Eltern. Deswegen muss ich jetzt los.«

»Die würde ich ja gerne mal kennenlernen.«

Thomas überlegt kurz. Es kommt ihm denkbar brutal vor, seiner Mutter gleich eine neue Freundin vor die Nase zu setzen. Aber es würde helfen. Irgendwie würde es ihm helfen, sich vor seinen Eltern nicht so nackt zu fühlen.

»Okay. Komm vorbei.«

Wenig später räumt Thomas missmutig irgendwelche Papierstapel von links nach rechts, räumt Geschirr vom Geschirrkorb in die Regale, ist zu faul, den Staubsauger anzuwerfen und kehrt halbherzig mit dem Handfeger die gröbsten Staubflocken weg.

Eine Frau, die sagt, sie wolle keine Beziehung, aber vögeln, und die gleichzeitig auch sagt, sie wollte keinen anderen, das ist wahrscheinlich der feuchte Traum eines jeden Mannes. Aber vielleicht passt er einfach nicht rein in diese Welt der feuchten Träume und träumenden Männer.

»Ich finde es einfach menschlich scheiße«, entfährt es Thomas. Und jetzt weiß er endlich, was ihn stört. Wenn er sich mit jemandem anfreundet, dann sagt er auch nicht, hat er nie gesagt, wird er nie sagen, »du, das ist jetzt erst mal für ein Jahr«. Er fühlt sich auf die Probe gestellt.

»Und es ist unorganisch«, murmelt er, während er einmal mit einem feuchten Lappen über die Fliesen im Bad wischt. »Man kann dann nicht auf das reagieren, was sich entwickelt.«

Ist er zu spießig für Rose? Ist sein Selbstbewusstsein für solche Experimente einfach zu klein?

»Ja«, sagt Thomas zu sich selber. »Ich antworte mit einem entschiedenen Ja. Ich bin ein spießiger Angsthase.«

In diesem Moment klingeln seine Eltern. Thomas stopft den Lappen irgendwie auf die Heizung und geht mit denkbar schlechter Laune zur Tür.

Die Eltern federn die Treppen hinauf. Sie haben diese schmalen, gleichzeitig kompakten Körper von Menschen, die sich immer gut, vernünftig, aber nicht komplett lustfeindlich ernähren, und gleichzeitig viel Sport machen.

Die Mutter trägt wie so oft weiße Jeans. Dazu eine zitronengelbe Bluse mit kurzen Ärmeln. Die Bluse steckt in der Jeans.

Der Vater hat auch sein Standard-Outfit an: beige Hose, hellblau-dunkelblau-weiß gestreiftes Hemd. Er hat eine Hand in der Hosentasche, über den Schultern einen weinroten Pullover, den er vor der Brust zusammengeknotet hat.

Beide Eltern lächeln. Weil sie Thomas besuchen. Weil die Treppen kein Problem für sie sind. Weil das Bankkonto gut gefüllt ist und die Rente sicher.

Jetzt steht der Vater vor Thomas. Er geht Thomas bis zur Stirn, sein Gesicht ist freundlich, und er hat wie immer diese fordernde, sanfte, selbstverständliche Autorität.

Die Mutter strahlt Thomas an. Die großen grünen Augen und ihr schmaler Mund gucken möglichst ohne Arg in die Welt. Sie versucht immer etwas mehr ins Kindchen-Schema zu passen, als sie eigentlich nötig hätte.

»Wo ist denn Eva?«, fragt sie, ohne jedes Wort der Begrüßung. Dabei sieht sie wie ein kleines Mädchen aus und zugleich wie eine übereifrige Kindergärtnerin

»Kommt erst mal rein.«

Thomas macht für seine Eltern Kaffee. Der Vater leert erst mal in einem Zug ein Glas Wasser.

»Stefan, mach dir einen Spritzer Zitrone rein, ist gesünder«, mahnt die Mutter.

Sie spürt instinktiv, dass die Wohnung nicht mehr von Eva bewohnt wird. Da hängen keine Fotos mehr am Kühlschrank. Alles ist eine Spur nachlässiger als sonst. Die Wohnung besitzt keine Vorfreude mehr und keine Gelassenheit. Es ist einfach nur noch eine normale Wohnung. Irgendjemand wohnt hier und wird irgendwann wieder ausziehen. Und dann wird jemand anderes einziehen.

Die Mutter schaut Thomas an, und schon jetzt sitzt in ihren Mundwinkeln der Kummer.

»Und Eva?«, fragt sie noch einmal. In diesem Moment kocht mit lautem Gesprudel der Espresso hoch, und Thomas hat noch einmal eine Minute länger Zeit, bevor er antworten muss.

Aber er sagt nichts. Gar nichts. Mit der Espressokanne in der Hand steht er in der Küche, sieht von seiner Mutter zu seinem Vater und dann wieder zu seiner Mutter, und zuckt mit den Schultern. Jetzt begreift es auch sein Vater. Dumpfe Trauer macht sich breit.

»Ihr habt euch getrennt«, sagt der Vater mit einem Räuspern.

Thomas steht immer noch mitten im Raum. Er nickt. Die Zeit in der Küche wird gletschergrün und dehnt sich aus.

»*Ich* hab mich getrennt«, sagt Thomas schließlich leise und bestimmt.

Und damit kommt wieder Bewegung in die kleine Gruppe. Die Tatsache, dass Thomas mal bei irgendwas Initiative gezeigt hat, scheint die Eltern zu beleben. Sie setzen sich.

Thomas gießt allen Espresso ein und rückt sich einen Stuhl an den Küchentisch. Die Mutter lehnt mit kerzengeradem Rücken an der Wand, hält ihre Kaffeetasse wie einen Fremdkörper von sich und überlässt ihrem Mann die Konversation.

Der Vater hat die Ellenbogen auf den Tisch gestützt, und komischerweise ist sogar seine gute Laune schon wieder da. Er schaut Thomas an, und da ist Verständnis in seinem Blick. »Wann denn?«, möchte er wissen.

»Vor ungefähr einem Monat.«

»Ach so?«, der Vater zieht etwas verdutzt die Augenbrauen in die Höhe. »Und die Wohnung?«, fragt der Vater weiter, schon deutlich sachlicher.

»Ich weiß auch nicht, die kann ich ja trotzdem beziehen, mein Gehalt reicht für die Raten.«

»Hm.« Der Vater kratzt sich hinter dem Ohr. Thomas spürt, etwas pubertär und wenig durchdacht findet der Vater die Trennung doch.

»Schade, ich dachte, ihr schenkt uns bald ein Enkelkind«, sagt die Mutter.

»Vielleicht schenkt uns ja Jolanthe ein Enkelkind«, sagt Thomas, und es klingt provokanter als gedacht. »Immerhin ist sie 37. Aber ach, sie steht auf Frauen, aber oh, da reden wir ja nicht darüber.«

Die Mutter schweigt pikiert.

»Das ist doch Blödsinn«, sagt der Vater. »Natürlich

reden wir darüber. Und wir mögen ihre neue Freundin sehr gerne. Aber jetzt zu der Wohnung. Wir können die auch vermieten, wenn du lieber hier wohnen bleibst.«

Thomas will die neue Wohnung nicht. Aber er will auch nicht mehr diese Wohnung. Er will kündigen und sich eine kleine Wohnung suchen, für die er nicht so viel Geld braucht. Er will die Nabelschnur zu den Eltern und zu einem gut bezahlten Job durchtrennen.

»Ok. Dann vermietet sie erst mal. Danke.«

»Ach ja, ach ja«, sagt der Vater und schwenkt seinen Espresso hin und her. »Es geht uns ja nichts an, aber ich muss sagen, schade finde ich es doch. Anfangs war Eva uns ja etwas fremd, aber über die Jahre haben wir sie ins Herz geschlossen.«

»Ach, von Anfang an hatte ich sie ins Herz geschlossen«, protestiert die Mutter.

»Sie war euch fremd?«, fragt Thomas. »Eva? Eine passendere Schwiegertochter hätte ich euch doch nicht präsentieren können.«

»Nun ja, sie ist schon sehr intellektuell«, sagt die Mutter, und ihre Stimme bekommt diesen abwägend-gedehnten Tonfall. »Aber eben auch sehr warmherzig, das hat man nicht gleich so gesehen.«

Thomas hat das Gefühl, Eva verteidigen zu müssen. Und sich selber. Aber da klingelt es.

Thomas lauscht in die Sprechanlage und öffnet die Wohnungstür, aber niemand kommt die Treppen herauf. Da hört er, wie Rose seinen Namen von der Straße aus ruft. Er geht auf den Balkon, die Eltern folgen ihm neugierig mit den Blicken.

Rose steht auf dem Gehweg. »Und passt es, kann ich hochkommen?«

»Jetzt wissen eh schon alle, dass du da bist, also komm hoch.«

Rose betritt die Wohnung, energiegeladen, sehnig, neugierig. Ein gänzlich anderer Farbton als Thomas und seine Eltern. Als würde man gedecktes Grün und solides Blau mit durchsichtigem Sommerweiß mischen. Sie geht strahlend auf die Eltern zu, die etwas hilflos im Wohnzimmer stehen.

»Hallo, ich bin Rose, eine Arbeitskollegin von Thomas.«

Die Mutter kann ihren Blick nicht von Rose nehmen. Ihr ist aufgefallen, dass Thomas nicht Platz gemacht hat, während er die Tür für Rose aufgehalten hat. Ganz nah ist sie an ihm vorbei und in die Wohnung geglitten. Und wie er sie jetzt ansieht. Weich. Begehrend.

Rose rettet sich in Aktionismus.

»Ich habe noch Unterlagen für Thomas, die wollte ich schnell vorbeibringen«, sie zerrt ihren schräg geschulterten Rucksack mit dem einzelnen Riemen nach vorne und holt irgendwelche Dokumente heraus.

»Ich weiß, er hat heute eigentlich keine Zeit, weil Sie da sind. Wir waren ursprünglich verabredet, aber das lässt er natürlich sausen, wenn Sie so spontan da sind. Und Sie können ja schlecht planen, habe ich gehört. In Ihrem Beruf.« Das ist dreist. Das ist eine nackte Provokation. »Was machen Sie denn heute noch, genießen Sie Berlin?«

»Wir wollten vor allem unseren Sohn mal wiedersehen«, sagt der Vater gelassen. Solche kleinen Sticheleien perlen an ihm ab.

Thomas hat sich hinter seinen Laptop geflüchtet und versucht, noch schnell irgendwelche Theaterkarten zu ergattern.

»Ich habe noch welche im DT«, ruft er in den Raum. »›Orestie‹, dauert allerdings 3,5 Stunden!« Es folgen ein paar Plänkeleien über Theater, kurzes Theater, langes Theater, gutes Theater, schlechtes Theater, und Thomas bestellt die Karten. Rose und die Eltern stehen nach wie vor ratlos im Zimmer herum.

»Und Sie sind auch Medizinerin?«, fragt der Vater.

Rose nickt. Der Vater fragt Studienort, Professoren, Famulaturstellen ab. Langsam ist er doch von Rose beeindruckt. Dafür spürt Thomas jetzt einen kleinen, kritischen Blick in seine Richtung. »Bist du dieser Frau gewachsen?«, sagt der Blick. Er versteckt sich weiter hinter seinem Computer.

»Ich hau mal wieder ab«, beschließt Rose plötzlich.

Strahlend nickt sie den Eltern zu, und schon ist sie wieder weg.

»Nettes Mädchen, diese Rose«, beginnt die Mutter das Gespräch, als Rose zur Tür raus ist.

»Mama, Rose wird 31, sie ist eine Frau.«

Die Mutter ignoriert den Einwand. »Ganz anders als Eva allerdings. Ganz, ganz anders.«

Der Vater hält sich zurück. Von seinen Kindern ist er sowieso dauerhaft enttäuscht. Nicht groß enttäuscht, nur dezent. Jolanthe und Thomas sind hinnehmbare Enttäuschungen.

Wären sie gleich alt, der Vater und Thomas, sie würden sich nie im Leben anfreunden. Allein schon, weil der Vater jeden Tag doppelt so lange im Krankenhaus wäre wie Thomas, um wirklich alles aus seiner Karriere herauszuholen. Und weil er wahrscheinlich gerade dabei wäre, ein Einfamilienhaus in Frohnau zu beziehen, zusammen mit seiner langjährigen Freundin, die er natürlich heiraten würde. Und dann hätte er demnächst schon zwei Kinder, aber die wären jeden Tag bis 17 Uhr in der Kita, damit beruflich auch alles klappt. Der Vater wäre längst in Frohnau, während Thomas noch immer mit seinen Freunden in Neukölln Bier trinkt. Wären sie gleich alt und nicht verwandt, sie wären sich nie begegnet.

Während Thomas mit seinen Eltern zu *der Wohnung in Mitte* fährt, steht Eva ebenfalls in einer neuen Wohnung.

Freunde von Faris und Inga ziehen nach Leipzig. Sie wohnen mit ihren zwei Kindern in einer Zweizimmer-Dachgeschosswohnung direkt am Tempelhofer Feld.

»Für uns zwei war die Wohnung perfekt, aber dann kam Lenz und kurz darauf Meta auf die Welt, nun gut, Meta war nicht geplant, aber für vier Leute ist es doch a bissel eng«, erklärt Marko, der Freund von Faris und Inga, gut gelaunt.

Marko hat seine Haare wahrscheinlich vor drei Tagen oder nie gekämmt, ziemlich ausgebeulte Jeans und eine extrem sympathische Ausstrahlung.

Seine Freundin Dorothee trägt einen leeren Karton ins Zimmer und stellt ihn auf dem Esstisch ab. Überall ist Chaos, Lenz und Meta, drei und eins, wuseln irgendwo herum. Meta weint, Dorothee nimmt sie auf den Arm. Dorothee ist ganz klein und zierlich, alles an ihr ist rund und fein. Sie trägt eines von diesen alternativen Kleidern, die nie wirklich in Mode sind, aber auch noch nie völlig ›out‹. Schwarzer T-Shirt-Stoff, bedruckt mit verschnörkelten Blumen in mattem Orange und Petrol. Dorothee trägt gesunde Schuhe aus Leder. Sie ist genauso nett wie Marko.

»Vorschlagen dürfen wir der Hausverwaltung ja leider niemanden, das wollen die ja nicht mehr, aber wir können dir den Kontakt zu denen geben. Dann kannst du dich bewerben, bevor jemand anderes es tut. Sind die ja auch dankbar, haben sie weniger Arbeit.«

Eva nickt beklommen. Sie wollte nie in einer Dachgeschosswohnung wohnen. Inga schaut sie aufmunternd an. »So direkt am Feld ist natürlich toll«, sagt sie.

»Wann zieht ihr noch mal genau aus?«, fragt Eva.

»Ende des Monats, wir haben regulär gekündigt, es wird also bestimmt noch mal teurer.«

Eva geht durch alle Räume. Zwei gleichberechtigt große Zimmer mit Dachschrägen, Laminat. In einem Zimmer eine Kochzeile. Das Bad sogar mit Fenster. Vielleicht kann man es sich schön machen. Sie notiert sich die Nummer der Hausverwaltung.

»Wenn du kein Interesse hast, sag Bescheid, andere Freunde von uns suchen auch«, meint Dorothee.

»Ja, aber die wollen ein Kind, für die ist das hier eigentlich auch zu klein«, sagt Marko.

»Wer denn?«, fragt Inga interessiert.

»Mayoumi und Günter.«

Eva hört schon nicht mehr zu. Sie gehört jetzt zu der Gruppe, ›die kein Kind wollen‹. Sie gehört plötzlich zu den Menschen, die in eine Single-Wohnung ziehen und andere Dinge bei der Wohnungswahl und Zukunftsplanung berücksichtigen. Sie gehört nicht zu Inga, Marko und Dorothee. Sie ist die ohne Kind.

Trotzdem oder gerade deswegen schickt sie später

ihre Bewerbungsunterlagen an die Hausverwaltung. Irgendetwas muss ja passieren. Neukölln ist eng. Eine Dachgeschosswohnung ist eng. Ihre alte Gegend war nicht eng. Sie war schön. Aber das ist vorbei. Sie wird nicht in die Nachbarschaft von Thomas ziehen, das wird sie nicht machen. Sie muss jetzt vernünftig sein.

Ganz spät am Abend, Thomas hat seine Eltern nach dem Theater noch in die neue Wohnung begleitet, hat die Trauer seiner Mutter, dass nun fremde Leute in die Wohnung in Mitte ziehen werden, dass sie ein reines Anlageobjekt wird, ausgehalten, er hat die Distanz zu seinem Vater ertragen und die ewige Frage, ob dieser seine Gefühle aus Gewohnheit verbirgt oder einfach keine besitzt, er hat schlussendlich die Eltern noch zu ihrem Hotel begleitet und sich nett von ihnen verabschiedet, ganz spät am Abend also landet Thomas bei Rose.

Sie legt den Finger auf den Mund, als Thomas zur Tür hereinkommt.

»Macy macht in der Küche gerade ein Tutorial.«

Thomas runzelt die Brauen.

»Tutorial für was?«, fragt er, als sie in Roses Zimmer sind.

»Weiß ich nicht. Ich glaube für Ernährung nach den Mondphasen. Sie hat einen Kanal auf YouTube und einen ziemlich gut laufenden Instagram-Account.«

»Macy ist Influencerin?«

»Ja.«

Sie schlafen miteinander. Rose ist heute besonders liebevoll. Sie sitzt auf Thomas, der seinen Kopf an ihre Brust lehnt und birgt seinen Kopf in ihren Armen.

»Wie fandest du meine Eltern?«, fragt er, als sie später nebeneinanderliegen und sein Penis schlaff herunterhängt.

»Sehr komplett.«

»Wie meinst du das denn?«

»An ihnen ist alles dran. Geschmackvoller Schmuck, distinguierte Kleidung, gelungenes Leben ohne Brüche. Sie bilden zusammen eine ganz merkwürdige Einheit. Nicht symbiotisch, jeder ist für sich, aber sie sind trotzdem ein Ganzes. Wenn du meine Mutter kennenlernen würdest, sie ist das Gegenteil. Sie ist eine rauchende, finstere Frau aus Bosnien, die gerne pinken Lippenstift trägt, die den Krieg gesehen hat, deren Mann nicht mehr lebt, die immer lecker kocht, die nicht versteht, was ich mache, aber der nicht peinlich ist, wenn ich mich von irgendjemandem trenne. Nichts von dem, was ich mache, ist ihr peinlich. Hauptsache, es geht mir gut.«

»Hm. Heißt du eigentlich wirklich Rose?«

»Ja, klar. Allerdings mit z, also Roze. Da haben die Deutschen immer Rotze daraus gemacht, also habe ich es mit 18 in meinem Ausweis ändern lassen. Warum?«

»Fiel mir nur gerade so ein. Schöner Name. Passt zu dir.«

Thomas bewegt gedankenverloren seinen Penis mit einer Hand von links nach rechts und wieder von rechts nach links. Rose mag seine Eltern nicht. Das sollte ihm nichts ausmachen, tut es aber.

»Ich wäre heute nicht gerne du gewesen«, sagt Rose nach einer Weile. »Dieser unausgesprochene Vorwurf, dass du etwas falsch gemacht hast.«

»Hm«, sagt Thomas wieder.

Rose meint es gerade gut, aber es kommt nicht bei

ihm an. Es wäre schöner, wenn sie seine Eltern mögen würde.

»Ich glaube, du kannst dich dem nur entziehen, indem du sie noch mehr enttäuschst. So richtig auf die Kacke haust. Den Kontakt abbrichst.«

Rose schaut ihn an, ihre braunen Augen leuchten gespannt. Thomas krault ihre Haare.

»Aber sie haben mir doch nichts getan.«

Rose sagt nichts mehr und dreht sich auf die Seite. Diese deutschen Jungs, denkt sie, diese deutschen Jungs.

## 6 Wochen danach

Eva sitzt vor einer Eckkneipe auf einer Bierbank und wartet auf Yves. Die Hausverwaltung hat sich bei ihr gemeldet, sie kann die Wohnung haben. Sie ist sich aber immer noch nicht sicher, sie braucht einen zweiten Blick.

Sie hat Desi gefragt, aber Desi ist in Urlaub gefahren. Alleine.

Das mit Gunnar wurde zu intensiv. Das sagt Desi natürlich nicht, aber Eva kennt das schon von ihr. Desi ist schnell total verliebt, dann macht der Typ plötzlich irgendetwas grandios falsch, stellt übertriebene Forderungen, nimmt Sachen für selbstverständlich, die nicht selbstverständlich sind, kommt angeblich nicht über seine Ex-Freundin hinweg oder macht sich – oder wahlweise Desi – emotional abhängig.

Egal, was der Typ macht, nach drei bis acht Wochen fährt Desi weg. Immer nach Schweden, immer in das Ferienhaus ihrer Mutter. Immer, um sich zu sortieren, ihre Gedanken klar zu kriegen, sich ›selber wieder zu spüren‹, um danach noch mal fünf Wochen ›total glücklich‹ mit dem Typen zu sein und dann schlussendlich heulend bei Eva zu landen.

»Sie sind alle gleich. Warum gerate ich immer an so Psychos? Was der mir angetan hat.« Tränen.

Schade, Eva hatte gehofft, diesmal mit Gunnar wäre es anders. So wie man immer hofft, dass ›diesmal alles anders ist‹. Ist es aber fast nie. Desi ist in Schweden, und Eva hat Yves gefragt. Obwohl ihr das vorkommt, als würde sie sich selbst überholen.

Yves setzt sich neben sie. Kurz sind sie unsicher, ob man sich jetzt küssen darf. Sie haben sich lange nicht gesehen. Eva hat ein Wiedersehen umschifft und sich stattdessen an ihre Trauer gewöhnt. Museum. Doktorarbeit. Das kleine Zimmer beim Vater. Die Gedanken an Thomas jeden Abend beim Einschlafen, das Alleinsein jeden Morgen beim Aufwachen.

Yves' Gesicht ist plötzlich vor ihr und sein Mund auf ihrem Mund. Eva schreckt kurz zurück, und Yves weicht auch zurück.

»Wohoo!«, sagt er. »Ich wollte dich nicht erschrecken.«

»Nee, hast du nicht.«

Sie küsst Yves. Beide trinken einen Cappuccino und ziehen los.

Die Wohnung ist fast schon leer geräumt. Marko ist da, er streicht die Wände. Eva und Yves ziehen sich die Schuhe aus und gehen auf Socken über die dünne Plastikfolie, die überall ausgebreitet ist. Yves schaut sich um.

»Das ist fast wie meine Wohnung, nur doppelt so groß.« Er lacht. »Ist doch schön, oder?«

Er legt den Arm probehalber um Eva. Eva ist überrascht, aha, sind sie also schon so weit. Aha.

Yves öffnet ein Fenster, um zu sehen, wie laut es ist. Gar nicht laut. Die Fenster gehen in Richtung des Tempelhofer Felds. Er prüft die Wasserhähne und klopft kritisch auf die Türrahmen aus braunem Press-Span. Dann zuckt er die Achseln. Wo ist das Problem?

»Ich würde sie nehmen«, raunt er Eva ins Ohr. »Ruhig, mitten in Neukölln, alleine, viel Platz. Also, wenn du sie nicht willst, nehme ich sie und du nimmst meine im Wedding.« Er lacht wieder.

Eva denkt an ihre alte Wohnung, die immer gelassen und blau vor sich hin geatmet hat. Jetzt bestimmt auch gerade atmet. Die Wohnung war schattig und beruhigend. Die hohen Decken. Die Dielen.

Was wird das für ein Leben sein, das sie in einer ewig sonnigen Dachkammer führt? Mit schrägen Wänden, zwischen denen die Gedanken nicht gerade aufsteigen können? Es wird ein stressigeres Leben sein. Sie wird gefordert werden. Von der Sonne, gut gelaunt zu sein. Von der Enge, hinauszugehen. Und von dem Single-Dasein, dies zu beenden.

»Marko?«, sagt Eva. »Ich danke euch sehr. Ich nehme sie. Wollen wir das mit dem Abstand für die Küche und den Einbauschrank regeln?«

Unten auf der Straße macht Yves etwas, das Eva nur aus Filmen oder Büchern kennt. Er hebt sie hoch und dreht sich einmal mit ihr in einem kleinen Halbkreis.

»*Gratisse!*«, sagt er. »Du Glückspilz!«

Und Eva beschließt, dass er recht hat. Sie ist ein Glückspilz. Sie ist gesund, jung und hat binnen kürzester

Zeit eine Wohnung gefunden. Als sie mit Yves wenig später an der sonnigen Böschung auf dem Tempelhofer Feld sitzt, ist sie allerdings froh, als Yves kurz aufs Klo verschwindet. Sie tippt eine Nachricht an Thomas. »Hallo, ich hab eine Wohnung gefunden. Heute in einer Woche kann ich einziehen. Würde dann auch vorbeikommen und ein paar Sachen (Bett, Schreibtisch, Geschirr) holen.« Mit einer Mischung aus Wut und Hoffnung schickt sie die Nachricht ab.

Thomas und Rose machen einen Ausflug. Mit den Fahrrädern den Kanal entlang, immer weiter, durch den Treptower Park und hinein in den Plänterwald. Der Spreepark liegt brach und ist abgesperrt. Hohe Farne umranken das Gelände. Das Riesenrad steht schweigend da.

»Da kann man auch Führungen machen«, sagt Thomas.

Rose zuckt mit den Schultern und schüttelt den Kopf. »So ein stillgelegter Vergnügungspark ist doch nur charmant, wenn man da alleine durchgeht.«

Sie radeln weiter und setzen sich an die Spree. Seltsam begradigt ist das Wasser hier, in der Ferne ragen die Treptowers in die Höhe.

Komisch, eine sogenannte ›Kulturlandschaft‹ hinterlässt in mir immer ein schales Gefühl, denkt Thomas. Wie früher Sonntagsspaziergänge mit der Familie. Frei und doch stecken geblieben.

Rose sitzt da und starrt aufs Wasser. Seit seine Eltern da waren, ist sie seltsam.

»Lass uns mal über Sex reden«, sagt sie. »Was ist da los?«

Thomas fühlt sich sofort gelähmt.

*Was ist da los.*

Jetzt steht es da, zwischen ihnen, dick und fett, das Problem. Rose behauptet, sie hätten ein Sex-Problem und das läge an ihm.

»Ich kann halt nicht immer auf Knopfdruck«, verteidigt er sich. Die letzten zwei Mal ist er nicht wirklich hart geworden, das ist ihm schon klar. Aber was ist schon zweimal im Vergleich zu den vielen Malen, die es immer geklappt hat, klappen wird. »Also, ein Freund von mir, der sich ein bisschen mit Tantra auskennt, sagt, das ist ganz normal. Eine Erektion ist ein sensibles Gebilde, da spielen Emotionen auch mit rein, das ist keine bloße Körperfunktion.«

Rose verdreht die Augen. Als wüsste sie das nicht. Und als gäbe es nicht Männer, bei denen es trotzdem immer ganz gut funktionieren würde.

»Diese ständige Verfügbarkeit«, redet Thomas weiter. »Wir sind zusammen, wir machen schöne Sachen, das mit dem Sex kommt wieder. Jetzt tu doch nicht so, als wäre das gleich ganz schlimm.«

Rose setzt sich auf.

»Natürlich ist das schlimm, wenn du deine Eltern triffst und danach vor lauter schlechtem Gewissen keinen mehr hochkriegst. Denk das mal perspektivisch in die Zukunft. Stell dir mal vor, wir sind länger zusammen, aber auf deiner Sexualität hocken immer deine Eltern. Oder Eva. Als personifiziertes schlechtes Gewissen.«

»Tut sie nicht, das ist doch Quatsch.« Thomas lehnt sich genervt zurück. »Überleg mal, was bei mir in letzter Zeit los war, das ist doch klar, dass das was mit dem Körper macht.«

Rose ist kurz still.

»Genau deswegen müssen wir ja reden. Weil ich finde, du kannst nicht ewig ein schlechtes Gewissen haben.«

Thomas schweigt. Er ist da anderer Meinung.

»Wie auch immer«, sagt Rose, und es klingt wie das amerikanische *whatever*.

»Dein Gewissen ist natürlich deine Sache, aber ich habe auch Bedürfnisse. Und ich kann nichts für das, was bei dir gerade los ist. Insofern finde ich, ganz egoistisch gesehen, du bist es, der was daran ändern sollte. Ich lasse mir ja auch nicht die Vagina zunähen.«

Thomas verzieht das Gesicht. ›Die Vagina zunähen‹ ist wirklich ein unangenehmes Bild. Er ist froh, als sein Handy brummt. Eva zieht also in einer Woche um. Er weiß nicht, ob er sich für sie freuen soll.

»Herzlichen Glückwunsch«, schreibt er zurück. »Soll ich dann zu Hause sein? Oder lieber nicht?«

»Sei bitte nicht da«, schreibt sie. »Wir holen die Sachen gleich vormittags. Viele Grüße.«

## 6 Wochen und 6 Tage danach

»Komm doch zu mir ins Co-Working«, hatte Ludwig gesagt. Thomas und er haben sich viel zu lange nicht gesehen.

Ludwig hat seinen Schreibtisch in einem Büro mit lauter anderen freiberuflichen Journalisten in einem Gewerbehof in Tempelhof. Früher saßen sie in Mitte. Mitten in Mitte. Ist jetzt natürlich viel zu teuer.

Thomas kauft Bier bei einem Späti, aber nicht bei einem dieser gut gelaunten kleinen Läden, sondern bei einem großen, gut sortierten Supermarkt mit schlecht gelauntem Besitzer. Vier Bier.

Ludwig klappt den Laptop zu, als Thomas kommt. »Komm, wir gehen aufs Dach.«

Darf man nicht, natürlich nicht, sie machen es trotzdem.

Die Teerpappe ist noch heiß vom Tag. Es hat seit Tagen, ach was, seit Wochen, nicht geregnet. Sogar die großen Platanen, die eine Brache hinter dem Gebäude säumen, lassen die Blätter hängen.

Ludwig sagt nichts. Er trinkt sein Bier. Heute sieht er ausnahmsweise mal nicht annehmbar verwuschelt und attraktiv übernächtigt aus, sondern unglücklich zerdrückt und viel zu müde. Thomas wartet.

»Und?«, fragt da Ludwig.

»Joa«, sagt Thomas.

Eine weitere Runde Stille.

»Ich hab leider schlechte Nachrichten«, sagt Ludwig endlich. »Meine Mutter hat Alzheimer.«

Thomas fühlt sich, als hätte er vom Schicksal eine Ohrfeige bekommen. Seine kleinen Problemchen und Wehwehchen werden zu läppischen Badewannen-Spielzeugfiguren im Vergleich zu so einem monumentalen Schicksalsschlag.

»Seit wann?«, fragt er sichtlich dumm. »Also, ich meinte, seit wann wisst ihr es und seit wann hat sie in Wirklichkeit schon Symptome?«

»Ich seh sie ja nicht so oft, war Weihnachten das letzte Mal da«, sagt Ludwig, und Kummer durchfrisst sein Gesicht. »Wir telefonieren auch nicht oft. Sie hat ja ihr Leben in Aachen, mit ihren Freundinnen, ihrer Boutique, ihrem politischen Engagement, ich hab hier meins.

Deswegen weiß ich nicht, seit wann sie Symptome hat. Weihnachten war eigentlich noch alles normal. Sie hatte vergessen, an welchem Tag ich wieder fahre, und hat mal ihren Autoschlüssel gesucht, aber das passiert ständig.«

»Und dein Vater, weiß der Bescheid?«

»Ja.«

Ludwig mag seinen Vater. Er mag beide Eltern. Und die Eltern mögen sich. Auch wenn sie seit Jahren getrennt sind, der Vater mit seiner neuen Frau in der Toskana wohnt und die Mutter in Aachen geblieben ist. ›Die Eltern haben das mit der Trennung gut gemacht‹, würde man wohl sagen. Ludwig war 14, ein doofes Alter für eine Trennung, aber wann ist dafür kein doofes Alter, er ist bei der Mutter geblieben, aber der Vater hat sich trotzdem sehr um ihn gekümmert. Thomas glaubt zwar, dass Ludwigs Umgang mit Frauen doch von der Trennung herrührt, aber wer weiß, welche Ticks er sonst entwickelt hätte. Die Eltern von Thomas haben sich nicht getrennt, und sein Beziehungsverhalten ist auf andere Weise gestört.

»Sie hat lange versucht, das von mir fernzuhalten. Ihren Freundinnen ist wohl was aufgefallen. Sie hat zu spät ihren Laden aufgeschlossen, Geburtstage vergessen – sie vergisst nie Geburtstage – und sie hat auch eine neue Lieferung tagelang unausgepackt im Laden stehen lassen. Tagelang! Dabei ist ihr sonst so wichtig, dass da alles tipptopp ist.«

Thomas nickt. Er kennt Ludwigs Mutter flüchtig. Eine alternativ angehauchte, mitten im Leben stehende Frau, die dichten grauen Haare nicht überfärbt, das schmale Gesicht immer unternehmungslustig, neugierig nach vorne gestreckt.

»Wenn sie das hat, dann kriege ich das später auch«, sagt Ludwig. »Und ich weiß nicht, wie das jetzt werden soll. Hole ich sie nach Berlin, wenn es schlimmer wird? In eine Pflegeeinrichtung? Oder ziehe ich nach Aachen?«

Thomas denkt an die wenigen Fälle in geriatrischen Einrichtungen, die er im Lauf seines Studiums kennengelernt hat. Je stärker Alzheimer voranschreitet, desto wichtiger ist die Familie. Am Anfang ist die vertraute Umgebung wichtig, dann irgendwann nur noch vertraute Gesichter. Solange die Patienten wohlmeinend sind. Es gibt auch welche, die ihre Angehörigen nur noch beschimpfen.

»Wie ist denn jetzt der Stand der Dinge?«, fragt Thomas.

»Sie wickelt ihr Geschäft ab. Sie will das machen, solange sie das noch kann. Sie kümmert sich um ihre Ersparnisse. Mein Vater kommt aus Italien und hilft ihr. Und sie nimmt sich eine Haushaltshilfe, die auch pflegerische Aufgaben übernehmen kann. Und dann sehen wir weiter.«

Thomas nickt. Aus jedem Wort kann er Ludwigs Schmerz heraushören. Seine Stimme ist voll schwankender, von links nach rechts schwappender Trauer.

Sie sitzen noch eine Weile auf dem Dach. Sie reden über das Leben, das an ihnen vorbeizieht und das wahrscheinlich viel zu kurz ist. Sie ahnen, dass viel weniger Zeit, als man anfangs denkt, wirklich unbeschwert ist. Der Sommer ist da, die Stadt rauscht, sie sind jung, und zwar jetzt. Nur jetzt. Das glückliche Momentum streift sie für eine Millisekunde, bald schon ist alles Vergangenheit.

Thomas umarmt Ludwig zum Abschied fest. Sie werden sich in nächster Zeit öfter sehen. Das ist Thomas klar, und das will er auch. Wenigstens für Ludwig da sein, soweit er kann, wenn er schon bei Eva so kläglich versagt.

Rose hat angerufen. Aber solange Thomas auf dem Dach war, hat er es ignoriert. Nach dem unglückseligen Ausflug in den Plänterwald hat er sich gar nicht mehr bei ihr gemeldet. Und im Krankenhaus haben sie sich auch nicht gesehen, weil Thomas die Nachtdienste für Matti übernommen hat. Deswegen hat er jetzt auch drei Tage frei. Also wieder ein Anruf von Rose. Jetzt sogar noch eine Nachricht.

»Na, nicht mal souverän genug zurückzurufen?«

Das findet Thomas doof, da möchte er sich erst recht nicht melden. Schon kommt eine zweite Nachricht.

»Will sagen: Wollen wir zusammen abhängen (no pressure)?« Dahinter hat Rose so ziemlich alles hinzugefügt, was als Phallussymbol bei den Emojis und Bildchen herhalten kann. Eine aufsteigende Rakete, eine Aubergine, ein Maiskolben, und so weiter. Thomas lacht. Noch unter dem Eindruck der schlechten Nachrichten von Ludwigs Mutter fragt er: »Möchtest du vorbeikommen?«

Man muss das Leben genießen, solange und so viel man kann.

Rose steht tatsächlich vor seinem Haus, als er nach Hause kommt. Sie hat noch mal zwei Bier dabei.

Als sie auf dem Balkon sitzen, die Bierflaschen in der Hand, fragt Thomas: »Müssen wir irgendwas klären?«

»Gibt nichts zu erklären. Ich hab Bock, dich zu sehen, ich hätte auch Bock, mit dir zu schlafen. Hatte ich die letzten Tage nicht.«

Thomas ist schon reichlich betrunken, er küsst sie, drückt sie mit dem Kuss auf ihren Stuhl, und dann stehen beide knutschend auf dem Balkon, bis sie im Bett landen. Roses Mund schmeckt nach Zigaretten und Bier, und das ist jetzt genau das Richtige.

Sie haben klassischen Sex, Missionarsstellung, Thomas wird hart, das Kondom funktioniert, Rose kommt, breitet die Arme aus, dehnt den Kopf nach hinten, genießt den Moment und drückt Thomas dann mit beiden Armen fest an sich. Zufrieden und müde, satt und schwer schlafen beide ein, aber Thomas hat die Botschaft verstanden. Er muss hier liefern. Ganz so sehr wie früher darf er sich hier nicht hängen lassen.

## 7 Wochen danach

Eva steht sehr früh auf. Sie packt leise ihren großen Rucksack, putzt sich ein letztes Mal in dem kleinen Gästeklo des Vaters die Zähne und packt dann auch Zahnbürste und Zahnpasta ein. Sie schleicht in die Küche und macht sich einen Tee. Da kommt der Vater aus seinem Schlafzimmer, den weinroten Frotteebademantel mit den blauen Streifen über dem Schlafanzug, das Gesicht mit kleinen Bartstoppeln übersät. Er lächelt Eva freundlich an und hat ein kleines Kästchen in den Händen.

»Ich hab das unterwegs gesehen und dachte, es passt vielleicht gut zu deiner jetzigen Situation, jetzt kommt es mir schon wieder albern vor, aber na ja, vielleicht gefällt es dir ja.«

Er überreicht Eva das Kästchen. Sie öffnet es, und darin ist eine silberne Kette mit einem verschnörkelten

Schlüssel. Nicht ihr Stil, aber sie versteht die Botschaft. Der Vater schaut Eva liebevoll an. Er wünscht sich so sehr, dass sie glücklich ist, glücklich wird. So sehr, wie ein kleines Kind hofft, dass ein geliebtes Haustier nicht mehr tot ist, der Umzug doch nicht stattfindet, es früher aus dem Kindergarten abgeholt wird, die Sommerferien nicht vorbei sind oder die Eltern sich nicht trennen. Eva umarmt ihn fest. Der Vater löst sich von ihr, etwas wackelig, die Nähe und der Überschwang der Gefühle bringen ihn ins Straucheln.

Er begleitet Eva zum Gartentor, wo schon Desi mit einem gemieteten Kleinlaster wartet. Sie laden Evas Rennrad und den Rucksack auf die Ladefläche.

»Denk daran, *du* hast den Schlüssel«, sagt der Vater freundlich zum Abschied und hebt dabei leise den Zeigefinger, um das Gesagte zu betonen.

»Ja!« Eva strahlt ihn etwas zu euphorisch an. »Bis bald, Papa. Und danke für«, sie macht eine vage Handbewegung in seine Richtung, in Richtung des Hauses und der Welt, »alles.«

Desi und Eva düsen los. Eva ist froh, dass Desi wieder da ist. Die Reise nach Schweden hat nichts gebracht, sie hat sich unter vielen Tränen von Gunnar getrennt. Desi trinkt eine absurde Kaffee-Kreation aus einem Coffeeshop, irgendetwas mit Marshmallows und Zimt, und jagt den Wagen durch die leeren Straßen. Dabei haben sie es überhaupt nicht eilig.

»Boah, bin ich müde. Aber ich bin so gespannt auf die neue Wohnung!« Sie haut die Gänge rein, dass es kracht.

Eva ist froh, als sie schließlich mit einem Ruck vor ihrer alten Wohnung halten. Sie blickt die Straße hinunter, die sie auswendig kennt. Die Gehsteige hier sind breit, freundliche kleine Läden laden zum Bummeln ein, Bäume flankieren den Weg. Alles heißt einen willkommen. Vielleicht sollte sie doch hier wohnen bleiben und Thomas zum Auszug zwingen?

Sie stellt sich vor, wie sie die Möbel neu ordnen würde. Fast alle Möbel müssten weg, bloß keine Erinnerungen an Thomas. Sie stellt sich vor, wie sie diese zwei großen luxuriösen Räume alleine bewohnt. Wie vom Erkerfenster im Schlafzimmer ihr Blick auf den Balkon fällt, und wie sie darauf wartet, dass Thomas … nein, es geht nicht.

Faris wartet schon vor der Tür, und auch Yves kommt auf seiner Vespa angeknattert. Eva hat lange überlegt, ob sie ihn überhaupt zum Umzug dazuholen sollte, aber er hat sich förmlich aufgedrängt. Sie haben immer noch nicht miteinander geschlafen.

Eva holt den Wohnungsschlüssel aus ihrer Tasche. Sie hat immer noch den Schlüssel. Was macht sie eigentlich damit, wenn sie heute geht? Sie lässt ihn wahrscheinlich in der Wohnung liegen.

Als Eva die Wohnungstür aufschließt, merkt sie sofort, Thomas ist da. Es riecht nach ihm. Und nicht nur nach ihm. Es riecht nach einem dezenten Parfum, das sie nicht kennt, und nach Zigarettenrauch.

Am Ende des Flurs ist ein Wandspiegel, darin sieht Eva T-Shirt und Boxershorts von Thomas auf den Dielen des Schlafzimmers. Ihr wird flau. Jetzt hört sie Geräusche aus dem Schlafzimmer, Thomas setzt sich im Bett auf. Und dann flüstert er: »Oh, fuck.«

Eva, Desi, Faris und Yves schauen sich an. Sie bleiben alle vier etwas perplex in der Wohnungstür stehen. Thomas kommt in den Flur, unbeholfen die Bettdecke um sich gewickelt, der Oberkörper nackt.

»Sorry, Eva, ich hab's vergessen.«

Eva sagt gar nichts. Ihr Kopf ist leer. Ein heller rosa Raum aus durchsichtigem Plastik. Thomas alleine, das hätte sie noch verkraftet. Thomas zusammen mit Rose, wie sie selbstverständlich ihre Wohnung bewohnen, das übersteigt ihr emotionales Fassungsvermögen.

»Wir gehen schnell ins Wohnzimmer, und ihr haut ab«, sagt Desi und schiebt Eva aus dem Flur.

Im Wohnzimmer ist alles wie immer. Die Tür zum Balkon steht ein bisschen offen, man kann ein paar Bierflaschen und Zigarettenstummel erkennen. Desi zieht eine Grimasse und bedeutet mit allen möglichen Handbewegungen: Der ist doch nicht ganz dicht!

Faris schweigt einfach. Sein Freund Thomas. Wie kann er so etwas machen.

Yves versucht, Eva die Schultern zu massieren, etwas unrhythmisch vertiefen sich seine warmen Hände in ihren oberen Rücken, und sie schüttelt ihn vorsichtig ab.

Sie ist ganz ruhig geworden, wie ein Tier, das in den Winterschlaf fällt. Fast ohne zu atmen, starrt sie in den Flur und wartet darauf, dass Thomas und Rose an ihr vorbeiziehen.

Sie hört Rose nebenan schnell und wütend flüstern. Dann verlassen beide eilig die Wohnung, die Köpfe gesenkt. Thomas bleibt noch kurz in der Wohnzimmertür stehen.

»Sorry«, flüstert er, obwohl er gar nicht mehr flüstern muss »Ich … viel Glück heute. Ich melde mich bei dir.«

»Warte«, befiehlt da Desi. »Hast du das Bett abgezogen?«

»Äh.«

»Das ist Evas Bett, wir nehmen es mit. Und wir wühlen jetzt nicht in eurer Bettwäsche herum, in der ihr was weiß ich was gemacht habt.«

Thomas kehrt wieder ins Schlafzimmer zurück und zieht die Betten ab, während Rose im Hausflur auf ihn wartet.

Als er endlich weg ist, geht Eva auf den Balkon. Sie muss weinen und niemand soll das sehen. Vor allem nicht Yves, sie möchte jetzt bloß nicht von ihm getröstet werden. Desi kommt zu ihr und nimmt sie in den Arm.

»Warum macht er das?«, fragt Eva. »Sogar den Auszug macht er mir schwer. Natürlich hat er das nicht mit Absicht gemacht, aber das ist ja fast noch schlimmer.«

Yves steht hilflos im Wohnzimmer. Desi winkt ihn weg. Also macht er sich mit Faris daran, das Bett zu zerlegen.

»Ich möchte eigentlich nicht in einem Bett schlafen, in dem Thomas gerade noch mit Rose gelegen hat.«

»Stimmt«, sagt Desi. »Aber abbauen kannst du es trotzdem. Kannst es ja verkaufen, oder«, sie grinst. »Oder du stellst es hier unten auf die Straße. Zum Mitnehmen.«

Eva gefällt die Idee, obwohl sie weiß, dass sie das nicht machen wird. So gemein ist sie nicht.

»Du willst das Bett nicht haben?«, fragt Yves aus dem Flur. »Ich nehme es. Ich habe nur Matratzen.«

»Nee, das geht nicht«, sagt Eva.

»Warum nicht, mir ist egal, wer da vorher darin geschlafen hat.«

»Weil …«

Eva schweigt. Sie möchte nicht vor allen sagen, »Weil

ich ja vielleicht auch mal bei dir übernachte«. So weit sind sie noch nicht. »Hm.« Sie presst die Lippen kurz aufeinander.

»Komm, wir bauen es erst mal einfach ab.«

Während alle herumwerkeln, schreibt sie Yves eine SMS. »Weil ich dann ja trotzdem vielleicht mal darin schlafe, bei dir.«

Yves liest die Nachricht und lacht. »Okay!«, verkündet er. »Das Bett kommt weg!«

Als die Freunde die Kartons in Evas neue Wohnung tragen, werden sie von glühender Mittagshitze empfangen. Das Bettgestell hatten sie noch schnell auf den Wertstoffhof gebracht. Eva hatte nicht hingesehen, als Faris und Yves die einzelnen Bretter in einen Sperrholzcontainer wuchteten. Die alten Matratzen aber haben sie doch mitgenommen, sonst hätte Eva auf dem nackten Boden schlafen müssen, sonntags kann man keine Matratzen kaufen. Und noch eine Nacht bei Desi oder ihrem Vater, das will sie nicht. Allein aus energetischen Gründen.

Inga ist dazugekommen. Sie möchte keine schweren Sachen mehr schleppen, wegen der Schwangerschaft, aber sie ist da. Sie bringt Eis am Stiel für alle.

Die Dachfenster sind geöffnet, die Freunde sitzen im Kreis, alle sind schweißnass.

»Und findet ihr sie gut?«, fragt Eva unsicher.

Alle nicken, zeigen mit dem Daumen nach oben und lächeln aufmunternd.

»Ich finde vor allem gut, dass du nicht mehr mit einem Typen zusammen bist, der seinen Terminkalender nicht kennt«, sagt Faris trocken.

Desi holt etwas aus ihrer teuren Ledertasche, die, wie

sie immer betont, secondhand ist. Sie hält kleine Räucherkegel in der Hand.

»Och, Desi, bei der Hitze?«, fragt Eva.

»Egal«, sagt Desi. »Die alten Geister müssen ausgetrieben werden, damit das Neue Platz hat.«

Sie zündet die Kegel an und geht damit durch alle Räume. Inga ist in den Hausflur geflohen, ihr wird von dem Geruch schlecht.

»Jetzt«, verkündet Desi strahlend, »gehört diese Wohnung ganz dir!«

Eva fragt sich, ob Marko, Dorothee, Lenz und Meta überhaupt irgendwas hinterlassen haben, was man loswerden möchte, oder ob die vier nicht ganz hilfreich wären, um ihrer traurigen Single-Energie etwas entgegenzusetzen, aber sie lächelt Desi trotzdem dankbar an.

»Ich würde ja lieber die Geister aus meiner alten Wohnung vertreiben, habe das Gefühl, die sind mitgekommen«, raunt sie ihr zu.

»Ich weiß«, murmelt Desi. »Deswegen habe ich das ja gemacht. Aber das kann ich ja schlecht vor Yves sagen.«

Yves, Inga und Faris schauen neugierig herüber.

»Und jetzt bestellen wir Pizza!«, verkündet Desi.

Aber Inga und Faris verabschieden sich schnell. Die Hitze, die Schwangerschaft, die Räucherkegel. Eva umarmt Inga zum Abschied herzlich. Sie hat sogar nach ihrer Schwangerschaft gefragt. Es wird ein Junge. Konnte man auf dem Ultraschall erkennen. Und Eva weiß, sie wird sich kümmern. Dann ist sie eben die kinderlose Tante, die Rolle muss ja auch jemand übernehmen.

Eva, Desi und Yves setzen sich mit ihren Pizzas auf das Tempelhofer Feld. Auch hier ist es heiß. Desi und Yves fangen an zu diskutieren. Yves ist für radikal genderneutrale Erziehung, aus Prinzip. Desi als Psychologin sieht das kritisch. Beide sind störrisch.

Eva ist nicht bei der Sache. Menschen flirren vorbei, Kinder rollen auf ihren Laufrädern über die Wiese. Das ist jetzt also ihre neue Gegend.

Plötzlich merkt sie, dass sie nach Hause muss. Sie braucht jetzt den Schutz der eigenen vier Wände, so neu diese auch sein mögen.

Desi verabschiedet sich schnell, viel zu schnell, sie denkt anscheinend, sie würde Eva damit einen Gefallen tun. Aber Eva ist jetzt mit Yves alleine, und überfordert.

»Kann ich noch mit zu dir kommen?«, fragt Yves vorsichtig.

Und in diesem Moment küsst Eva ihn mit aller Intensität, die sie besitzt. Die Hitze, die Anspannung des Umzugs, die Enttäuschung über Thomas, die aufgeregte Ratlosigkeit ihrem neuen Leben gegenüber, all das liegt in dieser Knutscherei.

Yves hat kein Problem damit, in aller Öffentlichkeit ziemlich explizit zu werden. Eva liegt jetzt auf dem Gras, und er über ihr. Bevor er jedoch anfängt, seine Hände über ihren Körper wandern zu lassen, steht Eva auf. Sie gehen Hand in Hand, schweigend und eilig zu Evas Wohnung. Eva fühlt sich ferngesteuert. Es ist egal, was sie mit dem Tag heute noch anfängt, also kann sie auch mit Yves schlafen.

In der Wohnung lässt sie sich direkt auf die Matratze fallen. Auf die Matratze, auf der heute früh noch Thomas und Rose lagen, und Yves kann das machen, wonach er auf dem Feld schon Sehnsucht hatte. Ihren Körper spüren und sich und Eva ausziehen.

Yves öffnet seine Jeans, den breiten braunen Ledergürtel, die drei Knöpfe. Er hat einen ziemlich großen Penis. Vor allem breiter als der von Thomas. Eva zögert. Soll sie ihn anfassen? Sie ist noch nicht so weit.

Yves kniet vor ihr, seine Bewegungen sind langsam, etwas unbeholfen, und vorsichtig. Längst hat er nach ihrer Scham gegriffen, seine Finger umkreisen ihre Klitoris, allerdings verpassen sie immer exakt den Punkt, an dem es für Eva interessant wäre, aber Eva versucht trotzdem, es zu genießen.

»Hast du Kondome?«, fragt Yves.

»Ja, warte.«

Eva geht ins Bad und wühlt in dem Umzugskarton, auf den sie pflichtschuldigst auch »Bad« geschrieben hat. In einem cremefarbenen Täschchen mit blauen Punkten sind Kondome. Die Kondome, die sie gekauft hatte für den Fall, dass sie die Pille absetzen, aber sie und Thomas doch noch mal lieber warten wollten mit dem Kinderwunsch. Die Kondome, die Thomas schlussendlich auch mit Rose benutzt hat. Eva zögert und schüttelt leise über ihre Gesamtsituation den Kopf, dann geht sie zurück zu Yves.

Yves streift sich das Kondom über, prüft den Sitz mit geschlossenen Augen, küsst Eva noch mal, umkreist mit den Fingern noch einmal ihre Klitoris, diesmal an der richtigen Stelle.

»Okay?«, fragt er, und Eva öffnet die Beine.

Sie merkt, für Yves ist es etwas Heiliges und Besonderes, mit ihr zu schlafen. Er hat die Augen geschlossen, er gibt sich ihr hin, als wolle er sich den Moment merken. Eva selbst steht seltsam neben sich.

Jetzt schlafe ich mit Yves, denkt sie. Jetzt dringt er in

mich ein. Jetzt ist er in mir drin. In meiner neuen Wohnung. In meinem neuen Leben.

Sie kommt nicht, aber sie findet trotzdem erregend, als Yves kommt. Wie er kommt. Ernst. Alternativlos. Er rollt sich verschwitzt neben sie.

»Alles okay?«, fragt er wieder, als hätte er Angst, etwas falsch gemacht zu haben.

»Ja«, sagt Eva verwundert und lächelt ihn an. Sie zwirbelt mit dem Finger seine nassen Locken.

Aha, denkt sie. Jetzt habe ich also mit Yves geschlafen. Aha.

Thomas sitzt alleine in einem kleinen Off-Kino, in dem ein französischer Film läuft, den Thoma damals, als er rauskam, verpasst hatte. Eigentlich guckt er solche Filme mit Eva oder Ludwig beziehungsweise hat geguckt.

Nachmittags geht eigentlich niemand ins Kino, zumindest keiner von den Menschen, die Thomas kennt. Um ihn herum sitzen vereinzelt Leute, die alle älter sind als er, einsame Cineasten auf der Flucht vor der Sommerhitze. Er weiß selber nicht, was er hier soll. Vielleicht noch mal Zeit gewinnen, bevor er Eva anruft.

Er denkt an Rose. Als sie aus dem Haus gestolpert waren, hatte er mit einer Schimpftirade gerechnet. Er hatte erwartet, dass Rose ihm den Umgang mit Menschen, die ihm wichtig sind, vorwirft. Oder auch nicht wichtig, seinen Umgang mit Menschen ganz allgemein.

»Ich bin nicht sauer«, hatte Rose stattdessen gesagt. »Um ehrlich zu sein: Mir hätte das auch passieren können. Aber cool ist es trotzdem nicht.«

Dann wollte sie aber doch lieber alleine sein und hatte Thomas auch Einsamkeit verordnet.

Als Thomas aus dem Kino kommt, am frühen Abend, ruft er endlich Eva an. Er weiß ja nicht mal, wo sie jetzt wohnt, das geht nicht.

Eva liegt neben Yves, es ist noch immer hell. Yves hat angekündigt, es könne sein, dass er nach dem Sex einschlafe, und ist dann auch, getreu seinen Worten, weggedämmert. Eva liegt neben ihm. Sie weiß nicht, was sie sonst machen soll. Eigentlich würde sie gerne anfangen, ihre Sachen auszupacken, aber das kommt ihr unhöflich vor. Als ihr Handy, das neben der Matratze auf dem Laminat liegt, leise brummt, ist sie froh. Wenigstens eine kleine Ablenkung.

»Thomas. Was kann ich für dich tun?«

Thomas kommt sich vor wie beim Arzt. »Äh. Entschuldige noch mal für heute.«

»Ja.«

»War wirklich ein schlechter Auftritt.«

»Eher ein Abgang als ein Auftritt«, sagt Eva.

Thomas hält inne. Er mag diesen Humor.

»Wo wohnst du denn jetzt?«, fragt er.

»Leinestraße, Neukölln.«

»Ah.«

Rose wohnt nur ein paar Straßenzüge weiter, zehn Minuten zu Fuß. Das sagt er nicht.

»Und, schöne Wohnung?«

»Ja.«

Eva möchte das Gespräch beenden, aber Thomas hat das Gefühl, ein Treffen vorschlagen zu müssen, zu wollen. Er wird Tage vorher damit beschäftigt sein, was er sagen wird. Aber ihm wird nichts einfallen, was auf der einen Seite tröstend, liebevoll, dankbar, gleichzeitig aber distanzierend und in der Summe nicht verletzend ist.

»Vielleicht gehen wir demnächst einfach mal einen Kaffee trinken, ich komme auch gerne in deine Gegend«, sagt er vage.

Diese Selbstverständlichkeit, mit der er davon ausgeht, dass sie ihn treffen möchte. Diese in Eventualitäten verpackte Nettigkeit. Das alles macht Eva noch wütender. Mitten in Thomas' Satz legt sie auf und schaltet ihr Handy aus.

Thomas schaut überrascht sein Telefon an. Dann wählt er noch mal Evas Nummer. Teilnehmer nicht erreichbar. Zur Hälfte verwundert, zur anderen Hälfte erleichtert geht er nach Hause. Er hat seine Pflicht getan, nur die Technik war gegen ihn.

In der Wohnungstür fällt Thomas ein, dass Eva sein Bett mitsamt den Matratzen mitgenommen hat. *Ihr* Bett, um genau zu sein. Also geht er in den Keller und wühlt nach seiner Isomatte. Er rollt die Matte im Wohnzimmer auf dem dicken wollweißen Teppich aus. Warum Eva den dagelassen hat, weiß er nicht.

An den Wänden hängen kaum mehr Bilder, in den Regalen fehlt die Hälfte der Bücher, in der Küche ein Großteil des Geschirrs.

Die abgezogenen Decken bezieht Thomas mit der einzigen Bettwäsche, die noch da ist, der blauen, die er gekauft hat, um seine Beziehung zu retten.

Das hier ist die erste Nacht wirklich ohne Eva. Jetzt erst fängt sein neues Leben an.

## 7 Wochen und 4 Tage danach

Thomas steht neben Rose auf der staubigen Erde in der kleinen Badebucht am Plötzensee.

»Es bietet sich dermaßen an, da nach der Arbeit hinzufahren, und wir haben es noch nie gemacht«, hatte Rose in der Klinik gesagt. Sie erinnert sich daran, wie Eva Thomas einmal zum Baden abgeholt hat. Sie möchte sie gerne einholen, dieses Erlebnis auch mit Thomas haben, aber das verschweigt sie.

»Ich habe gar keine Badehose dabei«, hatte Thomas geantwortet.

»Egal, dann schwimmen wir in Unterwäsche.«

Rose hatte ihn angesehen wie einen unschuldigen Chorknaben. Als sei er süß und naiv und ein bisschen vertrottelt.

Jetzt stehen sie also in dieser Bucht, und Rose beginnt sofort, sich auszuziehen. Sie trägt hautfarbene Unterwäsche, weil man die unter der weißen Klinikkleidung nicht sieht. Wenn sie gleich in den See geht, wird man alles sehen. Sie könnte genauso gut nackt schwimmen.

Thomas hat ein schlechtes Gewissen gegenüber Eva, dass er mit Rose einfach zu »ihrer Bucht« fährt. Er denkt an den katastrophalen letzten Besuch vor zwei Monaten. Damals war kein Badewetter, nur für Fanatiker, für kälteunempfindliche Sportsgeister wie Eva. Einladend ist der See nach wie vor nicht, trotz des Wetters. Die Blätter der Bäume hängen trocken herunter, das Wasser ist braun und schlammig. »Wollen wir wirklich rein?«

»Ach, komm, ist doch egal, nur kurz.« Rose lacht ihn an.

Wie man so dünn wie Rose sein kann, fragt er sich

immer wieder. Sie hat eigentlich ein breites Becken, aber die Beckenknochen zeichnen sich unter der Haut ab, und die Beine gehen in gehörigem Abstand voneinander vom Becken nach unten. Nicht anorektisch, nicht so, dass man hinschauen, erschreckt wegschauen und dann wieder in einer Art von Sensationslust noch mal hinschauen muss, einfach nur sehr dünn.

Rose planscht ins Wasser. Sie taucht kurz bis zu den Schultern ein und schwimmt ein paar halbherzige Züge.

»Jetzt komm! Alleine macht es keinen Spaß.«

Thomas sieht sich noch mal um, niemand da. In seinen karierten Boxershorts geht er ins Wasser. Es ist wirklich brühwarm. Rose spritzt ihn nass. Er lässt sich neben sie fallen.

»Und, tut gut?«, fragt Rose.

»Nee, es ist einfach nur warm.«

Als sie wieder an Land sind, stellt Rose sich mit geschlossenen Augen und ausgebreiteten Armen auf einen kleinen Sonnenfleck. »Ich lasse mich trocknen!«, ruft sie.

Thomas möchte schon wieder mit ihr schlafen. Das hört nicht auf, dieser Wunsch.

Ich habe keine Ahnung, warum das mit uns funktioniert, denkt er. Alle Parameter sprechen dagegen, eine Dating-App würde uns nie verkuppeln, sondern mir Eva vorschlagen, aber irgendwas ist hier gut.

Rose stellt sich neben ihn.

»Ich find's schön mit uns. Nicht immer, manchmal finde ich es auch nur nervig. Aber trotzdem ist es immer so, dass ich dich wiedersehen will.«

»Das freut mich«, sagt Thomas etwas steif.

Es passt zu Rose, dass sie ihre Gefühle sofort wieder relativiert.

»Hättest du Lust, in Urlaub zu fahren?«, fragt sie da.

»Mit dir jetzt oder allgemein?« Diesen Schritt hatte er nicht erwartet.

»Nee, nicht allgemein, wir zusammen.«

Thomas fällt der Urlaub mit seinen Eltern in Dänemark ein. Der ist schon in drei Wochen. Er hat es nicht übers Herz gebracht, ihn abzusagen. Seine Eltern sind schon traurig genug, weil er sich von Eva getrennt hat. Dafür kommt jetzt Jolanthe mit. Ohne ihre Freundin. Die hatte keine Lust auf die beobachtenden Blicke der Eltern.

»Wie früher«, hatte die Mutter gesagt, immerhin ein bisschen glücklich. »Wie früher.«

Von Dänemark erzählt Thomas Rose mal lieber nichts. Es ist ihm peinlich. Urlaub mit den Eltern. »Wo wollen wir denn hin?«, fragt er Rose stattdessen und legt den Arm um sie. »Und wie lange?«

»Ich würde ja gerne mal nach Asien«, antwortet sie. »Südamerika kenne ich inzwischen wirklich gut, in Asien war ich noch nie.«

Thomas fällt der Kollege ein, mit dem Rose in Südamerika war. Macht sie das immer? Fährt sie immer mit ihrem momentanen Freund weg und merkt dann auf der Reise, was alles nicht passt?

»Asien, ganz schön weit. Wenn man sich da auf die Nerven geht, wird es schwierig.«

»Im Gegenteil, dann fährt jeder mal eine Woche alleine rum, und dann trifft man sich wieder. Also, ich fänd's schön.«

»Und wenn wir dann Leuten begegnen, sag ich dann, du bist meine Freundin, oder machen wir die Reise erst nach dem Probejahr?«

Rose schaut ihn überlegen an und lächelt. »Ich kann auch alleine fahren.«

Dann umschlingt sie Thomas' Hüften und tätschelt seinen Po. »Du kleine Mimose«, redet sie weiter. »Wir müssen dringend in Urlaub fahren. Oder kündigst du vorher? Ach, darüber reden wir ja nicht.« Rose lacht herausfordernd.

Und weil ihr alles egal ist, weil sie alleine in Urlaub fahren würde, ihr Glück nicht von seiner Kündigung abhängig macht, weil sie da alleine steht und trotzdem bei ihm ist, blickt Thomas ihr geradeheraus ins Gesicht, fühlt sich auf wohlige Art unterlegen, und möchte nie wieder wegsehen.

Eva schiebt mit Yves zusammen einen Einkaufswagen durch einen Bioladen. Seitdem sie miteinander geschlafen haben, hat er sich jeden Tag gemeldet. Aber sie wollte ihn nicht treffen. Sie hat sich in Arbeit gestürzt, wenigstens das geht wieder. Auch weil sie weiß, es gibt Yves. Aber ihm begegnen, von seiner Euphorie überrollt werden, das ging nicht.

Heute haben sie sich getroffen. Bei ihr. Yves wollte kochen und hat über ihren leeren Kühlschrank gelacht.

Der Einkaufswagen ist schon voll mit Gemüse. Yves lädt Milch und Joghurt ein. Eva räumt sie wieder aus und ersetzt die Tetrapacks durch Glasflaschen und Joghurtgläser.

Yves hält ihr ein Suppenhuhn vor die Nase. »Isst du eigentlich Fleisch?«

»Nur wenn ich es absolut brauche, zurzeit also nein.«

»Schade. Dann machen wir eine Bouillabaisse.«

»Äh, ich esse auch keinen Fisch.«

»Okay.« Yves dreht sich einmal um sich selber. Eva hat keine Ahnung, warum. »Dann machen wir Ratatouille!« An der Kasse kommt er noch mit zwei Tafeln Schokolade an.

»Bei der Hitze?«, fragt Eva.

»Immer, *toujours*. Der Mensch, der Mann, ich, brauche das.«

Eva bezahlt, sie packen die Jutetaschen voll.

»Ich gebe dir die Hälfte«, sagt Yves.

»Nein, auf keinen Fall.«

»Doch.« Er zieht dreißig Euro aus seinem zerbeulten Lederportemonnaie und stopft sie in Evas Handtasche. Dann bleibt er vor ihr stehen und betrachtet ihr Gesicht.

Eva würde lieber weitergehen. Die Taschen sind schwer, und dieser Einkauf als Paar war zu viel.

»Ich mag dich sehr gern«, sagt Yves.

»Danke.« Eva lächelt.

Sie schleppen die Einkäufe nach Hause, Eva fühlt sich wie in einem Computerspiel. Sie hat alle Punkte gesammelt, sie bringt eine Trophäe nach Hause, aber trotzdem wartet sie auf das *»Game over«*, darauf, dass ein neues Spiel anfängt. Aber als sie geduscht hat, auf der Matratze sitzt, ein bisschen online Zeitung liest, sich ein bisschen mit Yves unterhält, geht es ihr schon besser. Es ist nicht das Schlechteste, dieses neue Leben. Vielleicht muss sie sich nur noch etwas an Yves gewöhnen.

Yves hält ihr einen Esslöffel mit Ratatouille unter die Nase.

»Probier mal, was fehlt noch?«

Eva probiert. Dann schaut sie ins Leere.

»Ich weiß es nicht«, sagt sie, und ihre Stimme zittert. »Und eigentlich mag ich gar kein Ratatouille.«

Yves schaut sie bestürzt an. »Soll ich gehen?«, fragt er.

Eva schüttelt den Kopf. Da legt er vorsichtig seinen Arm um sie und bleibt geduldig, mit der nötigen Distanz, neben ihr sitzen.

## 8 Wochen und 4 Tage danach

Auf derselben Bierbank, auf der Eva vor ein paar Wochen mit Yves saß, sitzt sie jetzt mit Thomas. Sie konnte nicht anders, sie hat sich noch mal bei ihm gemeldet. Er hat sofort zurückgeschrieben, klar können sie sich treffen, klar, würde ja höchste Zeit.

Draußen steht nur diese eine Bank, man muss nebeneinandersitzen. Immer wieder vermessen sie den Sicherheitsabstand. Merkwürdig, so zu zweit. Alleine. Eva, findet Thomas, sieht aus wie immer. Eva hingegen trinkt sein Gesicht. Sie möchte sich alles merken, die blassbräunliche Haut, den liebenden, besorgten Ausdruck in den Augen, der nie weggeht, egal, über was er nachdenkt, was er sagt, die geschwungenen, dünnen Lippen.

Thomas beobachtet Eva. Er kann ihr Gesicht nicht mehr so gut lesen wie früher. Andere Dinge gehen jetzt darin vor, Dinge, die nichts mehr mit ihm zu tun haben.

»Bist du jetzt eigentlich mit Yves zusammen?«, fragt er.

»Ja«, sagt Eva zögerlich. »Ich glaube schon.«

»Und, geht es dir gut?«, tastet Thomas sich weiter vor.

Eva schaut ihn an, und ihr Gesicht zerfällt. Ihr intelligenter, klar definierter Mund öffnet sich wie unter leisen

Schmerzen, die Augen wandern suchend an Thomas vorbei, da sind Sorgenfalten auf ihrer Stirn, die Thomas noch nie zuvor gesehen hat. Anspannung ist in ihrem Gesicht, in dem plötzlich nichts mehr zueinanderpasst, in dem das einzig verbindende Element der Schmerz ist. Nein, ihr geht es nicht gut. Aber nur für einen kurzen Augenblick, dann hat sie sich wieder im Griff.

»Ich habe mich für ein Forschungsstipendium in Japan beworben«, sagt sie und tut so, als hätte es die Frage von Thomas nie gegeben.

Thomas möchte sie sofort in den Arm nehmen und trösten. Er ist es doch so gewohnt und Eva auch.

»Und Rose und dir, euch geht es gut?«, fragt Eva sich aber schon tapfer weiter durch das Dickicht an Dornen und Ranken, die dieses Gespräch bietet.

»Ich habe keine Ahnung, was das wird mit ihr und mir«, antwortet Thomas.

Er möchte Eva nicht erzählen, wie befreiend anders sein neues Leben ist. Ein Tanz auf dem Seil zwar, aber wenigstens ein Tanz.

»Geht's dir denn jetzt besser?«, fragt Eva mit zarter Bitterkeit.

Thomas richtet seine Augen auf sie. Sein Blick ist ernst. Er kann es ihr nicht sagen. Nicht ihr, nicht jetzt. Er kann ihr nicht noch einmal wehtun. Er streicht mit der Rückseite seiner Hand vorsichtig über ihre Wange, über ihr schönes, unspektakuläres Gesicht, aber sie entzieht sich.

»Ich glaube, wir gehen. Komm. Ich kann das noch nicht, dich zu sehen, es ist viel zu früh.« Eva ist schon aufgestanden.

Thomas nickt beflissen. Was immer sie möchte, was

immer sie befiehlt. Er begleitet Eva nach Hause. Sie gehen nebeneinander her wie immer, wie all die Jahre, aber zwischen ihnen ist jetzt ein schwankender Sicherheitsabstand. Ein unsicheres Tasten und Suchen, um bloß nicht an den anderen zu stoßen, aber dennoch mit ihm Schritt zu halten.

»Kann ich denn deine Wohnung mal sehen?«, fragt Thomas, als sie vor Evas Haus angekommen sind.

Eva schaut die Straße hinunter. Ihre Reaktionen sind mal wieder verlangsamt. Ein Wimpernschlag, kein Atem, keine Regung in ihrem Gesicht. Und plötzlich richtet sie den Blick auf Thomas, ihre dunkel umkränzten Augen stürzen sich auf ihn, sie schaut ihn an, verzweifelt und entschieden, und küsst ihn.

Thomas geht auf den Kuss ein, es ist wie nach Hause kommen, es ist die komplette Entspannung. Vorsichtig tasten sie sich weiter, er vermeidet es, ihren Körper anzufassen, er möchte nicht gleich zu intim werden. Aber Eva zieht ihn zu sich heran, zieht ihn am Gürtel seiner Jeans zu sich, sie trinkt ihn, sie braucht ihn, nur dieses eine Mal noch.

Vielleicht war ja alles ein Fehler, vielleicht taumeln wir wieder zurück in uns, zu zweit. Vielleicht soll es so sein, denkt Thomas schlaftrunken.

Man kann sich ja einfach mal küssen.

Eva lässt von ihm ab. »Gehen wir jetzt zu mir?«, fragt sie unsicher.

Thomas schaut Eva ratlos an. Vielleicht schon?

Als er aber im Treppenhaus hinter Eva hergeht, dämmert ihm, dass diese Aktion eine ganz dumme Idee ist. Schon, wenn er sich konkret den Sex mit Eva vorstellt, weiß er, dass er dabei Rose vermissen wird. Er fasst sie einfach lieber an. Kann er nicht tagsüber mit Eva zusammen sein und nachts mit Rose? Geht das nicht? Thomas schüttelt den Kopf. Er ist schon wieder dabei, in der Gedankenspirale von früher zu verschwinden.

Er greift nach Evas Hand. »Ich glaube, ich gehe lieber«, sagt er sanft.

Eva schaut ihn an, und wieder sagt sie nichts. Ihre Nase läuft rot an, in ihren Augen sammeln sich Tränen. Sie nickt stumm. Und noch mal stumm. Aber sie bewegt sich nicht, geht nicht weiter nach oben. Also bleibt Thomas nichts anderes übrig, als sich umzudrehen und sie einfach im Treppenhaus stehen zu lassen. Auf halbem Weg nach unten geht das Licht aus. Er lässt es aus. Es ist sowieso noch nicht wirklich dunkel. Mit wackeligen Knien verlässt er das Haus. Dann atmet er aus. Ihm ist schlecht. Was für eine dumme Idee das war, was für ein pubertärer Fehler.

Eva schleppt sich in ihre Wohnung. Die Sonne geht unter, sie kann die neonpinken Wolken von ihren Dachfenstern aus sehen. Aber das macht ihr nichts, das nützt ihr nichts, sie fühlt sich weggeworfen, nutzlos, unbrauchbar. Sie spürt den Verlust noch einmal mit ganzer Härte. Wie gerne hätte sie noch einmal Thomas umarmt, noch einmal in seinen Armen gelegen. Warum hat ihr das Schicksal, an das sie eh nicht glaubt, das verwehrt? Sie weint und muss sich vor Tränen fast übergeben. Irgendwann wäscht sie sich kalt über das Gesicht, atmet ihr Spiegelbild an und wirft alles, was Thomas ihr je geschenkt hat, weg.

## 8 Wochen und 5 Tage danach

Als Eva aufwacht, aus einem tiefen, leeren Schlaf, ist der Spuk vorbei. Sie fühlt sich besser. Als letzte Amtshandlung löscht sie die Nummer von Thomas. Ein Akt der Selbstermächtigung.

Eva erinnert sich kurz daran, wie sie die Nummer vor vielen, vielen Jahren bekommen hat. Thomas hatte ihr nicht seine Nummer ins Handy diktiert und sie ihm umgekehrt auch nicht ihre. Sie hatten sich auf der Party vor acht Jahren bei Ludwig, auf *der* Party, nur unterhalten, aber keiner von beiden hatte sich getraut, nach der Nummer des anderen zu fragen.

Thomas hatte sie bei Facebook gefunden, sie hatten sich geschrieben, sie wollten ins Freiluftkino, und Thomas gab ihr seine Nummer, »zur Sicherheit«.

Jetzt hat sie die Nummer nicht mehr. Ebenfalls zur Sicherheit.

Eva zieht sich ihre Joggingsachen an und geht auf das Tempelhofer Feld. Sie ist eine gute Läuferin, das hat sie viel zu lange vernachlässigt.

Eva joggt sich selbst in eine Art traurigen Frieden hinein. Thomas ist weg, der Sommer geht, dieser Sommer, der so gänzlich anders hätte werden sollen. Aber sie ist am Leben. Und sie wird weiterleben. Es wird weitergehen.

Sie joggt an den Schafen vorbei, die im frühen Morgenlicht friedlich grasen. Der Herbst wird kommen, der Winter, der nächste Frühling, der nächste Sommer. Wird sie dann noch mit Yves zusammen sein? Wird sie alleine sein? Alleine im Winter? Eva hört auf das Rauschen der Stadt. Es wird weitergehen, wie auch immer.

Zu Hause zieht sie nach langer Zeit mal wieder die kleine Damenuhr an, die ihre Oma schon getragen hat. Damit sie nicht jedes Mal auf ihr Handy schaut, wenn sie eigentlich nur die Uhrzeit wissen will. Damit sie nicht jedes Mal sieht, dass Thomas sich nicht gemeldet hat.

Als Eva in ihrem kleinen Räumchen im Deutschen Historischen Museum am Schreibtisch sitzt, wird ihr leiser Zukunfts-Optimismus bestätigt. Sie bekommt eine Mail vom DAAD, ihr Forschungsstipendium ist bewilligt.

»Juhu!«

Eva hüpft von ihrem Stuhl auf und schwingt ein paar Mal vergnügt ihren Körper von links nach rechts.

»Juhu, juhu, juhu!«

Sie ruft sofort Desi an.

»Ich fahre nach Kyu-, warte mal.«

Es hat geklopft. Yves steckt strahlend seinen Kopf herein. »Du bist da, wie schön!«

»Desi, ich rufe dich zurück.«

Eva geht Yves entgegen, und weil sie gut gelaunt ist, schlingt sie die Arme um seinen Hals und küsst ihn. Yves hält etwas hinter seinem Rücken. Sonnenblumen. Für sie. Als Überraschung.

»Und was hättest du gemacht, wenn ich nicht da gewesen wäre?«, fragt Eva.

»Dann hätte ich sie auf meinen Tisch im Wedding gestellt. Apropos, wir waren noch immer nicht bei mir.«

»Dann fahren wir jetzt«, beschließt Eva.

Sie verdrängt mit Macht all das seelische Gerümpel, das noch in ihr herumliegt. Das immerwährende Gefühl, das Bett, das sie mit Thomas geteilt hat, sei noch warm. Sie will jetzt die Wohnung von Yves sehen. Jetzt. Sie erzählt Yves von den guten Neuigkeiten aus Japan. Während sie redet, schleicht sich eine Zahlenfolge in ihren Kopf, die sie nicht mehr loswird. Null, eins, sieben, zwei, vier, drei, vier, und so weiter. Es ist die Nummer von Thomas, das Löschen hat nichts genützt, diese Zahlen werden sie immer begleiten.

»Schon Mitte November?«, fragt Yves in Evas Gedankennebel. »Das ist ja schon in zwei Monaten. Wow, Glückwunsch! Ich würde gerne mit. Oder dich besuchen. Ich wollte schon immer nach Japan.«

»Äh, ja, klar.«

Sie hatte gehofft, in der Fremde Abstand von allem zu gewinnen und wieder zu sich selber zu finden. Eine innere Klärung, ein klassisches »Nimm Abschied und gesunde!«. Wie sollte das gehen, wenn Yves ständig an ihrer Seite war, von allem euphorisiert und ohne Zweifel bei ihr angekommen.

Wenn der andere schon immer da ist, wo man im eigenen Rhythmus erst hineinwachsen möchte, dann ist das anstrengend. Beengend. Ob es Thomas mit ihr auch so gegangen ist? Sie war die letzten Jahre immer einen Schritt weiter gewesen als er.

Eva lächelt Yves abwesend an und greift nach seiner Hand.

Am Abend, nach dem Sex mit Yves, in seiner furchtbar engen, furchtbar unordentlichen Wohnung, nach klugen Gesprächen und leeren Gedanken, fährt Eva wieder nach Neukölln. Desi möchte ein Yogastudio ausprobieren, das bei Evas neuer Wohnung um die Ecke ist.

»Dann kann ich danach immer bei dir vorbeikommen«, hat sie gesagt. So ist Desi. Unkompliziert loyal.

Als Eva mit geschlossenen Augen auf der Matte sitzt und ein leiser Gong ertönt, der die Stunde einleitet, gibt sie sich alle Mühe zu entspannen. Neben ihr sitzt Desi in einer Sportleggins, die mit aquarellfarbenen Flecken bedruckt ist, dazu trägt sie ein weites Tanktop, sodass man ihren Sport-BH mit dem lila Leopardenprint auch sieht.

Eva hat einfach eine weinrote Capri-Leggins und ein altes blaues T-Shirt angezogen. Sie fühlt sich unsportlich und frisch den katholischen Pfadfindern Europas entlaufen.

Die Yogalehrerin ist so, wie Eva nie war und nie sein wird. Klein und einnehmend. Sportlich und fein. Glatte braune Haare, glattes, hübsches Gesicht, fröhliche Grübchen ohne Arg. Sie war bestimmt schon in der Grundschule sportlich, hatte immer eine schöne Barbie und war im Turnverein.

»Danke, dass ihr alle gekommen seid, an diesem heißen Tag. Ich werde versuchen, unseren Organismus etwas hinunterzukühlen. Wir arbeiten heute mit dem Element Wasser. Dazu gehören auch die Hüftöffner. Wenn jemandem etwas zu anstrengend ist, macht sie bitte einfach nicht mit. Ist jemand das erste Mal hier?«

Eva hebt unsicher die Hand.

»Sehr schön, und du bist?«

»Eva«, sagt sie und hat dabei einen Frosch im Hals.

Die Lehrerin schaut sie stirnrunzelnd an, sie hat sie nicht verstanden.

»Eva«, sagt sie noch mal lauter.

»Willkommen, Eva. – So.« Die Lehrerin lächelt wieder, und Eva schämt sich, dass sie schlecht über sie gedacht hat.

»Wir kommen in einen aufrechten Sitz und schließen die Augen. Mmmmh, komm ganz in deinem Körper an und lass los, wo du gerade herkommst. Das ist jetzt alles nicht mehr wichtig. Jetzt atmen wir tief aus für drei gemeinsame ›Ommm‹«.

Je mehr Eva versucht, ›die Ereignisse des Tages loszulassen‹, desto mehr sammeln sie sich in ihr an, stauen sich in ihrem Körper und verkrampfen sich dort. Sie kann nicht loslassen. In ihr ist ein hitziger Berg aus unguten Erlebnissen, der zwischen den Schulterblättern sitzt und das Atmen schwer macht.

Je länger die Stunde dauert, desto aggressiver wird Eva. Sie schielt zu Desi. Aber Desi ist ganz bei sich. Mit geschlossenen Augen und geschmeidiger Beweglichkeit fließt sie durch die Haltungen. Evas Augen hingegen sind weit aufgerissen. Sie versteht überhaupt nicht, was von ihr verlangt wird, sie versucht, sich die Übungen bei einer Frau vor ihr abzuschauen, aber sie ist einfach zu langsam. Außerdem spielen ihre Beine nicht mit, die Hüften sind irgendwie blockiert, die Waden zittern. Und dieses ständige Atmen ist auch anstrengend.

»Bei Hüftöffnern können unliebsame Emotionen auftauchen, lass sie einfach zu«, sagt die Yogalehrerin.

Eva versucht, tief durchzuatmen. Ihr momentanes Leben ist eine einzige unliebsame Emotion. Wann ist es endlich vorbei?

Als Eva wieder auf der Straße steht, erschöpft und verschwitzt und durstig, Desi neben ihr, abgeklärt lächelnd, kann Eva endlich wieder frei atmen.

»Und, war gut?«, fragt Desi.

»Weiß nicht. Ich glaube, joggen ist doch mehr mein Sport.«

»Die ersten Male sind immer schwierig, aber mit der Zei…« Desi hält mitten im Satz inne und folgt einem Pärchen mit den Augen, das gerade an ihnen vorbeigeht. »Das ist doch Thomas«, sagt sie.

Eva, die sich gerade das Schaufenster des Yogastudios mit seinem lila Vorhang, dem Aufkleber einer indischen Göttin und einem Aushang für »Die Nummer gegen Kummer« angeschaut hat, dreht den Kopf. Ja, das ist Thomas. Mit Rose. Hand in Hand schlendern die beiden vorbei, sie in einer leichten, fast durchsichtigen schwarzen Baumwollhose, die zur Wade hin schmaler wird, und an den Füßen diese dämlichen Slipper aus gewickeltem Stoff, die biologisch und ethisch einwandfrei sind. Eva hat dieselben Schuhe an. Thomas sieht von hinten aus wie immer. Blaue Bermudas, hellblaues Hemd, entspannter Gang, dünn.

»Thomas.« Eva kann nicht anders, sie sagt seinen Namen, mehr eine leise Feststellung als ein Rufen.

Thomas dreht sich verwundert um.

Das musste ja passieren, denkt er peinlich berührt, als er Eva und Desi sieht. Nur dass es so schnell passieren würde, das hätte er nicht gedacht.

Er löst ertappt seine Hand von Rose. Die beiden stehen jetzt einfach nur da und sehen zu Eva und Desi hin, die ebenfalls einfach nur dastehen.

»Was macht ihr denn hier?«, entfährt es Eva.

Ihr kommt es vor, als würde sie ein weiteres Mal betrogen, als hätte gestern die demütigende Szene im Treppenhaus nicht gereicht.

»Wohnst du hier?«, wendet sich Desi an Rose.

Rose würde am liebsten gar nicht antworten. Sie nickt langsam.

»Und ihr?«, fragt Thomas.

Desi weiß längst, dass Eva sich mit Thomas getroffen

hat, sie hat ihr alles erzählt. Und natürlich weiß auch Thomas, dass Desi das weiß. Die Einzige, die hier nichts weiß, ist Rose.

»Ich wohne hier nicht.« Sagt Desi trocken. »Habe hier auch noch nie gewohnt, wie du weißt. Eva wohnt hier. Seit eurer Trennung. Aber ich dachte, ihr hättet euch gestern getroffen, habt ihr nicht?«

Eva zuckt zusammen. »Ich wollte dich gestern anrufen und treffen«, sagt sie zu Thomas und weiß kurz nicht weiter. »Aber hatte dann keine Zeit. Ich suche noch meine Yogamatte, vielleicht ist die noch bei dir. Also in der alten Wohnung.« Rose soll nicht erfahren, dass sie und Thomas geknutscht haben. Und Thomas dann lieber gegangen ist. Das ist das Entscheidende. Er wollte lieber zu Rose. Nicht zu Eva. Das muss Rose nicht erfahren. Nie.

»Ah, die Yogamatte.« Thomas nickt. Eva besitzt gar keine Yogamatte. »Die kannst du gerne mal abholen. Oder ich bringe sie dir vorbei.«

Alle vier schweigen.

»Na ja, wir gehen mal ... bis bald.« Thomas winkt ungelenk, obwohl alle dicht beieinanderstehen, dreht sich eiernd herum und geht Rose hinterher, die schon ein paar Schritte vor ihm ist.

Rose hat die Hände auf dem Rücken über Kreuz und blickt in gerader Linie vor sich hin, während sie zügig einen Fuß vor den anderen setzt. »Wusstest du wirklich nicht, dass sie hier wohnt?«, fragt sie schließlich energisch.

»Nein!«

»Wenn ich euch so sehe, passt ihr eigentlich ziemlich gut zusammen«, redet Rose schon weiter. »Ihr seid beide so *anständig*. So frisch gebacken und anständig, da kann ich nicht mithalten.«

Thomas weiß nicht, was er sagen soll.

»Auf eine Art haben wir ja auch gut zusammengepasst«, antwortet er. Kann Rose ruhig mal hören, ist ja die Wahrheit. »Aber es hat halt trotzdem nicht gereicht.«

»Was genau hat dich eigentlich an Eva gestört, was hat sie falsch gemacht?«

»Nichts. Eva ist super, die hat nichts falsch gemacht.«

»Wenn sie super ist, kannst du ja auch mit ihr zusammen sein.«

»Komm, das ist Kindergarten, müssen wir dieses Gespräch wirklich führen?«

Rose schaut ihn von der Seite an.

»Wer ist der bessere Mensch, Eva oder ich?«

Thomas lässt seine Schultern nach vorne sacken und verdreht die Augen zum Himmel. Was soll er auf so etwas antworten?

»Nach was für Kriterien denn ›besser‹? Du bist egoistischer, aber dafür unkomplizierter, du arbeitest in einem sozialen Beruf, sie nicht, du magst deine Mutter, sie nicht, dafür ist sie umweltbewusst und kümmert sich extrem um ihre Freunde.«

»Ich bin egoistisch?!«

»Klar.«

Rose bleibt stehen. Ihr hübscher Mund ist klein zusammengezogen, die Augenbrauen sind gerunzelt, ihr ganzer Körper vibriert. »Eva ist scheißegoistisch«, zischt sie leise. »Dich für ihre Kinderwunsch-Scheiße einzuengen, dir die Verantwortung für ihr Lebensglück zu geben und jetzt so ein massiv schlechtes Gewissen zu machen, das ist viel egoistischer, als ich jemals sein könnte. Ich übernehme wenigstens die Verantwortung für mich.«

Thomas schweigt. Jeder hat seine Vorstellung vom

Glück. Jeder ist egoistisch. Sogar die Nonne, die ihr Leben Gott weiht. Weil sie es möchte. Der Arzt, der sich ›Ärzte ohne Grenzen‹ anschließt. Weil er das braucht.

Vielleicht hat Rose recht. Vielleicht hat Eva ihn emotional erpresst. Vielleicht hat sie ihn immer noch im Griff. Er möchte trotzdem nicht schlecht über sie reden. *Memento mori.* Immerhin war er acht Jahre mit ihr zusammen. Angeknackst gehen die beiden weiter.

## 9 Wochen und 5 Tage danach

Thomas kommt aus der Klinik.

Immerhin, wieder ein Tag ohne Fehler, denkt er. Er reibt sich die Augen, er hat Kopfschmerzen. Warum kriege ich es eigentlich nicht hin zu kündigen?, fragt er sich, während er sein Fahrrad aufschließt. Er möchte eben auch ein Dauerläufer sein. Wie sein Vater, wie Rose, wie Matti.

Er will zu dieser Riege der Gesalbten gehören. Sooft er sich auch innerlich lossagt. Seine Psyche zieht ihn an einem Gummiband immer wieder zurück zu den Leistungsträgern, zu den Stählernen. Einen Marathon bricht man schließlich auch nicht ab, denkt Thomas. Selbst wenn jemand am Rand steht und sagt: ›Wenn du eine Woche lang jeden Tag sechs Kilometer läufst, sind es am Ende auch 42 km.‹ Das zählt nicht. Es zählt das Durchhalten.

Bei den Fahrradständern steht eine Person, die er kennt. Desi. Thomas sieht sie überrascht an.

»Ist was mit Eva?«

»Ja, du hast sie vor drei Monaten verlassen, schon vergessen?«

Thomas sagt nichts. Auf Angriffe antwortet er nicht. Einige legen ihm das als Arroganz aus, er findet, das ist pure Einfallslosigkeit. Und natürlich Lustlosigkeit. Keine Lust auf dieses Spiel aus Angriff und Verteidigung, auf verbales Florett. Vielleicht ist er doch ein bisschen arrogant. Oder einfach asexuell. Er bevorzugt die asexuelle Kommunikationsführung. Thomas grinst.

»Was? Was grinst du denn?«, fragt Desi irritiert.

»Nichts, hab nur gerade an was anderes gedacht.«

»Auf mich wirkt es so, als würdest du seit drei Monaten an was anderes denken. Hör mal zu: Eva geht's nicht gut. Sie ist tapfer, aber ihr geht es nicht gut. Sie versteht nicht, warum du die normalen Regeln des menschlichen Miteinanders komplett mit Füßen trittst. Du könntest wenigstens ab und zu fragen, wie es ihr geht. Oder nach so einem Desaster wie eurer Knutscherei und dem Treffen mit Rose noch mal anrufen. Du behandelst sie wie Masse, die einem egal ist. Wie Verpackungsmaterial.«

»Aber Desi, was soll ich machen?«, fragt Thomas ernst. »Wenn ich mich melde, mache ich ihr Hoffnung. Wenn ich mich nicht melde, verletze ich sie. Und wenn ich mich melde, aber dabei die ganze Zeit signalisiere, ›Das hier ist rein menschliches Interesse, kein Interesse an dir als Frau, versteh das bloß nicht falsch‹, dann verletze ich sie umso mehr. Also, was soll ich machen.«

Thomas sackt neben Desi auf das Mäuerchen. Was soll er tun, er würde es wirklich gerne wissen. Desi grübelt vor sich hin. Sie raucht dabei ausnahmsweise mal keine Zigarette.

»Ich weiß es auch nicht, ich war ja auch nicht mit ihr zusammen. Aber in meinem Lieblingsfilm von Billy Wilder sagt eine der Figuren: ›*Be a Mensch. You know what that means?*‹, und ich habe das Bedürfnis, dir das auch zu sagen. Wenn du die letzten acht Jahre Revue passieren lässt, dann war das doch mehr wert als das, was du jetzt daraus machst, oder?«

Thomas schweigt. Er möchte gedanklich nicht zurück in die Zeit mit Eva. Er hat Angst, dass ihn das schlechte Gewissen, aber auch die schönen Erinnerungen wegschwemmen. Diese acht Jahre, die sich für Eva in ihrer jetzigen Situation komplett sinnlos anfühlen, die für ihn aber nicht sinnlos waren, sonst wäre er jetzt nicht der, der er ist.

Er möchte Desi loswerden. Sie sieht ihn an, als wolle sie nicht ohne eine Zusage seinerseits wieder fahren.

»Vielleicht schreibe ich ihr eine Mail«, sagt er. »Ich glaube, das ist eine gute Idee.«

»Sag nicht ›vielleicht‹ und sag nicht ›ich glaube‹. Tu etwas, oder tu es nicht. Finde etwas gut oder schlecht. Aber erlaube dir bitte nicht diese selige Position der Unentschiedenen. Abwarten kann auch eine Todsünde sein.«

Thomas fragt nicht, seit wann Desi mit so Begriffen wie Todsünde hantiert, sie als Psychologin. Er nickt und hofft, dass sie jetzt geht. Aber sie sitzt noch immer auf dem Mäuerchen und macht keine Anstalten, sich zu bewegen. Also steht Thomas auf und schließt sein Fahrrad auf.

»Ich muss leider los, muss noch einen Zug erwischen.«

»Urlaub mit Rose? Ach, geht mich eigentlich nichts an.«

»Geht dich nichts an, aber nein. Urlaub mit meinen Eltern. Sag Eva nichts davon. Sonst wird sie nur traurig.«

Als Thomas sechs Stunden später auf der Rückbank

im Wagen seiner Eltern sitzt, die Dunkelheit an ihm vorbeizieht und neben ihm Jolanthe mit schalldämpfenden Kopfhörern Musik hört, als seine Mutter eine Tüte Studentenfutter herumreicht und der Vater ausgiebig schweigt, fühlt er sich wieder, als wäre er stecken geblieben. Als habe ihn ein hämisches Schicksal per Zeitschleife wieder an die Ausläufer seiner Jugend versetzt, wo das Leben, das man kannte, nicht mehr zu einem passte, man aber auch noch nicht wusste, in was für ein Leben man hineinwachsen sollte.

Er versucht, eine Mail an Eva zu entwerfen. Er kommt nicht weit. *»Liebe Eva«*, steht da. *»Sorry, sorry, sorry, sorry, sorry.«*

»Wie geht's denn Eva?«, fragt da auch schon die Mutter von vorne.

»Hm. Nicht so gut, glaube ich.«

»Ja, das habe ich mir gedacht. Die Arme.«

»Und wie geht's dir?«, fragt Jolanthe und nimmt die Kopfhörer halb herunter. Sie deutet ein ironisches Lächeln an. Fragt eh nie einer von den Eltern, wie es ihnen geht. Nur wie das Handeln auf andere wirken könnte ist wichtig.

Gemessen an bürgerlichen Vorstellungen sind Thomas und Jolanthe immer kurz davor, haarscharf versagt zu haben. Er als Arzt und sie als Frau.

## 13 Wochen danach

Thomas schlendert mit Rose über einen Flohmarkt. Er trägt seinen Anorak und Rose sogar schon einen Schal. Noch verfärben sich die Blätter an den Bäumen erst vorsichtig, aber bald schon werden sie alle in leuchtendem Rot stehen und dann sterben.

Thomas und Rose haben sich seltsam beruhigt. Sie sind jetzt zusammen. Er hat ihre Bedingung, *auf keinen Fall* Beziehung zu sagen, akzeptiert, viel mehr noch, er nimmt diese Bedingung nicht mehr so ernst. Und Rose umgekehrt fragt nicht mehr, wie er es im Job machen will. Thomas selber fragt sich das schon noch. Immer wieder. Jeden Tag. Leise. Im Geheimen.

Sein Blick fällt auf einen alten Brotkasten aus Emaille. Wie am Anfang des Sommers, als er hier auch war, nur mit Eva.

Rose hatte schon vor Wochen gesagt, sie müssten noch mal auf den Flohmarkt, bevor das Wetter schlechter wurde. Thomas hatte sich immer aus der Affäre gezogen, es kam ihm noch immer illoyal vor, mit Rose etwas zu tun, was mit Eva gute, alte Tradition gewesen war.

»Schau mal, der Brotkasten«, sagt er zu Rose.

Rose zuckt mit den Schultern. »Wenn er dir gefällt?«

Thomas zieht schon weiter. Kein Brotkasten in seinem Leben, nicht mit Eva, nicht mit Rose.

Faszinierend, wie wenig sich im Leben ändert, wenn man einfach nichts macht. Und dass es trotzdem weiter fließt. Er hat lange keine Entscheidungen mehr getroffen. Seit der letzten, großen Entscheidung wegen Eva ist sein Entscheidungspotenzial erschöpft. Und trotzdem geht es. Trotzdem lebt er, hat zu essen, ein Dach über dem Kopf. Immer noch dasselbe Dach wie früher.

Das sind die guten Zeiten, denkt Thomas. In denen alles gleich bleibt, ohne dass man sich darum bemüht.

Er legt den Arm um Rose und spürt ihren Körper unter ihrer Wachsjacke. Er freut sich jedes Mal, wenn er ihn spürt.

»Ich muss los«, sagt da Rose. »Ich treffe noch Konstantin.«

Konstantin, ein Studienfreund von Rose. Thomas darf zu diesen Treffen nie mit.

»Ich komm auch nicht mit, wenn du Ludwig triffst«, ist ihr Argument. Nur kann er Ludwig heute leider nicht treffen, der ist bei seiner Mutter in Aachen, der es rapide schlechter geht. Bald kommt sie in eine Pflegeeinrichtung in Berlin. Thomas denkt an seine Eltern und ist froh, dass sie noch leben.

Rose verabschiedet sich mit einem langen Kuss, dann geht sie davon, vorfreudig, beschwingt. Thomas findet nach wie vor, sie freut sich etwas zu sehr auf diese Treffen mit Konstantin oder irgendeinem anderen ihrer männlichen Freunde. Aber er nimmt diese kleine Eifersucht in Kauf. Besser als gar keine Eifersucht, das hatte er bei Eva. Das war nicht gut. Überhaupt, Eva. Er hat ihr immer noch nicht geschrieben.

Zu Hause steht Thomas nachdenklich auf dem Balkon.

Dass ich hier immer noch wohne, denkt er. Eigentlich geht das nicht.

Einem plötzlichen Impuls folgend, setzt er sich an den Computer und tippt eine Kündigung an die Hausverwaltung. Und wo er schon dabei ist, auch gleich eine Kündigung an die Klinik. Erstere schickt er gleich weg, letztere nicht. Aber immerhin ist sie schon mal formuliert und im Computer gespeichert. Für den Fall der Fälle sofort abrufbar.

Dann fängt er an auszumisten. Er hat viel zu viele

Pullover, die Hälfte davon trägt er nicht mehr, weg damit. Und die Bücher, die er schon gelesen hat, die können auch weg. Er bekommt eine Mail. Die Hausverwaltung hat den Eingang seiner Kündigung bestätigt. Das ging schnell. Ein wenig klamm ums Herz wird ihm jetzt doch. So eine schöne Wohnung wird er nie wieder finden. Sie war immer gut zu ihm. Er kann sie doch nicht alleine lassen und völlig fremden Menschen übergeben.

Früher hätte er, wenn er zaghaft wurde, sofort Eva angerufen. Und Eva hätte sich um ihn gekümmert. Oder sie wäre auch zaghaft geworden, auf jeden Fall hätte sie mitgeschwungen. Rose macht das nicht. Sie will mit solchen Gefühlszuständen nichts zu tun haben. Sie kümmert sich einfach nicht um seine kleinen mitteleuropäischen Ängste, die muss er selber lösen. Und dann fühlt er sich frei. Hätte Eva das mal gewusst. Aber hätte das etwas geändert?

Eva sitzt in ihrem kleinen Büro im Deutschen Historischen Museum und weiß gar nichts. Sie ist jetzt schon so lange mit Yves zusammen. Er überschüttet sie mit Liebe und kleinen Aufmerksamkeiten. Und sie selber? Sie hat angefangen, Bücher im Internet zu bestellen. Lauter antiquarische, vergriffene Bücher, die sie nie alle lesen wird. Es ist förmlich zu einer Sucht geworden. Sie kann nicht anders. In jeder freien oder auch nicht freien Minute durchforstet sie online Register und Seiten. Stößt von einem Buch auf das nächste. Es lenkt sie ab. Sie spürt nicht viel. Es hilft.

Gerade ist sie an einem Bildband mit Fotos von Yva dran, eine der großen Fotografinnen der Weimarer Republik und sogar noch der Dreißigerjahre. Eva verehrt sie.

Yva ist von den Nazis umgebracht worden, wie fast alle Menschen, die Deutschland freier und schöner gemacht hatten. Das Einzige, was man noch für sie tun kann, ist ihre Bilder würdigen. Eva klickt auf »bestellen«. 12,80 Euro, das ist wirklich nicht viel.

Vielleicht schenkt sie das Buch auch Yves, wegen der Namensgleichheit. Aber vielleicht ist die in dem Fall eher traurig.

Sie trinkt aus ihrem Kaffeebecher. Sie trinkt zurzeit so viel Kaffee wie noch nie. Andere würden Alkohol trinken, sie trinkt Kaffee. Etwas lastet schwer auf Evas Schultern, umfängt sie bis nach vorne zum Brustkorb. Die Vergangenheit und die Gegenwart zu gleichen Teilen.

Denkt sie an Sex mit Yves, fühlt sie sich nicht frei. Sie fühlt sich in die Kissen gedrückt. Es ist trotzdem so schön oder auch »gut«, dass sie sich immer wieder darauf einlässt. Aber sie hat danach immer ein komisches Gefühl, und dieses Gefühl schleicht sich in ihren Körper und setzt sich fest.

Aber deswegen Schluss machen? Ihr unlösbarer Gedankenknoten wird durch ein frohlockendes Geräusch am Computer unterbrochen. Ding! Eine Mail.

*»Ma Chère«*, steht da. *»Regarde ce que j'ai trouvé pour toi! La photographe s'appelle presque comme moi. Cool. Bises, Y.«*

Unter der Mail ist ein Selfie von Yves vor einem Antiquariat, wie er das Buch, das Eva gerade bestellt hat, in der Hand hält. Er lacht frohlockend in die Kamera, die braun-blonden Haare wirr um sein Gesicht fliegend, um den Hals einen bunt gewebten Schal.

Eva ist einigermaßen sprachlos ob der Gleichzeitigkeit der Dinge. Ist das ein Zeichen, dass sie und Yves doch füreinander gemacht sind, sie hat es nur noch nicht verstanden?

Warum kriegen wir nicht einfach Kinder?, fragt sich Eva. Was soll man sich noch für Eigenschaften wünschen für einen Vater? Wenn er nur ansatzweise unser Kind so anstrahlt, dann muss ich mir keine Gedanken machen. Dann kann ich mich der Arbeit widmen, und er zieht das Kind groß. Und das mit dem Sex ..., ach egal.

Eva macht sich noch einen Kaffee. Sie mag ihren Körper mal wieder nicht.

»Es ist doch alles gut«, murmelt sie und atmet tief aus. »Es ist doch alles gut.« Wann hört das endlich auf, dieses Zagen und Zögern, dieses Suchen, diese übersättigte Unruhe? Sie weiß es nicht. Sie will nicht mehr warten, sie will nicht mehr ›an sich arbeiten‹.

Warum hat Yves eigentlich eine Mail geschickt und keine Nachricht? Wahrscheinlich, weil er darauf wartet, dass sie sich einen Nachrichtendienst installiert, der mehr auf Datenschutz achtet. Das müsste sie endlich mal machen. Müsste. Sie ist müde.

## 13 Wochen und 5 Tage danach

Thomas und Ludwig sausen auf einem langweilig asphaltierten Weg den Scharmützelsee entlang. Ludwig hat ein neues Rennrad, gebraucht, italienisch, vintage, schick. Er hat angerufen, er möchte es ausprobieren.

Die Anstrengungen der letzten Wochen stehen Ludwig ins Gesicht geschrieben. Es ist etwas faltiger geworden, die Augen sind etwas tiefer gesunken, der Mund etwas weicher geworden. Auch das steht ihm gut.

Bestimmt wird er bald sesshaft, denkt Thomas.

Sie haben sich für ihre Verhältnisse lange nicht mehr gesehen. Das letzte Mal auf dem Dach. Sechs Wochen. Aber Ludwig ist abgetaucht in das Drama um seine Mutter, Thomas war im Eltern-Urlaub und hat sich eingeschwungen auf die Zeit mit Rose. Eine immer schöner werdende Zeit.

»Hab ich dir erzählt, dass ich Eva getroffen habe?«, fragt Ludwig.

»Nicht erzählt, aber geschrieben.«

Ludwig war mit Eva und ihren Freunden bei Natalia im Schrebergarten. Thomas möchte gerne mehr hören.

»War seltsam. Sie war da mit ihrem neuen Typen und hat sich, glaube ich, mit dem nur so halb wohlgefühlt, und dann auch noch diese Veranstaltung bei Natalia, bei der wir uns alle nicht so richtig wohlgefühlt haben.«

»Ich kann mit Yves auch nicht so viel anfangen«, sagt Thomas. »Der gefällt sich darin, so unglaublich spontan zu sein und sich ›seine Kindlichkeit bewahrt‹ zu haben, aber irgendwie ist das auch immer alles etwas unterkomplex.«

»Na ja, er ist schon nett und reflektiert und *extrem* feministisch, aber ich frage mich schon, wie viel Resonanzraum Eva da findet.«

»Hm. Es ist vertrackt. Ich müsste mich auch längst mal bei ihr melden.«

»Haste gar nicht mehr?«

»Nee.«

»Vermisst du sie manchmal?«

»Klar vermisse ich sie. Sie ist ja einfach eine unglaublich angenehme Person. Aber trotzdem glaube ich, es ist gut. Wir hatten acht mehr oder weniger gute Jahre. Das Ende habe ich vermasselt. Aber es ist gut, dass es vorbei ist. Es war gut, als es war, und es ist gut, dass es nicht mehr ist. Also für mich. Für Eva ist das alles ein bisschen anders.«

Sie fahren weiter und schweigen eine Weile. Der See zeigt sich einladend in kleinen Wellen. Aber Thomas weiß, es ist ihm schon zu kalt zum Baden. Anfang September, da springt kein vernünftiger Mensch mehr ins Wasser.

»Ich bin übrigens Herrn Bertram losgeworden.«

»Äh … ist er wieder zum Leben erwacht und du hast ihn umgebracht?«

»Harhar, nein, mental. Ich musste dauernd an ihn denken und dachte immer, ich werde so wie er. Das Leben ist sinnlos, man ist nett zu allen und stirbt allein. Das hat mich total runtergezogen. Aber ich werde nicht in Herrn Bertrams Fußstapfen treten, ich bin anders und mein Tod wird ein anderer sein. Herr Bertram hatte sich ein Leben lang für die Harmonie entschieden. Ich hab durch die Trennung von Eva die Harmonie verlassen. Und das hat mich gerettet.«

»Es kommt immer darauf an, wo man herkommt«, meint Ludwig. »In meinem Leben ist gerade so viel Chaos und Kummer, dass ich Sehnsucht habe nach etwas Harmonie. Bei dir war immer alles geordnet, fast schon zu harmonisch. Deswegen heißt du die Kakophonie willkommen. Apropos Harmonie, du hast auch gar nichts vom Urlaub mit deinen Eltern erzählt, wie lange war das, eine Woche?«

»Nicht mal 'ne Woche. Ich bin etwas früher gefahren, habe eine Personalknappheit in der Klinik vorgetäuscht.«

»So schlimm?«

»Ach, nicht direkt schlimm, aber irgendwie auch nicht gut. Sie haben keinmal nach Rose gefragt, dabei haben sie sie ja kennengelernt. Mein Vater hat in seiner medizinischen Wochenzeitschrift gelesen und einen Aufsatz, den er mit einem Kollegen schreibt, redigiert, meine Mutter hat ihre Krimis gelesen und alle zwei Tage Eva erwähnt. Mit Jolanthe war es schön. Ich hab übrigens die Wohnung gekündigt.«

»Ach?« Ludwig schaut ihn überrascht an. »Find ich gut. Und jetzt?«

»Keine Ahnung, jetzt ziehe ich in den Wedding, ist ja auch näher an der Klinik«, sagt Thomas mit schiefem Grinsen.

»Nicht in die Wohnung deiner Eltern?«

»Ncin.«

»Respekt.«

»Danke.«

»Sag mal, hättest du Lust, dass wir mal zusammen ein Buch schreiben?«, fragt Ludwig unvermittelt.

»Äh …«

»Über den Alltag in Krankenhäusern. Ich laufe vier Wochen in verschiedenen Kliniken als Praktikant mit und schreibe dann über meine Erfahrungen. Und du gibst aus medizinischer Sicht deinen Senf dazu.«

»Ich weiß nicht, das käme mir vor wie Nestbeschmutzung.«

»Doch so loyal mit deiner Zunft?«

»Seltsamerweise ja. Gleichzeitig hasse ich mich dafür, dass ich es nicht schaffe zu kündigen. Ich krieg's einfach nicht hin.«

»Vielleicht wohnt in dir ja größerer Ehrgeiz, als du

denkst. Und du willst ihn nur nicht wahrhaben, weil du nicht sein willst wie dein Vater. Insofern ›*Release your inner* Ehrgeiz‹.«

Thomas schweigt. Hat Ludwig recht? Ist er eigentlich ehrgeizig? Dieses Klinikdasein fühlt sich an, als hinge er an den Fäden eines Puppenspielers, das hat mit Ehrgeiz nichts zu tun. Dass er nicht kündigt, schon. Er kündigt nicht aus pflichtbewusstem Ehrgeiz.

»Weißte was?« Thomas ist langsam aus der Puste, Ludwig fährt schneller als er. »Ich schließe mit dir jetzt einen Pakt. Innerhalb von einer Woche muss ich in der Klinik die Kündigung eingereicht haben. Und wenn nicht, äh …«

»Wenn nicht, nichts. Das ist es ja. Wenn du nichts machst, passiert nichts. Da hilft dir kein Pakt.«

Thomas tritt in die Pedale. Ludwig hat recht. Wie so oft.

»Und an dem Buch bist du wirklich nicht interessiert, ja? Und an einem Podcast?«

»Ich fühle mich gar nicht zu so was befugt. Ich kenne mich mit Nieren, der Blase und, na ja, den Genitalien aus. Ein bisschen. Und das war's auch schon. Was soll ich denn da sagen?«

»Ich dachte an so einen ›Podcast für Hypochonder‹. Ich erzähle dir, was für Malaisen ich habe, und du analysierst das und erzählst mir, was das alles sein könnte. Von total harmlos bis tödlich.«

Thomas grinst. Eigentlich ganz lustig.

»Diskreditiere ich mich nicht damit als Arzt? Dann kommt doch keiner mehr in meine Praxis. Kein ernst zu nehmender Patient.«

»Nur Frauen oder Männer, die sich in deine Stimme

verliebt haben oder Berühmtheit irgendwie interessant finden. Du kannst das ja auch anonym machen.«

»Dazu bin ich dann doch zu eitel.«

»Wie läuft's eigentlich mit Rose?«, fragt Ludwig nach einer Weile.

»Gut«, gibt Thomas zu, als müsste er sich dafür schämen. »Es ist weniger gemütlich als mit Eva, wir streiten viel öfter, aber auf eine Art ist es viel weniger aufwendig. Weil sie sich so gut um sich selber kümmert. Es ist anstrengender, aber trotzdem kann ich mir mit ihr viel besser eine Zukunft vorstellen.«

»Auch Kinder?«

»Nee, das nicht.«

»Sie auch nicht?«

»Rose sagt, sie möchte frühestens in fünf Jahren Kinder. Und auch nur eins. Und dann sagt sie, sie möchte weder darüber reden noch darüber nachdenken.«

»Ich möchte welche«, sagt Ludwig da plötzlich.

Thomas schaut ihn nicht weiter überrascht an. »Dachte ich mir.«

»Wie-so?«

»Nur so ein Gefühl. Dein Körper hat sich verändert. Du bist weicher geworden. Nicht dicker! Zugänglicher. Du wirst ein toller Papa. Wer ist denn die Glückliche?«

»Tja. Keine Ahnung. Warum gibt es eigentlich nicht eine Dating-App, die das Genom aufschlüsselt und einem eine Partnerin sucht, die gut zum eigenen Genpool passt?«

»Das ist eine gute Idee. Aufregend, frisch, überhaupt nicht faschistisch oder dystopisch. Das besprechen wir in unserem ersten Podcast.«

Es ist schön, mit Ludwig Zeit zu verbringen. Alles ist so leicht mit ihm, das Leben erscheint mit ihm machbar.

Soll Thomas ihm das sagen? Er sagt viel zu selten, wenn er jemanden mag. Eva hat er das nur anfangs gesagt, Rose sagt er es ab und zu, aber sie scheint nicht darauf zu warten, seinen Eltern sagt er es nie.

»Es tut gut, dich wiederzusehen. Mit dir bin ich die unkompliziertere, fröhlichere Version meiner selbst.«

Ludwig schaut ihn kurz an. »Geht mir doch genauso. Was meinst du, wie depressiv ich manchmal bin, wenn ich alleine bin.«

»Vielleicht sollten wir heiraten.«

»Bloß nicht. Dann würde diese magische Wirkung schlagartig vergehen.«

Sie fahren weiter, vom Spätsommer gesegnet.

Der Spätsommer segnet nicht alle.

Eva ist mit Yves in ihrer Wohnung. Yves hat Pak Choi mit japanischem Reis gekocht und stellt ihr eine Schüssel voll vor die Nase. Sie lächelt ihn dankbar an. Eva merkt nicht mehr, wie sie dabei ihre Schultern leicht hochzieht und etwas zu flach atmet. Sie ist dankbar.

Eva hat ihren Laptop auf den kleinen Esstisch gestellt, den sie inzwischen besitzt und der unter einem der Dachfenster steht. Die Universität Kyushu hat ihr Bilder der Gastwohnung geschickt, in der sie wohnen wird. Mit Google Street View versucht sie, die Gegend zu erkunden. Yves beugt sich über ihre Schulter.

»Das sieht ja aus wie in den Banlieues«, sagt er.

»Nein, die Hochhäuser sind viel gepflegter, außerdem ist direkt daneben der Strand.«

»Gepflegte Wohnblocks am Strand. Wer würde hier so etwas machen? Für sie ist es normal. Wir werden eine ganz neue Art der Normalität entdecken. Und der Romantik.«

»Hmmm.«

»Eva, an was denkst du?«

»Sorry, ja. Meinst du mit Romantik, dass die Menschen in Japan eine andere Vorstellung von Romantik haben oder dass wir als Paar eine neue Romantik entdecken werden?«

»Beides. Das hängt zusammen.«

»Hmmm. Wann fährst du eigentlich mal wieder zu deiner Mutter?«

»Weihnachten, ich besuche sie doch immer nur Weihnachten. Liebe auf die Ferne, Hass auf die Nähe. Warum, möchtest du mit?«

Eva weiß nicht genau, warum sie gefragt hat. Vielleicht, um einmal ohne Yves sein zu können. Um ihn einmal nicht mitdenken zu müssen in ihrem Alltag. Dabei ist das ungerecht, er gibt ihr Halt.

»Klar komm ich mit«, sagt sie. »Aber Weihnachten ist ja noch ewig hin. Ich kann gerade nur bis Japan denken.«

»Ich freue mich trotzdem schon auf den Winter.«

Yves umarmt sie samt Stuhl von hinten und lehnt seinen Kopf gegen ihren Rücken. Eva klickt sich weiter durch Google Street View. Klick, klick. Klick, klick. Yves streichelt ihre Beine. Sie geht darauf ein und wundert sich nicht einmal mehr über sich selbst.

## 14 Wochen und 3 Tage danach

Eva sitzt mit Desi auf dem Tempelhofer Feld. Es ist der erste wirklich kühle Morgen. Eva trägt einen dicken Wollpulli, den hat ihr ihre Mutter vor Jahren aus Rügen mitgebracht. Immer wieder möchte sie ihn aussortieren, immer wieder stellt sie sich vor, wie ihre Mutter in einem Laden mit überteuerten Klamotten für Touristen steht und diesen Pullover für sie aussucht. Und das rührt Eva. Sie kann ihn nicht weggeben.

Eva hat eine Picknickdecke mitgenommen und zwei alte Tassen, die Desi und sie sich im nah gelegenen Café haben füllen lassen. Jetzt sitzen sie da, die Hände um die warmen Tassen, die Beine angezogen, und frieren. Das Gras ist noch nass, über dem Feld steigt langsam der Frühnebel auf. Eva ist still. »Ich mag den Herbst nicht«, sagt sie schließlich. »Jetzt beginne ich wieder zu frieren.«

»Seit wann magst du den nicht? Den mochtest du doch immer! Aber mir kommt es entgegen, vielleicht fahren wir einfach mal im Januar nach Teneriffa.« Desi sieht Eva frohlockend an. Sie mag Herbst und Winter noch viel weniger. Eva zieht die Arme enger um sich.

»Eigentlich war Herbst immer okay, wenn der Sommer schön war. Aber dieser Sommer war nicht schön, es hat sich nichts in mir angereichert. Normalerweise merkt sich meine Seele das satte Grün, die Farben des Flieders, den Geruch der Blätter, das alles wohnt in mir und lebt weiter und nährt mich. Dieser Sommer war zu heiß. Ich war die ganze Zeit auf der Flucht. Ich bin ausgebrannt, vertrocknet, und jetzt fällt auf diese Dürre die Kälte.«

Desi verkneift sich ausnahmsweise mal einen Witz, weil sie sieht, dass es Eva ernst ist. »Es war einfach eine zu große Diskrepanz zwischen Wunsch und Wirklichkeit, stimmt's?«

»Ja.«

Eva runzelt die Brauen und denkt weiter nach. Sie

denkt an Yves. Sie möchte ein Leben, das sich anfühlt wie ein warmer Frühsommer. Mit dem Geruch nach Flieder und Regen, mit warmen Sonnenstrahlen und dem Versprechen, dass jeder Moment so reich ist, dass nichts fehlt, kein anderer Moment. Dass sie nirgendwo anders sein möchte, weil das Grün und der Duft ausreichen.

Mit Yves fühlt es sich nicht so an. Mit Yves fühlt sich alles eher an wie eine wilde Rodeo-Fahrt, obwohl es so etwas ja gar nicht gibt, was ist schon eine »Rodeo-Fahrt«?

»Wenn wir nach Teneriffa fahren würden«, setzt Desi an. »Käme Yves dann mit?«

»Nee.« Eva schüttelt den Kopf, und Desi nickt zufrieden.

»Warum meldet sich Gunnar eigentlich nicht mehr, verstehst du das?« Desi schaut vor sich hin. »Ich kann mir die Frage eigentlich selber beantworten. Ich habe ja mit ihm Schluss gemacht.«

»Und du meldest dich trotzdem noch bei ihm?« Eva runzelt irritiert die Brauen.

»Ja. Er hat einmal auch geantwortet, er sei gerade in Arbeit versunken. Ich glaube eher, er ist in eine andere Frau versunken.«

Eva steht auf. Ihr ist kalt. »Es reicht«, sagt sie. »Es reicht, dass wir über Männer reden. Genug geredet. Genug nachgedacht.«

Desi prostet ihr mit der Kaffeetasse zu. »Auf die Gedankenlosigkeit?«

»Nein. Auf nichts.«

Thomas mistet aus. Er steht auf einer Leiter und holt kleine Kartons von seinem Schrank, in denen er Fotos, Briefe und Postkarten aufbewahrt. Er zieht zwar erst in gut zwei Monaten um, und er weiß nicht, wohin, aber man kann ja mal anfangen.

Ein Stapel mit Postkarten seiner Eltern fällt ihm entgegen. Aus Dänemark, Kairo, Südtirol, Mallorca. Seine Eltern reisen viel. Warum hebt er das alles auf? Kopfschüttelnd schmeißt er die Karten weg. Jetzt kommen mehrere Umschläge in verschiedenen Farben zum Vorschein, Hellblau, Gelb, Grün. Eva hat ihm früher oft Briefe geschrieben, manchmal mit kleinen Zeichnungen und Fotos. Was heißt »früher«, auch aus Paris hat sie noch Briefe geschickt. Dann natürlich nicht mehr.

Manchmal tut es Thomas noch immer weh, dass er Eva nach ihrer Rückkehr nur so kurz Zeit gelassen hat, dass er ihnen beiden nur so kurz Zeit gelassen hat, um sich wieder aneinander zu gewöhnen. Vielleicht hätten sie einfach noch ein bisschen gebraucht. Vielleicht ein halbes Jahr. Was ist schon ein halbes Jahr im Vergleich zu einem ganzen Leben?

Er blättert den Stapel mit Evas Briefen durch. Zuoberst ist eine Postkarte, ein Schwarz-Weiß-Foto von einem kleinen Mädchen, das sich an einen Elefanten lehnt.

*11.07.2013 Hallo Thomas, hallo neuer Mensch in meinem Leben. Wir haben uns vor 48 Stunden das erste Mal geküsst, und seitdem scheint die Sonne. P.S.: Das Foto da vorne hat nichts damit zu tun, aber ich hatte gerade keine andere Karte.*

Dann kommt ein dunkelgrüner Umschlag mit einer Klappkarte aus dunkelgrünem Papier, an die Eva eine kleine rote Glocke aus Filz geklebt hat.

*12.12.2016 Es ist der zweite Advent, und wir sind nicht beieinander. Sage deinen Eltern hallo, und sie sollen dich schnell wieder freilassen und nicht so argwöhnisch sein. Aus ihrem Jungen wird schon was.*

Dann ist da nur ein weißes DIN-A4-Blatt, auf das Eva in schnellen Buchstaben geschrieben hat:

*24. 04. 2018 Frohe Ostern! Du sitzt im Zimmer nebenan. Gerade habe ich erfahren, dass ich im Herbst nach Paris kann. Ich freue mich, ich habe Angst. Ich weiß nicht, ob du dich auch gefreut hast. Hast du? Verliebst du dich dann in eine flotte Französin, während du mich besuchst? Ich weiß ja nicht, wie die Pariser Männer so sind, aber die Berliner habe ich schon abgegrast, da warst nur du brauchbar. Kuss! Ich vermisse dich jetzt schon. Mach doch auch ein Auslandssemester.*

Thomas atmet durch. Er weiß noch, wie er diesen Brief bekommen hat. Eva war erst zu ihm in die Küche geschlichen, hatte sich an ihn gedrückt und dann irgendwann gesagt: »Paris ist genehmigt.« Und Thomas weiß noch, wie es kalt in seinem Magen wurde.

Zwei Jahre alleine in dieser Wohnung, zwei Jahre insgesamt alleine. Zwei Jahre um die Beziehung kämpfen, den anderen nur sehen, wenn man sich bemüht, wenn man Aufwand betreibt, dafür hatte er nicht die Kraft. Eva schaute ihn an, abwartend, besorgt. Thomas wusste, ihre Freude war von seiner Reaktion abhängig.

»Mensch, toll«, sagte er damals. »Ich bin stolz auf dich.«

»Ja?«, fragte Eva unsicher. Da war eine Diskrepanz zwischen dem, was sie hörte, und dem, was sie spürte.

»Total«, sagte Thomas.

Dann widmeten sich beide den Rest des Tages ihren Sachen und schwebten in der Wohnung aneinander vorbei wie zwei Magnete mit derselben Ladung, die sich nie berühren, gar nicht berühren können. Abends gab Eva ihm dann den Brief.

»Habe ich heute Mittag geschrieben, bevor ich dir von Paris erzählt habe. Ist vielleicht wichtig für dich, uns.«

Thomas las den Brief, während Eva etwas nutzlos im Zimmer herumsaß. Sie wollte Thomas nicht beobachten, während er las. Aber sie war zu gespannt auf seine Reaktion, um das Zimmer zu verlassen.

Thomas las den Brief und umfasste danach liebevoll Evas Kopf.

»Ich habe auch Angst«, sagte er und küsste ihre Haare. »Und ich vermisse dich auch jetzt schon. Total. Aber ich glaube, du kannst nicht nicht fahren. Ich glaube, das bereust du irgendwann.«

»Und wenn du mitkommst?«

»Nee«, sagte Thomas nur. »Nee.« Er dachte an den Aufwand, sich eine neue Klinik für seinen Facharzt zu suchen, in Frankreich. Sein Französisch aufzubessern. Er war froh, dass er in Berlin schon alles mit der Klinik geregelt hatte. Arzt zu sein war anstrengend genug. Arzt in einer fremden Stadt und einer fremden Sprache war keine gute Idee, wenn man sich grundsätzlich wie ein rohes Ei fühlte. Aber dass er Eva vermissen würde, rasend vermissen würde, dass ihm ohne sie kalt war, das hatte damals gestimmt. Und jetzt war sie weit weg und es war nicht schlimm. Im Gegenteil.

Ich hab nicht verwunden, dass sie gegangen ist, denkt Thomas plötzlich. Ich hab gedacht, dass sie durch die bloße Tatsache, dass sie sich in eine fremde Stadt traut, stark und glücklich sein muss. Zumindest stärker und glücklicher als ich. Und dass ich ihre Nöte deswegen nicht ernst nehmen muss. Ich habe ihr nicht mal geglaubt, dass sie mich vermisst. Denn sonst wäre sie ja nicht gegangen. Dabei war es vielleicht nur ein Vertrauensbeweis.

Der vorletzte Brief ist dick. Eva hat ihn auf dünnem Durchschlagpapier geschrieben, viele knisternde Seiten, mit ihren schwungvollen Buchstaben bedeckt. Sie erzählt von Paris, von der Stadt, die sie beeindruckt, die sie einschüchtert, in der sie sich gerne bewegen würde wie eine ›echte Parisienne‹, was sie aber nicht schafft. Sie erzählt von ihrer Forschungsarbeit, die Thomas nicht interessiert, und sie sucht Hilfe:

*03. 10. 2018 Ich bin verzagt. Um mich herum sind alle hübscher und erfolgreicher als ich. Oder es kommt mir so vor. Ich wünschte, du wärst jetzt da und würdest mich in den Arm nehmen und mir sagen, dass ich die Tollste von allen bin. Und dass alles gut wird. Paris kann – trotz aller Schönheit – ein raues Pflaster sein. Entschuldige meine gedämpfte Stimmung. In Liebe Eva*

Hat Thomas ihr damals gesagt, dass sie die Tollste ist? Dass alles gut wird? Hat er nicht. Er dachte, das hätte sie nicht nötig.

Und dann eine Karte aus dem letzten Jahr. Die Zeichnung eines muskelbepackten Sportlers in altmodischer Trainingskleidung, der eine Hantel stemmt. Thomas hatte dieser Sportler befremdet, dabei hatte Eva das ironisch gemeint. Ihm ging es damals zu schlecht für Ironie.

*27. 02. 2019 Alles Gute für alles und vor allem zum Geburtstag, mein neuer Mensch in meinem Leben, der nun schon so lange da ist. Ich freue mich, wenn du älter wirst, denn ich will mit dir alt werden. Durch Babyspeck, erste Falten und irgendwann graue Haare hindurch war, bin und bleibe ich Deine Eva. P.S.: Wundere dich nicht über den Muskelmenschen. Ich will dir damit nur sagen, das bist du für mich. Ich finde Sensibilität viel stärker als behauptete Kraft.*

Thomas legt die Briefe weg. Meine Sensibilität ist eigentlich auch nur behauptet, denkt er. Mir ist es scheißegal, wie es Eva geht. Ich verdränge das einfach. Das schlechte Gewissen verdränge ich auch. Und es geht mir gut dabei.

Dann macht er etwas, was er all die Jahre nicht gemacht, nicht geschafft hat. Er setzt sich an den Küchentisch, nimmt einen Kugelschreiber zur Hand und schreibt einen Brief. Weil er kein Papier zu Hause hat, schreibt er ihn auf die Rückseite einer Rechnung, die er längst bezahlt hat. Aber das ist egal. Hauptsache, er schreibt.

Eva wandert durch die Gänge unter dem Dach des Museums, auf dem Weg zu Yves. Normalerweise besucht er sie in ihrem Büro, und zwar oft, heute sucht sie ihn.

Sie klopft, tritt ein, Yves zieht seine Kopfhörer ab und blickt ihr fröhlich entgegen. Yves hört beim Arbeiten immer Musik, Eva ist ein Rätsel, wie er das kann. Auf dem Schreibtisch stapeln sich viel zu viele Bücher, in denen viel zu viele Zettel mit Vermerken stecken, Yves arbeitet eher kreisrund, intuitiv, nicht stringent und geordnet wie Eva.

Er greift zu seiner gusseisernen hellgrünen Teekanne. »Tee?«

Eva schüttelt den Kopf. In dem Zimmer kann man nicht gut auf Abstand gehen, so klein ist es. Also bleibt Eva an der Tür stehen.

»Komm doch rein, ich möchte dich umarmen!«

»Ich wollte gerne etwas mit dir besprechen.« Evas Stimme klingt belegt.

»Ah.« Yves weicht instinktiv etwas zurück.

»Ich bin mir nicht sicher, ob es ein Fehler ist, aber ich möchte gerne eine Zeit lang alleine sein.«

Yves schaut sie an wie ein fünfjähriger Junge, dem die Mutter sagt, sie habe ihn nicht mehr lieb. Seine Augen bleiben auf Eva geheftet, treu und liebend.

Eva kann nicht hinsehen, sonst wird sie das Gegenteil von dem sagen, was sie eigentlich sagen will, so leid tut er ihr. Sie hatte sich großartige Erklärungen zurechtgelegt, dass es zu früh sei, sie von einer Beziehung in die andere gestolpert sei, sich erst mal sortieren müsse und so weiter. Aber alles kommt ihr jetzt, wo sie Yves gegenübersteht, wie eine Lüge vor.

»Ich habe dich wirklich lieb«, sagt sie. »Aber ich möchte nicht mehr so viel Zeit mit dir verbringen.«

»Dann sehen wir uns seltener. Wir müssen uns nicht so oft sehen!«, ruft Yves.

»Vielleicht ist das eine gute Idee«, sagt Eva langsam. »Nur so alle zwei Wochen.«

Yves steht auf, umkreist seinen Schreibtisch, denkt nach und bleibt abrupt vor Eva stehen. »Das ist mir zu wenig, Eva«, sagt er und sieht sie an. »Alle zwei Wochen, nur damit du nicht Single bist? *Cimer!*«

»Dann spontan?« Eva kommt ins Schwimmen. »Immer, wenn einer Lust hat, meldet er sich beim anderen. Aber es ist auch okay, Nein zu sagen.«

Yves hat sich wieder gefangen. »Eva, du hast alle Zeit der Welt. Du kannst dir Zeit nehmen. Wir können auch eine Pause machen.« Er stockt, und seine Lippen beben. Hoffentlich fängt er nicht an zu weinen. »Obwohl ich das *nicht will*, aber was immer du brauchst.«

Eva nickt beklommen. »Dann machen wir doch erst mal zehn Tage Pause. Auch wenn es mir schwerfällt.«

»Darf ich dich jetzt umarmen?« Yves nimmt Eva in seine Arme, sie lehnt den Kopf gegen seine warme Brust, die sich schnell hebt und senkt. Er hat Angst.

»Dann bis in zehn Tagen«, sagt sie, tapfer ihrem Mitleid nicht nachgebend, dann wuschelt sie Yves durch die Haare und geht.

Wieder auf dem Flur würde sie sich am liebsten ihrer selbst entledigen, aus ihrem Körper herausfahren und mit einem Wutschrei ein paar körperlose Runden über der Stadt drehen. Nichts hat sie hinbekommen, nichts! Sie ist jetzt kein bisschen freier als vorher, dafür hat sie Yves tief verletzt.

Da öffnet sich hinter ihr noch mal die Tür.

»Eva«, ruft Yves. »Wenn du dich trennen willst, dann mach. Aber ich glaube, es ist dumm von dir. Wirklich, wirklich dumm.«

»Okay«, sagt Eva nur und sieht ihn verwirrt an. »Okay.«

## 14 Wochen und 4 Tage danach

Eva hat sich nicht mehr bei Yves gemeldet und er auch nicht bei ihr. Obwohl sie weiß, dass er auf eine Nachricht von ihr wartet. Sie braucht Zeit.

Wie schnell man die Seiten wechselt, denkt sie, als sie vormittags die Treppen hinuntergeht, um ins Museum zu fahren. Plötzlich habe ich die Macht und bin ›die Böse‹.

Sie öffnet routinemäßig den Briefkasten, der eigentlich immer nur Langeweile birgt. Als sie einen handschriftlich adressierten Brief findet, denkt sie an Yves. Hat er ihr etwa geschrieben? Hält er die Trennung derart schlecht aus?

Aber nein, es ist Thomas' Schrift. Evas Herz macht einen Sprung. Mit fliegenden Fingern reißt sie den Umschlag auf, reißt das Papier heraus und beginnt zu lesen.

*Liebe Eva.*

*Ich habe Briefe von Dir gefunden, einen Stapel wirklich schöner Briefe, und ich habe gemerkt: Ich habe nie geantwortet. Das hole ich jetzt nach. Natürlich kann ich nicht jahrelanges Schweigen nachholen. Aber hier ein Versuch. Du hast mich, nachdem wir getrennt waren, gefragt, wo die Abbiegung war, die wir falsch genommen haben. Ich glaube, die Wahrheit ist, dass wir zwar lange auf derselben Straße entlangliefen, aber sehr bald in einem unterschiedlichen Licht. Als wir zusammenkamen, warst Du ein Glücksfall für mich. Ich hätte nicht gedacht, dass sich eine so kluge, eloquente Frau für mich interessieren könnte. Du warst warm, Du warst lustig, Du warst da. Du bist mir einfach so »passiert«, und ich hatte Glück. Du hattest immer einen Plan für Dich, und das war gut für mich, denn dann konnte ich mich um mich selber kümmern. Hattest Du keinen Plan, war ich verunsichert. Irgendwann wurdest Du schneller als ich. Deine Schritte im Beruf waren zielgerichteter, Dein Selbstbewusstsein, dass Du in der Welt etwas ausrichten kannst, vielleicht sogar musst, war immer da. Ich habe versucht, mit Dir mitzuhalten, aber es nie geschafft. Ich gehe nicht in meinem Beruf auf. Ich glaube nicht, dass die Welt mich braucht, ich glaube, eigentlich bin ich der Welt egal.*

*Du hattest einen Plan, und der Plan stand nicht infrage. Deinen Kummer hast Du mit der Zeit immer mehr für Dich behalten, weil ich Dir keine Hilfe war. Ich habe mich Dir nicht mehr gewachsen gefühlt, Dir nicht und Deinem Körper auch nicht. Am Anfang unserer Beziehung war Dein Körper lebenshungrig und lebendig, mit den Jahren ist er immer trauriger geworden. Und ich glaube, das ist meine Schuld.*

*Du hast mich immer geliebt, von Anfang an. Ich war einfach froh, dass Du da warst und befremdet, als Du Dich verändert hast. Du warst die ganze Zeit auf der Sonnenseite der Straße. Ich lief im Schatten. Ich war nicht mutig genug, Dich zu lieben.*

*Danke für Deine Liebe. Danke für die acht Jahre, die ich unter Deiner Sonne verbringen durfte, ohne irgendetwas dafür zu tun. Ich wünsche Dir jemanden, der so ist wie Du. Ich wünsche Dir Glück.*

*Dein Thomas.*

*P.S.: Ich habe noch Fotos von Dir und mir. Und Bücher, die ich Dir geschenkt habe. Wenn Du was von den Sachen möchtest, komm vorbei.*

Eva blickt auf den Brief, und sie weiß: Das ist nun wirklich das Ende. Sie atmet zitternd aus. Sie ist frei.

Eva steigt auf ihr Fahrrad und fährt einmal die Hermannstraße hinunter in ihre alte Gegend. Sie fährt gleichmäßig, ohne Eile. Zwanzig Minuten später steht sie vor der Wohnung. Sie weiß nicht, ob Thomas da ist, sie weiß nicht, ob er Rose zu Besuch hat, sie klingelt.

»Hallo?«, kommt die verwunderte Stimme von Thomas aus der Freisprechanlage.

»Ich bin's, Eva.«

Die Tür öffnet sich sofort, Eva geht die Treppen hinauf. Thomas steht schon in der Wohnungstür, etwas Angst in seinem Blick.

Eva steht vor ihm, den Brief in der Hand, und dann umarmen sie sich.

»Komm rein«, sagt Thomas irgendwann und zieht Eva in die Wohnung.

Sie setzen sich an den Küchentisch gegenüber, Thomas streckt seine Hände aus, Eva reicht ihm ihre. Sie blicken sich in die Augen.

»Danke«, sagt Eva irgendwann. »Danke für deinen Brief.«

»Nein, Eva, ich muss dir danken. Danke und Entschuldigung.«

Eva weint leise, und Thomas auch. So sitzen sie da, die Gesichter nass, und lassen sich nicht los.

Nach Minuten, in denen die Zeit sich verdichtet und kurz stehenbleibt, Minuten, die beide ihr Leben lang nicht vergessen werden, steht Thomas auf und holt einen kleinen Karton mit ein paar Büchern und Fotos.

»Möchtest du den mitnehmen?«

»Ja, gerne«, sagt Eva. »Aber lieber im Jutebeutel, so kriege ich den nicht aufs Fahrrad.« Sie muss kurz lachen, manche Dinge ändern sich nie.

Und schon steht Eva wieder in der Wohnungstür, einen Stoffbeutel über der Schulter. Sie geht an Thomas vorbei, aber sie sieht ihn nicht mehr an. Sie hat sich oft genug von ihm verabschiedet.

Als sie schon einen Treppenabsatz tiefer ist, ruft er noch einmal leise ihren Namen. Da dreht sie sich um, blickt ihn an mit dieser Mischung aus Mitgefühl und Nüchternheit, die Thomas so gut von ihr kennt, das Gesicht von Sonne beschienen.